中国少数民族文学发展工程
翻译出版扶持专项（民译汉）

那些岁月

【著】阿不力克木·沙比尔（维吾尔族）
【译】甫拉提·阿不力米提（维吾尔族）

作家出版社

编委会名单

目录

第一章　拎皮箱的人

一

库车县的人民在迷茫中期待新生活。

黄昏时分，一辆顶棚满是灰尘的黑色汽车从阿克苏方向驶来。汽车穿过城市灰头土脸的羊肠小道，驶入一个大院子前的空地停了下来。车上跳下来一位二十三岁左右的小伙子，穿军便服、马裤，脚蹬短勒儿靴子。他摘下鸭舌帽拍了拍身上的尘土，然后挎上皮制公文包，一只手拎起皮箱，另一只胳膊搭着雨衣走到路边。

街道两旁矗立着风餐露宿的白杨树，叶面上落满了尘埃，在烈日下耷拉着脑袋，懒的动一下身条。眼望四周，遍地寻不到一滴可以解渴的水。路面飘起呛人的灰尘，让蔚蓝的天空弥漫尘埃，毫无顾忌地侵袭着来往行人的面颊。热浪在炙烤四肢，整个世界像个砖窑让人无法喘息。空气中飘荡着使人憋闷的气息，平日里乱跑狂吠的土狗，此时也吐着舌头趴在阴凉处，就连小商小贩的叫卖声也没有了踪迹。方才那个小伙子不知该向谁打听自己的目的地，站在路边茫然地环顾周围。他除了四五个月之前去阿克苏时，曾经留宿这个久负盛名且值得游览的地方之外，对这个城市根本没有任何了解。小伙子正在徘徊时，不知从什么地方传来叮叮当当的播锤声，把他的注意力吸引了过去。原来是在路对面的一个小打铁铺前，一位六十五岁左右的消瘦老人，面相扁平，额头布满褶皱，络腮胡子，衬衣破烂而且佝偻着身体，正在用钳子夹着铜片在砧铁上敲打。他好像生来就身负日夜低头干活的使命，微驼的脊背贴附在躯干上，浑身透着一股此生经历无数艰辛的倔强气息。旁边的学徒，是个圆脸、头戴花帽、脸上像布满国际象棋棋盘的孩子。他大汗淋漓地轮流装满山羊皮做的两个煤兜儿，然后用满是煤污的瘦小嫩手，托起煤兜儿把煤渣倒进熊熊燃烧的炉膛里。拎着皮箱的小伙子走到路对面，在老人面前停下脚步：

“老人家，您好！”他走进店铺把手抚在胸前，行了一个典型的维吾尔族礼后，问道，“请问县政府怎么走？”

老人的身前挂着麻袋片，他抬起头，长满胡须的消瘦脸上流下滴滴汗珠。老人愣愣地望着眼前的这个汉族小伙子：虽然他的眼睛里流露出疲惫的神情，鬓角上的头发散乱垂落，显得他比实际年龄稍大了几岁，但是腰系的宽腰带却又略显精明利索，可以看出是个爽朗的人。老人听不懂汉语，他摇了摇头，用黑瘦的手指了指旁边的杂货铺。隔壁的凉棚下，坐着一位留山羊胡子的汉族老人，他一边呼扇用鸟羽制成的扇子，一边摇头晃脑地读一本旧书。小伙子来到汉族老人身边，彬彬有礼地问：

“老人家，请问县政府怎么走？”

汉族老人身穿印有铜钱花纹、两边开衩的黑色长衫，套一件缝制精细的宽大马甲，脑袋上顶着一根小辫子，脚穿鞋头朝天的厚跟布鞋。他抬起头从架在鼻梁上的圆镜片后瞄了一眼，看见一个灰头土脸的小伙子微笑地问自己。汉族老人立刻想起这几天来，他听到街头巷尾议论说来了个姓林的新县长，是个南方人。老人心中暗自嘀咕：难道是此人？

他的脑海里一闪过这个念头便惊跳起来，疑惑地打量了一番小伙子，问道：

“请问您贵姓啊？”

“我姓林。”小伙子客气地回答。

“阁下是……”

汉族老人听到小伙子的回答，简直不敢相信自己的耳朵，慌忙折起书，双手抱拳行了一个大礼，然后告诉小伙子这里离县政府还有一段距离。老人决定亲自送小伙子去县政府。他赶紧关上杂货铺的门，伸手准备接过林姓小伙子手里拎的皮箱，小伙子却婉言推辞说：

“您的年纪大了，还是我自己拎吧。”

汉族老人赶紧雇了一辆马车，陪同小伙子向县政府走去。他们一路热情地交谈，天南海北无所不聊。汉族老人告诉小伙子，自己年轻时就自天津来到此地，在这个县城内外有几家汉族居民，他们靠交易烟酒、日用品、药材、开当铺以及杂耍度日……他们经过几个路口，来到土坡上圆形的市场。这个市场四通八达，生存着屠夫、卖馕饼的、开饭馆的、卖奶皮的、卖蔬菜的、卖草药的、开当铺的以及布商等各式小本买卖人。他们穿过市场之后来到衙门口，衙门坐落在三层墙的里面。这三层墙里面除了衙门，还有监狱、粮仓、佛堂、猪圈和兵营。衙门建得十分威严，前门有一堵又高又厚的镇妖墙。墙面上雕着吞云吐雾的蛟龙，还有梅花鹿、猴子以及天鹅，下面写着两行楷书小字。衙门的大门是双翼门，门前矗立着一块大青玉石（据说，从前是一位县官的骑马石），里面有一个打不开的门被称作二门，进出衙门的人必须从二门两侧绕道而行。坐在那里的几个农民旁边放着褡裢，相互诉说冤屈，期盼青天老爷的出现。林姓小伙子跳下马车来到衙门前，指着门口的人问一个穿着蓝色上衣、背后印着有“巡警”二字的岗哨：

“这些是什么人？”

“关你屁事，多管闲事儿。”岗哨不屑地对他粗鲁吼叫。

“我随便问问。”姓林的小伙子把拎着的皮箱搁在地上，“你们当官的在哪儿？”

“就凭你还想见我们当官的！”岗哨斜视了一眼，对他喊道。他看到从里面走出来一位瘦弱马脸、高挑细长、三十岁左右的人，说：“那是我们史科长，你有话就对他说吧。”

“请问你在哪个部门管事？”林姓小伙子礼貌地问瘦高个。

“哎，你怎么像检查团的人一样问话？”岗哨再次唠叨，“以前的县长调走后新县长还没有来，现在这个人说了算，他负责民事部门，也负责司法部门的工作。你还有什么话说？！”

同行的天津老人看到岗哨粗鲁的态度特别恼火，刚准备上前对岗哨说些什么，却被林姓小伙子阻止了：“哦，原来如此。”

他好像恍然大悟的样子：“史科长，我是新调来的。”说完，从公文包里取出调转令从容地递给史科长。

史成山浏览了一下印着督办府公署官印的调令公文，上下打量了一番面前的小伙子，脸上立刻露出谄媚的笑容，双手合十说：“见谅，见谅，原来是新来的林县长。”说完恶狠狠地瞪着岗哨：“蠢货，白痴，连新调来的林县长也不认识。”他怒骂完岗哨，便把林姓小伙子引向政府大院：“您里面请。”

瘦高的史成山走到政府大院里面大声喊道：“林县长到！”前任县长或检查团来的时候，总是坐着马头上挂着金灿灿的铜铃、装饰一新的豪华马车，带着很多随从，隆重地来到县政府大院，政府的人敲锣打鼓、鞭炮喧天地迎接他们。但是，这个新县长根本无心理会这些，竟然就拎着一个普通的箱子径自走进大院。

消息不胫而走，大院里挤满了许多形形色色来看热闹的人——圆脸庞的，白皙皮肤的，中等个子的，络腮胡子的，头上缠着撒拉（伊斯兰教男教徒头上缠的布）的，戴黑礼帽的，身上穿中山服的……这时，门口走进来一位体态高贵的中年人，老远就扯着嗓子用流利的汉语说：

“您好，林县长阁下。我们前两天就接收到省政府的通知，说林县长即将到任，我们特地恭候您大驾光临，没想到阁下这么快就到了。”

一个穿着黑色军警服的人立刻走上前介绍：“这是阿布都热依木副县长。”说着，用大拇指向后梳了一下头发，“鄙人姓徐，名华峰，负责县里的保卫工作。”他的眼神凝重，双唇紧闭，令人有一种不寒而栗的感觉。总而言之，此人的体形和相貌显露着霸气。徐华峰瘦高个子，长着铜铃般的眼睛，颧骨突起，笑时露出大板牙咬着下嘴唇，他浓烈的眉毛下恐怖的眼睛，就好像捕捉野物的豹子一样。他接着介绍：“这位是政税局长，他叫那莫因。我们刚才还商议怎样迎接您，看样子……”那莫因与林基路握手后，露出讨好的笑容说：

“阁下来到库车县是百姓之幸，以后还请您多多关照。”

阿布都热依木副县长给林基路介绍了其他几位官员后，又说：

“政税局副局长蒋春茂，由于工作的关系去了轮台，所以没能来迎接阁下。”没见到蒋春茂，这让林基路觉得很遗憾。他听了阿布都热依木副县长的汇报，更急切地想见到此人。史成山命令一个警察把林基路的行囊搬进去后，赔笑请林基路进到里边：

“请吧。”

“先不急，大门口坐的都是些什么人？”林基路问。

“阁下旅途劳顿，不必为他们伤脑筋。”史成山脸上堆积着装出来的笑容。

“没关系，先把他们叫过来。”

这时，大门口的人听说新县长来了，蜂拥挤到人前翘望。人群中一位络腮胡子的老农民不顾岗哨的阻拦，高呼："冤枉啊，县长大人。冤枉啊，县长大人。"可是，他冲进大院看见涌动的人群，不知道谁是县长而茫然地站在原地。这个六十岁左右的老农民，历经岁月的沧桑而老态龙钟，他不停地流着眼泪。林县长听到在大门伸着脖子张望的人群中，不时传来"冤枉啊，冤枉啊"的声音。这种哀号是民间疾苦的预兆。史成山和治安警察想把老人带到一旁，可是老人极力反抗。

"这个老东西，真让我们头疼。"史成山低声吼道。而林基路温和地问老人：

"老人家，你有什么事儿？"

老农民不明白林基路在说什么，莫名其妙地望着他。这时，人群中走出一个三十出头的瘦高个子，把林基路的话翻译给老人听，农夫跪在林基路的面前：

"县官大人哪！"

老人像骆驼般号叫哭泣，这时史成山挡到他们中间怒吼："不要耍无赖，滚开！我们没空在你身上浪费时间。"然后对身边的政务警察挥手说："把他给我轰出去！"

政务警察正准备执行史成山的命令，林基路制止了他的行为，然后扶起农夫亲切地问：

"你叫什么名字？"

农夫通过翻译，觉得县长故意做戏。可老人依然流着泪说："我叫扎依提。"老人用颤抖的声音说，"我有事求您，请……请您饶恕我的孩子吧！"

"这个人在说什么？"林基路问翻译。

"大叔，你说的是什么意思？"翻译走过来温和地问。

“兄弟，愿老天保佑你。我从很远的地方来，县长是我唯一的希望，希望他能体谅我的苦衷。”农夫哭着说。

“大叔，长话短说，你到底想说什么呢?”

“兄弟，我冤屈！我无法忍受才来告状！审判官和衙门的长官们根本不听我的申诉，我……”翻译瞄了一眼史成山，看见他脸色阴沉万分焦急，于是打断了农夫的话。

“大叔！”翻译按捺不住气愤的心情说，“简短地说你自己的事情。”

农夫害怕林基路不听自己的冤屈，赶紧慌乱地说：“我没有什么可隐瞒的事儿，我的烦恼特别多。”农夫抓着翻译的手，有气无力地说，“我儿子被冤枉抓进监狱，谁都不理我的申诉，我宁愿在县官老爷的手里断气，也要讨个公道，请你让他们把我的儿子还给我吧！”

翻译把农夫的原话翻译给林基路听，然后林基路拍着扎依提老人的肩膀：

“你先回家，我们调查一下你儿子的事情，一定会给你满意的答复。”

扎依提老人好像明白了林基路的话，把粗糙的手在衣服上擦了擦，紧紧地握住林基路的手：

“谢谢，县长大人，我永远不会忘记你的恩德。”

徐华峰怒气冲冲地站在一旁，狠狠地瞪了扎依提老人一眼，好像在说：“你该走了吧。”为了推脱责任，故意对史成山说：

“我跟你说了多少次，不要随便抓人。这是怎么回事儿?”

林基路送扎依提老人到衙门大院门口，围观的人群中有人说：“你们看，这个县官是个年轻人。”也有人说：“这个人没有一点官架子。”任何一位官员新调过来，关于举止和官威的话题总会持续好几天。官员手下的人看到他为公众做一点好事，就为他树碑立传。新县长历经千辛万苦，终于在塔克拉玛干盆地边缘的县城落脚了。他是不是跟人们说的一样，一心为了公众服务关心他们的疾苦，为了城市的繁荣安定而操劳呢？真金不怕火炼，兴许有一天会恢复真实的面目，这是个谜。

天蒙蒙亮，晨雾在空中飘荡，县城内外的公鸡打鸣声此起彼伏，有的粗犷，有的清脆，在雾气笼罩的苍穹下翻滚混杂在一起，回旋在城市的上空。阿布都热依木副县长听到公鸡打鸣的声音，懒洋洋地从被窝里爬起来。清晨聚在一起的人们，谈论着城市里的奇闻逸事。“城里来了一位新县长，不知道新来的官儿会给库车县带来什么样的命运？”这是他们议论的主题。有的人说：“我们也是见过世面的人，离了他地球还不转了吗？”还有的人发着牢骚。也许非议者害怕隔墙有耳，或者被自己的言论吓着，他们突然变得沉默起来。因为，谁敢保证这里没有告密者？那些人说不定会把自己看到或听到的事情，找合适的机会报告给某些部门。这一天，城里的人们也交头接耳，窃窃私语，好像在传递着这些话语。现在，林基路屁股还没有坐稳，他们就被焦虑困扰。他们为了自己的利益，祈祷官员能宽容对待他们。

这个时候，阿布都热依木副县长不知道自己该说些什么。说心里话，他的脑海里也闪过这种念头。他曾经经历了不同时代来往的官员，认为眼窝深陷、像豆芽菜一样纤瘦、弱不禁风的人就该坐办公室，或者调到轻松一点的地方，踱着方步，假装夸赞某些地方官员，听取他们的建议，事实上还是以自己的意愿生活。所以，阿布都热依木副县长觉得在这个毛头小子的手下工作，不知道自己有什么结局。

阿布都热依木副县长出门前嘱咐他夫人图呼提罕，自己今天早晨要和林县长一起在家里吃早餐。然后来到林基路住的地方，看见他正在注视果园：

“林县长您好，您休息得好吗？”

“阿布都热依木副县长，看来我没有机会休息喽。”林基路爽朗地开玩笑。他们闲聊了一会儿，阿布都热依木副县长很快就没有了拘束感。

“我们还没有找到适合您的厨师，所以我老婆在家已经为您准备好了早餐。”

林基路听到他的邀请，淡淡地说了一句：

“其实你不必这么客气。”

“县长阁下，您就不要推辞了。”阿布都热依木副县长最终说服了林基路，他们悠然地向阿布都热依木副县长的家走去。他家在县政府东边，是传统方式盖的几间房子。阿布都热依木副县长请林基路来到宽敞明亮的客厅入座。林基路环顾屋子里的精美挂毯，叠放着被褥和枕头的炕角，围着围布的墙裙，摆满的各式印花托盘和金丝边碗、盘子等，让人感觉屋子特别整洁干净。这体现了阿布都热依木副县长生活在中等阶层，他的夫人是个干家务特别利索的人。一个胡须十分得体、高个开朗、三十出头的人，遵从阿布都热依木副县长安排，将美食摆满了桌面，十分从容地招待客人。由此可见，他是一个很会招待客人的利索人。副县长夫人给客人先端上清茶，然后再端上有厚厚奶皮子的奶茶。阿布都热依木副县长担心林基路拘束，所以东拉西扯地攀谈，并且指着面前的馕饼说：

“库车有一句话：‘乌恰是库车的果园，拜城是库车的油库，沙雅是库车的牧场，比加克是库车的馕坑。’这就是比加克地区鼎鼎有名的馕饼。”

林基路觉得馕饼特别好吃。

阿布都热依木副县长是本地人，少年时代受经文学院的熏陶，后来在学堂学习汉语和维吾尔语文化课，甚至能用毛笔写出令人赞叹的书法作品。年轻的时候，曾跟父亲学习过烧窑，并且子承父业干了很久。但后来由于经营不善改行做了裁缝，又购买了土地种植蔬菜和果树，成了名副其实的农民。他曾经为了躲避放高利贷的人，在外面藏了好几天。后来受不了，抛家舍业跑到了迪化。闯荡迪化时，结识了一位大官员后在建设厅工作。工作了几年，他又调到库车政税局任副局长，前年升任为副县长。因为他是个平易近人、态度和蔼、生活简朴的人，所以很容易相处。他有三男一女，大儿子在家务农，女儿已经出嫁，最小的儿子才八岁。林基路听着，并且不时夸赞点心好吃：

“你妻子做饭很香，别忘了替我谢谢她。”

“请原谅阁下，这顿饭是刚才那个人做的。”

“那个人是你的私人厨师吗？”

“是的阁下，那个人以前在衙门负责农村事务，因为他做饭很有一套，我们把他变成了厨师。”阿布都热依木副县长正在介绍厨师。突然他想起了一件事，但是心想以后再说就立刻改变了话题：

“今天是星期五，是库车的赶集日，也是各单位的休息日，阁下今天想怎么安排？”

“我想到集市转转。”林基路犹豫了一下说。

“非常好。”阿布都热依木副县长稍微挪动了一下身体，“那么，集市相距甚远，再加上城市的尘土较多，我来安排马车。今天集市上的人很多，为了您的安全考虑，再带上几个人保驾吧。”

“副县长，不必劳师动众，没必要前拥后挤地去集市。我还年轻，走着去就行了，今后也一样。当然啦，去乡村办公，没办法只能坐车骑马了。”林基路坚决地推托道。

“您不是普通的人，这样做会不会有损您的尊严？”

阿布都热依木副县长抚摸着胡须，心想：过去县官习惯出行或归来时，总是敲锣打鼓、前呼后拥地大摆排场。这个县官大人难道对这些毫不知情，还是有别的盘算？我现在发表意见为时过早，等等看吧。

“副县长，我们也是普通人，不能搞特殊化，不要认为我们高人一等，要不然百姓怎么会接近我们，对我们说心里话呢？”林基路笑了笑说。

阿布都热依木副县长从来没有听一个官员说这些话。餐后，他恭送林基路到门口：

“好吧，就随您的安排，那我陪您转转？”林基路婉转地推辞了阿布都热依木副县长的盛情，因为在这个陌生的城市，谁也不认识自己，也没人会注意自己，正好去了解一下民情。

“好吧，那我就不强求，中午饭我在家里等您。”阿布都热依木副县长只好作罢。

沐浴文化而深受赞誉的繁华城市里，谁也不会想到县长大人会在熙熙攘攘的人群间。城市的街道虽然窄小却特别通畅，林基路快步走向昨天经过的市场。从王府遗址开始，街道上就好像铺着各色的地毯。凉棚下面聚集着旁若无人闲聊的人群，他们融入了整洁的街道。因为负责城市清洁工作的人们，大清早就把大街小巷清理得一干二净，所以街道上没有一丝尘土。闹市中经过的驴马粪得到了及时清理，因此闻不到空气中的一丝臭味儿。政府为了城市的安全，在雅儿玷姹、帕合塔集市、萨克萨克、新区以及科克其买里等地的路口，用长树干筑起五道卡子。白天卡子是开放的，晚上二更天后就关闭所有的卡子。卡子关闭之后，任何人都禁止通行。而且每一个卡子都有专人守卫，如果发生偷盗和其他事情，就会首先问责守卫的人。粮食市场、馕饼市场、棉花市场以及各种市场常年如一日，井然有序。

清晨，从周边乡村运往城里的粮食，还有各种地方干果和蔬菜，架满驴马车或装满提着的篮子，一部分人早早地徒步来到市场，还有一部分人还走在乡村路上。一眼望不到尽头的人，或者三三两两赶路，或者赶着一群牛羊去牲口市场交易，做买卖的人扬着尘土进城赶集。四乡八邻来赶集的人中，还有一些喋喋不休的手工业者、厨师、卖馕饼者、卖烤包子的、卖薄皮包子的……摆开铺面准备大干一场。叫卖声和嘈杂声混在一起，让集市笼罩在喧嚣之中。从粮食市场到奶子市场，帽子市场到住宅区，被摩肩接踵的人群围得水泄不通，林基路拨开人流穿行。城市的几条繁华的街道上，坐落着杏干旅店、帕哈塔阿旅店、和田旅店、喀什旅店、仙比阿吉旅店等各大旅店。杏干旅店专门交易干果，生意人从这里便宜购买干果，翻越冰大坂贩运到伊犁各地，从而换取白砂糖、方块糖、茶叶等物品，再运回库车交易赚上好几倍。他们甚至用铜铁皮制作的精美器皿，不辞辛苦地马拉驴驮地带回库车。帕哈塔阿旅店专门交易棉花，生意人从麦盖提县、库尔勒地区运回成堆的棉花在这里周转。和田旅店专门交易丝绸、绣花制品、地毯等商品，这里聚集着头戴长毛图马克（皮帽子）的商人。仙比阿吉旅店主要居住红光满面的回族和喀什商人，他们带来粗布及各种当地闻名的手工制品。这些旅店各有二三十间屋子，可以提供商人居住，也可以安置用马匹、骆驼、驴车运送货物的商队。

集市上的人多数是穷苦百姓，或是骑着毛驴、衣衫褴褛的农民，或是为了生计四处奔波的小本买卖人，或是长得像枯木、靠手艺养家糊口的匠人。集市上的货物卖不出，人们的脸上露出紧张慌乱的神情。人们的身躯忍受酷热的洗礼，内心却遭受饥饿的煎熬。林基路同情地看着周围的一切，并且陷入深深的沉思之中。当他看到集市上面黄肌瘦、两眼无神，在商铺或凉棚下无助彷徨的苦命人时，认为这个繁华的地方和别处一样有着贫富差距。路边坐着残疾人和乞讨的老人，穿着破烂衣裳的孩子在他眼前晃动，他觉得心里一阵酸痛。一个分不清头发跟胡子的苦行僧，躺在一个店铺前的空地上。原来他犯了老毛病。他的旁边坐着面无血色的一个妇人，以及一个光着脚啃胡萝卜的三四岁、黄发小女孩。

集市上有的人急匆匆地赶路，有的人慢条斯理地闲逛。他们中间有穿华丽长衫、骑着枣红马的地主巴依，傲慢的官员伯克，坐在马车里的面色红润、脑满肠肥的富翁，以及庸庸碌碌的平民百姓。林基路信步来到花帽市场，本来就很小的集市此时更加沸腾起来。做生意的大部分是女性，面纱也无法遮挡她们脸上的忧愁，从举起花帽抖动的双手、嘶哑的嗓音中，很容易判别她们的苦难。林基路走出花帽市场，走过席子市场，径自来到馕饼市场。这里挤满了各种各样的生意人、手工艺者和衣衫褴褛的穷苦人。买卖荆棘柴的人穿着旧衣裤，四肢齐上阵，用敏锐的眼睛和三寸不烂之舌猎捕穷苦人、小孩和妇人。

晌午时分，灼热的阳光普洒大地，滚烫的石子让脚底板隐隐作痛。烟尘及阵阵袭来的汗臭味儿混杂在一起，让人无法自由地呼吸。集市的喧嚣，让人变得特别容易发怒。每个人嘴里都在抱怨物价太贵，还有闲得无聊的人……林基路穿过人群挤到市场的末端，来到城市最繁华、生意人最集中的十字街口。街道两边是整齐的店铺，店铺主人涨红着脸，伸长脖子嘶哑地招揽顾客。货柜上摆满了琳琅满目的货物，有和田的绢布、艾德莱斯丝绸和华丽的地毯，喀什久负盛名的方格或八角形的切克曼粗布，印度的草药和各式各样的铁丹色染料和胭脂水粉，还有俄罗斯的方块糖和洋火等物品。这里没有集市的喧嚣和拥挤，这里也没有匆忙的人群，以及举着双手念叨“保佑你躲灾避祸”的乞丐。几乎所有的店铺传来“快来看快来瞧，走过路过不要错过，请到店里瞧一瞧，各式商品随你挑”的同一种叫卖声和算盘珠子碰撞的响声。钱和物只属于有钱人。他们坐在店铺里，只为剥削老百姓而努力。

林基路走到库车河大桥边时，被嘈杂人群中婉转的歌声吸引。这美妙的歌声从路右边的一个二层饭馆飘来。城市中央的河滩两岸，有无数这样大大小小的饭馆。饭馆老板为了招揽生意，特地花钱雇用有名望的歌手，从而显示自己的实力。哪个饭馆的歌声响亮，人们便聚集到哪个饭馆。进出饭馆的人大部分是打扮气派的人，光脚的穷苦百姓根本无法靠近。

周边许多乡村的马车，车斗里装满木柴、麦草、粮食，为了早点到对面而互不让道，使得库车河大桥边一片狼藉。库车河大桥十分不稳当，看得人心里真替他们捏把汗。林基路看到就要倒塌的桥，心里很不是滋味儿，顺着人流好不容易来到河对岸。阿克店街十字路口的拐角处，胸前飘着白胡须的老者，举着拐棍儿指指点点：

“你们不要欺负这些可怜的人！”

几个小孩儿被老者的怒气吓到，扔掉手中的木棍四散而去。林基路虽然没有听懂老者在说什么，但是可以肯定孩子们做了不该做的事情。于是，他为了搞清事情走了过去。林基路看到铁链锁着的木笼子里，关着面色蜡黄、披头散发、两眼无神、颧骨突起、衣衫褴褛、满身污垢的几个人。他们靠着围栏，用颓废的眼神无助地看着人群。过往的人可怜他们，递给他们水果和食品以及茶水，看守他们的几个政务警察，在一旁若无其事地吸着烟。他们每个星期五把判了无期徒刑的囚徒，锁进窄小的木笼子里在这个拐角处示众，起到杀鸡儆猴的作用。他们被衙门的政务警察或办事人员，押解到这里游街到天黑。林基路看到面前的情景，浑身颤抖不忍看下去，闭着眼睛把头扭到一边，有的人也看不下去而扭过脖子。这时，街道的中央走过来像公鸡般扯着嗓子喊叫、身材瘦小、穿警服的人。他面无表情，眉毛、头发、胡须有些发黄，戴着大盖帽，内穿立领短袄，下身穿绿色带绲条儿的马裤，脚蹬高跟靴子，佩剑、皮带、手枪和马刀更显得他特别威武。他驻足环顾了一下周围后慢步走过来，身后跟着几个警察保护他的安全。他的出现让情绪高涨的人们缄默地让出一条路，长官似乎没有看见满脸怒火的人们，径自趾高气扬地走过来。这个无情的酷吏走过去后，才听到人群中传出舒心的喘息。

林基路虽然现在不知道那人是谁，可他认为总有一天会与那个人面对面，于是转身走向河滩旁的街道。窄长的街道两侧，饭馆和地摊绵延数里。这里有顶托盘油馕的人，卖盆里冒着热气的烤包子、肉饼、一把抓、抓饭的人，还有卖各种香喷喷烤肉的人。可是，赶集的大部分人是穷苦百姓，腰裹从家里带来的苞谷面馕饼，吃一碗凉粉或羊杂汤打发胃囊。林基路在人流中遇到了衣衫褴褛、蓬头垢面、面黄肌瘦、瘦骨嶙峋、脚上的脚镣不停作响的叫花子。他们来到每一家店铺前乞讨说：“行行好，老天保佑你生意兴隆。”并伸出干柴似的手或破烂的碗，面露讨好的笑容。可怜他们的人会施舍几个铜板，或一个馕饼或几个包子，卖肉的人则会切一小块儿肝子或碎肉。几个警察走过来拿走他们讨来的钱和物。林基路不明白警察为什么让他们乞讨，但是，他看着这些衣衫褴褛的可怜人无奈地摇摇头，并且深沉地叹息……

二

天气特别沉闷，天上没有一片闲逛的云彩。太阳就像挂在空中的一块焦炭，炙热地烧烤世间万物。大地也在舔舐人们的脚底板，让人感觉就好像在火焰山上行走。渐渐聚拢在一起的尘埃，又重新粘到人们流满汗水的脸上。

吾普尔老师在这个城市成长，因此他认识很多的人。他想起一个好朋友，心想：如果他在家，我可以和他好好聊一聊；如果他不在家，我去看望一下他的家人也好。想到这儿，他走向柳树和杨树成荫的街道。街道两旁是白色粉刷的房屋，有商人的房子，有富人的房子，也有穷人破烂的房子等等。街上看不到几个人。他走了一会儿，来到一扇熟悉的门前停下来。院门稍开，里面看不到人影。他敲了敲门，可没有人理会他。他顺着庭院小路径自走进院子。打扫得十分干净的院子里，没有人也没有动静，只有葫芦藤荫下坐落的土炕。藤荫下的屋门上锁着链条，院子里只听到鸟雀在叽叽喳喳地鸣叫。院子里每个角落显露出并不富裕的样子，但是所有家当都物归所属之地。他在院子里慢慢地踱步。院墙旁边有棵桑葚树，繁茂的叶片下果实累累。小时候学会爬高上低的技艺，直到现在也没有忘记。可现在不用如此费力就可以伸手拉弯枝头，把珍珠般的颗颗桑葚果实搁到嘴里……就在这个时候，他听到从果树后面传来脚步声。一个浓眉大眼的二十三岁左右小伙子出现在眼前。小伙子的身材十分魁梧，使人联想到侠士或者勇士。他放下坎土曼：

“朋友，你好吗？”小伙子拍拍手上的尘土，亲切地和客人握手。

“好着呢。阿布都拉兄弟，你也好吗？”客人顺手整了整衣衫。阿布都拉是个二十三岁左右的年轻人，中等个子，五官端正。他头戴八角帽，身穿普通棉布做的短上衣，脚上蹬着当地鞋匠制作的凉鞋。

“还好。我准备给菜地浇些水，这一小块地却费了我很多力气。”主人不知道为什么生气。

“阿布都拉，浇水不是一件简单的事儿，有时像人的血液一样，只有一点，有时和邻居吵得天翻地覆才能浇上水。”客人在渠里洗着手又说，“你的花种得很好，你是不是有什么诀窍呀？”

主人只是淡淡地笑了一下：

“只要付出心血就会有收获。”他们在渠里洗完手，阿布都拉把冒失的客人请到炕上，自己也坐在客人的对面。虽然年龄上有所差别，但是他们是忘年的好朋友，他们的友谊十分坚固，几天不见就有想见到对方的强烈欲望。

“最近怎么样？一切都还好吧？”

“学校的工作很忙，幸好有假期。我想暑假的时候去我姐姐家帮忙，照料一下田里的农活。”

“吾普尔老师，你想得很对。”

吾普尔老师沉默了一会儿后，说：

“你听说了吗？咱们这儿来了个新县长。”

吾普尔老师精通历史、文学、宗教等方面的知识，尤其喜欢时事政治方面的话题。也许是这方面的原因，阿布都拉十分佩服他的博学。他小的时候，知道县官每次进出衙门的时候放炮，这个时候人们停下手中的活计，不顾地上的尘土跟淤泥，跪地就拜以示尊敬，他那时看着觉得十分滑稽。有一天，他问一个大人事情的原因，那个人解释说：“他们是当官的人，所以别人要尊重他们。”这些话给他留下了深刻印象。

“听说新来的县长是一个年轻、有文化的人，说话也很有水平。”阿布都拉稍感欣慰地说。

“新官也好，过去的官也好，所有的官脾气都一样。”吾普尔老师叹了一口气，继续说，“他们坐稳官位之前，会对普通百姓信誓旦旦，也许做一些事情。所以，现在不能过早地下结论。”他们正在议论这个话题时，院外走进来一个麦色皮肤、干瘪高个的中年女人，手牵一个圆脸蛋儿、背着书包、头巾里露出棕色头发的八九岁小女孩。从中年女人的动作可以看出，她是一个精明利索的女人。她认出了吾普尔老师：

“稀客稀客，原来是吾普尔老师。”

吾普尔老师扭过身子，赶紧起身与阿布都拉的母亲和妹妹行礼。阿布都拉的母亲看待吾普尔老师就像自家人一样，见到他就和见到了亲人似的高兴。吾普尔老师抚摸小女孩的肩膀：

“你的学习好吗？”

小女孩的两条辫子显得更加可爱，她羞涩地点点头回答：

“还可以。”

阿布都拉的母亲架好院子角落的炉子，然后来到小伙子们旁边坐下，吾普尔老师特别喜欢和她聊天。每当他听到阿布都拉的母亲爽朗亲切的话语，觉得自己好像坐在世上最慈祥的人身边。阿布都拉的母亲每天早上去毛皮加工作坊那个凉棚的下面，辛苦地和一百多个妇女一起干活。她们分成两组坐在工棚里，在尘土中默不作声地挑选羊毛，根本不知道时间在飞逝。午饭的时候，她们成群地坐在墙根或阴凉处，吃从家带来的又干又硬的馕饼，吃完后又钻进成堆的羊毛中。

因为还有一会儿才到晚饭时间，所以吾普尔老师拉着阿布都拉去赏花。他们的话题依然是新来的县长。过了一会儿，吾普尔老师望着干打垒墙后面的果园意味深长地说：

“她是个聪明伶俐的姑娘，你千万不要错过机会。”

“放心吧，我不会错过她。”

这个时候，果园深处传来银铃般的笑声。阿布都拉听到这笑声霎时感到心慌意乱起来，他期盼地望着果园：

“她好像在和别人说话。”

“她也许是故意让你听见才……”

阿布都拉没有吱声，他心里特别喜欢邻家的姑娘阿扎丹。随着时间的推移，他们的爱情更加坚不可摧。阿布都拉的眼神中充满爱情的火焰，不时期望地伸长了脖子看果园的方向。这种相遇，有时让他的心里充满爱情火焰，有时也让他的心感觉忐忑不安。吾普尔老师若有所思地说：

“她是个有文化、有上进心的姑娘，我很欣赏她的这些优点。我们有很多女性，守着封建迷信，还摆脱不了旧的观念。”

“你说得对，愚昧的思想已经根深蒂固了，应该把这个毒刺连根拔掉。”他们富有激情地谈论对社会的一些看法，直到阿布都拉的妹妹喊他们去吃饭……

三

林基路被鸟雀的叽喳啼鸣声扰醒，清新的空气中掺杂花草树木的芬芳，微风轻轻拂过他的面颊。果园和院落特别凉快，天空中最后几颗星星也躲进了云层，消失得无影无踪。只有启明星在太阳的照耀下，若隐若现地眨着眼睛散发微弱的光芒。林基路的住所位于县政府大院里，紧邻政府办公大楼，是一个非常幽静的地方。门前种着两棵高大的白杨树，还有几棵成荫的柳树和葡萄架。果园里种着无花果、石榴及争相斗艳的各种鲜花。他沐浴着清新芬芳的气息，独自漫步在花红柳绿的小径上。昨夜，树木经过一场细丝般甘露的洗礼，就像刚洗过澡的少女一样亭亭玉立。树叶上的颗颗雨珠坠落，溅起无数五彩的水花。柳树像新媳妇似的低着头，好像在恭迎从未谋面的公婆。树上缠绕的蔓藤花，尽情地在清新的空气中喘息，生怕错过晨曦中美好的时光。林基路在小径中慢慢地深入，果树上的累累硕果引起他的注意力。枝丫与花丛的缝隙中传出鸟儿的欢快婉转啼鸣，色彩斑斓的蝴蝶在花丛中飞舞，让他觉得心旷神怡。还有果园里的杏树、桃树、梨树、樱桃树等各种果树，错落有致地散枝结果。每棵果树都在自己的行列像军人一样矗立，似乎在等待将军的检阅。他望着被果实压弯了枝头的杏树，摘下一颗熟透的杏子顺手塞进嘴里，脸上露出满意的笑容：

“早晨真好，吃着熟透的果子真是一种享受啊。”他自言自语后，来到果园里大理石修建的凉亭旁边。凉亭有八个角，还有刷着红漆的柱子。郁郁葱葱的果园，他使劲儿呼吸了一下新鲜空气，准备为这块赋予人类香甜果实的宝地，奉献自己毕生的心血。

林基路从果园回来之后准备洗脸。他看见廊柱下放着的洗手壶，还有接水的铜花盆和挂在廊柱钉子上的花边毛巾。洗手壶是手巧的艺人精心雕琢而成，放射出银色的光芒，就像要参加文化交流会似的在那里挺立。洗手壶天鹅般细长的脖颈儿，壶嘴像大雁的头一样漂亮，壶盖似巍峨的东方楼宇，显示出维吾尔族优秀工匠的非凡手艺。

林基路吃过早餐后，在自己上班的地方转了一圈。正当他激动地看着周围时，一个人蹑手蹑脚地走过来双手抱拳道：

"林县长，您好。"

林基路打量了一番这个细高个儿、脸庞尖瘦、穿着长袍的三十岁左右的男子后，轻微地点了点头：

"你是政府工作人员吗？"

"鄙人姓徐，名字叫士杰，是县政府的秘书，以后请您多多关照。"那人谦恭地点头哈腰。

林基路仔细环顾周围，看见大堂门上的牌匾：

"这个牌子已经没有意义，应该让人把它取下来。"

徐秘书莫名其妙地看着这个刻着"天理国法人情"的木匾，没有明白林基路的意思，像要把一棵古树砍掉似的瞪大了眼睛，疑惑地问：

"要把这个牌子取掉吗？"

"是的，这种东西早该一把火烧掉了。"林基路十分肯定。

徐秘书东张西望、不知所措却不敢再问，派一个人扛着梯子好不容易才取下木匾。徐秘书拍打长久以来满是灰尘的木匾之后说：

"您的办公室按照阿副县长意思布置的，请您过目。如果您不满意，请您吩咐。"

“好吧，咱们去看看。”林基路随着徐秘书顺来时的路，走过一个门洞之后右转，沿着石阶走进一间面向西的屋子。

徐秘书指着左边的门：“鄙人和书记员、翻译等工作人员在这个办公室，这是阁下的办公室。”徐秘书说着，打开对面的一个门。

林基路跨进门槛环顾四周，屋子的西边有两扇窗户，中间放着一张办公桌，办公桌上面搁着四方的砚台和笔架等物，笔架上还有几支毛笔。办公桌两边有几张单人椅子，门旁放着一张长椅，角落还有带有浓郁地方特色的书柜。

林基路长途跋涉来到新疆还不到一年，无奈地调动了几个岗位，尤其是调到阿克苏任职以来，没有得到了解这个只从地图看过但没有游历过，只听说过名字但没有亲眼见过陌生的乡土、陌生的民族的机会。自从他来到这片绿洲之后，虽然知道人民需要什么、希望什么，但不了解他们的语言、风俗习惯。为了在陌生的地方干好工作，为异域的父老乡亲干好实事，就该融入他们当中，依靠地方民众，尊重他们的风俗习惯从而赢得他们的支持，尤其要和他们的长者和文人搞好团结，发挥他们的长处，一起搞好工作，只有这样，才能赢得他们的信赖和拥护。

林基路听说库车县是新疆南部的贸易重镇，南北疆的生意人跟着商队摩肩接踵地来往，让各种丝绸和工艺品在这里易手。这里的土地肥沃，人民善良、智慧、勤劳、手艺精良，而且农业也很发达，是个科技文化十分先进的县城。但这里也和新疆其他地方一样，是富人的天堂，穷人的地狱。极少数人生活安逸富足，多数的农民和城里穷苦人的生活还是十分潦倒。这是他来到这个城市亲眼看到的各种情况，以及形形色色的生活给他留下的深刻印象。林基路辗转反侧地思索几天后，首先想从民众关心的几件事开始自己的工作。

林基路坐到属于自己的位子，然后看着准备接受任务的秘书说：

“你去找史科长，让他把监狱里犯人的资料和百姓的诉状拿来。”

秘书刚退出去，阿布都热依木副县长走了进来：

“恭喜恭喜，县长阁下。”阿布都热依木祝贺完开始工作的林基路，然后打量了一下办公室布置的情况后，说，“怎么样，这个办公室您还满意吗？”

“很好，多谢你费心了。来，请坐。”

“看来不必担心厨师。”阿布都热依木副县长边坐在林基路的对面，边笑着说，“我觉得别人不合心意，就安排萨乌尔打理您的三餐。您放心吧，他已经通过了考验，是个手巧心细、忠实可靠的人。”

“辛苦了。”林基路向阿布都热依木副县长方向移了移椅子，“我认为咱们今后的工作首先要了解监狱在押的人犯，处理被无辜判刑的人员，多接触提出诉讼的百姓，多听听他们的要求和意见，你看怎么样？”

“我十分赞成您的英明决定，无论是警察局的监狱还是衙门的监狱都人满为患。其中一部分人可能是无辜的，所以有些人不忍冤枉才会不断递诉状。”

“我昨天转街的时候，看到一个奇怪的现象。”林基路讲了有些囚徒被囚在牢笼里示众，还有一些囚徒沿街乞讨的情况，并说自己觉得非常疑惑。

“囚犯的供给不足，无奈每个赶集的日子让他们去乞讨，攒足一星期的食粮到下个星期赶集日。他们靠此来维持，不然他们会饿死。”

听完此话，林基路十分震惊：

“给囚犯的供给不够吗？”

“据了解，其实不是这样的。政府拨给囚犯的食粮是定量的，刚才那些事情是监狱管事为了敲诈勒索想出来的损招。”

“是吗？”林基路若有所思地说，“你想过用什么办法调查这件事吗？”

“办法是想过，但是这件事根深蒂固，而且牵涉面广……俗话说：‘击打牛角蹄子痛，十指通心心儿痛。’唉，自上而下都已尝到了甜头，所以都装聋作哑不吱声。”

“原来是这样。”林基路站了起来，在办公室来回踱步，最后停在阿布都热依木副县长的对面，“但是在街上乞讨的人也不少啊。”

阿布都热依木副县长抚摸着修饰精美的胡须，继续说道：

“是的，阁下看到的不是所有犯人。有些犯人宁愿饿着也不去乞讨，羁押在监狱，长久得不到亲朋好友消息的犯人无奈去乞讨……装在牢笼示众的人里，有个叫麻扎和卓穆乡霍加（贵族称谓）后裔克韦里希霍加的人。他在杨增新执政时期，也就是他二十八岁那年曾被知县陈大人判处无期徒刑，谁也不知道他为何事被羁押，这个人现在已经到了古稀之年……”

林基路双眉紧锁沉思了片刻，又想起昨天在集市看到的另一件事情：

“警察局有个尖瘦的人吗？”林基路的眼前浮现那个长官狡诈、跋扈的模样。阿布都热依木副县长想了一会儿问：

“他是不是眉毛有些发黄？”林基路点了点头，阿布都热依木副县长接着说，“哦，他是警察局副局长，名字叫扎帕尔·穆纳斯普夫。”但是，阿布都热依木副县长避开了警察在街上敲诈勒索平民的行为。

“他的官威很大嘛。”林基路嘲讽地说了一句。这时，徐秘书抱来了一摞档案，轻轻地放在林基路面前的桌子上，然后从公文包里拿出几十张诉状。林基路看了看问：

“这些史科长审阅过吗？”

这些诉状都是用的芦苇秆写在和田羊皮纸上，由于很久没人动过而布满灰尘，散发着霉气。

“不。史科长说：‘看这些无赖的诉状，只会浪费我的时间。’所以才扔到了一边。”徐秘书诚惶诚恐地说。

“你赶紧派人把这些诉状翻译成汉文，财产纠纷和夫妻纠纷交给宗教法庭重新审理。”林基路斩钉截铁地说。

“是，我一定亲自去宗教法庭传达您的意思。”

林基路交代把各地来的人民诉状交由各级机构处理，并且立即回复提出诉讼的人和满足他们的要求。

“我想说，”林基路交代完具体任务后，说，“从今往后，不许把犯人拉到街上示众乞讨，一定要保障他们的食物供给。你现在就去告诉史科长，并且知会他今后我会不定期检查。”

“是。”

徐秘书退了出去，林基路望着阿布都热依木副县长说：

“他们不分青红皂白就抓人，还不给那个人一个交代，人民不会说我们不公平吗？”

阿布都热依木副县长看着林基路坚毅的表情，微微地点了点头，说：

“当然会这样，县长阁下。”

林基路把手揣在马裤兜里走到窗户边，好像身体在燃烧。他在微风中冷静了一会儿后，说：

“不管是什么民族，只要我们鞠躬尽瘁，人民就会认可我们；反之，人民就不会承认我们，也许会颠覆我们。为什么人民会反对同民族的一些地主呢？这里就有阶级压迫因素。”

阿布都热依木副县长认真听完林基路的话语，说：

“您说得很对。在这个地方家族势力压迫民众已经成了习惯。”

“这种现象一定要取缔。”林基路强调说。

林基路和阿布都热依木副县长的讨论很深远，从一个问题到另一个问题，从这件事情到那件事情不停地交流。林基路心想：为了改变库车县落后的面貌，应该从文化教育开始。阿布都热依木副县长讲到民国二年（一九一三年），库车县就有了民族教育政策。库车县新民族教育面世，有学问的人得到重视时，一些封建势力散布恶意的诽谤，诋毁文学的殿堂，有种除之而后快的感觉。甚至利用恐吓或强制的手段，迫使广大人民陷入愚昧无知的漩涡，就像原始人一样生活。但是，启蒙主义的人拯救人民于水火之中，在恐吓和压力下不动摇信念，战胜千万险阻勇敢奋斗的精神，尤其是维文会（维吾尔文化教育促进委员会）成立以来，文化教育工作得到了繁盛昌荣。新民主的形势下，库车县城里和乡村掀起组建学校的浪潮，一九三六年，维文会建造了两所私立学校，总共组建三十六所公有制学校。学校的教师有二百一十人，学生有四千六百多人。那年秋天，师范学校第二期学生毕业，壮大了教师队伍。后来，县新文化教育事业完善了基础，在阿拉哈格、喀拉布哈、齐满巴扎等乡村成立了女子学校。广大民众听到和看过报刊上广泛宣扬民主、民族平等、经济发展和文化教育发展等事情的指示的同时，也看到出版局发表的新奇文章。从此人们有了希望，还增强了他们对新政府的信赖。一九三五年五月文工团成立后，县政府从风景优美的地方划分了十四亩地，还有去年年底维文会募捐得来的援助，建了一个可以容纳六百人的剧场，在县里有名的地主玉努斯阿洪巴依、纳斯尔金匠等人的支持下，建了四间办公室，人们的精神文化生活有了进一步的提高。林基路听了阿布都热依木副县长广泛而又详细的汇报，饶有兴趣地问：

“这么说，现在在剧场开始上演电影和话剧了？”

“维吾尔族中思想进步的文化人士，写了许多各种内容的歌舞、喜剧、话剧等优秀作品，淋漓尽致地在舞台上表演，对提高人民的觉悟起了很好的作用。说到电影，由于我们没有自己的电影放映机，只好等阿克苏来人放电影，所以人们不能按时看上新电影。”

“那么。”林基路容光焕发地说，“咱们也购买电影放映机，电影的教育意义很大。”

“您说得很对。”阿布都热依木副县长接口说，“我们和苏联方面的人协商，准备购买电影放映机和一辆汽车。去年，我县有将近二百余户工商业者成立了个贸易有限公司，入股了将近二百项生意，并和他们在驻阿克苏的苏－新贸易代办事处达成协议，羊皮羊毛等畜原料通过乌什县出口到苏联，从那里进口其他物品。比如方块糖、钢铁、煤油、洋火、餐具等贸易货物。今年根据库车县维文会的建议，我们和这个公司驻阿克苏的苏－新贸易代办事处协商，签订进口一套电影设备和一辆‘莫洛托夫’牌汽车的合同。为此，维文会把三万斗麦子的钱入股了贸易公司。但是由于交通不便，至今还没有到货。”

“召集工商业者和交通设施便利的人，成立个咱们自己的运输公司。”林基路沉思了片刻，“这个运输公司就负责从苏联进出口货物的事情。”

“这是个好主意。”阿布都热依木副县长十分赞同林基路的想法，“工商业者很久以来就有成立运输公司的想法，这样也能达成他们的心愿，咱们的合约也能实现了。”

林基路对讨论感觉很满意，从椅子上站了起来，说：

“我对今天的讨论很满意，而且还很佩服你流利的汉语水平，我很好奇你是从哪儿学会的汉语。”林基路微笑地看着阿布都热依木副县长。

“承蒙夸奖，我是在学堂学的汉语。”阿布都热依木副县长很谦虚。

“我每次看到各个民族兄弟用自己的语言说话时，总是会产生浓厚的兴趣。因为，某种语言文字不仅是一种文化武器，而且还可以做友情和理解的桥梁。”

阿布都热依木副县长心想：这个人说话真是太特别了，这是多么朴实的言语啊。我听到这样的话，简直不敢相信自己的耳朵。如果他又学会我们的语言，了解我们内心世界的秘密，那就太感人了。他身为官员还为我们说了这么多的话，这不是看得起少数民族是什么?!

“我认为，学会另一个民族的语言，不仅多懂了一种语言，还会多一双耳朵。不仅可以任意听懂别人的话，而且可以理解其中的含义。《六大政策》中关于《民族平等》的部分，就明确指出这些问题。”

“您说得很对，我希望咱们密切配合，多为库车人民做一些有利的实事。

“我们维吾尔族有句谚语，说‘线随针走’，希望库车县在林县长的英明领导下，人民会有令人满意的变化。如果您没有其他事情的话，我去和工商业者见个面，谈谈关于运输公司的问题。”

阿布都热依木副县长和林基路道别后出门，看到端着托盘、摆着茶具的萨乌尔：

“看样子是给林县长送茶啊?很好。县长有事和你商量。”然后又问张大嘴巴莫名其妙地望着自己的萨乌尔，“我们选定你为林县长的厨师，你还满意吗?”他平时习惯了“我”的称呼，现在却多用“我们”这个称呼。

“我怎么敢不遵从大人的吩咐，但是小人有事禀报，我不是有名的厨师，如果饭菜做得不合口，那我就完了。”

“你就放心吧，林县长是个非常朴素的人，所以我们才选定的你。”

萨乌尔听了这话，有些不好意思地低头笑了笑，说：

“既然大人这么说，我也不好再推辞。好吧，我尽力而为。”萨乌尔说完，走向办公室方向。

萨乌尔走进办公室的时候，林基路正在翻阅资料。他没注意蹑手蹑脚地走进来从茶壶里倒水的萨乌尔。萨乌尔端着一碗茶水来到林基路的面前：

“县长大人，天气热，请喝点茶水吧。”说着，恭敬地把茶水递了过去。他的汉语很好。林基路看到一个戴着巴旦木花帽、粗布衬衫外扎着腰带、和蔼可亲的人，正在微笑地望着自己：

“你好像是副县长的厨师，你叫什么名字？”

“我的……名字叫萨乌尔。”萨乌尔有些怯懦。

“好哇。”林基路接着嘱咐，“我们南方人就喜欢米饭，煮得软一些就可以。如果可能的话，就不要用辣椒和醋。饭菜也简单，平时炒一个菜一碗鸡汤就可以。炒鸡蛋的时候，不要超过三四个，要注意节俭。”

“一切按照您吩咐的去办。”萨乌尔应诺道。

第二章　公正

一

县政府东侧是大约可容纳七八十名犯人的监狱，监狱周围是五米高的院墙。墙的厚度足有两米，上面还有铁丝网。监狱大门口有一个浓眉麻脸、衣服得体的高挑人，手持九连发长枪正在守卫，人们都叫这个单身男人麦迈提明喀里。监狱被高墙分为内外两个空间，大门旁边有一排四五间囚室，专门供给短期徒刑的犯人居住。这些囚室有的大约宽两米，只能容纳一个人。由于没有窗户可以透进亮光，里面的囚室不仅漆黑一片而且恶臭潮湿。囚室的门是栅栏形，只有一个能伸出手的小洞。犯人不允许在囚室外自由活动，根本不能随意和监狱外的人接触。如果他们想和亲戚朋友见面，必须要暗中送给监狱长两三枚银元的好处。

其中，一个栅栏里有两个蓬头垢面的人，他们中的年长犯人对靠在监狱阴冷墙壁、胡须凌乱的同伴说：

“今天是咋了，怎么这么安静？”

“我听说乞讨来的食物已吃完，这可咋办呀？”同伴显得十分焦虑。

“我听说来了一个新县长，他说监狱的犯人不能去游街乞讨。”

“他这是要饿死我们吗？！”

“听说今后允许我们的亲人探访，也可以接受他们送来的食物……”

“但愿如此。”胡须凌乱的犯人轻蔑地笑了笑。

“三年来，从没人来问我的情况，总有一天我会离开这个该死的地狱。”

“但愿如你所愿，诺罗东喀里。”胡须凌乱的人安慰他。

“就是不知道要等到啥时候呢？”

“人无法改变自己的命运，苍天也会赐予他善果。古人说：‘不要绝望，希望在召唤。’咱们也应该有个盼头……”胡须凌乱的人无奈地说。

这时，远处传来“县长大人到！”的声音。胡须凌乱的人听出这是监狱管事的声音，懒洋洋地望了望栅栏的外面。监狱长拍打每个囚室的门威胁道：

“县长到的时候，不许喊冤，不许说我的坏话，否则你们不会有好果子吃。”

犯人们想看看新来的县长，都缓步来到栅栏跟前。诺罗东喀里此时放开嗓子喊：

“你们把林县长叫来，我问问我到底犯了什么法？”他的声音让监狱里充满了紧张的气氛。

没过多久，司法长官史成山引领林基路出现在监狱大院，翻译紧随其后，监狱长阿谀奉承地点头哈腰。此刻，从囚室里传来喊冤的声音响彻监狱上空：

“冤枉啊，我冤枉啊！”

“这是怎么回事？”林基路望着监狱长问。

“县长阁下，他的脑子不正常，经常这样号叫。”监狱长狡黠地说。

林基路来到栅栏前，命令监狱长打开一个囚室的门。囚室里由于终年见不到阳光，里面弥漫着令人作呕的气味儿。林基路环顾了一下囚室，囚室里有五六个人，有的人搭着肩，有的人头枕着另一个人的腿躺在草堆上，有的人则躺在光秃秃的地面上，还有靠在墙壁旁坐着的，被病痛折磨得不停哀号，成群的苍蝇附在他们的脸上正在饱餐。这几个人瞪着眼睛，气愤、担心、无助地望着林基路。

“你是什么原因被抓进来的？”林基路看着一个光着上身、瘦骨嶙峋的人问道。

那个人瞟了一眼林基路，走到旁边躺下来。

“你有什么冤屈吗？没事，只管说，如果你的罪较轻会被释放。”

囚犯通过翻译明白了他的话，轻蔑而沮丧地笑了一下：

“五年前，我被冤枉抓进来，受尽了无数凌辱和委屈。算了吧，告诉你这个县官老爷，到头来我们还是会空欢喜。”

“住嘴！狗崽子。”监狱长在一旁听着他的话，像挣断了铁链的疯狗冲过去狂吠。

“你解释给他，无论有什么事情都可以告诉我。”林基路拉住他的衣袖，看着翻译说。翻译解释给犯人听。那个人舔了一下嘴唇：

“好吧，我就说说。那是五年前的秋天，巴依的两个爪牙领着两个警察突然冲进来，把我五花大绑。一个警察冲我说：‘你跟老爷抢水顶嘴，辱骂老爷，欺辱老爷的女儿，所以我们才来抓你！’衙门的官员不问青红皂白，判了我一个十二年监禁。”

林基路又查看了几个囚室，轮到诺罗东喀里时问：

“你是怎么被抓进来的？”

“我有块果园紧挨着巴依孜伯克的地，家里几口人靠它糊口。我父亲辛辛苦苦地在这块地里干活，村子里没有比那儿更好的果园。果实熟的时候，走进果园的人觉得特别特别舒服，好像自己来到了天堂一样。

就因为这个原因，到果园游玩的人络绎不绝，甚至巴依孜伯克不顾自己一眼望不到头的果园，从这里拿果子去吃，还把城里来的客人也领到果园里，胡吃海塞一顿后扬长而去。我父亲并不在意，还说：‘水果是恩惠之物，上天会赐予它繁盛。’果园越来越好，而巴依孜伯克却暗生妒忌。我们虽然知道十分贪婪的巴依孜伯克垂涎果园，可我们不想丢掉这个果园。他派人打探我们的心意，我父亲对来人说：‘就算他只手遮天，我也不会把果园卖给他。’原来，这个坑害我们的卑鄙小人，断我们的水想让果园枯竭，我们申请水，他说：‘让你儿子为我干苦工一年。’没有别的办法，我成了伯克的仆人。有一天，他领着妻女去邻村参加婚礼，走之前狡诈地对我说：‘你在我家干活儿，我就像亲儿子一样相信你，今天我们要去参加婚礼，你好好地看着家里的一切。’说完走了，到了晚上他们才回来。过了不久，他从屋里慌乱地跑出来，指手画脚地对我喊叫：‘我不是让你好好看家吗？！趁我们不在家，你从箱子里偷走了珠宝，还有一对金手镯！’他的老婆和待嫁的女儿，揪着自己的头发哭天喊地。我听到这个话目瞪口呆。老爷家的屋子没有人可以接近，再加上门、箱子用两道锁锁着，而且院子里时刻有人巡视，怎么可能丢东西呢？我不相信这是事实，巴依孜伯克却咄咄逼人：‘说！到底是谁偷的！’因为我身上没有一丝污点，便直愣愣地对他说：‘我不知道。’第二天一大早，他找来了个巫师算了一卦，那个骗子说东道西，也说是我偷走了这些东西。这样还不能让我承认，就把我吊在房梁上用鞭子抽打……等我苏醒时，发现自己遍体鳞伤，他们在我昏死过去的时候，已经让我在招供书上画押了，然后把我押到衙门监禁起来，从此巴依孜伯克霸占了我们的果园和一块良田。”

林基路细心地听了诺罗东喀里的话，又了解了其他几个囚室情况。在回来的路上，他对史成山说：

“你们一定要让他们吃饱肚子，绝对不能让他们受到委屈，严惩克扣粮饷、中饱私囊的人。你回去以后，亲自查办偷珠宝一案然后向我汇报。”

“我们早就审查过此案，由于事实证据确凿已结案，没有必要重新审查。”史成山不屑地说。

“这么久以来，他觉得很冤枉，所以必须重新审查一下。”

夕阳飘浮在群山间，城墙顶部稀薄的晚霞映红了懒散的云彩。林基路在县政府前与史成山分手后，他想独自在周围转转，于是环顾四处漫步而去。他走过一片门窗刷成黑色的砖瓦房店铺后，又走了一会儿，眼前出现残垣断壁和砖瓦、土坯碎块盖的破屋烂房。这个地方是，一九三三年在库车县人铁木尔·艾力发动起义时准备当办公室，却遭到炸弹袭击后留下的弹药库旧址。林基路耳边好似在回响当时废墟中急促的脚步声、呻吟声，远处的喧嚣声和烈火的燃烧声。林基路在废墟远处似乎看见学校模样的一个地方，他踱步走到大门口。周围寂静，看不到一个人。他走进少了一个门翼，而且敞开的大门，穿过很大的场地后径自走到另一扇大门。这是学校的大门。林基路走进大门，眼前是教室、办公室和操场。操场前面是漂浮着浓绿水藻的小水塘，水塘边的泥泞上清晰地印着孩子们的脚印，高低不平的操场上碎纸片随风起舞。有些教室的墙体已有裂缝，大片大片的墙皮开始脱落，烟尘熏黑了白色的墙面，窗户框上粘的纸已晃动脱落。林基路走进室门大开而且凌乱的一间教室，黑板上画满了孩子们的涂鸦。有的桌子腿已经断裂，房梁一角还垂落着破旧的席子。周围渐渐地被黑色笼罩。林基路正想巡看完学校回去，却看见水塘边一间透着微弱灯光的房子，于是他朝那间屋子走去。屋子里传来几个人的嘀咕声。林基路轻轻地推开门，办公室墙面挂满各种图表、课程资料图、锦旗以及奖状，中间的一张桌子边坐着几个人。其中一个人在说话，另一个人伸长脖子在侧耳细听，一个人在发散出微弱光线的破旧煤油灯下，伏案在写着些什么，还有一个人在默读手里的一本书。他们看见门槛站着一个陌生的人，慢慢地站起身望着他。

“我没有打扰你们吧？”林基路介绍完自己后，不好意思地说。

在座的人中，有一个名字叫吾普尔的老师移了移椅子，请林基路坐下来。林基路坐在椅子上之后，让其他人也坐了下来。林基路亲切地注视吾普尔老师：

“你叫什么名字？”

吾普尔老师回答了问题。林基路顺手拿起他面前摊开的书：

“这是什么内容的书？”

“这是在苏联印刷的教科书。”吾普尔老师回答，“由于没有我们自己的教科书，现在只能利用这些书。”

林基路仔细倾听吾普尔老师用流利的汉语回答，道：

“我们一定要有自己的教科书。政府在发展教育的方针，审议了建立各个民族语言教科书倡议，教科书的问题一定会解决。”

“四月革命以后，虽然文化教育有了起色，这也只是维文会努力和坚持的结果，但是政府又给我们做了些什么呢？”

“看样子你对政府不满意？”

吾普尔老师惊出一身冷汗：此人提出的问题很复杂，我怎么没想到他是盛世才的人呢？然后又说：

“我的话没有反对政府的意思。”

林基路没有想到吾普尔老师如此敢说实话，他改变了话题：

“这样看来，没有教科书学生上课怎么办？”

“学生抄写老师写在黑板上的课程。”另一个教师回答。

“你们在备课吗？”

“是的。”

“学校的教课怎么样？”

这个问题让教师们哑口无言，面面相觑。教师们由于每天挨家挨户叫学生上课，每个班只有一个老师教课。由于政治上的无奈和生活不安定等原因，教师无法安心备课，教学水平非常低下。海尼扎提老师用生疏的汉语表述了这个问题：

“人们贫困无知。他们只关心怎样过日子，根本无暇顾及孩子上学的问题。我们每天的任务是什么？就是挨家挨户去找学生。虽然我们很努力，可有的班里只有四五个学生。”她沉默了片刻又说，“有的孩子学了三四年，也没有学会简单的字母。”

另一个老师假装写字没有吱声，就算他想亢奋地发表自己的想法，可是又害怕仓促之间受到伤害。老师们不了解这个新来的县长，现在的社会暗探太多，人们甚至害怕大声咳嗽。这个人心存叵测深夜造访，谁也不知道他到底有何居心。教师们害怕此人假装关心后再教训他们，所以都不敢说实话。林基路从和教师们的谈话中，了解了很多自己不知道的情况。尤其是特别赞赏吾普尔老师提出的尖锐问题，还有他对现实全面而又深刻的见解。

二

林基路在工作之余，经常出入县里的几个学校。有些时候，他早晨就来到初次造访的县立小学，微笑地看着背着书包、满脸稚气却光着脚耷拉着裤腰带的学生。教师学生都已知道他是新来的县长。林基路热情而质朴的性格让他们越来越无拘无束，渐渐消除了彼此间的陌生感和距离感。学校每天早晨都举行盛大的升旗仪式，这时教师和学生排着整齐的队伍，都聚精会神地注目升旗的方向。升旗仪式后，学生们喧嚣地奔向各自的教室，原本挤满了人的操场霎时间变得空荡荡。没过多久，教室里传来孩子们杂乱而稚嫩的歌声：

学校，学校
学校里有小朋友
学校在召唤我们
科学的殿堂
擦亮了我们的眼睛

努力学习
我们继续努力学习
广阔的海洋
自由自在似鱼游
……

林基路在操场或办公室经常对校长、教师做出重要指示，为他们在今后的工作中更加努力奠定基础。虽然他不懂维吾尔语，但是经常来到班里了解教学情况。有时候，林基路召集学生们教他们唱歌，有时把手举起来像个指挥家，用不同的语言音符教孩子唱歌。他时而赞许地点头看孩子们，时而教孩子们体操运动。

有一天，他来到一个教室坐在后排的空座上。十几张破桌子满当当地充斥了教室，每张桌子上挤着三四个孩子。孩子的年龄大小不一，大的有十五六岁，小的有八九岁左右。因为只要到了上学的年龄，无论大小在一个班里学习。学生的书本也各个不同，有些孩子用俄罗斯的白纸或方格本，还有的孩子用和田的草纸订的本子。有的学生买不起本子，就把所有的课程都写在一个草本子上。有些经济稍好家庭的孩子用得起铅笔，还有经济稍差的孩子用便宜的砚笔，他们直接用砚笔蘸着淡蓝色墨水写字。买不起砚笔的学生，干脆就把芦苇削扁了用来写字，笔尖时常戳穿草纸，把本子染得一塌糊涂。孩子们用沾满墨水的小手擦鼻子，根本不顾自己的形象……

教室的门开了，一位身穿灰色上衣、头戴苹果核色金丝绒花帽、白皙矮胖的人走进来，教室里霎时鸦雀无声。他走近课桌，阴冷地环顾了哗一下站起来的孩子们。他打开考勤表，把孩子们逐一点了一遍名后，示意孩子们坐下来，然后，转身把课程用粉笔写在墙面上的黑板。

“报告。”从外面传来微弱的声音。

“进来。”

一个小男孩从外面胆怯地走进来，他头发很长，戴着花帽。这个瘦弱小男孩大约十五六岁，衣衫十分褴褛。他因为自己迟到，低头羞怯地盯着光脚。林基路曾经在老铁匠那里见过这个孩子，心中暗想：这个孩子原来在这里上学啊。教师就像看见麻雀的鹰隼似的冲过去，抓住孩子破旧的衣领，瞪着一双浑圆的怒眼：

“你能不能早点来，阿勒马斯！说，为什么迟到？！”

“我为了帮爷爷……”孩子怯懦地说。

“你在这个班读了三年，你这样上学怎么能行呢？！”

“我爷爷生病了，除了我之外没有人照顾他……”阿勒马斯低着头，无助地听完老师恶毒的言语，带着哭腔、皱着眉头伤感地说。

“伸出手掌。”老师根本不满意这个借口，他拿起黑板角落钉子上的三角板，用命令的口吻喊道。

“好老师，我求求你，我知道错了，以后我早点来，不要打我。”阿勒马斯把手藏在身后哀求老师。

“你挨了板子后再认错。”

阿勒马斯无奈地伸出左手——右手还要用来帮爷爷压风箱和写字。

“伸开手掌！”

这次阿勒马斯伸开手掌，盯着老师的眼睛。啪——声音响彻班里，可怜的孩子揉着痛楚的手掌。

“现在回到自己的位置。”

阿勒马斯用手背擦干眼泪，慢慢地走向后排的课桌。林基路正好坐在他的位子上，他移了移身子给阿勒马斯腾出地方，而且对他示意：别说话，在笔记本写着什么后，又仔细地看着阿勒马斯的脸。阿勒马斯也认出了他。老师此时还没有看到林基路，他的眼睛跟着阿勒马斯身影移动，看到林基路后羞得脸似鸡冠……

林基路曾在阿克苏教育局当局长的时候，看到学校体罚情况严重，比如用板子、树条殴打手掌，下跪、头顶砖块、关进小黑屋、在冰上罚站等行为，所以明令禁止这些不恰当的体罚行为，但今天却又看到不堪入目的行为。另一节课他来到其他班，虽然坐了很久，可迟迟不见老师来。他坐了十五分钟以后，去找校长了。

校长米吉提·卡斯木还不到三十岁，是个非常帅气的年轻人，林基路和他比较熟识。校长和一个身体魁梧、西装革履、大嘴唇上蓄着细长胡子、大约二十五六岁的人，在办公室里激烈地谈论着什么。那个坐着聆听话语的人满脸流露忧愁的神态，身上破旧的衣服令人心痛，以此可以看出他多么贫苦。年轻人特有的敏捷强壮在他身上已消失殆尽，就像生活没有了意义、整天围着小酒馆的人。校长看到林基路赶紧站起身，和他握手寒暄后请他坐下来，对面前六神无主、眼睛不知藏在何处的人说：

“加马力先生，你是个有文化的人，你的言语、行为应该成为别人的典范。好吧，咱们今天暂且说到这儿。”那个人走出去以后，校长对林基路解释：“昨天多喝了一点，今天就没有去上课。”

“他经常这样吗？”林基路有些疑惑。

“他本来不喝酒，刚从师范学校毕业来到我们学校时，他是个圆脸庞、朝气蓬勃的人。经过勤奋工作，很快就成了学校里的佼佼者。后来家里遭受了不幸。从那时起，他就不再积极工作而且开始酗酒。老师们中间，还有几个经常喝酒的人。”

“他们的收入微薄，还有钱喝酒吗？”

“他们没有钱的时候，就在酒馆里赊账喝酒。”

林基路说对他们要加强教育，让他们明白自己神圣的职责：

“有些教师中还存在打骂学生的情况，应该彻底消除这些不良习性。靠体罚学生，树立教师的‘形象’是不好的事情。”林基路继续和校长讨论时，掌握了警察局副局长扎帕尔·穆纳斯普夫有关的事情。据校长讲，他任意叫教师去审问，有时候随意叫教师参加其他劳动，因此有些班级没有教师，荒废了孩子们大好时光……林基路心想：应该找个机会和扎帕尔好好谈一谈。

三

林基路在逐个审看积压已久的案卷，他无法想象这些卷宗，竟然没有正式批准逮捕的公文。有些资料根本看不懂其中的含义，更无法查清有些人入狱的真实原因。被囚禁的人多数是贫困的农民或穷人，他们有的交不起重赋，有的付不起地主巴依的租子，还有的是因为反抗巴依和假装好人的毛拉强行糟蹋自己的妻女姐妹，被冤枉为“无赖”“泼皮”

投入监狱的人。地主巴依和县政府官员勾结在一起，让恶性循环日益高涨，随意诬蔑不顺眼的人，把他们关入监狱，让那些人家破人亡已成习惯，如此恶性循环……所以，解决这些案件并不简单。但林基路不能容忍让那些无辜的人在监狱饱受煎熬。他派了几个人去调查诺罗东喀里“偷窃”一案，然而派去的人还没能靠近巴依孜伯克的门槛就回来了。据他们讲，巴依孜伯克大发雷霆：“你们因为他派人搜查我的屋子吗？！他算是个什么东西，不要逼我生气，你们给我滚！”就像赶狗一样把来人赶了出来。林基路对他们说：“这个案子对我们以后的工作非常重要，所以我们要公正地处理这件事，我们要得到人民的信任。”他没有被巴依孜伯克的恐吓吓住，又派人认真仔细地调查这个案件。派去的人根据掌握的线索，查看了大量可疑之处。大约过了一个星期，珠宝首饰出人意料地出现在装衣服的铁箱子里。据查实，他当时说被偷的东西全部找到，原来巴依孜伯克担心老婆和女儿会丢失自己为女儿积累的布匹、珠宝和金银首饰，所以就把它们背着老婆孩子藏了起来，还四处散布被小偷偷走的消息。

一天，林基路对阿布都热依木副县长说：

“我给你看一样东西。”

阿布都热依木副县长望着林基路，林基路打开抽屉拿出一个红包包说：

“副县长，你过来。你看见了吗？这是珠宝，这是珍珠，这是宝石，其他的是各种玉石、祖母绿。”挤满林基路手掌的这些东西让人眼花缭乱，珍珠散发出耀眼的光芒，玉石和翡翠五光十色，每一个都十分精美漂亮，阿布都热依木副县长眼前一下浮现出在监狱受苦的诺罗东喀里那颤抖的双手，充满了痛苦神情的眼睛。他说：

“常言道：‘渴了送水，冷了送火。’阁下首先从公平处理案件着手是非常英明的举措，老天也会帮助你的。”

“你看，巴依孜伯克以这些东西为借口，把一个好好的家庭给拆散了。我看过的这些卷宗，足以证明监狱的犯人一半以上是冤枉的。这是可以释放人员的名单，我希望你仔细看一看。”

阿布都热依木副县长是个仁爱人民、熟识百科的人，他热衷于支持保护学子和有为青年，是个受人尊敬的人。他办事公平和公正，乃至路边一个孩子向他施礼，他也会谦虚地接受并还礼。他仔细地看了一遍名单：

“我看了这个名单，长久以来压在我心上的一块石头总算落地了。”阿布都热依木副县长表白着心里话，“这些人的亲戚朋友多次找过我，并且递上冤枉的诉状。就算我是县里的副县长，在手下人眼中根本没有权力。我就像手脚被困住的泥塑人，根本没人听我的话。那些人任意妄为，给任劳任怨的人民带来无尽的痛苦，让他们怨声载道。我看了阁下的英明举措和给这些人带来光明的名单，我只能说今后我会奉献我的一切。”

“你的威望、智慧都比我强，懂得很多问题。我没有在少数民族地区工作的经验，如果没有你这样德高望重的文人，还有广大民众的支持，我就像一棵没有根的树。”

“我非常满意阁下的意见。需要强调的是，社会上的事情需要许多策略和改革，才能够步入正轨。为此需要接近广大民众，和各界人士打交道才能找到出路。”

“我觉得只要我们公平公正地办事，人民会拥护我们。”

这个时候，门口传来脚步声。稍停片刻，有人小心地敲着门。阿布都热依木副县长问：

“谁呀？”

“可以进来吗？”

“可以，进来吧。”

门开了，门口出现翻译和一个身体强壮的“黑色大胡子”。黑色大胡子的人手里提着一个沉重的篮子，很明显可以看出，他从很远的地方来。他抚胸行礼后，轻轻地把手中的篮子放在地上。林基路问翻译：

“这是怎么回事？”

黑色大胡子的人拨开篮子上的马蹄莲草：

“这里是杏子，县长大人。”他打开似琥珀般通体金黄的杏子，办公室霎时弥漫诱人的香气。林基路又问：

“你从哪儿带来的？”

“大人，这是从我自家的果园摘来的。我的家住在沙满巴克，是这样吧。”大胡子的人看了看翻译。翻译原名叫穆哈麦提·阿西木，曾在学堂上学的时候，他起了个汉族名字叫张璐义。他微笑地翻译道：

“他说他的家乡就像天堂一样美丽，那里的果园花草翠绿没有人打扰，到了夏天，果树像麝香的香气弥漫整个村庄。”

“你是？”

“我？我在这个衙门——也就是在您的手下工作。”此人面带悦色地说，“杏子是我亲手种植的，已经结果实三年了，今天特意带来请你们尝尝……”说着，拿起一枚自己所夸奖的杏子。

“库车的杏子全疆有名。”阿布都热依木副县长自豪地说着，走到篮子旁蹲了下来。

“嗬，真是百闻不如一见。”林基路舔着嘴唇，“这样的杏子多吗？”

“库车的杏子多种多样，这个叫小白杏，每到六月份就出现在市面或者晒成杏干儿，也可以做成杏子酱，运到各个城市供人享用，而且效益非常好。”阿布都热依木副县长十分自豪。

“库车在园艺方面有自己独特的一面，我们要特别重视这项技能。”林基路感叹地说。

他们边吃边夸赞小白杏，并且向杏子的主人表示了谢意送出办公室，林基路吩咐翻译叫来史成山。没过多久，史成山急速地迈着麻秆小腿走进办公室恭候指令。林基路以命令的口吻询问道：

“那个叫诺罗东喀里的案子结束了。你去监狱把他带过来。”

史成山泥塑般迷茫地望了一会儿林基路，然后低声问道：

“我们把他带到这儿干什么？”

“他的案子不是平常的事，那个人在监狱被监禁了长达三年之久，我们应该为政府不公平的行为向他道歉。”

“但这是政府丢面子的事情，不能抬举这些缠头（对维吾尔族人的贬义的称呼），要不然我们今后怎么工作？”

“你没必要过分地担心，公开地改正缺点高于政府的面子，人民也会因为我们的公平而拥护我们。”

史成山虽然有些不满意，但是为了不显露出来，他就像赌输的赌徒般低着头，来到监狱让狱长把诺罗东喀里带过来。狱长晃动着钥匙走过去打开栅栏的门，对诺罗东喀里喊道：

“哎！你出来！县长大人在叫你！”

诺罗东喀里忽地惊了一下，监狱门的吱呀声，仿佛在清算痛苦似的哀号。诺罗东喀里不知所措地站起身，两腿不听自己的使唤，最后他咬牙走出栅栏的门。他走出监狱的大门后，随史成山走向县政府大院的深处。他目不转睛地注视花园里盛开的各种鲜花和浓郁的树木。怡人的微风，让花草树木的芳香扑面而来。他闭着眼睛，迎风张开双臂，大口大口地呼吸花草散发的清香。心里想着：天哪，这个世界这么繁盛美丽，可人为什么这样残酷无情呢？

史成山把他带到办公室，办公桌两边坐着林基路和阿布都热依木副县长，诺罗东喀里看到他们不寒而栗。他站在办公室的门槛，用无法言喻的眼神望着他们，轻轻点头就算施礼，然后闭上颓废的眼睛。他那麦色的皮肤、修长尖瘦的脸，流露着机灵和坚毅，他舔着嘴唇，撑挺着裸露的胸膛，仿佛没有看见面前的人似的。

“请坐。”林基路指着一张椅子。

诺罗东喀里简直不敢相信自己的耳朵，到现在为止，他从来没有听到过任何当官的说过这话，他慌乱得双手下垂叠加，毕恭毕敬地站着。

“林县长请你坐下。”阿布都热依木副县长温和地望着他。

诺罗东喀里胆怯地坐在门口椅子的一角。林基路从桌子抽屉里拿出一个布包：

“这些东西是从巴依孜伯克的箱子里发现的，就是因为这事冤枉了你三年，你现在可以回家了。”然后林基路继续说，“巴依孜伯克抢夺的土地也归还给你们。还有什么要求提出来，不要客气。”

诺罗东喀里通过翻译了解了林基路的意思，他按捺不住心中压抑已久的心情，流下了激动的泪水。他望着林基路说：

“太感谢您了，县长大人。我以为自己在阴森的监牢中会无辜地死去，对生活没有了希望。自从您大驾光临，我又看到了光明，我不会忘记您的大恩大德。”说完，就像脱离鸟笼的小鸟似的扑向门外。他的喜悦之情无与伦比，刺眼的光芒使他眯缝着眼睛，阳光和自由多么美丽，多么珍贵！

翻译正在把刚才诺罗东喀里的心里话解释给林基路，忽然听到一个响亮的声音：

“诸位，世道大变啊！我们县来了位公正的县长！”

“你虽然身为司法部门的头儿，却没有正确审视政策。”林基路批评史成山之后，掏出抽屉里的几张纸，“看看这个名单，据调查结果看，这都是被冤枉的人，应该马上释放这些人。你去告诉犯人，我们从监狱释放了那个人，其他的人也会很快就释放的消息。以后不能再犯坑害民众的毛病，没有我的批准不许随意抓人。”

史成山眼里充满太嚣张了的目光，就像不服气的罪犯盯着林基路：

“您不知道，这个地方的人很倔，不强制的话会扰乱社会治安。”

“你说这话太不负责任了，他们虽然无知却很善良。你只要了解他们，将心比心，他们就会死心塌地地信任你。”

“明白了，就是说要为这些野蛮的缠头做主了。我是迫不得已才待在这个龌龊的地方，他们根本不懂知恩图报。”史成山盯着林基路的眼睛。

这些话深深刺痛了阿布都热依木副县长和翻译的心，就像伤口上撒了盐巴一样难受。但是为了尊重林基路，他们没有和史成山争论，只是看了看林基路气得煞白的脸。这时，林基路和他们心情一样，想驳斥史成山的言论，但是他又忍住了心中的不满对史成山说：

“你今天就写一份公函，派人送到巴依孜伯克的家里，让他把抢来的诺罗东喀里的地还给他，如果他不执行就监禁他。”

第三章　新秩序

一

贾大人的私宅大门刷着蓝漆，饿狼般阴森地盯着萨克萨克河畔繁盛的街道。库车县警察局就是在一九三六年才迁移到这里。从那时起，大门两边便有了穿黑色制服、腿上绑裹脚布、腰里别双枪、虎视眈眈的警察。走进大门，是一个不太大的院子，刷蓝漆的窗户还有带房廊的屋子，成排的柱子、墙面刷成白色的办公室映入眼帘。那些门的中间，站着个蓝眼睛、高鼻梁、麦色皮肤，正在用毛茸茸的手抚摸头部，目不转睛地盯着面前的一堆纸的人，此人就是这个单位的副局长扎帕尔·穆纳斯普夫。他是苏联十月革命以后重新制定疆域时，从白俄罗斯跑到新疆定居的哥萨克士兵。他跑到中国之后，在新疆塔城待了一段时间，后来得到盛世才的赏识和重用。

警察局事实上是个特务队，在盛世才政府中是享有特殊权力的部门。在民众的眼中，这是个最黑暗、最凶残、最无情的地方，盛世才政府就是依靠每个角落的这个部门统治新疆的。所有的百姓路过警察局时都会毛骨悚然。恐怖的折磨，每时每刻在人们心中笼罩阴云。杨增新封闭了穆斯林，让他们不能接受新思想，只能在宗教中生存。而接替他的金树仁，却挑起了民族之间的纠纷，偷盗和贪污行径愈演愈烈。如今在盛世才通过间谍机构实行的血腥统治下，人们生活在流离失所和被屠杀之中。人们因为无法忍受特务的诬告和冤枉，像离开水的鱼般渴望自由的呼吸。

警察局不仅维持地方的治安，而且是间谍部门，监视各系统的行政人员的地方。他们监督政府单位和社会民众的一举一动，还侦查反对“六大政策”、有敌对言行和不满情绪的人。他们侦查的范围很广，人们的言谈举止和兴趣爱好都包括在内。奸细们时刻注意谁有不合时宜的言行，谁在胡说八道，谁在忧愁伤感，谁聪明智慧，谁在说奇言怪论……民间流传“政府在各处安插了耳目，他们把在茶馆饭铺、婚丧嫁娶上和在集会中说反对政府言论的人，秘密上报给主管部门，然后，就有警察把那些人带走”的言论。特务系统各级长官之间、奸细和奸细之间，也存在相互告密的事情。每个人都相互监视相互告密，而且与特殊机构有独立的联系。他们的情报按照自己的途径，“及时有效”地传送到迪化总部，最后到达盛世才的耳朵里。徐华峰和扎帕尔手下有二十名警察官员，还有三十余名警察部下。除此之外，阿不都拉·吾买尔茹夫率领的警备连是他们的后盾。这个警备连由乌孜别克族、柯尔克孜族、哈萨克族和维吾尔族士兵组成，一九三四年从苏联途经乌什县亚曼苏地区进驻新疆南部，一九三五年因局势变动又进驻库车地区。当时这个连派一个排士兵驻扎在贾大人的后院，时刻保护警察局的安全。这个排里有伊布拉音和阿布都卡迪尔两位指挥官，他们和手下经常保护那些随意抓人的警察。抓人事情由警察局的乌修尔阿吉、吾不力卡斯木、吾买尔等警官负责。乌修尔阿吉毕业于苏联中亚师范学校，他在迪化督办公署开办的三个月特殊警察军官学习班学习后，被派到库车县警察局任职。如果他和几个警察走进某个院子，立刻就会有一排士兵在院子周围加强警戒。乌修尔阿吉比吾不力卡斯木和吾买尔抓的人更多。他对抓捕的人的家属很友善，并不阴着脸吓唬他们。如果抓捕的人不在家里，乌修尔阿吉不对他家人大呼小叫，而是只说一句："如果他回来通知我们或自己到警察局，我们局长找他有事儿。"但是，吾不力卡斯木和吾买尔却显得十分粗鲁。抓捕的人回到家里就立即给那人戴上手铐，嘴里塞上毛巾，把那人五花大绑连同妻儿锁进一间房子，紧接着绑起来恐吓他们说："如果出声就枪毙你们！"然后，门口安排站岗的人，锁上门翻箱倒柜地搜查，无论是信件、钱财还是金银，只要手能触及的任何东西都拿到院子装箱带走。因此，扎帕尔常常自鸣得意地对他们说："这一切不是你们的功劳，是我的。"

"报告！"这一声打乱了扎帕尔的思绪。他抬起头，望着直对的门：

"进来！"

门开了，进来了个警察和一个挺着小肚子、瓜子脸、满脸都是皱纹的人。扎帕尔用淡黄色眉毛下的蓝眼睛，毒蛇般阴森地瞄了一眼他们，指着面前的椅子说："坐。"扎帕尔经常无故把人叫来审问。

"说吧，春天郊游时那个剃头匠对你说什么话？"扎帕尔向前探着身子说道。

"啥也没说。"

"你尽管说实话，不用害怕。"

"他对我啥也没说。"受审的人有些茫然失措。

"别害怕，说实话。"

"我害怕啥。"

扎帕尔站了起来。他把手揣进马裤的兜里，仔细听那个人的嘟囔，恼火地用蓝眼睛审视那人的一举一动。

“你不必害怕，告诉我实话。”扎帕尔说着，从抽屉里拿出一摞钱扔在桌子上，“假如你说实话，这钱就是你的。说，你们都说了些什么！”

“我们啥也没说。”

“混蛋！我告诉你，什么事儿都瞒不过我的眼睛。看来你不想得到这笔钱了。”扎帕尔对着受审者脸上打了两巴掌，那个人的脸立刻感到火辣辣的，但他没有吱声。那人忍着疼痛和冤枉，眼睛里充满了怒火和怨气。扎帕尔从烟盒里拿出一根香烟，点着以后恶狠狠地抽了几口，一只手揣在马裤兜里转过身站着。

审问在继续。这时，一个警察走了进来，立正敬了一个军礼，双手递给扎帕尔一个信封。扎帕尔瞥了一眼，怒吼道：“我怎么认识这个乱七八糟的字！自己念，翻译给我听！”

“是。”那个警察又行了个军礼，接过信封把上面的汉字翻译成维吾尔文：“信上说：‘有急事商量，速来。’”扎帕尔听了信的内容，茫然地走了几步。

“这封信是谁给你的？”

“一个人刚才给我的。”

“那个人呢？”

“走了。”

扎帕尔把受审的人撵出去以后，又点了一根烟。然后双手按着太阳穴，想着自己疑惑的事情。他为了商量对策，走向了徐华峰的办公室。

徐华峰坐在办公室里的椅子上，跷着二郎腿想心事。他看见扎帕尔有些慌乱的脸色：

“发生了什么事儿？你怎么慌里慌张的？”

“你看一下这封信。”扎帕尔把信递给了徐华峰。

“什么信？”徐华峰接过信揉成一团准备扔掉，可又想起什么似的把信读了一遍，然后说：

“你呀……”狐狸一样狡猾、豺狼般嗅觉灵敏的徐华峰，望了一眼耷拉头坐着的扎帕尔，抿嘴笑了一下，慢吞吞地说，“这么一点小事儿就把你吓成这样，你的胆子哪儿去了？”

徐华峰的话虽然让扎帕尔感到过分，但还是想听听他的意思：

“我有些慌了，所以才来找你。”

“你可不能慌。”徐华峰傲慢地盯着扎帕尔。

他们各自收到了上面的密令，让他们秘密监视新来的人，密切注意共产党人的动向。

“你不要忘了，他是我们怀疑的人。他在新疆学院当教务长的时候，自作主张印刷发行了抗日诗歌和歌曲选，违反《六大政策》的规定，犯过严重的政治路线错误。本来要治他的重罪，但他为党国立下了一些功劳，因此减轻罪责降级检查了。如果他想和我们为敌，绝不会有好结果。”徐华峰嚣张地说完，对着扎帕尔的耳朵窃窃私语了一番。

“不用怕，直接去找他。”

扎帕尔定了定神说：

“不能让他小瞧了我！”他说完狠狠地熄灭了手上的烟头，戴上白手套骑马直奔县政府，身后一群警察也尾随他而去。

扎帕尔来到办公区的一排房子前，身后的警察也像拉车的牛一样气喘吁吁地赶到。他们面色苍白，嘴唇上都是白沫……

扎帕尔跨下马，把缰绳交给一个警察后命令道：

“你们在可以藏身的地方小心盯着，如果听到什么响动或枪声，你们就冲进来。知道了吗？”

警察们转眼四散而去，一部分藏到林基路的办公室后面，一部分隐蔽到了对面浓密的树林。

远处看着警察行动的萨乌尔问一个警察：

“扎帕尔局长是来见林县长的，你们来干啥？”

那个警察不知该怎样回答，胡乱说道：

“我们吗？我们是来保护林县长的……”

萨乌尔直勾勾地盯着树林的警察暗想：他们来保护林县长，为啥枪口对着林县长的办公室呢？

扎帕尔整了一下仪容，又扶了一下军帽后走向办公室。秘书开门迎接了他，并且面带微笑地弯了一下腰说：

“局长大人，请！”

扎帕尔摘下手套交给警卫，独自走进里面的屋子，警卫立正站在门口。扎帕尔看到正在整理文件的林基路，立正敬了个军礼。

“请坐，请坐。”

“谢谢。”扎帕尔摘下军帽挺直腰板坐下来。

林基路按了一下桌子上的气铃，徐秘书端着茶水和果盘搁在桌子上。

“天太热，你也渴了吧。请喝茶。”林基路说着，自己也端起茶杯。林基路心想：他为什么带那么多警察，他有什么企图呢？

“林县长，无论您有什么事，我随时听候您的调遣。”

“我有事和你商量。”林基路看到扎帕尔有些紧张，又说，“你带了那么多手下，真可谓多此一举啊。”

扎帕尔听了林基路的话，紧张的心平静了下来。他客气地说：

“请原谅，县长派人去的时候，我正为一件棘手的案子烦扰，所以没能及时赶到。”

“哦，是吗？”林基路然后调转话题说，“我听说你们随便审问老师，有这回事吗？”

“您也知道，这是政治问题。”扎帕尔望着林基路。

"你还派学校的校长老师去干别的事……"

"呃……"

"登记户口是哪个部门的事情？"

"当然是警察的事情。"

林基路点了点头，然后继续对他说：

"你随意带走老师，谁来教育孩子们呢？你赶紧把派到村里的老师叫回来，如果还发生这样的事情，我就向上汇报。"

"这……"

"等等，你先不要打断我的话，还有比这更严重的几个问题：其一，是你利用权力抓捕无辜的人；其二，借钱不还；其三，……"

林基路的话也许刺痛了他的心，扎帕尔很久没有说话。

"今后不经过我的允许，决不许派老师干其他的事情，不得随意抓捕任何人。如果谁胆敢违抗命令，我就上报处罚他。"

林基路看到扎帕尔如坐针毡，又继续说："警察局的任务是保护老百姓，现如今却变成了给百姓带来恐惧的地方。因为你们的言行举止恐怖神秘，所以百姓看到你们就特别害怕。你听好了，政府决不会允许警察部门任意残害百姓。"

扎帕尔自以为是，高高在上，认为谁也不能管束自己，听到林基路的警告觉得有些委屈，眨着蓝眼睛望着林基路，心想：还有什么话说呢？

林基路站起身对他说：

"你可以走了。"

扎帕尔听到谈话结束，心里觉得轻松了许多。

扎帕尔和林基路道别以后，站在门前的台阶向四周望了望，挥手让树林里待命的手下悄悄离去，自己骑马离开了县政府。

二

关于林基路的各种感人事迹在人们中不胫而走。他所做的好事，公平公正的性格成了人们议论的主要话题，随之而来喊冤的人摩肩接踵。喊冤的人多数是城里的穷人、小生意人、手工艺者、孤儿寡母，以及周边村子里心怀无数痛楚的农民。这些压抑许久却无处诉苦的百姓，向林基路倾吐苛捐杂税日益严重、当权者和有钱人随意陷害榨取老百姓的骨髓、剥削阶级强抢民女或财产、亲人无故被关押、政府官员与宗教人员相互勾结贿赂，以及许多被无辜牵连的事情。生意人希望得到好的条件，请求减少各种杂税；毛拉依善等宗教人士希望宗教能得到更优惠的待遇，以及申请多盖清真寺和经文学院；思想先进的知识分子代表则提出失学儿童就学，通过发展文化教育提高人们的精神世界的建议。林基路耐心听取他们的冤情和建议，让他们感到十分满意。

烈日下，三个人大汗淋漓地走进县政府大院。大院门口像集市一样热闹，人们随意地进出县政府大院。平时看到岗哨瑟瑟发抖的扎依提阿洪，今天却大摇大摆地和两个同伴走过岗哨的前面。

他们在人群中问来问去，终于来到了林基路的办公室前。树荫下许多人排着队，议论关于林基路的话题。扎依提阿洪他们也来到树荫下，加入了排队等候的人群。这些人和他们一样是遭遇苛捐杂税和冤枉的穷苦百姓，他们在等着向林基路诉说心中的苦闷。

大约过了一个小时，徐秘书送头上缠着大撒拉的几位阿訇，看着门口集聚的人群说：

“各位，看样子你们不想让林县长休息啊！”

“我们只想对林县长说两句话。”扎依提阿洪连忙跑过去哀求，“老总，行个方便，我们只说两句好话就走，你让我们进去吧。”

扎依提阿洪和同伴经过多次的央求，终于得到了与林基路会面的机会。他们先后走进办公室，毕恭毕敬地站在办公桌前。扎依提阿洪和他的两个同伴见到林基路，心里一阵阵地感到慌乱。

林基路一眼认出扎依提阿洪，赶紧来和他们握手致意，并请他们坐下来。那些人并排坐在一张长椅子上。扎依提阿洪对翻译说林县长帮助了他们，他们是来感谢林县长的。林基路问扎依提阿洪：

“你的儿子可好哇？”

“谢天谢地，这都托大人的福，不然我们真不知道该咋办才好。”扎依提阿洪十分客气地说。

“巴依孜伯克把你的地还给你了吗？”

“县长大人，他还没有把地还给我。”

林基路从翻译嘴里得知扎依提阿洪的回答，心里十分生气。心想：我早就把这件事交代了史成山，他为什么不执行呢？

轮到光脚的人说话了，他用右手抚胸说：

“县长大人，我是从山上拉盐去卖的穷苦人，这个人是个樵夫。”那人指着身边黄胡子的人。他又接着说，“我们有点事请求您。”

林基路抬了一下鸭舌帽，望着他们温情地说：

“政府会帮助你们，不管你们有什么要求只管说。”然后，又问了一下他们的姓名和来自哪个村。

卖盐的人想说苛捐杂税和压迫，但惧怕林基路不敢说得太严重。

“你们不要以为我和其他人一样。”林基路似乎明白了他们的心思，“我不希望穷苦百姓生活在水深火热之中。”

“苛捐杂税严重……”黄胡子人欲言又止。

林基路从翻译嘴里知道了他在说什么，又说：

“这才是实话。税务严重我们会减少，你们放心吧，只要是自己生产出来的东西就可以不缴或少缴税。”

林基路回答着他们的问题，史成山拿着一张纸和一摞钱走了进来。他来到林基路的面前说：

“县长，请你签个字。”

“这是什么。”林基路惊奇地问。

“这是饷银之外的奖励。”史成山殷勤地笑着说。

林基路看了一眼史成山，没说太多的话：

“我不需要这笔钱，交给政府财政吧！”

史成山没想到林基路这样回答，惊愕地呆立在办公室。因为他不相信，哪个当官的不喜欢钱这个东西。他不知所措地站着。这时，政税局长那莫因跟说好了似的，手里提拿着一沓新币走了进来。他走到林基路的身边，说：

“请县长笑纳。”他龇着镶金的门牙谄媚地笑，眯缝着像鸡屁眼一样大的小眼睛。

农民们听了他们之间的对话，脸上流露出猜测的神色。

“这难道就是好事成双吗？这又是什么钱？”林基路望着政税局长问道。

“县长，是这么回事儿。库车是农业贸易十分发达的地区，农业等税收就有很多的收入，这些钱的一部分分给县长和其他官员，属于您的钱就比您一个月的饷银还要高。您靠这些来钱的渠道，过不了多久就会有很多钱。”

这些官员就像政税局长说的一样，只要县长任职一年，靠春秋的地税就可以暴发。地税是县长们最大的财富之地，除此之外安排伯克、乡约任职、处理官司、收取额外的税等事情也会成为他们敛财的机会。所以官员当一两年县长，就算离开官位也会一辈子享受不完钱财，而且还会留给子孙去挥霍。去其他地方任职的官员，首先盘算的是怎样榨取人民的血汗。

林基路盯着那莫因狡诈地骨碌着的眼睛，嘲笑地说：

“怪事儿。”他又毫不留情地说，“把这笔钱也交给政府财政吧。”

那莫因也没想到林基路会说出这样的话，望着史成山好像在说：这个人不能小瞧啊。

“税收为什么这么多，这是谁定的规矩？！”林基路问道。

那莫因疑惑地看着毕恭毕敬的几个农民，心里暗想：也许是这几个缠头说了什么？

“我不敢确定。您也知道，税收是党国的一项政策。”林基路听了此话，抬头望了一眼那莫因，看到他紧皱卧蚕眉，尖瘦的脸上布满了仇恨的乌云，但他没有说话。

“您不能听片面之词。”那莫因拿着桌子上的钱，说，“我希望您不要总是听这些自以为是的缠头的话。”

“谢谢你的提醒。”林基路果断地打断了那莫因的话。

那莫因走向办公室的门。他的任务是根据盛世才的密令首先接近林基路，然后和林基路交朋友取得他的信任，最后让他死心塌地地为党国效忠。现在，他和林基路相处以后，才知道自己承担的事情多么重要，但他始终无法将自己的意志强加在林基路的身上。他是个为了达到目的不怕别人嘲笑、见风使舵的人，他瞄了一眼身旁的史成山朝门口走去。史成山回过神，他也跟着那莫因溜了出去。他们走过房廊来到台阶后，史成山噘着嘴说：

“你听到他说的话了吗，这个世界上还有不喜欢钱的人？”

那莫因带着深意，用老鼠眼望了一眼史成山，咬牙切齿地说：

“新来的嘛，害怕别人说他的闲话，他想用这种方法树立威信。你听说了吗？他是延安来的共产党。”

“哦，原来是这样。”史成山眼睛瞟来瞟去地说，“看来我们要和他较量一番了……”

两个年轻人靠近他们，听到史成山最后的话相互对视了一下。两个年轻人一个名叫阿布都拉，另一个是林基路最近从阿克苏调到库车教育局的回族青年马聚奎。马聚奎的爷爷达乌尔稽查是清朝同治年间从甘肃搬到库车县居住的，成为在库车县有很多房屋店铺，以及在墩阔坦乡又有许多良田的大户人家。马聚奎的爷爷达乌尔稽查为了家族更加有声望，让马聚奎的父亲马荣去迪化上学，毕业后好求个一官半职。那个时候，新疆还没有公路和公共汽车，再加上路途遥远，马荣几年没有回来，所以他成家定居在了迪化。他先后在杨增新、金树仁时期担任县级官职，在迪化的回族人中被称为“库车的马老爷”。一九三三年冬天在胡吉尼亚孜阿吉为首的哈密农民起义压力下，金树仁统领的政府倒台了。盛世才接任新的政府以后，马荣就失去了原有的职位，一九三五年卖掉所有的房子和土地回到库车县，并且开始经营自己的皮革生意。马聚奎那时和阿布都拉一起玩耍，并且建立了深厚的友谊，后来为了完成爷爷的遗愿，就读于迪化的新疆学院。他在林基路的影响下清醒，依靠自己的才华和操行品德，对林基路的言行有了很高的认知度。林基路调去阿克苏市以后，把马聚奎调到了直属自己管理的教育部门。马聚奎调到阿克苏市之后，很好地施展了自己的能力。阿布都拉在阿克苏市开办的财会学习班学习时，他和马聚奎在这里不期而遇，他们在几个月学习期间成了更亲密的朋友。马聚奎调到库车县以后，虽然想把阿布都拉介绍给林基路认识，但始终没有机会。为此，马聚奎今天带着阿布都拉特地来到林基路的办公室。

他们刚走到林基路的办公室前面，从里面走出来了刚才那几位农民，看起来那些农民似乎特别地高兴。阿布都拉和马聚奎闪到旁边让出了一条路，然后敲了敲办公室的门。

“请进。”两个青年同时走进门。

“林县长。”马聚奎走过去握着林基路的手。

“请坐，请坐。”林基路热情地邀请两个青年坐下。

“这就是我常跟您提起的阿布都拉。”马聚奎介绍着朋友。

阿布都拉双眼深陷、皮肤白皙而且看着十分面善，引起了林基路的注意。他问道：

“你懂汉语吗？”

“懂一些。”阿布都拉回答道。

“你是不是在汉语学堂读过书？”

“我小时候和回族小孩玩时学了一些汉语。”

他们简单地交流以后就没有了拘束感。

“我听马聚奎讲了你很多的好话，我特别想见你一面。”

“谢谢。”

“你懂农村工作吗？”

“我懂。”

“那就好。我很喜欢和你一样的年轻人一起工作。”

“谢谢。”

“我知道维吾尔族古老的文化属于人民。自从我到新疆以来，看到你的民族特别多才多艺、刻苦进取、热爱劳动而且心地善良，所以我心中的激情就特别高，总想为他们做一些力所能及的事情。”林基路想问问他们心里所想和感兴趣的事情，但不知该从哪里开始问起。他沉默了片刻。阿布都拉尊敬面前的这个人，规规矩矩地坐在椅子上。这个时候，马聚奎讲述了刚才听到那莫因和史成山的对话，林基路听完以后对马聚奎说：

“他们拿来一些钱，好像说是奖金和农民税收的提成，反正拿很多钱到我这儿来孝敬我，让我给退回去了。”然后又问阿布都拉：“你也知道这个事吧？”

“我知道一些。”阿布都拉赶紧回答说，“所得税和农业税是一部分收入，以各种理由罚的款和虚报公务员名额得的报酬等收入，从县长到各部门的主管都有额外的奖励，规定县长除了政府发的钱以外占总钱数的百分之五，征税局长那莫因、副局长占税务的百分之一点五，所得的钱由税务局自行分配。由于库车是个大县，收入比其他地区要高出许多，所以分配的额度也很高。总之一句话，征税局长那莫因每个月的收入比您的收入还要高。”

看法和习性相近的人，第一次交谈就能相契相合。阿布都拉觉得林基路谦虚谨慎，没有任何傲慢自大的习性而德高望重，说话、动作中散发着热情和温和，浑身找不到一丝故作姿态。他们离开之前，林基路紧紧地握住阿布都拉的手说：

“咱们还没有说说农民的情况，你以后常来多给我讲讲农村的事情。咱们有机会一起去农村，多看看乡亲们，你来给我当向导和翻译。”

“遵命。”阿布都拉右手抚胸地说。

三

林基路同志为了早些解放受苦受难的百姓，让他们能够拥有安心的生活，把史成山叫到办公室：

“你们通知巴依孜伯克了吗？”

史成山知道林基路问的是什么事情，他慌乱得不知该怎样为自己辩解。他认为巴依孜伯克和老虎一样可怕，担心他会给自己带来一些不必要的麻烦。因此，史成山不但没有对巴依孜伯克说什么，反而想到他阴沉着的脸就不寒而栗。

“看样子，你是没有勇气对他说什么啦。巴依孜伯克以前是不是曾吓唬过你们？”

史成山没想到林基路会这样发问，他霎时感到额头在冒冷汗，因为林基路抓住了他的要害之处。史成山觉得自己有必要说几句话，因此揭开了他心里担心的事情。

“巴依孜伯克是村里的大户，而且影响力特别地大。”史成山解释道，“如果咱们惹恼了上层官员，恐怕会给自己带来不必要的麻烦，还可能会让等待机会的缠头发动暴乱。”

“就算这样，我说的事情绝对不可以更改。”

“咱们还是小心些为好，不要把他惹生气了。如果不这样，咱们就会成为政府和平民之间的敌人。”

林基路看到史成山似乎非常忐忑，于是按了一下桌子上的气铃叫来翻译说：

“你以我个人的名义给巴依孜伯克写个公函。”

“是，大人。”

“你先记录下来。”林基路说出了公函的内容，又看着翻译把它用汉语记录下来，问：

“巴依孜伯克会汉语吗？”

“不会，他是个连维吾尔语文字都不认识的人。”翻译摇摇头回答道。

“那你为什么要写成汉语？你要记住，以后所有的文件和公函，都要写成汉文和维吾尔文的形式。”

史成山和翻译走了出去，林基路拿起徐秘书送来的文件仔细阅读。文件要求为了早些修好阿克苏段的乌鲁木齐至喀什公路，经阿克苏地区成立公路建设委员会批准，委员会由阿克苏地区代理局长专员黄民孚兼职管理，组织各县成立相关的公路建设部门，并抓紧修理各段的公路和桥梁。

林基路反复看了文件之后，为怎样实施文件的内容而犯愁。这时他听到一个声音：

“他在办公室吗？”

“是的，他在办公室。”林基路听到徐秘书的回答后，又听见敲门的声音。

“请进。”

办公室走进来一位风尘仆仆的中等个子。

林基路赶紧站起来：

“你？”林基路莫名其妙地看着眼前这个穿着中山装的人。

“我是蒋春茂。”来人介绍自己，脸上流露出激动的神情。

“春茂！”林基路大步流星地走过去，来人紧紧地握住了林基路伸向他的手。

“林基路同志！”

林基路只见过蒋春茂五六次，他的原名是蒋连穆。他去年十一月中旬应盛世才邀请第二批来疆，是曾在延安抗日大学和陕西中共大学学习的共产党人之一。林基路那时任新疆学院教务长。林基路调到库车县以后，为要和这位战友一起工作而十分高兴，并且急切地想见到他。

“请坐。”林基路热情地指了一张椅子，“你刚到吗？”

“是。我在轮台听说你到库车县当县长，赶紧安排好一切事务，没有回单位就赶来见你。”蒋春茂兴奋地说。

“你到轮台县有什么事情吗？”

“我去调查轮台县政税局账上少了两百石麦子和三十五石玉米，还有政税主任刘云祥贪污以及勾结鸦片贩子的事情。他们是受那莫因庇护，无法无天地干坏事的人。”蒋春茂说完从包里拿出调查报告递给林基路。

“国家到了危急的时候，人民生活在水深火热之中，农民勒紧裤腰带度日如年，但这些人却贪污、铺张浪费、生活糜烂。对于这样的人，应该给予最严厉的处罚。”林基路看完调查报告后恼怒地说。

“上个月，曾经是新疆反帝会秘书长的黄民孚，调任阿克苏行署专员时路过这里和我见了一面。他带来了党代表方林同志捎来的《苏共党史》《关于长久持续的战争》等书，还有一些《新华日报》等报纸，并且告诉我过些日子你将到库车县当县长。他嘱咐我一定要和你配合好工作，了解库车县的基本情况。我过去不知道黄民孚是自己人，收到方林同志的书和报纸后才知道。”蒋春茂说着，笑了一下。

由于党中央明令，禁止任何人询问我党在新疆工作的人员情况，所以每个人对来新疆的共产党员熟悉情况还不如当地人。

蒋春茂在轮台县遇到去迪化办完事返回和田的邝马殊，他把这件事汇报给了林基路。邝马殊原名叫广曾秋，他也是去年十一月来新疆的共产党人之一。

“邝马殊同志三月中旬因工作调动去和田的时候，他和你在阿克苏市见了一面。”听着蒋春茂的话，林基路想起邝马殊曾任《新疆日报》编辑，后来调到《和田日报》当总编的事情。蒋春茂又继续说：“他这次虽然想见你一面，但想到形势依然严峻，为了不引起不必要的麻烦，他放弃了见你的机会。”然后，蒋春茂告诉林基路，邝马殊带来了迪化上级同志的指示：在南疆工作的人员注意形势，尽可能抓住机会向群众宣传革命真理，抓紧时间为抗日战争，以及为改善各族人民的生活条件多做些有益的工作。并要求他们为了多宣传反对日本帝国主义，抓住一切机会多做对各族人民有利的事情。

“这个指示非常重要，咱们要抓紧时间，大力宣传马列主义和革命的重要性。”林基路激动地说。

“最近，盛世才制造了一起‘阴谋暴动案’，逮捕了新疆学院院长杜重远等许多激进人士。看来，这个混蛋是要不惜一切代价保住统治新疆人民的地位。”蒋春茂愤恨地说。

林基路和蒋春茂说着对盛世才的看法，认为盛世才是个非常残暴多疑的人，担心别人会夺去他的统治地位，所以他消灭了许多他认为可疑的人。他虽然现在利用共产党人，但仍然在工作中会找出各种各样的纰漏。他担心有些在迪化工作的共产党人，于是就把一些同志调到偏远的地区，在文化教育系统工作。特务和奸细在监视共产党人，并且跟踪了解他们的动向。事情很明显，这是盛世才在排挤共产党人，这是在为反击和伤害共产党人做准备。

“终有一天，盛世才会背叛革命。在他还没有公开撕碎伪善的面具之前，咱们要抓紧时间利用《六大政策》，抓紧时间努力做好一些宣传工作。”

“那莫因是个什么样的人？”林基路问道。

“那莫因是个跟傻子一样傲慢的人，认为自己是财政系统声名显赫的人物，他被委派到这里肯定另外有原因。明确地说，我怀疑他是来秘密调查什么事情的。”蒋春茂说出心里的疑惑。

那莫因过去曾是财政厅办公室主任秘书。去年，他被财政厅副厅长周彬调去筹建财经技术学校，并且任了一段时间学校的教务主任。由于林基路一心为民的性格以及民主的看法让盛世才十分不满，所以把自己最相信的学生及最依赖的人，委派到重要复杂的库车县后才安心。那莫因调到库车县以后，一方面利用自己征税局的工作，结交了史成山这样的人和当地的一些地主巴依，随意增加赋税敲诈百姓；另一方面和警察局串通一气，秘密监视并随时准备逮捕林基路、蒋春茂等共产党员，以及当地一些思想先进的优秀人士。

他们说到警察局长徐华峰时，蒋春茂提醒林基路：

“咱们应该提防此人，他也是你来之前才从迪化调来的。”蒋春茂又继续说道，“他们会跟踪咱们，找出各种理由诬陷咱们，甚至还会给咱们挖陷阱。”

“阿布都热依木副县长夸奖你搞税收工作很有办法，而且把税收工作安排得非常规范。”

“我调过来后，看到一些单位的工作人员工作积极性不高，故意给农民和小手工艺者制造麻烦，以各种手段借口敲诈百姓，谁也说不清每月或每季度收了多少税。我了解了这些情况，划分了各个税收人员的片区，并组织学习了税收人员的规章制度，认真实施，工作不松懈，要求有现实的效果。还带人认真仔细地了解了商人的概况，按照规定逐一记录下来，因此知道了他们该交多少税，偷税漏税的事情得到了整治。”蒋春茂汇报了自己的工作。他又说了自己用强制措施把那些榨取百姓血汗、懒惰、不认真工作的税收人员，按着情节轻重处罚的情况。

“现在各种税收就有十几种，农牧民已经不堪负重了。有钱人和地主巴依才交一点点税。咱们应该想尽一切办法减轻农牧民和小手工艺者的税，不给有钱人和地主巴依留情面，让他们感到重压。”林基路激昂地说。

“告诉你一个好消息。我听邝马殊说陈因素同志来了迪化，很快就会来库车县。你们分开已经很久了吧？”

“我们已经两年没见面了。”林基路想到很快就能见到分别两年多的妻子，压抑不住心中激动的心情。

第二天上午，县政府大礼堂举行了迎接林基路的大会。迎接大会除了县政府工作人员到场以外，还有各个单位和社会各界代表参加。他们用各种复杂的心情和看法，迎接了这位素未谋面的新任县长。

史成山致欢迎词的时候，说了很多冠冕堂皇的献媚之言，又说了长篇大论的废话。林基路无奈地摇摇头。史成山按着大会规程，请林基路讲话。

参加大会的人们看到林基路青春焕发的模样，都想仔细听听他的发言。于是他们全神贯注地伸长脖子，鸦雀无声地坐在自己的位子上。

“感谢各位把我当成你们的朋友迎接。”林基路开始了发言，“我刚刚来到库车县，还不完全了解这个地方，我希望各位能敞开心扉不吝赐教……”

在座的人都没有想到林基路是个知识渊博的青年，他们都惊奇竟然有位这样聪明的官员。他说的每一句话都让人震惊，所有的人都对他十分敬佩。他们都仔细听取了林基路激昂奋进的言语，并且把每一句话牢记在了心里。那莫因十分嫉妒林基路，他虽然假装仔细听林基路讲话，心里却盘算着如何找出破绽。因此，他竖着耳朵瞪着眼仔细听林基路的讲话。

林基路结束了讲话：

“日本帝国主义侵占了我们国家大片的土地和城市，大肆进行烧杀抢掠，毁坏我们的家园，屠杀同胞乡亲……我们要把日本鬼子赶回老家去，必须要努力发展生产，团结各族人民，让他们投入到抗日的民族统一战争当中！……”

林基路讲到这里的时候，马聚奎、阿布都拉等青年带头鼓掌。这里的人过去没有在看戏或听演讲时鼓掌的习惯，所以他们听到有力的掌声都特别惊奇。然后他们也跟着鼓起掌，大礼堂里霎时间回荡着雷鸣般的掌声。

“所有的政府工作人员要认清形势，必须要一心一意为人民服务。”林基路结束了发言，“咱们是公仆，绝不能成为骑在人民脖子上的主子。咱们要规范律法制度，办事要公平公正，决不能依靠感情办事，而且应该释放监狱里无辜的人。依据全国第三次全疆代表大会的精神，省财政厅三令五申要实行财经改革。虽然反复强调廉洁奉公而下达了文件，但我们这里的财政税收部门没有执行，这是绝对不能允许的事情。从今以后，我们要大力减少奖金和地税中抽取的部分，我应得的部分全部交给联合政府，还要立即废止吃空饷的事情……库车县有很多种税，根据文件的精神，许多重税必须马上废止。最后，我要提醒政府的工作人员，必须严格执行盛督办的《六大政策》。希望你们团结一致，为建设新库车手牵手努力奋斗！”

掌声轰鸣着穿过礼堂，响彻在整个城市的上空。

没过多久，一批无辜的受害者从黑暗的牢房里被释放，苛捐杂税被取消了。老百姓宰杀牲畜，到巴扎上卖点农副产品都不收税了，农民开垦小片荒地和小商贩新开店铺也一律免税。以前，牧民宁肯把羊皮放在山上烂掉，也不愿拿到城里去卖，因为卖得的钱半数要上税，剩下的还不够吃一顿饭，所以城里皮货奇缺，驰名中外的库车羊羔皮，更是十分罕见；现在，出售羔皮，只收一点手续费。农牧民为此非常高兴，纷纷骑马赶车把羊羔皮运到城里出售，市场上的皮革制品也大量出现了。

第四章　民间

一

阿布都拉完成了一天的工作后回家，途中遇到了在街角与几个人聊天的吾普尔老师。他们已经一个多月没见面，吾普尔老师的皮肤被太阳晒得特别黑。阿布都拉和他们逐个握手致意后，问吾普尔老师：

“你是什么时候来的？”

“我到我姐姐家帮忙收割麦粮，稍微有些空闲时间出来散散心。我刚到城里就遇到了几个老朋友，他们刚结束教师培训班也想逛一下库车县城，我们现在正准备去茶馆聊会儿天。”吾普尔老师微笑着说。

县文教局与维文会在林基路的建议下，暑假期间召集县属各学校的教师，在库车县一个景色迷人的果园开办了学习班。教师们在葱郁树木环绕的果园中间，可容纳二百多人的地方惬意地听课。吾普尔老师故意找借口有事，躲到姐姐家里了。

“你母亲和妹妹好吗？你工作忙吗？”

“好，承蒙你惦记。工作不算太忙，还好。”阿布都拉回答。

“有什么新消息？”

“监狱释放了一些无辜的人，废除了一些苛捐杂税，政府部门开始关心文化教育事业……”

“其余的话咱们去茶馆再聊，怎么样？”吾普尔老师为了不让其他的人等着急。

“谢谢。”阿布都拉表示歉意，“林县长想去农村看看，安排我也一起去，我得回家准备准备。”

“好吧，不要误了行程，等你回来后咱们再见面聊。”

阿布都拉满脑子都是吾普尔老师你怎么这么快就和当官的这样亲近，你可要当心啊的话，不知不觉就来到了家门口。

艾姆拉罕大婶在锅台忙着做饭，看到儿子回来后问道：

“孩子，今天怎么这么早就回来了？”

阿布都拉在院子里的土炕边坐下来，摘下头上的巴旦木花纹的帽子，不停地擦脸上渗出来的汗水，说：

“林县长要去农村调查，我陪着去。”

“啥时候走？”

“明天。”

“说不定他是去巴依家做客呢。”

阿布都拉没有吱声，他看了一眼隔壁邻居玉赛因巴依的家。突然，他想起要和阿扎丹告别。阿扎丹在干什么？阿布都拉又该怎么办呢？是不是让妹妹带个话呢？或者自己翻墙过去？如果让玉赛因巴依发现怎么办？阿布都拉想着这些问题绕过南瓜藤架，爬上城墙一样干打垒墙旁的桑葚树，期盼地望着对面的院子。玉赛因巴依家果园的果树结满了果实，院子里的一切看得清清楚楚。果园的景色非常美丽，果树的枝叶郁郁葱葱，遮天蔽日地投在摇曳的青草上。树上的杏子、桃子和苹果，让人看得眼花缭乱。果园中间盛开着水仙花的水塘里，影影绰绰的阴影让人感到十分惬意。柳树的枝条像新娘子秀美的长发飘动，明镜般的湖面投映着七色鲜花娇媚的身影。阿布都拉像寻找心中的小鹿，急切地伸头望着院子里的方向。这时，他无意间看到水塘旁树荫下，正坐着一位津津有味地读书的姑娘，心里惊了一下。姑娘穿着白裙子，秀发丝绸般飘逸，红花绿叶间她显得更加妩媚动人。这姑娘就是阿布都拉寻找的恋人。阿布都拉看到姑娘之后，霎时间觉得自己心跳加速。他没有出声，移步从树上滑落到院子里，踏在柔软的草毯上蹑手蹑脚地靠近姑娘身边。姑娘在全神贯注地读书，阿布都拉悄无声息地到她身边，姑娘也没有发现，仍然继续埋头读着手中的书。

阿布都拉悄悄地停下了脚步，但他始终没有勇气发出声响或叫出姑娘的名字，因为他紧张得满头大汗，心跳加速。

姑娘没有察觉他的到来，眼睛依旧没有离开书。突然，一个小土块落到了姑娘的书上。姑娘抬起头望了望四周，没有看到任何人，又低头继续读书。这个时候，又一个小土块轻轻地碰到了姑娘的肩膀，咕咚一声掉在了池塘里。姑娘好像被惊吓的小鹿，紧张地望了望周围，最后在一棵大杏树后发现了个人影。姑娘举着书悄悄地走了过去，准备狠狠地收拾一下这个捉弄自己的人，可树后的人猛地抱住了她娇嫩柔美的身体。姑娘想把手抽出来，但无法挣脱小伙子的拥抱。因为阿布都拉强而有力的手臂，紧紧地抱住了姑娘的身体。

姑娘手里的书滑落到地上。

“不要害怕，是我。”阿布都拉说着，松手捡起了地上的书。阿布都拉看了一下，书角有些残缺不全，而且书页泛黄，有些污渍，觉得这本书已经珍藏了很长时间。他仔细看了一下书，书皮上赫然写着《母亲》的字样。

“拉丁文……”阿布都拉轻声地嘀咕。他知道乌兹别克文、拉丁文版本的《钢铁是怎样炼成的》《奴隶们》《神坛出蝎》《在过去的岁月里》等长篇小说已经到货了，而且已经拜读一些作品。

姑娘慌乱得不知该做什么才好，低着头偷偷地瞄了一眼阿布都拉，脸上紧张的表情才渐渐地褪去，美丽的脸蛋上腾起晚霞似的红晕，樱桃般的小嘴急促呼吸。姑娘的两只手像白玉般清透顺滑，纤细的眉毛下镶嵌着一双水汪汪的大眼睛，飘逸长发下羞红的脸庞，吸引每一个看到她的人。

“我吓到你了吧？”阿布都拉带着激动的腔调。

“你是从什么地方冒出来的？”姑娘说话的声音十分甜美。

“我是从天上掉下来的。”阿布都拉故意开玩笑。

“你太鲁莽了，要是让别人看到多不好意思。”

“我知道，可我没有别的办法，再说这也不是第一次……”

“你有啥事？”

“没啥事。走，咱们那边说话。”阿布都拉指了指果园深处。

他们走进果园深处一片浓密的苹果林，果实压弯了苹果树的枝条，好像孩子们在调皮地荡秋千。阿扎丹摘下头上的丝绸头巾，一下子坐在柔软的草地上，看一眼果园的更深处，低声说：“真热……”说着，摇晃她的绣花手绢扇风。阿布都拉走到姑娘的身边，靠着苹果树坐了下来。

“果园里这个时候有些闷热，可你的手里一直捧着这本书……”

“书是我最好的朋友和贴心人，我不想丢下它们。”阿扎丹又说，“苏菲娅校长带来了很多课本和小说，她把这本书送给我说：‘谁也不如这本书的作者一样，深刻鲜明地指出了人生的哲理。’这本书越看越让我心中显现出高尚的品德，并感觉它在指引我人生奋斗的方向。”

苏菲娅女士是阿扎丹的老师和校长，出生在俄罗斯伏尔加河畔的一个小城塔塔尔族家庭，一九一七年从莫斯科中学毕业后，就在某个孤儿院当一名教师。一九二〇年和莫斯科大学法律系毕业、名字叫艾孜穆罕·吐烈的乌孜别克族人结婚成家。一九二五年到新疆，了解了库车县有几家塔塔尔族家庭后，来到库车县的库且里克巷定居，并生育了三个子女。她过去就有肺炎，虽然想回家治疗，但因为孩子还小，又因为整个新疆及库车县爆发了革命运动，社会动荡不安而耽误了行程。一九三三年，哈密农民武装运动的领导人胡吉尼亚孜阿吉，去喀什噶尔市时路过库车县休息了一段时间，艾孜穆罕·吐烈经人介绍成了胡吉尼亚孜阿吉的参谋，并且和他一起去了喀什噶尔市。一九三四年，库车县在维文会首席秘书长阿不力米提汗·买合苏木组织带领下，库车县教育学会成立了师范学校，并筹备组建女子学校的工作。这个时候，苏菲娅女士留在库车县参加了女子学校的筹建工作。那年八月份，胡吉尼亚孜阿吉接受盛世才政府副主席一职，去迪化的途中在库车县停下来视察了师范学校，阿不力米提汗·买合苏木、阿木提阿吉等进步人士介绍师范学校的同时，汇报了女子学校的筹建工作情况。艾孜穆罕·吐烈参谋说："我的夫人曾是莫斯科一个学校的老师，现在家里整天无所事事。如果你们要组建女子学校，她可以来当个老师。"那个时候，现任县长批准把库且里克巷原来的经文学校修建成新文化学校，艾孜穆罕·吐烈和苏菲娅女士踊跃支持，并把自家准备建房的材料都捐给了学校。学校正修建时，艾孜穆罕·吐烈和胡吉尼亚孜阿吉去了迪化。苏菲娅女士逐门逐户拜访，宣传女子上学的好处。结果，五十多名女孩子报名，她们绝大部分来自受过高等教育的家庭。苏菲娅女士为了扩大学校的影响力，不仅教授科学知识，还教学生伊斯兰教风俗习惯、缝纫、花帽制作、纺织、刺绣等科目。人民群众看到这一切之后，纷纷把女儿送去上学。女子学校的学生一下子就超过了二百人，而且把女子学校移交给了维文会管理，苏菲娅女士成了学校的校长，学校也就成为主要教授科学知识的殿堂。苏菲娅女士除了教授科学知识，还要注意学生们的思想品德，由于主动承担几门主要的课程感到负担过重，而且被一些在库车县做生意的塔塔尔族、乌兹别克族商人的妻子、女儿等一些人邀请去给她们上课。由于学生、班级、课程渐渐增多，维文会挑选出师范学校第一、二届毕业的几名年龄小的男学生，以及女子学校高年级学习和品德优秀的几个学生成为教师，阿扎丹也是其中的一位。

阿布都拉虽然想不起自己什么时候喜欢上了阿扎丹，但他只记得阿扎丹在上女子学校高年级的时候，他一下课就跑去女子学校，目的只是希望能见阿扎丹一面。阿布都拉看到阿扎丹的时候，其他的女学生们总是围在阿扎丹身边嬉戏打闹。这样的时候，阿布都拉只能偷偷地望着她，没有勇气靠近阿扎丹的身边，又担心被阿扎丹看见而自己无处躲藏。阿布都拉只能远远地看着阿扎丹，沮丧地郁闷而去……阿布都拉夜不能寐时，眼前总是浮现阿扎丹白皙的容颜、飘逸的黑色长发和美丽的大眼睛。阿扎丹每次思念阿布都拉时，心里总会涌起异样的感觉。他们的眼睛偶尔相遇时，他们会感到浑身燥热，心也会跟着扑腾扑腾地乱跳，就算听到彼此的声音，也会感到浑身战栗不止。阿扎丹今年已经十八岁了，这段时间除了阿布都拉以外，时刻隐藏自己的恋情，从来不给任何人可乘之机。虽然阿扎丹隐藏和爱人的恋情，可还是会偷偷地找机会去和阿布都拉见面。

阿布都拉玩弄着手里的野花，阿扎丹抚摸着耳钉。

“呵，好漂亮。”他凑过来说，“让我看看吧？”

阿扎丹猛地向后仰了一下，轻盈地躲开了他。

“算了吧，你老实坐着。”阿扎丹轻轻抚摸着耳钉说，“这是我妈妈让纳斯尔金匠给我做的耳钉。”

“那个人不仅有高超的技艺，而且还喜欢科学知识。最近，他还和一些富人给教育部门捐款了。”

“我父亲是个特别小气的人，他不会给公益事业捐一分钱。”姑娘埋怨地说。

“有些人虽然会学来其他国家的艺术文化和知识，从而推动自己家乡的文化教育事业，但他们中间也有自私自利的人。”阿布都拉笑了一下。

“林县长去了几次我们学校，我父亲听到这件事，特别生气地说：‘他在破坏我们的风俗习惯，为什么去不该去的地方！’”

阿布都拉沉默了一会儿后，说：

“我这几天要去农村工作……”

“你没开玩笑吧。”

“我没开玩笑，林县长想去农村看看……”

“你也一起去吗？”

“是，我也一起去。”

“我应该怎样去理解你和林县长的关系呢？”

“我不知道，也许我是去当向导和翻译吧。”

“哦，那祝你一路顺风。”

“就这些，你难道不想说别的话吗？”

阿扎丹感觉到他难过的心情，说：

“我不知道该说什么才好。你什么时候回来？”

“我不知道……”

阿扎丹低着头没有说话，薄丝巾早已滑到了肩头。从布马甲包裹着的上下起伏的胸脯，可以看出她此时的心情。

阿布都拉的眼睛一刻也没有离开阿扎丹美丽的容颜，阿扎丹揉搓着滑落到肩头的丝巾一角……

“咱们回去吧。”阿扎丹站了起来。

“咱们再坐一会儿，行吗？”

阿扎丹告诉阿布都拉，她必须在父亲从店铺回来之前出现在自己的房间，所以急着回到自己的闺房。

“我明白你的心情……但我不放心你，如果家里人知道你和我的事情……”

阿扎丹无意地看了一眼周围。她明知道自己和爱人之间有一条不可逾越的鸿沟，可仍然对生活心存希望，憧憬未来的幸福生活，忽而甜蜜地遐想，忽而噩梦也骚扰她。

“你什么时候走？”

“明天，所以想和你告别一下……”

“一路平安。”阿扎丹不知该说什么才好。阿扎丹说这句话的声音，就像她美丽的容颜一样甜美温柔。

“再见。”阿布都拉牵着姑娘白嫩的胳膊。姑娘突然感到不安起来，她抽出胳膊，晃动着金银首饰跑回自己家。

二

林基路出门之前，白鬃马已经鞴好马鞍等候在大门口。林基路走出来摸了摸马的头，又捋了一下鬃毛，拍了拍马的脖子，边从马夫艾尼丁喀里手里接过马的缰绳，边对阿布都拉说：

“咱们走吧。”说完，林基路一跃骑上马。

阿布都拉看着林基路利索上马、稳如泰山地坐在马背上的模样，心里暗自喝彩：

“好样的，真有一手。”

林基路在阿克苏的时候就学会了骑马，他喜欢骑马欣赏农村美丽的风光。每当他在一排排高耸入云的白杨树、炙热的沙漠中急匆匆赶路时，沐浴着微风，看着河流水渠中的涓涓细流，心里就特别地激动。他经常和群众在一起，就算路程很近也要骑马去。他不怕引起盛世才的疑心，用自己热忱善谈的性格融入人民当中。所有的人都说林基路是一个好人，一点也不像以前的那些官员。

东方泛白，天色渐渐地亮了起来。但金色的太阳还没有升上天空，展现光芒四射的火红身躯。天空晴朗且空气清新，山边吹过来的晨风扑面，争相拂过马匹的脖颈、鬃毛和尾巴。宽阔的原野上，林基路骑马走在清风中，如置身于摇篮里的婴孩般摇晃前行，脸上露出享受和高兴的神情。

两匹马都嘴角流着白沫，吭哧吭哧地喘着粗气，不示弱地交替超越对方。阿布都拉就像山雕般骑在另一匹和白鬃马并行的马背上，他拉了拉马缰绳走在后面表示对林基路的尊敬。他们缰绳碰着缰绳，相跟着走在旷野。

“你累了吗？”林基路问阿布都拉。

阿布都拉眺望远处未开垦的土地、旷野和峭壁，自矜道：

“我习惯了骑马，骑在马背上就不知道疲惫。”

林基路拉了一下马的缰绳停下来，跳下马背拍了拍马湿润的脖子，用手绢擦了擦眼睛和额头渗出的汗珠，把马的缰绳递给了阿布都拉，自己走向不远处的小山坡。他爬上小山坡眺望一望无际的旷野，隐隐约约看到一个村庄的影子。周围一片寂静，除了两匹马和两个人之外没有任何生灵。林基路痴呆了似的一动不动地眺望远方，感觉他好像在思念家乡和亲人。

阿布都拉让马休息了一会儿，然后牵到林基路的旁边。阿布都拉好像察觉到林基路的内心世界，说：

“这块土地如果有水，会有多少穷苦农民可以吃饱肚子，生活也会好一些。”

林基路听了阿布都拉说的话，想起了盛世才曾经说过的一句话：

“有人说：‘农民开垦土地的主要问题，应该用开荒垦旱的方法解决。’你的看法呢？”

“依我看，这是一句废话。我觉得应该先解决水的问题，其次还要有农业器具。有的人说新疆地广人稀，有多少人也能容得下。假如有水，还怕戈壁滩种不了庄稼吗？农民开荒种田，才能给政府缴税，给地主交租子。过不了几年，地主就会强硬地收回这些已经开垦好的土地，实在不行就把农民关到监狱里。”阿布都拉想了一会儿说。

阿布都拉的话很有道理。林基路心想：种子和农业工具好解决，但是怎样解决水的问题呢？

马儿奔跑的速度加快了，他们刚走进树木环绕的村庄，就听到牧羊犬和牛羊的叫声，以及女人孩子嬉闹的声音。低矮破旧的农舍，果园里溜出来的葡萄藤蔓；一个农村媳妇在给葫芦浇水；一个老人骑着毛驴，急匆匆地不知去哪里；一个车夫唱着不知名的歌曲，赶车行驶在尘土飞扬的乡间小路……这些情景，展示出农村特有的色调。

林基路和阿布都拉来到横过土路的渠沟边时，看到一辆装满哈密瓜的牛车陷在淤泥里，一个农民在想办法把牛车弄出来。虽然赶车的农民用肩膀顶着车帮向前推，但牛车却像钉在地上的木桩一样纹丝不动。套在牛车上的黄牛嘴里冒着白沫，腰使劲往里缩着拼命地往前拉。阿布都拉拽住缰绳停下马，问道：

“怎么了？”

“先生，你没有看到怎么了吗？唉，农民的日子真是太苦了！”赶车的农民喘着粗气说。

林基路和阿布都拉跳下马准备帮忙。他们把马匹拴在路边的树上，然后抓住了车两边的木车轮。

“你们真是好人哪。”农民拉着拴牛的绳子，“好嘞，使劲推!”

他们费了九牛二虎之力，终于把牛车推出了泥潭。那个农民抱出两个哈密瓜，不顾他们的万般推辞，从腰间拿出骨头把子的小刀把它们切开了。

林基路和阿布都拉只吃了几牙哈密瓜，汁水从指缝里流淌滴落。阿布都拉夸赞农夫的哈密瓜：

“大哥，你是不是用蜂蜜浇的，真是太甜了。”

“这个不算什么，我再切一个。”赶车的农民热情地说。

“农民的生活太苦了，而且路也不好走，政府会慢慢地改善这一切。”

农民从阿布都拉的嘴里听明白林基路说的话后，问道：

“这个人是谁?”

“这位是新来的县长。”阿布都拉介绍道。

农民知道了这位坐在身边的汉族青年，就是人们常提起的林基路县长，一时间不知道该做什么才好。

当地百姓由于多年忍受着一些豪强的控制、虐待、歧视和任意压迫，所以赶车的农民心里有当官的和有钱人都是压迫我们的阶级的想法。现在，他明白了任何人都有好人和坏人，甚至民族内部都有最凶恶的敌人和败类，别的民族也有为其他民族利益而工作的人。

阿布都拉牵马沉思走在路边，他问林基路：

“我听其他人说您是从延安来的，这是真的吗?”

“谁说的?”

“政府工作的人都这么说。”阿布都拉回答道。然后阿布都拉告诉了林基路，一年前自己在茶馆偶遇去迪化上学的一个人，聊天时知道了他们的教务长是共产党员，财政厅周厅长也是共产党员。而且还知道了延安有个名字叫毛泽东的人，他是穷苦百姓的救星。

因为上级要求他们在新疆境内不能暴露身份，所以林基路只是笑了一下，不置可否，继续赶路。

汹涌流淌的延河河水和成排的窑洞，以及毛泽东主席微笑的形象，不经意间浮现在林基路的脑海。他暗自嘀咕：是的，我是共产党员。

林基路原名林为梁，一九一六年出生在广东台山县，他的父亲是律师界非常有名的人，农村家庭出身的母亲，是有条不紊地整理家务的一把好手。林基路从小就是一个机灵的孩子，父母特别喜欢他，尤其是父亲——希望他继续深造，以后能继承父业当一名律师。

林基路十二岁那年上了中学，由于成绩优秀成为班长、学生会主席和学校刊物的责任编辑，常在刊物发表支持先进思想、向往革命、寻找真理、揭露黑暗势力的诗歌、散文、小说及评论。他在中学和大学上学的时候，频繁地参加和从事革命活动，积极参加共青团和反对帝国主义的运动。危险的活动锤炼了他，更加提高了他的文化知识，巩固了理论基础。林基路去了日本之后，在东京美吉大学研读政治经济学，并动员老师学生参加革命活动。那个时期，他充满热情，以其具备各方面的知识、洞察能力、深刻分析和演讲能力，赢得了他们的尊敬和支持，并且荣幸地成为中国共产党党员。两年前，日本侵略者疯狂地进行对华残酷进犯，经上级同意他回到上海市，成为抗日救国团体的一员。没过多久，爆发了“七七事变”，中国开始了全面的抗日战争。从那时起，林基路就特别渴望去革命的摇篮——延安。后来，他终于在十月的某一天如愿来到延安。毛泽东主席来到窑洞看望上海来的同志，与大家逐个握手，亲切地问他们的生活情况。领袖是个热情、善谈、博学的人，他给林基路留下了无法忘怀的深刻印象。去年三月，林基路来到新疆，四月份任新疆学院教务长，并在新疆各族青年中享有很高的声誉。开始，盛世才借口“工作需要”把他调到阿克苏地区，不到半年又把他调到库车县任县长……

太阳犹如炭火般已渐渐升起，燃烧着空旷的原野，夏日的天空变得沉闷燠热起来。周围觅食的牛马驴羊忍受不了炙热的天气，四处寻找可以乘凉的地方。

“这个村子多数田地属于巴依孜伯克，他有四五千亩种植地和六千亩旱田，还有几千头牲口放养在塔里木河边草地上。因为渭干河有一条叫英达雅的支流流过草地，所以牧草四季长得都十分旺盛。他在几个地方有豪宅，另外有四十亩的果园。可以说村里人的悲伤欢乐，甚至人生命运都和他有着密切的关系。他横行霸道鱼肉百姓，无论哪个当官的惹他不高兴，或者不能按着他的心思办事，他坐在家里就给毛拉写信告状，并且寄到迪化，过不了多久那个官员就会离开。所以，县里的大小官员都因害怕而讨好他。他虽然有很多田地和牲口，但给政府只交一点点税。”阿布都拉望着眼前一望无际的种植地介绍说。

林基路和阿布都拉走进绿树环绕的村子，蜿蜒的乡间小路把村子劈成两半……

三

林基路和阿布都拉穿过村子，听到某个院落中传出一阵呵斥的声音。林基路拽住了缰绳，用手和眼睛对阿布都拉示意了一下那个方向，让他听听那些人在说什么。这时，院子里传来吼叫声：

“哎，我说扎依提阿洪，麦子什么时候准备好？你给我听好了，就你们一家没交水费。如果不交水费，老爷就……”

“你们一个让我交佃租，一个让我交水费。地里只有一点点收成，我拿什么交水费？！”

“那么，你就让儿子去给巴依孜伯克老爷干活儿去！”

“你们难道要折磨死我那苦命的孩子吗？！”

林基路听了阿布都拉的翻译之后，跳下马说：

“走，咱们去看看。”

林基路和阿布都拉走进院子，吵闹声霎时停下来，四周静悄悄的。

扎依提阿洪看见牵马走进来的林基路，伸出满是茧子的手赶紧迎了过来，紧紧握住了林基路伸向他的手说：

“县长老爷，您来了，好事情就来了，我这个小房子就有光了。”然后行礼问候阿布都拉。

林基路认识扎依提阿洪，扎依提阿洪接过客人们手里的缰绳：

“请，请。”说着，用手示意院子里的小土炕。他看到客人们之后，一下子就精神起来。

林基路望着把马拴在柳树树杈上、赶紧转回来的扎依提阿洪问候道：

“你还好吗？你儿子回来就放心了吧？”

阿布都拉翻译了林基路的话，猛地想起了在哪里见过这个人。对了，他不就是自己和马聚奎去县政府时，在办公室台阶前见到的三个农民之一吗？！

“县长老爷，托您的福，我儿子回来了，我也就放心了。”

刚才和扎依提阿洪争执的麻脸大胡子大汉，惊愕地张大了嘴巴看着这一切。他看到扎依提阿洪称呼一个普通青年为“县长”，并和他热情地交谈，自己却变成了局外人。

“扎依提阿洪，客人面前我就不让你难堪了。你要记住我说的话，我还会来的！”说完，那人灰溜溜地赶快离开院子。

“咳，这个巴依孜伯克，差一点要了我们的命啊。”扎依提阿洪唉声叹气地说。然后，他告诉了阿布都拉自己几个月前见到林基路的情形。

林基路虽然听不懂他们在说什么，但他很认真听他们说话似的仔细环顾院子里。

院子里只有两间破旧的屋子和葡萄架，稍远处有一个比鸡舍大不了多少的畜栏。畜栏的顶棚上有去年剩下的草堆，墙上靠着一个驴车破旧的车木轮。葡萄架上，落着几只咕咕鸣叫的灰鸽子。林基路看到他们说完话，问：

“怎么没见到你的儿子呢？”

“他在麦场。”

“刚才那个人是谁？”

“巴依孜伯克的狗腿子。”

“扎依提大叔，你从巴依孜伯克手里要回果园和土地，加上废除了重税，以后的日子会好起来。”

“林县长老爷，您是上天派来拯救我们的，看来我们的日子就要好起来了。希望您长命百岁，赐给您至高无上的宝座。”扎依提阿洪高兴地说。

他们正在交谈的时候，一个穿着地锦裙子的女人抱着一捆草走进来。扎依提阿洪对她说：

“孩子他妈，这位就是我经常跟你提起的林县长老爷。”

那妇人对客人弯腰行礼后，赶紧把手里的草扔到畜栏里，用白头巾的一角擦了擦布满褶皱的脸。她的脸像霜打的茄子一样蔫巴，两只眼睛里没有一点神，脖子上的青筋暴起，甚至可以听到她的心跳声。

“孩子他妈，你赶紧去弄些吃的。”扎依提阿洪对他老婆说。

扎依提阿洪的老婆赶紧在小土炕铺上餐布，摆上了馕饼、干果和从邻居家借来的酸奶子，然后架火点上炉子。茶水烧好之前，他们天南海北地闲聊。

"请喝茶，喝点热茶解乏。"扎依提阿洪接过老婆递过来的茶，放在林基路的面前劝道，"林县长，请您不要客气，家里也没有什么好吃的……"

林基路喜欢上他们煮的大麦茶，所以时不时递茶碗。他喝着茶，浑身涌遍一种说不出来的舒服感，这种感觉甚至影响了脑部。总之，他感觉自己浑身舒服自在。

"老头子，你咋跟没事人一样？客人来了，你最起码宰只鸡招待客人嘛。"扎依提阿洪的老婆埋怨地说。

"好，我这就去，他们是宰骆驼也请不来的客人。"扎依提阿洪准备起身。

"你们不要客气，我们还要继续赶路。"阿布都拉推辞道。但是，已经习惯了丈夫命令的妇人，为了借菜去了邻居家。

"那些年我租种了巴依孜伯克的地，开始有七十五斗收成，其中五十斗粮食交租子，苛捐杂税又交五斗。除去人情往来，剩下的粮食，根本不能维持日常生活。"

林基路听了阿布都拉翻译之后，知道了巴依孜伯克是个无情地压榨人民的人。他说：

"我再告诉你一个好消息，你过去欠的一切债都作废，今后就不用还了。"

"县长老爷，太谢谢您了，谢谢您……"扎依提阿洪听了阿布都拉的翻译之后，赶紧站起来抚胸还礼。

林基路看到一位长者站在门口，于是挪了挪身体腾出一个位置说：

“您也请过来吧。”

“老爷，您不要客气，我过去会显得我不尊重您了。”那位长者谦恭地说。

林基路好像知道了他在说什么，起身走过去搀扶他来到小土炕上，微笑地说：

“不管是当官的还是普通百姓，都是一样的人。你不要顾虑，随便坐。”

林基路刚要询问情况，看见扎依提阿洪的老婆拿着菜走进来准备做饭。他说：

“你不要忙了，我们还要继续赶路。”说完，林基路让阿布都拉拿来褡裢里的食物。他们临走的时候，厨师萨乌尔给他们准备了二三十个熟鸡蛋，以及一些烤的馍馍片和大粒盐巴。

“您放心吧，我们虽然没有牛羊，但几只鸡我们还是有的。”扎依提阿洪说。

阿布都拉知道自己民族的人热情好客，所以就没有去拿林基路和他的粮食，并解释了其中的原因。

这时，外面传来一个声音：

“我来晚了！没能迎接远方的贵客，实在对不起！”一位面露恶相、身体肥大的人带着两个随从进了院子，他长着黑胡子，浓眉下瞪着一双大眼睛，穿着蓝色大衣。从他的言行举止可以看出，他是一个警觉傲慢、装腔作势、横行无忌的人。他就是巴依孜伯克。

家主人看到他的身影，露出不悦的神情。

“阁下光临，鄙人不胜荣幸。”巴依孜伯克赶紧跑过来，殷勤地握住林基路的手，并偷偷地瞄了一眼小土炕上的餐布，说，“扎依提阿洪，你这是干什么？咋不去我家抓只羊宰了迎接贵客？！”

林基路看到这个五十多岁的人在自己面前演戏，不免心生厌烦之情。那个人的大眼睛毫无顾忌地盯着每一个人，可以看出他是个十分傲慢的人。他皱着眉头，用犀利的眼睛盯着别人的时候，每个人都会想办法躲开他的眼神。但奇怪的是，巴依孜伯克第一次见到林基路，他就舒展眉头，阴沉的脸变得热情似火，脸上还露出神秘莫测的笑容。林基路通过阿布都拉知道了他是谁，说：

“你大概就是巴依孜伯克吧。”

巴依孜伯克傲慢地假笑了一下：

“听说阁下到库车当县长，我未能亲去迎接，十分惭愧。”

“伯克老爷是盛督办的忠实臣民，更是仰慕您很久，所以特地过来和您见面。”随他一起进来的随从补充道。

另一个随从为了讨好巴依孜伯克，也殷勤地说：

“阁下，您在穷人家做客太不合体统。你在伯克家里舒服地休息，晚上伯克老爷还为阁下准备了麦西来甫为您接风呢。”

扎依提阿洪虽然穷，但很有骨气，忍受不了别人看不起他的言语。他刚准备说话，林基路就问巴依孜伯克：

“你知道政府废除了高利贷吗？”

巴依孜伯克想说“知道”而躲过一劫，但又害怕不能自圆其说，只说了一句：

“我好像听说了。”

“扎依提大哥已经还了借你的二十斗粮食，你为什么逼着他还高额利息呢？”阿布都拉问道。听了此话，巴依孜伯克干枯的嘴角好像抖了一下。

“这……这是已经过去的事了。算了，剩下的账就不要了，就算我给扎依提阿洪的一点好意吧。”他假装慷慨地看看林基路，又看看扎依提阿洪，狂妄自大地说。

“这样最好，如果你以后再放高利贷，政府绝对不会坐视不理！”林基路听懂了所有的话后，严厉地说。

巴依孜伯克没想到林基路会如此严厉地对待自己，浑身瑟瑟发抖地站在原地。他用浑浊的眼睛盯着林基路，泥塑般呆立了很久，嘴角蹦出：

“好，等着瞧。”他甩了一下衣角，走出了院子。

扎依提阿洪看到在政府或百姓面前说话算数的巴依孜伯克，今天在林基路面前低下了高贵的头颅，心里觉得非常高兴。他激动地说：

“林县长真是一心想着我们穷苦人，我这辈子都没有见过这样一位当官的，所有当官的都像您该有多好哇。”

“无论是汉族还是维吾尔族的穷苦百姓，总有一天会抬起头做自己的主人。”林基路自信满满地说，“到那时，就没有地主巴依欺负穷苦的人了！……”

阿布都拉翻译了林基路的话之后，插了一句：

“林县长是从延安来的，是共产党派来的。”

扎依提阿洪紧紧地抓着林基路的手，林基路望着他意味深长地说：

“我到这里来是希望为各族人民多做一些实事。我是人民的儿子，所以希望你们能像对待自己的亲儿子一样对待我。”

“您真是我们穷苦人的好儿子、好亲人哪。”扎依提阿洪激动地说。

整个村子都轰动了。村里人听说县长来了村子的消息，他们都涌到扎依提阿洪的院子门口。他们双手交叉垂立站在院门前，窃窃私语地恭候林基路走出来。林基路道别家主人走出院子，看到乡亲们后，与几位长者逐一握手问候。林基路询问了他们的生活情况，并亲切地和他们聊天。乡亲们感觉到林基路是个平易近人的人。林基路认真听他们的心里话，而且记录下了他们提出的各种意见和建议。他抚摸着孩子们的蓬乱的头发，心里有一种说不出来的苦涩感。扎依提阿洪回头对身后一个穿长衫的同年农民说：

“过去的道台、府台到一个地方当官，三四个月以后才去农村了解情况。伯克们亲自迎接领回家招待，离开时还有大包小包的礼物。那些当官的无论到谁家做客，传话的人比官老爷先到那个人的家里；道台、府台的每次下乡，总是搜罗很多财物；他们按着伯克们送的礼物大小成色，评价他们人品的好和坏。这位林县长和那些当官的不一样，一点当官的架子也没有……”

欢乐的气氛下，扎依提阿洪和老婆像送别亲儿子一样，望着林基路的背影。

四

林基路和阿布都拉一起又去了几个乡村，听了许多村里人的心里话和他们的疾苦。晚上，他们住在了一位普通的农民家里。就这样，过了一个星期后他们回到城里。

他们回到城里已是夜深人静的时候，周围沉浸在一片寂静之中。阿布都拉把马匹拽回马厩后，与林基路道别回家了。林基路思考着什么，慢慢地回到办公室。

大部分人都好像早已入睡，耳边只传来一些房子关门的声音。纸糊的窗户里，煤油灯忽明忽暗地闪烁，好像夏日的夜空眨着眼睛的星辰。除此之外，城市横卧在夜幕的怀抱中。挂在大户店铺门口的灯笼，微弱地照亮城市的街道。守更人咣咣地敲着梆子，远处的村落里传来了商旅优美的歌曲。

阿布都拉在漆黑的夜色中摸索着回到家里，轻轻地敲了敲面向街道的窗户。因为院子有些大，院门紧锁的院子里没有人出来。他在黑夜中用手在地上摸来摸去，好不容易摸到了一个小石子，然后用它狠狠地敲了几下院子的门。稍等了一会儿以后，院子大门的门缝里传出来灯光。阿布都拉终于松了一口气，阿布都拉的母亲随后用衣袖擦了擦额头的汗水，睡意浓浓地问了一声："谁?"她得到回应后，窸窸窣窣地打开锁着的铁链。阿布都拉的母亲睡眼惺忪地望着阿布都拉说：

"好孩子，可把你盼回来了。"

阿布都拉稍弯了一下腰，贴了一下母亲火热、满是褶皱的脸。母亲嘴里呼出的热气，炙热地烘烤他的耳朵。他刚走进屋子，妹妹就箭一般跑过来搂住了哥哥的脖子。母亲高兴得不知该做什么才好，阿布都拉和妹妹之间的感情让她倍感欣慰。母亲一会儿问儿子这次去农村的事情，一会儿又为了烧水跑去外屋。总之，她一刻也不消停地问东问西。她还告诉阿布都拉这几天做的梦，以及别人是怎样给她解梦的，别人解的梦还不如自己解梦，而且喋喋不休地说着自己如何知道阿布都拉回来。

母亲只有两个孩子。她如何喜欢儿子阿布都拉，就如何喜欢女儿艾妮帕。

曾经，家里的生活非常拮据。在哈密农民运动的影响下，库车车夫的头儿铁木尔·艾力在库车发动了轰轰烈烈的农民运动。那个时候，阿布都拉的父亲不幸中弹身亡。

那天，整个城市都震动了。公鸡打鸣时，东方的彩霞披上了金色外衣。所有的人从家里、大街上、田间和木材堆中走出来，声势浩大且无边无际地涌向城市。他们中有农民、手工艺者和城市里贫困的人们。男女老少手里拿着木棒、木杈、铁锹和斧头，喧嚣的声音响彻云霄。他们从四面八方汇集到大路上，汇成一股汹涌澎湃的人流。人们越聚越多，汗珠如雨滴般流淌，在尘土中流满汗水的脸更加炙热。人们高喊口号，举着手里的武器祈求让自己达到心愿。

城里有官员和二百多个士兵。他们紧闭城门，站在城楼顶上对着下面的人射击抵抗。关闭的城门阻挡了暴动的人群，他们成排成排地进攻城池。农民运动的人准备放火烧夏玛勒巴格村方向的城门。一个身强力壮的理发师青年滚着油桶，顺着壕沟靠近城门。这个时候，城楼上射过来的一颗子弹夺走了他年轻的生命。看到这个情况，又一个青年飞快地跑过去匍匐在城角，把桶里的油泼到城门点上了火。大约过了半个小时左右，城门的一个右翼倒了下来——城门被人们攻破了。骑马的人不顾熊熊燃烧的烈火，强行攻入城池，手持木棒的民众也随之冲进城里。士兵和官员担心弹药库落入暴动者的手上，带着家眷和金银珠宝躲到弹药库的房顶。他们看到暴动的人群越来越近，命令一个士兵点着弹药。结果弹药爆炸，隆隆的声音震动了整个城市，震碎了房屋窗户上的玻璃，城市中弥漫着黑色的浓烟。城郊的库图鲁克噢儿达、首儿巴格、伊西哈拉、夏玛勒巴格等地散落着支离破碎的尸体。城市最终被攻破了……

阿布都拉十七岁那年失去了父亲。那天，他非常痛苦地在腰间系上了白纱布……

阿布都拉的父亲是个瘦小、脸色煞白，连笑也笑得十分勉强的人。他特别喜欢阿布都拉，也许因为阿布都拉是他们家唯一的男性血脉。父亲经常看着他，为今后的生活陷入忧愁。阿布都拉从来没有离开过父亲，当他听到父亲离世的消息目瞪口呆。因为，这是他人生中的第一次打击。那个时候，阿布都拉在师范学院上学。从此，他开始了没有父亲的生活。他十分惆怅，但很勇敢。他和别人谈论起父亲的时候，他总是说父亲是非常好的手艺人。阿布都拉很孝顺。父亲在暴动时失去生命之后，阿布都拉就成了家里唯一的依靠。师范学校毕业那年，他抱着父亲的遗物哭了很久。那是夏日的一天，母亲去毛皮加工厂上班了。阴霾笼罩天空，雨滴开始淅淅沥沥地落下来。阿布都拉的成绩，两年来一直是班里的第一名，但没有任何得利之处。他想到母亲有病，没办法去更高等的学府学习。

阿布都拉师范学校毕业以后，几个同学和他踏上了去迪化求学的路。他们到了焉耆县后，由于没有了费用，只好又返回库车……

母亲的脸上洋溢着高兴和慈爱的光芒。不一会儿，她就准备好了许多好吃的。母亲每天期盼儿子平安归来，度过了多少个不眠之夜。如今看到儿子回来，她的心里非常高兴。

阿布都拉因为旅途饥饿，因此狼吞虎咽地吃着母亲为他准备的宵夜。他吃饱以后，悠闲地喝着茶。

“孩子，你再吃点吧，小时候你最喜欢吃拌面了，要不然我去做你喜欢吃的饭？”母亲慈爱地说。

“妈妈，算了，我吃饱了。”阿布都拉不想再麻烦母亲。

“哥哥，你再吃一点。”坐在旁边的妹妹也劝道。

“你和县官是不是大吃大喝去了？地主巴依是不是特别热情地招待了你们？”阿布都拉的母亲望着儿子问。

阿布都拉听了母亲的话笑了一下。

“儿子，有什么可笑的？难道我说错了吗？”

“林县长不像其他的当官的，他去乡下时只住在穷人家，听百姓诉苦，吃自己带去的干粮。有些人家，虽然有多余的被褥，但他只盖一条被单过夜。农民吃啥他就吃啥，哪有什么地主巴依的招待。”阿布都拉说完后，又把自己亲眼看到的事情讲给母亲听。

“过去，我们这里来过个县官。他又矮又胖，走路像鸭子一样两边摇晃，坐在轿子里面就像只老鼠。四个人抬着轿子，旁边还有四个差役，如果看到没有行礼的人就会打骂那个人，县官哈哈大笑着夸奖兵痞。人们看到他矮胖的身体，给他起了个外号叫‘老鼠大人’。”阿布都拉的母亲沉思了一会儿，又说道，“我现在才听说，当官的里面也有为百姓做主的人。”

清晨，阿布都拉听着小鸟的叽喳鸣叫醒来，起床穿戴好来到了院子里。这个时候，打扫完庭院、正在洒水的母亲说：

“孩子，你咋这么早起来了？”

“妈妈，小鸟的叫声把我吵醒了。”说着，阿布都拉指了指落在桑葚树上嬉闹的鸟雀。

早餐时，阿布都拉看到母亲特别开心。吃完早餐后，母亲瞧着阿布都拉准备出去，于是对他说：

“孩子，你等等，我有话说。”

“妈妈，您有什么话？”

“你去乡下的时候，阿扎丹来看望了我几次，还给我抓了几服药。”母亲又继续说，“她不告诉家里人就偷偷地跑来，告诉我一些新的消息后，坐着坐着又莫名其妙地走了。她特别喜欢听我讲你的事情，而且显得特别高兴。”

阿布都拉知道母亲为什么提起阿扎丹。其实，母亲的愿望很简单，她只想唯一的儿子有个善良的好媳妇。几年来，这个简单而又神圣的愿望让她无法安心。除此之外，她不祈求别的什么。漫漫冬夜里，没人看见她曾无数次地祈祷，始终没有人知道，母亲心里神圣的心愿。

“每次看到阿扎丹的时候，我的心就会热乎乎的。她不但漂亮，而且有才华，你这辈子也许不会找到像她这样善良的姑娘。如果她当我儿媳妇，我绝对没有任何怨言。”

母亲知道儿子喜欢阿扎丹，阿扎丹也对儿子有意。她希望阿扎丹能成为自己的儿媳妇，如果这样就算她死了之后也能放心。但是给亲家送的礼，结婚用的物品却没有着落。她担心因为家里穷，家里人会受到别人的歧视。

“妈妈，您不要担心我。”

“我不担心你谁担心你？”

阿布都拉有时候想：自己没钱，可能不会得到这样的好姑娘，自己没办法给她幸福，我还是不要追求她了。他想告诉阿扎丹这个想法，但此间他又充满了自信和希望，产生了和姑娘相守一生的念头。

阿布都拉满脑子胡思乱想，过着心里不安的日子。每当这样的时候，满脑子的想法无法用语言表达。

“我现在还没有想法，再说家里没有几个钱……”阿布都拉站起身，故意躲开话题说。

“我知道，心情像水银，我只是幻想。如果运气来了，就尽量争取吧，实在不行就借高利贷。常言说得好：‘虫子时来运转，也会长出翅膀。’”

“但愿如此，”阿布都拉抚着胸口说，“借钱是很不好的事情，希望咱们不要遇上这样的事情。俗话说：‘空肚子耳根清。’”

“愿上天能赐给他幸福的生活……”母亲望着儿子的背影默默祈祷。

第五章　守护希望

一

林基路的厨子萨乌尔下了班后回到家门口，看见两岁的儿子吵闹着抓住妈妈的腿。于是，萨乌尔走过去把儿子抱在了怀里，问老婆：

“孩子他妈，这孩子今天咋这么闹？”

“马木提准备去水塘边提水，可他非闹着要我一起去。”萨乌尔三十多岁的漂亮老婆说。

这时，一个十二三岁的圆脸孩子，左右摇晃费力地拎着一大壶水走过来。萨乌尔怀里的孩子看到那个男孩，挣脱着滑下他的怀抱。

萨乌尔走到院子里的小土炕上坐下来，说：

“林县长对我说：‘我们要尊老爱幼，虽然我的官大，但是你的年龄比我大，我使唤你干杂活有些不妥当。如果你愿意，让你兄弟过来帮你干点杂活儿吧。’”

“啥？林县长知道马木提吗？”萨乌尔的老婆抱着一堆刚收好的衣服走进院子，问。

“马木提有时候过来帮我干活，还经常给林县长送饭，他咋能不知道呢？”

“这孩子不懂汉话，如果去办事，如果做不好，那该多不好意思。”萨乌尔的老婆看了看挑水回来的男孩。

“我当时不好意思拒绝，对林县长说我回去和弟弟商量一下。”

“你呀你……”

“我当时不知道该说什么才好，不管怎么说马木提是你的弟弟，你看着办吧。”萨乌尔推卸责任地说道。

马木提已经和他们一起生活了两个月。萨乌尔的老婆把手里的衣服送回屋子里后，心里暗下决心说：

“如果林县长看中了我弟弟，那就让他去给你帮忙吧。”

“这样就太好了，我还头疼你会不同意这件事，咱们可不能辜负林县长的一片好意呀。如果他有不懂的地方，我可以教教他嘛。”

萨乌尔把他们商量的结果告诉了马木提之后，又嘱咐了他去见林县长时应该注意的事情。

“兄弟，你也知道，林县长是个大人物。你可不能偷懒，要勤快一些。就算林县长骂你，你也要老老实实地听着，只能答应‘是，老爷’。”

马木提没有吱声，低着头听姐夫的告诫。他是个机灵的孩子，年纪虽小但办事特别稳妥。他绝对不会忘记每次听说的话或做过的事，他自信地说：“你们等着看吧。”然后露着牙笑了一下。

“我每天教你一点汉语。如果你不懂汉语话，就不知道林县长布置的事情。”萨乌尔继续说道，“今天咱们先从水、茶、饭准备好了等词开始学习。”萨乌尔说完，开始教马木提学习汉语。

虽然萨乌尔不会写汉字，但长久在县政府工作期间，耳濡目染地学会了很多汉语话。萨乌尔认真地教马木提，而马木提也付出了刻苦的努力。马木提很快记住了每个词组，没有什么能阻挡他学习的热情。

太阳渐渐地藏在山背后，晚霞停留在钻天榆高耸的枝条上，周围慢慢地笼罩在夜色中。萨乌尔的老婆走进里屋，从葫芦里往煤油灯中倒了一些油，然后小心地拽出灯捻儿，把灯放在了壁橱上点燃。萨乌尔家的煤油灯经常放在这里。灯里冒出的缕缕青烟，不一会儿就消失得无影无踪……

这个时候，门口走进来一位中等个子、皮肤黝黑、特别精神的小伙子，得体的小胡子很贴切地趴在脸中央，一双犀利的眼睛闪着光芒。他身上穿着的短袄上，系着一条几层环绕的布腰带，隐约可以看到他胸前的黑毛。

“兄弟，你来啦。”萨乌尔的老婆请小叔子坐在炕上，说，“你这是从哪儿来？”

“我去了一趟畜栏。”年轻人坐在炕沿上，从兜里摸出装着莫合烟的烟袋，卷着莫合烟继续说，“马在畜栏里闲着，只会吃了睡、睡了吃，它们也会烦。过去的县官还没有出门就喊着命令套车，可这个林县长无论去哪里都步行。”他凑近煤油灯点燃了莫合烟。霎时间，辛辣的莫合烟味弥漫整个屋子。

“艾尼丁喀里，你喝点茶吧？”

“我不喝，我喝碗凉水。”他喝了马木提舀来的一瓢舀凉水后，向两边捋了一下胡子问道，“兄弟，刚才你说啥呢？”

“我在学习汉语。”马木提面带微笑回答他的问题。

“啥？兄弟，你是不是想当翻译呀？”艾尼丁喀里是个特别爱开玩笑的人。

“马木提准备在林县长家里干活，你哥在教他说几句汉语呢。”萨乌尔的老婆说。

“哦，原来是这样。”艾尼丁喀里似乎有些嫉妒地看着马木提笑了笑，说，“好小子，这下你该借口林县长使唤我们干活了。算啦，这是个好事……”

马木提睡在了院子里的小土炕上，不知从哪里传来悠扬的都塔尔琴声。马木提此刻躺在小土炕上，心里明白了艾尼丁喀里睡不着觉的原因。他知道艾尼丁喀里经常在果园深处弹都塔尔琴抒发心中的郁闷，而且还知道阿布都热依木副县长的小儿子是他最好的朋友。

苍穹好像蒙着黑色的面纱，夜行生灵开始了新的生活。它们在微弱的月光下行动，各自捕捉自己的猎物，不时有眼睛看不到的蚊虫在耳边嗡嗡作响。马木提辗转反侧睡不着觉，透过树叶寻找预示天亮的启明星。天亮好像和公鸡有关，他似乎在期待公鸡打鸣的声音……

清晨，叽叽喳喳的鸟儿叫醒了睡意蒙眬的马木提。他醒来起身伸了个懒腰，又揉了揉惺忪的眼睛。朝霞半个身子藏在树的后面，七色光彩照耀在刚刚苏醒的田野。火球般的太阳跃上天空，金色的光芒洒在树林、旷野和整个大地。

马木提快速洗漱后来到林基路的宿舍，把宿舍的前前后后打扫干净，然后从屋子后面的水塘里舀来水均匀地洒在地上。

林基路走出来看见屋前屋后十分干净，四处张望着寻找这么早干活的人。四周静悄悄的，看不到一个人影。这时，马木提早就来到为林基路准备早餐的萨乌尔身边帮忙。

林基路转了一圈果园刚回到屋里，马木提就端着饭走进来，用昨天学会的生硬汉语说：

“林县长，请您吃早餐。”

林基路端起茶杯看了看里面的茶水。他虽然偶尔可以见到马木提，可林基路觉得他扁平的圆脸、时刻戒备的眼神、骨感的身躯、穿着长辈衣服的赤脚模样特别熟悉。

“你叫什么名字呀？”林基路亲切地问。

马木提听明白了县长在问他的名字后告诉了林基路。林基路又问：

“你上过学吗？”

马木提摇了摇头表示没有上过学。

林基路继续问了他一些问题，但马木提还不能回答较复杂的问题，所以他盯着自己的脚尖窘迫地站在一旁。

“我不懂汉语，让我咋样回答呢？”这个问题占据了马木提的脑海。他又心里暗想：同样的想法可能也在困扰林基路县长，但我可以战胜这暂时的困难，我也要抓紧一切时间学习。不懂汉语是工作中最大的困难，我一定要战胜困难学习汉语。

“没关系，我教你，咱们慢慢学习哦。”林基路用亲切的语言鼓舞马木提。

马木提虽然没有听懂林基路的话，可感觉他诚恳地在和自己说话，于是就点了点头。

秋分时节已经过去，可天气依然炎热。土路饥渴难耐，每走一步都会扬起尘土。林基路来到县立学校，准备参加学校的一个重要会议。

学校的操场有十几个学生在训练，每个强壮的身体上流淌着辛勤的汗水，他们是各个学校选拔的排球运动员。许多人在排球场边围观，排球运动员穿着统一的衣服，衣服上印着显眼的“库车”两个大字。

林基路叫来一个正在看运动员训练的人，问道：

“你们是参加阿克苏地区排球比赛的运动员吗？”

“正是。”

“当地人不太认识汉字，运动员衣服上为什么不印上维汉两种文字呢？这样不对，虽然这个事情看起来是个普通的问题，可事实上没那么简单。语言和文字是每一个民族的标志，它表示一个民族在世界上存在。各民族的语言和文字与汉语文字并存，有利于促进工作和各民族之间的理解。因此我们要全面严肃地看待这个问题。”

“现在该怎么办呢？他们明天就走了。”那个因林基路的话深受鼓舞的青年说。

“如果你们来不及在衣服上印字，让运动员先走，然后再把印好字的衣服寄过去。”林基路说完，嘱咐等着他的校长找个写字好的人，在运动员的衣服上写上维吾尔语文字。此时，学校会议大厅里已经有二三十个师生在等着他，他们用热烈的掌声迎接了林基路。

校长把林基路请到了主席台上，说：

“林县长不顾自己工作繁忙，亲自指导检查工作来到咱们学校。我们非常高兴林县长对我们学校的关心，咱们热烈鼓掌欢迎林县长的到来。”

会议大厅里又一次响起了热烈的掌声。林基路站了起来，一只手压着桌子开始讲话：

“同志们，日本侵略者已经占领了我们国家许多地方和城市。南京失陷以后，日本帝国主义实行了六个星期惨无人性的屠杀。前线英勇抗敌的将士在浴血奋战，留下名垂千古的英雄事迹。我们应该怎么办呢？我们应该唤醒后方青年的爱国主义精神，用先进思想理论现实的知识武装自己，理论全面结合实际地教育学生，让他们成为对国家、对人民、对抗日有用的人……为了实现这个目标，咱们必须有一个良好的教学环境。咱们要维修办公室、教室和平整操场，创立一个良好的学习环境……”林基路继续说，“操场没有排球网和几个杠子以外的运动器材。虽然县财政有些困难，但我们决定拨给学校一些运动用的经费！”

教师们听了林基路的话非常高兴。

“现在，全国人民在集中所有的力量抗击日本帝国主义，所以我们要尽力节约，用很少钱办多一些的事。至于泥瓦匠和木工的钱，就由县财政拨款解决。但平整操场、粉刷办公室和教室、打土坯等琐碎小事就由你们解决，怎么样？假如你们每个人打三百块土坯，你们算算会有多少块土坯？这些问题你们自己可以办到吧？”林基路半开玩笑地问教师们。

“我们能办到！”不知道哪个人高声回答。

“我们打土坯干啥？”有的人低声嘀咕。林基路从校长嘴里知道了事情的原委后说：

“你们当中有些老师没有住的地方，盖一些宿舍让他们住，这样可以安心工作。”

林基路提出的主张在教师们之间引起了很大的反响。会议结束以后，他们围住林基路一直送到学校门口。

林基路走了之后，那天因为学生阿勒马斯迟到而惩罚他的哈斯木老师说：

“这个当官的大事办不了，却掺和起学校琐碎的小事来了，哪有老师打土坯的事儿？哼，看他说的这叫啥话！”

“他不是说要给老师盖宿舍吗。”一个名字叫作图尔地的老师说，“话虽然说得好听，但盖宿舍需要很多车木材和石头。”

“木材和石头县政府会给我们解决。”校长忍住脾气解释道。

“土坯呢？”

“我们自己解决土坯的事情！”吾普尔老师说。

“现在已经开学了，老师教学生还是打土坯。”哈斯木老师固执地说。

“哈斯木老师，任何事情都有自己的轨迹。”

“打土坯根本不适合老师的身份，再说我又不会打土坯。”

“无论咱们干什么事都是为了学校，这有什么可丢人的？”吾普尔老师平和地说。

二

争论渐渐远去。林基路在学校动员后的第二天，学校就出现了一片欢腾的景象。几百个师生为了改变学校的面貌，热火朝天地在尘土中劳动。他们响应林基路的号召，情绪高涨地平整操场，清理垃圾，让学校披上崭新的外衣。

这是一场劳动的盛况。学校的操场上人声鼎沸，学生们在教师的带领下像工蚁一样忙碌。有的人在平整隆起的地方，有的人则抬着筐子来回运送多余的土。林基路身影有时会出现在他们当中。他一会儿和学生一起平整操场隆起的地方，一会儿又拎着石灰桶粉刷教室。

林基路出现在正打土坯的老师身边：

“好样的！但你们不要太辛苦了。”

“谢谢林县长。”正在人群中干活儿的吾普尔老师直起腰说。

“你打了多少土坯？”

“吾普尔老师是打土坯最多的人。他在不到两天的时间里已经打了一千块土坯，现在他给别的老师帮忙呢。”一个正往土坯模子里倒泥的老师接茬道。

有的学生坐在一旁休息，还有的学生相互追逐着嬉戏。师生们满意地看着崭新的操场和教室，林基路看着他们心里感到十分欣慰。

三个星期之后学校的面貌焕然一新。平整后的学校操场出现了一个新的球场，教室和办公室粉刷一新而且修理好了门窗，阳光斜射在教室雪白的墙面映着婆娑光芒。教师们打的土坯，整齐地排列在教室前的空地上。

“你们用一双手展现了集体的力量，亲自见证了团结一致的力量。

你们只花了很少的钱，办了很大的事情，证明了不花钱也能办事的理论。”一天，林基路在教师大会上激昂地说，“你们要一如既往地继承这个优良传统，在城里开垦一些地种上南瓜葫芦和蔬菜，有了经济来源可以解决穷苦学生的学习问题。你们每天劳动一两个小时，用自己的双手建设美好的学校。”

林基路的话语激励了校长，他表示一定不辜负林县长对他们的重托。

有一天，林基路把阿布都拉叫到办公室，问道：

“你知道阿克店街上的酒馆吗？”

“我知道。您需要酒吗？”

“不，你带我去那里吧！”

阿克店街是过了大桥后，顺着河滩边延绵几里的一条街道。街道两旁有许多杂货铺、烤馕店、打铁铺、制作马鞍铺和小手工艺作坊。

杂货铺里挤满了人。有些人靠在柜台喝酒想心事，有的人三五成群地坐在那里聊天，时不时为了无聊的笑话而哈哈大笑。坐在桌边休息的人们，疑惑地望着走过来的林基路和阿布都拉。人们中有个人在一旁独自不言不语，两只手抓着蓬乱的头发，满是油污的胳膊肘支撑着桌子，吞云吐雾地吸莫合烟想心事。他是加马力先生。由于他经常喝酒，因此脸部肌肉下垂且面色蜡黄，甚至看起来好像浮肿了一样。加马力先生用布满血丝的眼睛望了望阿布都拉，捋不直舌头地说：

“来，兄弟，咱们喝一杯。”他微闭的双眼布满血丝昏暗无神，强迫自己挤出有些滑稽的笑容。最让人奇怪的是，他的脸上似乎显露激情和智慧。

阿布都拉不知该如何回答加马力先生，摇摇头说：

“谢谢，我不会喝酒。”

一个山羊胡子的人热情地接待了林基路和阿布都拉。这个面色不太好看的人是杂货铺的掌柜。他的鼻梁高挺，圆鼓鼓的眼睛露出令人毛骨悚然的目光。掌柜在林基路面前双手交叉垂立：

“县长阁下，您请，您请。”

“你的生意还好吗？”林基路问了一句。

“小店在您的庇佑下还可以。”

“每个人都付钱吧？”林基路望了望在杂货铺里的人。

“他们都付钱，都付钱。”

“说实话。”林基路知道掌柜在撒谎。

“就是……”掌柜不好意思地挠着头上的瓜皮帽说，“有几个年轻人经常来赊账吃喝，弄得我不好意思说他们。”掌柜用下巴示意坐在一旁的加马力先生，“那位先生的父亲曾经是个非常有钱的巴依，后来他爸被抓家业败落了。大人，他心里委屈的事多呀。”

“赊账喝酒的老师有名单吗？”

掌柜从里屋拿出一个麦草纸本子放在柜台上。阿布都拉看了看本子，里面记着大概有二十多个赊账人的名字。其中一部分人是老师，加马力先生赊的账最多。

林基路听了阿布都拉的解释以后，对掌柜的说：

“你通知这些人，明天你把他们都领到政府大院，到那时我们会帮你做个清算。”林基路说完转身离去。

第二天，掌柜夹着那个本子出现在政府大院。他昨天逐门逐户通知的赊账人，陆陆续续来到了政府大院里。他们中间，加马力先生也头疼地站在一旁。

“你知不知道为啥叫咱们来？”

“我也不知道。”

“无论他怎么问咱们，咱们都要巧妙地回答他，知道吗？”

他们正嘀咕的时候，林基路和阿布都拉走出办公室。

“人都来齐了吗？”林基路问在台阶下双手交叉垂立的掌柜。

“大人，人都来了。”

阿布都拉从掌柜手里接过本子，一一核实了在场所有的人。然后，林基路问阿布都拉：

“你有没有洋火？”

“洋火？”掌柜的吓了一跳。林基路点燃了赊账的本子，本子慢慢地燃烧了起来。瞪大了双眼的掌柜，好像自己在燃烧一样捶胸顿足。

“大人，您这是在干什么？您怎么能烧了我很多的钱呢？本钱我都收不回来了，这可怎么办呀？……”

“你先不要吵。”林基路十分生气，然后望着大家说，“你们在这个人的杂货铺喝酒欠了很多钱，你们这样做怎么能养活一家人呢？怎么能教育好孩子呢？喝酒不仅让你们经济拮据，而且对你们的身体也不好。你们今天解脱了债务，希望你们今后不要走这条路了，找到一条更适合自己走的路。”

所有在场的人听了林基路的话，受到了深刻的教育并感到特别羞愧。

林基路望着目瞪口呆的掌柜问：

“这酒是谁造的？”

“大人，酒是苏库布克街的阿布拉阿吉造的。”

林基路听了掌柜的回答，望着众人说：

“走，其余的话等到了那里再说。”说完，林基路领着众人走向苏库布克街。

阿布都拉和几个年轻人若有所思，一言不发地紧跟着林基路。掌柜喘着粗气，紧跟在队伍的最后面。这些人穿过几条街，来到一个庭院的门口停了下来。他们走进院子，林基路指着掌柜问阿布拉阿吉：

“是你给这个人提供的酒吗？！”

“是我，阁下。”

“你是用什么造的酒？”

“麦子、玉米，有时还用杏干子造酒。”阿布拉阿吉不禁有些胆寒。

“你家里还有多少酒？”

阿布拉阿吉眼前漆黑一片，好像千斤巨石压着自己。这个时候，已经检查完早就在屋子里的阿布都拉报告说：

“屋里有好几大缸酒。”

“全部都拿出来砸掉！”林基路厉声命令。

人们用拳头大小的石头把酒缸砸得粉碎，阿布拉阿吉伤心地抬起头，哀求人群停止他们的行动。但是，谁也没有理会他。阿布拉阿吉的老婆站在一旁又哭又闹，揪着头发辱骂砸酒缸的人。

“你算一下这几缸酒值多少钱，咱们照价赔偿！”林基路交代给阿布都拉。酒馆掌柜也得到了应有的赔偿。

林基路这次果断的行动之后，社会上出现了各种各样的议论，尤其是老人们非常地高兴钦佩。

林基路晚上长时间读书觉得有些疲倦了，于是走到面向果园开着的窗户前，出神地眺望月光下远处的绿影。

圆月当空，让果园的景色更加美丽，感觉心旷神怡。花香静卧在果园中，甘露般弥漫。微风中轻轻摇曳的树木枝叶窸窣，好像彼此在窃窃私语诉说衷肠。凉爽的空气让人感觉头脑清醒，心情舒畅，激情四射，而且撩拨人内心深处最神秘的甜蜜感觉。林基路望着迷人的夜景，陶醉在深邃夜空中巡逻的星星和树木的婆娑身影里。他沉思了一会儿后，转身看着微弱的煤油灯光，嘴里哼着不知名的歌曲。他的眼前浮现库车美丽的花园，以及淳朴善良的库车人民温和的面孔。就在这个时候，他听到远处传来的悠扬歌声。歌声中，林基路想起了自己的妻子陈因素。

林基路从迪化调到阿克苏之前，他已经得到了陈因素来迪化的消息。从那一刻起，他念念不忘的就是这件事情。两年来，林基路耐心地等待陈因素，他觉得等待的时间比过去的艰苦岁月还要漫长沉重，有时觉得长得自己再也无法忍耐下去。有的时候他在果园里散步的时候，眼前总是浮现他和陈因素一起度过的美好时光。

三

林基路走出屋子去果园散步时，天色已经蒙蒙亮了。太阳还没有升起来，黎明前的阴冷潮湿在统治世界，天空中的白云形成一个个很小的浪花。晨露滴在树叶和花草间，溅湿了蜘蛛精心制作的捕猎陷阱。晶莹剔透的露珠湿润着大地，泥土中散发出玫瑰花诱人的香气，整个果园沐浴在鸟雀叽叽喳喳的鸣叫声中。林基路全身心地感受着清晨的新鲜空气，脑海中突然闪现了一首非常美妙的古诗。他又哼起那首歌曲，这已经成了他的习惯。

林基路吃过早餐后，来到办公室开始看资料，谁也没有去打搅他。他自己也没有察觉，自己究竟为什么事情而发愁。蒋春茂敲门走进来之后，他才感觉到时间已经过去了很久。

林基路调到库车县后，蒋春茂的工作有了靠山，生活中有了一位知己，而且和林基路密切地配合干好各项工作。在此期间，他喜欢上了林基路有独立见解、眼光独特和务实肯干的性格。蒋春茂和林基路聊起工作，心情会特别愉悦。但最近一段时间，他们察觉到有些人在注意他们，用余光瞄他们想知道他们在说些什么。还有一些愚钝淳朴的人在作壁上观，对待他们的态度也不像过去那么热情。蒋春茂认为这样不利于完成艰巨而沉重的任务，所以他平时不过多找林基路。

林基路看到长时间不见的同志非常高兴，热情地迎接了蒋春茂。最近，蒋春茂为了工作去农村刚回来。林基路和蒋春茂相互寒暄后，聊天的主题就成了抗日宣传的话。

“盛世才虽然请我们来新疆，但他始终在故意找我们的茬儿。抗日宣传有什么错？！张贴标语和宣传画，唱抗日歌曲，号召大众为抗日有钱的出钱、没钱的出力，这和盛世才的《六大政策》也没有冲突啊？他可以说，咱们为什么不能讲？！”蒋春茂非常生气地说。

“就是，他喊上一嗓子怎么算是抗日呢？咱们要是拿起大刀，砍下鬼子的脑袋就好了。可现在呢？唉，如果我早点知道这些事情就好了……”

“咱们还不如去前线好哇，盛世才这个狡猾的狐狸还是向着重庆政府。周彬同志最近给你写的信中说，他非常恼火盛世才在库车的抗日宣传活动。所以依我看，你的工作也许会有所变动。”

“我从那莫因在我之前调过来的安排中就感觉到了，他肯定是盛世才派来监视我的。去年我在新疆学院当教务长的时候，盛世才看到我关于新疆官员腐败现象，在《新疆日报》上发表《关于六大政策基础上的工作作风》的文章，下令让全疆的各级官员学习。后来，新疆学院印刷发行了歌曲集，他发现自己的画像在最后一页十分生气，所以给了我记大过处分，还以这件事为借口把我调到了阿克苏，几个月后又把我调到了库车，谁知道他以后还会把我调到哪里。盛世才是想不给我片刻安宁，他怎么能算作一个抗日的人呢？我在这里当县长，只能算作在特务监视下的工作。”林基路压抑不住心中的怒火。

在他们继续热烈讨论的时候，阿布都热依木副县长走了进来。因为他穿着和田白丝绸做的长衫，因此显得他特别地端庄富态。林基路和蒋春茂站了起来，表示对他的尊敬。

“蒋局长，你也在这儿。”阿布都热依木副县长和蒋春茂握了握手后，说，“人民群众身上的重税减轻了，他们都非常高兴。今后，农民和小手艺人的生活会更好。”

“我们的努力终于开始见到成效了。我们不应该就此停下来，应该想办法让广大人民群众的生活变得更好。”林基路明白了阿布都热依木副县长的心思。

阿布都热依木副县长坐在椅子上后，说道：“阁下，我认为我们要破除过去实行的给人民带来麻烦的制度条款，必须制定出公平公正的新条款。”

“阿县长，你说得很对。”林基路思索了片刻后说，“为了这个目的，我们首先必须解决威胁人民生活的两件大事。”

“请说。”

“其一是无知愚昧，也就是文盲状况；另一个就是水划分得不公正的地方。”林基路开始解释道，“这里大多数人是文盲，县政府管辖的许多村子甚至连小学都没有，没学上的孩子只能在土里滚爬玩耍。他们多么希望上学啊。伯克和水利总管霸占渭干河口和塔格巴西河口，他们用水换取牲口和银两，把自己养得肥头大耳的。农民经常义务挖渠，却把自家的田都荒废了。”林基路望着坐着点头致意的阿布都热依木副县长说。

阿布都热依木副县长听了林基路的话，觉得自己的希望就要实现了。他说：

“林县长阁下，您刚才说的事情是我心里想着却没有做成的事情，希望在您的带领下能实现我的愿望。”阿布都热依木副县长继续说道，“我们建成的运输公司还挺管用，他们从苏联进口的电影放映机和‘莫洛托夫’牌汽车也该到了。昨天晚上维文会俱乐部放电影，由于放映员技术不过关，电路出了问题，电影也就没有放完就结束了。”

“如果是这样，咱们就赶紧和苏联驻阿克苏贸易代表处联系，除了给我们派技术员之外没别的办法。”

快到中午时分，阿布都热依木副县长准备起身道别，蒋春茂也同时站了起来和林基路告别。

午饭后，林基路正在看报纸，不知是谁轻轻地敲了门。

“谁？”

“我能进来吗？”

“请进。”

门开了，门口是穿戴整齐、双手抚胸行礼的吾普尔老师。林基路把手里的报纸搁在桌子上，说：

“你好，请过来坐。”

“您叫我来……”吾普尔老师忐忑地说。

“不要着急，我叫你来是和你商量个事情。”然后，林基路让正在候着的马木提去泡一壶茶。

吾普尔老师饶有兴致地环顾了一下屋子。屋子里只有简单的家具，地面上是闪闪发亮的砖块。屋子的主墙方向摆着一张单人木床，中间放着一张写字桌，上面搁着一些写字的信纸、报纸和一些写字工具。写字桌对面墙上挂着马克思和毛泽东的画像，两边挂着伟大的文学家鲁迅先生写的“横眉冷对千夫指，俯首甘为孺子牛”的牌匾，另一面墙挂着从延安带来的木刻画——《青纱帐》。墙角的书架上整齐地排列着薄厚不一的书籍、报刊。

吾普尔老师从书架拿起一本书翻看之后，对林基路说：

“县长，您也喜欢看书吗？”

“书是我最好的朋友，所以我喜欢看书。”林基路笑了一下。

“您的书太多了，肯定有很多好书。”吾普尔老师看着书架上的书。

“这是我来新疆时在兰州买了一些书……”林基路把书一一介绍后，问，“你喜欢看书吗？”

“我不会念。”吾普尔老师因为自己没有多学一些汉语文字而惭愧。

马木提端着一个茶壶和几个茶碗走进来，给林基路和吾普尔老师倒了两碗茶。

“请喝茶。”马木提出去以后，林基路客气地请吾普尔老师喝茶，然后问，“最近学校的情况怎么样啊？”

“学校所有的事情都很好。各个班级有了条理，老师们的工作热情也比以前好多了。”吾普尔老师回答道。

“这样最好。今后，学校会变得更好。我交给你一个任务，怎么样？”

“我能干好吗……”

“你会干好的。”林基路开始解释道，“由于孤儿院很久没有人管理，人们对这件事的意见很大，我们必须要搞好孤儿院的工作，让孤儿们生活有依靠而且可以上学。我们需要一个像你一样的人，所以我们讨论决定派你去管理孤儿院，我希望你去了以后能管理好孤儿院。”

“孤儿院没有管理好不能怨院长，他是一位有能力的院长，”吾普尔老师说，“只是维文会没有好好支持他，他们没有太多地关心孤儿院的工作，所以我去了也不会有太大的作用。如果维文会的人还是以前的那个态度，我会忍不住自己的脾气。到时候我会惹人烦，他们也可能来您这里告状。”

“我明确地告诉你，”林基路听了吾普尔老师的话之后，说，“维文会的人和孤儿院院长、老师合伙贪污孩子们的供给，让孩子们整天饿着肚子过日子。可怜的孩子没有衣物床单和被褥，竟然光着身子睡在木板床上。孩子们忍受不了这种待遇，最近联名告到了上级部门。阿克苏区行政长官黄民孚批评我们太不关心这些孩子了，我们接受批评。你去了就会感到寒心，这怎么能算是孩子们的福利所呢？这就是问题所在之处，我们要改善学校的环境，必须要救救孩子们……”林基路又让吾普尔老师看了许多证明材料，耐心地解释给他听。就这样，林基路的肺腑之言感动了他。吾普尔老师摸着宽阔的额头，想了很久以后说：

“好吧，我决不辜负阁下对我的期望。但我希望您答应并保证我一个条件。”吾普尔老师抬起头说。

“请说。”

“首先把孤儿院的几个老师换掉，再就是如果有人收集我的材料告我，您不经过调查不要处理我！……”

“好。你的条件我们研究一下。”林基路斩钉截铁地说。

吾普尔老师临走的时候，林基路拉着他的手说：

“明天下午有个会议，你一定要参加啊。”

第二天下午，吾普尔老师准时来到了林基路的办公室。他走进办公室一看，里面已经坐了好几个人。他们中间有个二十二三岁的刚毅青年，身上穿着不协调的西装，胡子剃得很干净，浓眉大眼，面带亲切的笑容。吾普尔老师知道，这个坐在那里时不时抚摸修饰得体的黑发人，就是去年当选维文会主席的阿不力米提汗·尼亚孜。他是一九三四年读库车胡吉尼亚孜阿吉名下的师范学校时的同学。一九三五年成立维文会后，阿不力米提汗·尼亚孜就当上了维文会的助理秘书。同年五月，设立维文会管辖文工团时，他和师范学校毕业的艾海提·纳由甫、买买提民·巴依孜等七个人，还有一些爱好文艺的人在一起当了演员。一九三八年初，他当选为维文会主席。在座的人中，年纪稍大、中等个子、尖下巴鹰钩鼻的人是维文会教育科的头儿尼亚孜·司马依。另一个人是师范学校的校长买买提民·巴依孜。吾普尔老师和他们一一行礼握手后，坐在了那些人之中。

办公室的窗户虽然敞开着，但屋子里却十分凉爽。今天的会议主要是研究孤儿院的问题，会议开了很久。林基路请所有的人发表了各自的意见后，说：

“自从孤儿院建好以来，收容了很多无家可归的孩子，得到了社会各界的支持，让可怜的孩子们吃饱穿暖了。”在座的人说了自己的看法后，林基路又说：“但是，由于维文会没有给予足够的关心和监督，孤儿院出现非常严重的贪污孩子供给的情况。这种事情的出现，我想在座的各位都有不可推卸的责任……当然啦，维文会也有自己的困难。从今以后，我们要通过各种渠道想办法，全力解决维文会的经济困难。”

林基路说完，宣布任命吾普尔老师为孤儿院院长的决定。然后，为了管理好孤儿院，林基路提出许多要求和指示：

“你们每天上课四个小时，其余的时间必须邀请最好的工匠教孩子们木工、理发、缝纫、修理等手艺。”然后，他看着维文会主席阿不力米提汗·尼亚孜嘱咐说：“维文会拨款给孩子们建个澡堂，让孩子们养成爱干净的生活习惯。”

第六章　开辟文化之旅

一

全县隆隆烈烈地进行纪念“九一八事变”八周年活动。活动在城外一个四面环树的大草坪上举行，台子上标语和各色旗子随风招展，沐浴着阳光的树木高挺耸立。

草坪上集聚了几千人，他们中有政府部门工作人员，各个学校的师生，小手艺工匠，城市周边乡村来的农民，还有城市里的群众。他们组成一个完整的群体，翘首望着林基路激昂豪情的演讲。人们都喜欢听林基路响亮、熟悉、亲切的声音：

“‘九一八事变’以后，日本帝国主义占领了我国东北、华北和华南地区。他们每到一处就实行三光政策，所到之处烧杀抢掠，无恶不作。国民政府实行攘外必先安内的政策，激起了国内人民群众的愤慨。八路军和新四军虽然武器装备简陋，可他们在长江南北英勇地与法西斯抗争，浴血奋战在方圆几千里的广大地区，消灭了敌人数万，钳制了三十万人……我们现在正面临抗日最困难的时期。为了战胜困难，我们要努力工作，自己动手，发展生产，最终赢得这场抗日战争的胜利。”

林基路激昂高亢的讲话在人群中产生了很大的反响，人们满含深意地点着头。后来，林基路代表大会主持人大声喊着口号。人们跟着他喊起口号，大会现场如雷声轰鸣，人群噪动，掀起一阵阵的浪潮。

纪念大会结束之后，人群跟随扛着横幅标语的人向城里浩浩荡荡涌去，根本无法看到游行队伍的尽头。无数男女老少加入游行的队伍，口号声震耳欲聋地响彻云霄。阿布都拉在队伍中间，左右张望满怀激情的人们。

林基路挺胸走在游行队伍的最前面。一个中等个子、三十多岁的人侧身走过来，他是土产公司的经理仙木西丁先生。仙木西丁先生是个很有文化的知识分子，而且是位仗义执言的人。他对林基路介绍了自己，说：

“我刚才听了阁下的话非常激动，可惜我们的翻译语言贫乏，没能把好多有意义的话翻译过来。所以，我想一力承担今后阁下在大小会议上的讲话翻译，给我的人民带来一些好处。”

“非常感谢你，”林基路十分欣赏他的热情，“广大群众多数不懂汉语，我们应该告诉人民事实。”

盛大的游行仍然在继续。人们喊口号，唱抗日歌曲，直至心满意足才陆续散去。

阿布都拉在回家途中，从兜里拿出一张叠成四方形的报纸。这张报纸油墨味儿还没有挥发，是刚从别人那里拿的，它是《库车新闻》报。这张报纸是林基路直接参与发行的报纸。阿布都拉眼睛盯着报纸，听到一个人靠近的脚步声，抬起头看到这个人心里十分欢喜。阿布都拉望着她藏在大纱巾下的眼睛说：

“刚才我在游行的学生队伍里看到了你。”

“我也看到你了。”姑娘说着继续向前走，她面带令阿布都拉神魂颠倒的笑容说，“有人来了。”于是，她赶紧躲进一条街道。街边小渠沟里的水在潺潺流动，阿布都拉赶紧追上姑娘说：

“咱们找个没有人的地方坐一会儿吧。”

“咱们去哪儿？”

“我带你去个地方，你肯定会喜欢的。”

“咱们为什么去那儿呢？”

“那个地方可好了，有唱歌的鸟，还有树……”

“这个地方也有树和鸟呀。”阿扎丹指着在树枝上叽喳跳跃的小鸟说。

“那个地方特别安静，没有人打搅我们。”阿布都拉找不到别的借口和阿扎丹独处，拦住她的去路哀求地说。阿布都拉想带阿扎丹去河滩上游，一个没有人可以打扰他们的僻静地方。

阿布都拉和阿扎丹走了一会儿，来到一个风景特别美丽的地方。

“这个地方实在太美了。”阿扎丹环顾周围的景色。他们所在之处的确是个安静而又空气新鲜的地方，只能听到树木交头接耳的声音。

“咱们坐一会儿吧？”

浓密白杨遮天蔽日地生长，浓荫覆盖草丛，闲散的白云在闷热的天空飘荡，没有任何东西打扰他们。阿扎丹捋着垂落在胸前的秀发，轻轻地坐在了柔嫩的草上。然后，她腼腆地把大纱巾披到肩上，显露出激动温和的美丽面容。她头上戴着珍珠花帽，两边夹着的黑色金边发卡闪闪发光。女式西服上叠成三角的绣花手绢，显得她更加美丽动人。

“今天在纪念大会上，林县长说的话太感人了，参加游行的人也很多。”阿扎丹不知该说什么才好。

“是的。林县长确实是个有文化的人，今天他用激情的话语感染了好多人。”

“暑假给老师们做报告的时候，林县长的文采就给我留下了深刻的印象。”

说话间，两只小鸟叽喳鸣叫飞过来落到树枝上嬉闹。阿布都拉出神地望着小鸟追逐。他突然想起一件事：

“哦，对了，林县长的夫人最近要来咱们这里。”

“真的吗？”

“真的，林县长的通信兵马木提告诉我的。”

“她从很远的地方来吗？”

“是的，她还和林县长去过日本呢！”

“人的意志有多强，对爱情的忠心就会有多强。”阿扎丹羞红了脸。因为，这个世界上她的心里只有阿布都拉一个人。阿布都拉在身边的时候，阿扎丹就会忘记一切，感觉自己自由地飞翔在蔚蓝的天空。但是，她一想到未来的生活就害怕。担心父亲玉赛因巴依有一天发现他们的恋情，吹胡子瞪眼地不同意他们在一起。父亲不管她同不同意，只想把她嫁给某个富人。她只要想到这种局面，浑身就像针扎一样难受。

阿布都拉也是一天见不到阿扎丹，就会吃不下饭睡不着觉。阿布都拉有时非常高兴命运让他们成为邻居，觉得院子里的高墙就像田埂一样低，他可以很快翻过高墙，偷偷地环顾玉赛因巴依安静宽舒的庭院，两只眼睛到处寻找恋人婀娜多姿的身影。运气好的时候，看到心爱的人他就会心花怒放。每当他见到恋人的时候，就会感觉时间过得飞快。他们舍不得分开，就像刚做了个甜蜜的梦，不愿意醒过来似的。

阿布都拉和阿扎丹各自想着心事，很长时间低头出神地望着地面。

后来，他们聊起听说或看到的奇闻逸事，惆怅的心里又燃起对人生的信心。他们两个人忘记了忧愁，信心十足地聊这个话题。

他们聊着天坐了一会儿。

夕阳西下，阿扎丹的心里有些郁闷。她不愿意分离，不希望太阳落山。她多么希望太阳定格在天上，永远不会落到山背后。但是，自然界能遵从她的意愿吗？阿扎丹勉强说：

“天快黑了，家里人该等着急了。”

阿布都拉怏怏不乐，他恋恋不舍地低声说：

“咱们再坐一会儿吧，让我好好看看你，我不想和你分开。”

“走吧，咱们还会有见面的机会。”阿扎丹温和地望着他说。

他们踩着河滩里的巨石，好不容易过到河对岸，望着对方的眼睛恋恋不舍地告别。阿布都拉的心里只留下了一丝温情……

二

马聚奎走遍县城各个学校，了解了学校的地址、设施状况和学生上学等情况，知道了全县有三十六所小学和四千六百个学生——这些学生的数量不足学龄孩子的十分之一。他把经费太少、教师队伍远远跟不上甚至没有教师等情况报告给了林基路；他还报告了群众中的文盲太多，要把他们组织起来学习文化的问题。

马聚奎用二十多天的时间走了上千公里，经过详细调查发现了这些问题。林基路沉默了。他特别心痛这么大的一个县才有这几所学校，学生的数量也太少。

“对于这么大一个县城，这些学校实在是太少了。虽然根据《六大政策》的精神，各市、县重点建学校，但政府没有供给孤儿院和救济院的经济实力。如果我们想繁荣县里的教育事业，应该首先解决经费问题。为此，我们必须打报告让财政厅为县里的教育拨款。县里也要拿出一部分资金，还要召集工商会和社会各界募捐钱款。而且，我们必须开办短期的成人扫盲学习班。其次，工作组要挨家挨户做好对户主的宣传鼓动工作，一次不行两次，一直到做通思想工作为止。”林基路停顿了一下，又继续说，“我正在准备开展冬季短期成人扫盲运动。我们必须利用今年冬天到明年春天的时间，号召中青年进行扫盲学习。学习班的事情就安排在各个学校，由每个学校按区自主决定。为了考验学习班认字情况，所有的街道口都要设立标牌。我和维文会主席阿不力米提汗谈一下，谈谈再盖几个学校的问题。你去准备一下召开县教育工作会议的材料。准备好了以后，通知各阶层过来开会。”

马聚奎准备好所有的事情，县政府大堂里聚集了县管辖的各个单位当官的和社会各界人士。会议由穆哈麦提·阿西木担任翻译。

“先生们，今天把你们请到这儿，主要是共同讨论县教育发展的问题。教育事业的管理和生存，需要各位的支持和关心。我需要各位大胆地发表个人意见。”林基路继续说，“爱国不是钱多钱少的问题，而是真心爱祖国的问题。咱们有钱的出钱，有力的出力，有学问的出点子，共同发展好县里的教育事业。我相信，你们一定会提出很好的建议。常言道：众人拾柴火焰高。下面，我听听你们怎么看待这个问题。”

“我说两句。”维文会主席阿不力米提汗·尼亚孜整了整体态说，“管理学校是全县人民的大事，林县长关心教育是给我们的最大鼓励和帮助！我借这个机会对大家说的是，我们为了县里的文化教育事业绝不吝惜任何东西。最近我们商议在县城盖一所学校，还要给几个乡里盖几所学校，我们自己解决盖学校的费用和教师问题。”

“太好了，维文会给我们带了一个好头。”林基路高兴地说完，看着一位身体匀称、胡子修得很整齐、胸前挂着金怀表的人说，“该你讲话了，大家都看着你哪。”

脑门儿锃亮、和蔼面善的这个圆眼人，他是最近当选的工商会会长瓦哈普阿洪。

所有的人都看着瓦哈普阿洪。他是大财主之一，还是慈善家和有文化的人。他不仅在生意人之中有威望，而且还成为给孤儿院和救济院捐款的大户。他喜欢参与公共事业，人们一会儿在清真寺、经文学院、学校、政府机关看到他的身影，一会儿在集市、旅店、工匠店铺遇到这个和蔼可亲的人。他的看法对于今天的会议很有影响，他说：

“各位，林县长建议我说几句，我没有什么好说的。林县长刚才说全民办学，号召我们有钱的出钱，有力的出力，为全县的教育事业尽一些绵力，我非常同意这个提议，所以我决定捐一万五千个大洋修建学校。”

他刚说完，全场响起了热烈的掌声。林基路非常激动，含泪紧紧地握住瓦哈普阿洪的手说：

“瓦哈普会长，我代表库车人民感谢你。”

大财主纳斯尔金匠、玉努斯阿洪巴依等人受到瓦哈普阿洪的影响，纷纷表示要捐款。马聚奎记录下捐款数目，最后公布了筹款的总数，高兴地说：

“所有募集的钱可以盖一座十二间教室的学校。”

“乡亲们，你们替政府解决了困难，我再次感谢你们每一个人。我们还有一个问题需要解决，这个问题就是维文会资金困难的事情。”林基路看着聚精会神的人们说，“首先，咱们请阿不力米提汗说说详细情况。”

“各位，”阿不力米提汗·尼亚孜发言道，“维文会是我县文化教育的大熔炉，沉睡人民的唤醒者，求知欲强人的指路灯，走向光明的引路人，担负着文教工作的重任，还是承担宣传、文化、教育、社会公益、福利事业沉重负担的一个组织。可以说，它现在几乎没有资金给学校、孤儿院、救济院等地方。这种情况下，不但很难保障建新学校的资金，孤儿院和救济院的各种配送的食物、衣物、书本墨水等教育物品，而且很难使电影戏剧等文化体育活动富有活力。我希望大家在这个问题上，给予维文会较好的建议。”

“有句话说得好，维文会的顶棚和围墙是用维吾尔族人民的心血建成的。”林基路接着阿不力米提汗的话说，“维文会是活跃维吾尔民间文化生活的机构，肩负繁荣文明的神圣使命。我们除了由政府财政拨款提供给孤儿院孩子和救济院老弱病残的物资以外，收入主要依靠什一税和天课（宗教税，其税率一般为百分之五到百分之十）和人民群众的力量。根据维文会反映，维文会也有些自身的困难。这主要归咎于维文会以前把金钱花费在了无谓的事情，或者是装进了个别人的腰包。由于有些人非法占有国家的土地，推脱或不交国家和维文会的租金，所以给维文会带来了不可估量的损失。我们今后要进一步发挥维文会的作用，要各个渠道得利，提高资金收入，保障教育事业的顺利进行。”

这个问题提出来之后，所有参加会议的人开始议论纷纷。参会人员中间，有一位鼓着眼睛的人清了清嗓子说：

“我们那里有好几百亩国家的土地，有些人不付钱就使用这块土地，靠它给自己谋取利益。这种不公道在我县管辖的地方还少吗？！政府应该收回这样的土地，把收入用在该用的地方。

“所有的人都应该关心孤儿院里可怜的孩子们，还有救济院里孤苦无依的流浪汉、老人和得了重病的人。有些人利用自己的权力，非法霸占国家的土地中饱私囊，还不给国家或维文会交一分钱。”

“有些人一直以来掌控着部分土地，政府的人也没有说一句话。俗话说：想不到灾祸竟然来自亲人。咱们现在阻碍那些人的好事，这样能行吗？”一位矮胖的人树墩般坐在椅子上，含沙射影地说。

“就是，”另一个白胖的人附和道，“咱们不能假装看不见那些人在地里付出的辛苦。”

“老话说得好：‘虽然开玩笑也要想好了再说。’”鼓着眼睛的人又说，“世上没有比把别人的东西占为己有更严重的罪过，有些人一点也不怕会受到惩罚。比如说齐曼乡的大水洼地过去就属于国家，只有少数的几个人在利用这块土地上的鱼、蒲草和芦苇给自己敛财。政府没人管，为啥政府不收回来赚钱呢？！”

谁也不知道他这话是对谁说的，可在场的巴依孜伯克心里明白，他狠狠地瞪了一眼刚才那个说话的人。

齐曼乡离县城南六十五里。齐曼乡有一块水洼儿，周围被一望无际的芦苇和蒲草装点环绕。芦苇和蒲草长得特别茂密，就算野猪也不能自由出入这里。身在几丈高的浓密植物里，根本无法想起人间的悲欢离合。微风轻抚掀起千层细浪，在芦苇荡和蒲草丛荡漾。水洼里肥大的鱼儿游来游去。湿地的旁边都是绿茵茵的草地，它们也因为湿地的丰沛长得特别茁壮。看护水洼的人，不允许周边的农民在此撒网捕鱼或收割芦苇和蒲草。这块水洼只有巴依孜伯克等几位伯克享用。刚才说的正是这里的事情，所以巴依孜伯克才……

巴依孜伯克瞪着那个人吼道：

“你以为你是谁？！满嘴喷着口水说话！你想在政府面前装好人，还想给政府出主意吗？！你忘了我在这个县城怕过谁吗？！啊？！别让我在乡里遇到你，等着瞧！”

穆哈麦提·阿西木把那些人说的话原原本本地翻译给了林基路。

“这不仅是我的意见，这是在座所有人的看法。”那个人根本不理会巴依孜伯克的恶毒话语。

巴依孜伯克威胁不了那个人，就像泄了气的皮球一样坐在椅子上。他示意旁边一位中等个子、身穿蓝布衫、身材很好的人，好像在说：“你说话。”旁边的人抬起头，像只座山雕一样仔细环顾了一下周围，慢慢地站起身清了清嗓子说：

“关于水洼地的问题，我说上两句。”他停顿了一下，接着说，“我认为，政府不该急着收回这土地。各位都知道，我们为了政府的工作日夜操劳。我们的马匹是自己的，吃的喝的也是自己的，身上穿的衣服仍旧是自己的，政府给了我们什么呢？政府如果收回土地，我们将无法正常地生活。”

巴依孜伯克除了是一个乡里的伯克，还是县里的水利总管。每年分配水的时候，谁给的钱多就多分给他一些水，用一部分水费贿赂源头的水利总管，剩下的装进自己的腰包。巴依孜伯克猛地阴沉着脸站起来，看着所有的人威胁似的说：

“你们哪来的胆子这样说我，啊？！对我们指手画脚的人都是吃屎的吗？你们到底相信啥东西？！我警告你们，省里只要有盛督办在，库车就有我巴依孜在。无论谁想把地收回去，我是绝对不会放过他的！”巴依孜伯克的话像毒刺一样刺痛每个人的心，但他们都默默地坐着，不敢和他针锋相对地发表意见。

林基路直起腰杆子，看了看说话的这些人。他虽然听不懂每个人的话，但他却好像听懂了他们的心里话。他明白，有几个人为了自身的利益阻挠会议正常进行。如果不能打消他们的气焰，就不能达到预期的目标。会场里一片寂静。林基路沉稳地说：

“我们不害怕一些人的威胁之词，无论谁胆敢和人民、国家作对，他就不会有好下场！”

所有人听了林基路的话，心里都感到有些宽慰。刚才争得面红耳赤的人，现在都缓和了许多。结果，讨论非常激烈，他们当中提出了许多问题。林基路按大多数人的意愿宣布政府收回水洼地等几块土地，还有几块有争议的种植地归属维文会管辖等的倡议。参会的绝大多数人表示支持政府的决议，只有极个别的人满脸不高兴地低着头。

巴依孜伯克和几个支持他的人愁容满面地坐着。林基路的子弹正好打中目标后，他们都不吭声了。巴依孜伯克突然站起来，转身甩了一下且克曼布袷袢（一种手工棉织品衣服），愤愤地离开了会场。所有的人转身望着他离去的背影，静悄悄的，没人敢吱声。

林基路开完会来到办公室前时，看见徐秘书和警察局侦缉副队长苏莱曼在等着他。两个星期前，林基路派他们去山上了解情况。林基路和他们握手致意后问：

“你们这一趟出去，收获怎么样啊？”

“我们按着你的指示，五天访遍了方圆四百里，”徐秘书报告说，“那里有个东西长二百里、宽三十多丈的大峡谷。峡谷的前段被当地人称作柯尔克扎特，中段被称作库尔干，末端被称作托格里木孜。库尔干峡谷向东北方向延伸百里左右。那里有十八家柯尔克孜人家靠牧羊生活，男女老少总共有九十五口人。他们的房子特别分散，一家和另一家相隔好几里地，过着非常艰苦的游牧生活……”

“你想告诉我他们没有固定的地方生活吗？那里不是一望无际的大草原吗？”

“是的。据我们调查了解，草原被萨迪克阿吉、阿布都拉姆巴依、库扎特阿洪三兄弟，民国初期就用十五万两银子买下来了。柯尔克孜牧民虽然只有千头的牲畜，但由于没有固定的草原，经常翻过星星山去焉耆县边界放牧。我们召集了一些长者，给他们讲了政府对蒙古族、柯尔克孜族和哈萨克族牧民的政策。他们说：‘希望政府给我们指定草场范围，我们也不用东奔西跑了。’”徐秘书说。

“你还有什么补充的吗？”林基路问苏莱曼。

“该说的徐秘书都说了，我插上一句。”苏莱曼说，“我给库扎特阿洪的儿子托乎提喀里做了思想工作，希望他能分给柯尔克孜牧民部分草场。但他说这块草地是他们买下来的，不愿意分一些给柯尔克孜牧民。”

“你们辛苦了，把事情调查得很清楚。只要咱们公平地解决这件事，剩下的事就好办了。你们先回去休息吧，过两天咱们再去一趟山里。”林基路亲切地说。

三天以后，林基路带着他们又骑马去了山里。他们进山以后，穿过雨水侵蚀的山石，无数的沟壑，一望无际的蜿蜒山林，有时走过满是山洞的悬崖，有时在巨石下方前行……

托乎提喀里穿着棉衣热情地迎接了他们一行人。

苏莱曼介绍了林基路。托乎提喀里从来没有见过这么大的官，惊讶地望着林县长不知该说什么才好。他赶紧行礼致意，请林基路一行进屋用茶。

谈话间，托乎提喀里告诉林基路，萨迪克阿吉、阿布都拉姆巴依、库扎特阿洪三兄弟先后去世后，自己独自照料所有的畜牧。他们聊天的时候，有几个人听说林县长来了的消息走进来。来的人中间，有个头上戴狐狸皮帽、身穿羊皮大衣、脚上穿着套鞋的长者抚胸给林基路行了一个礼。

“虽然我没有见过你，但我可以感觉到你是柯尔克孜族牧民的乡约阿山·艾力吧。”林基路热情地拉着山羊胡子、高个魁梧的长脸人的手说。

“县长阁下，您真是好眼力。”阿山·艾力钦佩地说。

来的人坐下以后，林基路给他们解释了政府的草场政策，而且讲明了托乎提喀里是已故库扎特阿洪的儿子，依照政府规定有权继承父亲留下来的遗产。可是萨迪克阿吉和阿布都拉姆巴依已被捕，再说他们没有子女，因此他们的财产依律应该归政府所有，并且还问了他的意见。苏莱曼翻译了林基路的话以后，托乎提喀里说：

“萨迪克阿吉和阿布都拉姆巴依是我的叔叔，所以我应该有权利继承他们的土地和财产。”

“你再给他解释一下。”

苏莱曼按着林基路的意思，又给托乎提喀里说了好多的话。最后，林基路又对托乎提喀里解释说：

“这是政府的政策，我也没办法改变它，我希望你理解。”

林基路耐心地做思想工作，托乎提喀里最后终于想通了。

第二天早餐后，林基路他们准备骑马到草场转转。

这里是他们看到的最大一个山谷，两边高大山峰上是郁郁葱葱的松树林，绵延十几里的山谷里看不到一个人。山谷里的空气有些潮湿而清爽，他们在别的地方根本看不到这样美丽的景色。他们的下游有一条河在流动，这条河就像一条银色的长鞭。薄雾在山谷里游荡，在林间沟壑嬉戏。两边山脊上的皑皑白雪和灌木丛，好像在相互赛跑一样延伸向远方。远处的山也是一样，像雪堆一样耸立，没有险峻恐怖的山石，身上散发出玫瑰花般的光芒，令人生出在这里度过余生的念头。太阳在山顶偷偷地瞄着就出来了……

林基路一行转了很久以后，下马在河边找了一个空地休息。河的两边，杜鹃花顺着河边簇簇生长。他们的脚下也生长着很多野花，五颜六色地盛开，散发着芬芳，腐烂的气味儿也乘机混入迎面扑来。除此之外，还有多年的苔藓的香气、泥土的潮气和牧群留下的尿粪气味儿。

他们天南海北闲聊了一会儿，说到了怎样分配草场的话题。他们决定把草场分成三份，由托乎提喀里挑选一份，另外两份由政府管理。库尔干的六间房子和一个畜栏也交给托乎提喀里使用。托乎提喀里请求道：

“我有千头以上的牲畜，你们分给我的草场不够用。可以的话，政府收回去的草场租给我一部分。”

“我们先申请，听听阿克苏行署怎么说后再决定。”林基路沉思了一会儿后说。

柯尔克孜长老阿山·艾力听说政府要把收回的草场，分一部分给柯尔克孜族牧民，高兴得热泪盈眶。他赶紧派了一个随从叫来柯尔克孜家庭长者，告诉了大家林基路的决定，山谷里霎时充满了欢乐的气氛。人们杀鸡宰羊，纷纷请林基路和同伴去家里做客。

“轮台地界的山里还有五家柯尔克孜族牧民，我们希望他们也能来这里和我们共同生活。”阿山·艾力请求林基路。

“你还有什么要求？”

“这里有很多没有上过学的孩子，要给他们一个上学的机会就更好了。”

“可以。我们回到县城商议一下你的要求，保证给你们解决这个问题。”林基路说。

林基路该走的时候，柯尔克孜族男女老少热情地与他送别……

林基路回到县城几天以后，他叫来马聚奎商议开办柯尔克孜学校的事情。林基路对马聚奎说：

“世代游牧的柯尔克孜族牧民，现在可以放心草场的事情定居生活。咱们必须赶紧解决建校的问题，让他们没有后顾之忧。”

“我认为，那里的孩子还不到十五个，如今咱们的老师、教室、课桌椅子都不够用，就算开办学校可老师的问题怎么解决？建校的费用怎么解决？怎么解决桌椅板凳的事情？谁去管理他们？解决这些问题可不简单啊。”马聚奎早就想到了这些问题，可不知道该怎样解决。

“问题不在人多人少，县城辖区就算只有一个柯尔克孜族孩子，咱们也要把他看成一个民族对待。”林基路耐心地说。

林基路的这句话让马聚奎又羞愧又佩服。最后，决定政府给柯尔克孜族建一个班的学校。到底派谁去当老师，就由教育部门自行解决。经费的问题，当然由政府财政部门掏腰包。

第七章　夜半琴声

一

林基路和阿布都拉去农村调查之后，他受到了很大的震撼，认为库车人民要脱离艰苦的生活，必须发展生产。发展生产基础是科学知识，而且还要有个远大的目标。为了这个目标，首先必须清楚地了解县里的生产情况。林基路想到这儿，稍微有些安心。他带领几个有经验的人，转遍了全县四个乡一百四十一个村子。由于这个地方人稀地广，所以从一个村骑马走不少路才能到另一个村子，有时整天也不能到达另一个村庄。俗话说：望山跑死马，骑马的人走几个昼夜才能到达目的地。就因为如此，大伙从来吃不上三顿饭。每当来不及吃饭的时候，他们就吃烤馒头，喝即将干涸的库车河仅存的碱水，浑身是汗地忍受南疆的酷热。有时没有到达下一个休息点，就在牧民的帐篷里或浓密的胡杨树林休息，喝生牛奶，迷路的情况也时常发生。太阳炙烤下干枯的库车河河岸，像驼峰一样忽高忽低的沙丘上，人迹罕至的胡杨林……都留下了林基路们的足迹。

林基路调查完刚回到县城，马木提跑过来说：

“林县长，您辛苦了，我正等着您回来呢。”

“哦？出了什么事？”

“您进屋就知道了。”马木提笑着说。

林基路加快脚步穿过花园，登上台阶看见自己宿舍的门敞开着。正在这时，从屋里走出来一个短发圆脸、中等个子、二十岁左右的女子，她看到林基路停了下来。此刻，林基路感觉浑身燥热，血液沸腾。

“文英（陈因素的小名）！”

“为梁！”

林基路紧紧地把她搂在怀里……林基路像抱小孩一样抱起陈因素走进屋里，让她坐在床沿上。林基路抓着陈因素的两只手，高兴地凝望她疲惫、有些倦意，但还是非常美丽的脸。岁月的艰苦，在她的额头若隐若现地留下了几条皱纹。这样看她显得更坚毅了。陈因素圆月般的脸庞羞红了，两眼露出喜悦的光芒，嘴角带着淡淡的甜蜜微笑。当她看到林基路晒黑的脸庞和充满激情的眼睛，高兴的泪水像泉水般涌了出来。陈因素小孩子一样低声呢喃：

“为梁。”

这个期待已久的温柔甜蜜的声音，拨动林基路的心。林基路感觉到陈因素心跳的加剧，身体在不停地战栗。

“文英，我的爱人！”林基路重复地呢喃。他说完又安静了下来，隐藏不住心中的喜悦之情，又开始看着陈因素。

“你就像从天而降的仙女一样，突然出现在我的面前，让我感觉特别甜蜜。你给我带来了欢乐……”林基路激动地说。

“咱们终于见面了。”陈因素用广东方言说了很多知心话。但林基路只回答了几句，痴迷地看着妻子兴奋的模样。

林基路依然记得，他从日本留学归来，回到老家台山后不久就有了一个孩子，并给这个漂亮的姑娘起了一个名字叫“令婉”。那几天，陈因素听到林基路到达延安的消息更加高兴。经过一番考虑，陈因素最后决定去延安。她把不到一岁的女儿交给姑母照顾，和同乡的三个女伴一起坐火车准备去延安。她们来到武汉的时候，日本鬼子占领了许昌城，听到北上之路被阻断的消息，同伴们被迫返回。陈因素不顾路途险阻，时而在崎岖的小路上坐驴车，时而步行翻越山梁，冲破敌人层层把守的关口，度过千辛万苦的日子，最后她终于来到延安……

陈因素告诉了林基路自己在延安度过的日子，特别是在陕北共产主义大学和鲁迅文学院学习的时光，以及光荣加入中国共产党的好消息。

“我在延安没有见到你觉得非常可惜。”陈因素遗憾地说。

“你吃尽了苦头，好不容易才到了延安。如果我早知道你要来新疆，一定会阻止你的。”林基路心疼地说。他虽然看到陈因素非常高兴，但想着新疆的局势不稳，十分担心她的安全问题。

“我来新疆工作也是党中央决定的，你是不是不愿意我在库车工作？”陈因素问道。

“不是。我是想说你来的时机不对。”林基路更正说。

“我明白你的心思，谁让咱们是患难夫妻？！归根结底，夫妻就应该荣辱与共。只要你在我身边，我什么都不怕。”陈因素说。

“我是怕你不习惯这里的生活。”

“你都习惯了，我还能不习惯吗？我在延安生活了一年多就习惯了那里的生活。”

林基路和陈因素正聊得非常投机，阿布都热依木副县长敲门走了进来后，客气地问候陈因素：

“夫人，一路辛苦了。”

陈因素听林基路介绍了这位头戴花帽、身穿夏季大衣的阿布都热依木副县长，微笑地望着这个有风度的人，客气地说：

“谢谢你特意过来看我，请。”说完，请他坐下来。

紧跟着走进来一位高挑白皙、三十五岁左右的妇人，她的旁边是位十八岁左右的姑娘。她们是阿布都热依木副县长的夫人和女儿。

阿布都热依木副县长的妻子还没有进到屋里行礼的时候，陈因素就不明所以地望着她们，心想：哎呀，维吾尔族女人都这么漂亮吗？想到这儿，她不知不觉地站了起来。

在此期间，县政府许多工作人员前来探望问候陈因素。

陈因素接待了前来问候的客人，心里感到特别舒服，尤其是维吾尔族人的风俗习惯，给她留下深刻印象。陈因素最后一次出来送客人的时候，已经是黄昏时分了。她看见门口一个孩子正全神贯注地擦灯罩，抿嘴笑了一下。她白天刚来的时候，这个勤快的孩子和别人一起帮她扛过行李。

马木提点燃了煤油灯，周围霎时笼罩在光亮之中。灯光照亮了墙壁，就连书架上的书、地上的方形砖都清晰可见。

陈因素问林基路这个孩子叫什么名字。

“他叫马木提，是我的通信兵。”

徐秘书让两个人抬过来一张双人木床，他们很快把木床安顿在屋子的另一边。

晚上，林基路和陈因素聊了很长时间，他们相互之间有说不完的心里话——离别之后的经历，思念之情，童年的回忆……

这个时候，远处传来悠扬的都塔尔琴音，弹拨着寂静和清新的空气。伴随琴声的嘹亮歌声，让陈因素的心感觉到春天般和煦的微风。她闭着眼睛，侧耳歌声传来的方向。歌声忽高忽低地从远处的亭子方向传出来。这个时候，无数的乐器一起演奏，好像万花齐放、百鸟齐鸣一样。陈因素陶醉在乐曲声中，这美妙的歌声好像拨动着她的心弦。歌声慢慢地停了下来。过了一会儿，又传来另一首歌曲，似乎比前面的歌曲更感人。陈因素好像静静的水面游弋的天鹅，轻轻地走到朝果园方向敞开的窗户前。月光下，果园里洒满银色的光芒，特别安逸寂静，空气清新，鲜花的香气扑鼻。微风轻拂花草树木的枝叶，随着夜风传来的歌声很难描述。

陈因素越听连续不断的琴曲，越觉得自己的情绪特别高涨。歌声很感人，浓郁的地方腔调扣动心弦。令她陶醉的歌声停下来之后，周围一片寂静。优美的歌曲让他们插上神秘的翅膀，把他们带向远方，游弋在遐想中……

“艾尼丁喀里。”林基路说。

“嗯？”

“唱歌的是我们的车夫。他是个好小伙子，每天晚上他都在果园的亭子里自娱自乐。”林基路若有所思地说。

“我过去就听说新疆是个歌舞之乡。现在，我感觉好像已经进入了文化宝库。”陈因素高兴地说。

“不过，遗憾的是当前你只能听到悲伤的调子，有一天，当真理的种子撒进了他们的心田，革命的火炬照亮了他们的道路时，这片古老的土地才会绽放鲜艳的花朵，响起欢乐的歌声。维吾尔族是个热情大方的民族，我喜欢他们淳朴无邪的性格。因为，维吾尔族人民的心像露珠一样纯净，他们的友情像无价之宝一样珍贵，他们是不追求名利，善良、朴实、勤劳、英勇、智慧的人民。他们向往衣食无忧、自由自在、有文化的生活。”林基路沉思了一会儿后，又继续说，“我们既然来到了边疆，就要和他们变成亲人、同志，必须为他们多做一些好事实事。”

“咱们不仅语言不同，而且感情也不一样，所以在民族地区开展工作很不容易。我为了和他们建立友谊，感情上亲近，努力学会他们的语言和风俗习惯，还注意一些伊斯兰教忌讳的事情。因此，无论是政府的职工、青年还是老人，都喜欢和我聊天说说心里话，孩子们也不会躲着我。”林基路说出心里话后又问，“你一路上吃了不少苦吧？”

“幸亏我有运气，出门时正好遇到一架不平凡的飞机。我上了飞机后，看到一位伟人……”

“一位伟人？他是谁？”

“他是周副主席。”

“真的？”

“当然是真的啦。当我刚进机舱，激动得心突突直跳，周恩来副主席亲切慈爱地笑着对我点了点头，让我坐到他的旁边。邓颖超同志也和他在一起。周副主席让我坐下来，问了我的名字和去新疆的原因，然后高兴地说：‘新疆是个很好的地方。’邓颖超同志还递给了我一块糖。我兴奋地向周副主席汇报在延安学习的感受，以及到新疆从事抗日民族统一战线工作的决心，周副主席听得是那么专注。他还给我分析了国内国际的局势。下飞机后，周副主席对我说，在新疆工作的同志都很辛苦，他代表党中央毛主席慰问你们，还说你们是工农子弟兵的精英，中华民族的优秀儿女，党中央寄希望于你们。”

“我们一定会按着周副主席的指示办事，干好抗日民族统一战线的工作，让党中央放心，让毛主席和周副主席放心。”

“我从迪化走之前，徐杰同志还夸赞你是个办事能力强的人。”陈因素又问，“你想好我工作的事情了吗？”

“妇女协会主席一直没有合适的人选，不知道你能不能干好这个工作？”林基路笑着说。

“你是县长，你的老婆当协会主席能行吗？我还是当老师吧。”

“你如果能当老师更好。你就兼任妇女协会主席，当个老师吧。”

“我就当个组织学生宣传抗日的人吧。我教他们唱抗日歌曲及排练抗日话剧，我要教育他们成为爱国爱人民的人。”陈因素激动地说。

这对年轻的夫妻心里充满甜蜜的梦想，那天夜里一直在憧憬未来的日子……

二

蒋春茂一直在忙着整顿财政和税务的工作。阿布都拉告诉了他陈因素已经来了的消息，他赶紧来探望陈因素。

蒋春茂住在税务局院子很小的一间屋子，这间屋子他又当宿舍又当办公室。他刚来库车的时候，随身只带了一个手提箱和一个包袱，这是大家众所周知的事情。他的屋子里只有一张木头床，中间的旧办公桌上经常堆满各式各样的杂志和报纸。

蒋春茂虽然名义上是个当官的，但平时和普通人一样生活简单朴素，也不抽烟喝酒，对于玩乐的事情不感兴趣。他除了工资奖金以外，不收任何人的一分钱。生活剩下的钱都捐给了前线，或者帮助那些生活困难的职工。他工作特别谨慎，为了不引起别人的猜忌，绝不多干自己分外的事情。业余的时间，他经常和别人交往聊天，爱护他们，帮助他们改正错误。因为迪化和内地的消息传到这里的速度很慢，所以机构的年轻人经常到他的宿舍聊天，兴致勃勃地听一些新消息。这里很难看到《新疆日报》《反帝战线》等先进的杂志和报纸，但在蒋春茂的宿舍里可以看到各种各样的新杂志和报纸，而且他经常送给关系较好的人供他们阅读。那些人看了这资料以后，都按捺不住自己激动的心情。因为这些原因，他的宿舍渐渐变成了学习新知识的场所。蒋春茂趁这个机会，告诉他们国际局势和抗日前线的战势情况，鼓励他们认真工作努力学习。

蒋春茂的宿舍里来各种各样的人。他们中有像阿布都拉、马聚奎一样的先进青年，他们喜欢听国际局势和关于革命的事情。蒋春茂请他们吃糖果喝茶或嗑瓜子，谈论杨增新怎样上台，怎样武装回民部队送到边境，拦住白俄罗斯人迫之投降，而且用诡计当上督办。金树仁不是军队提名的省主席兼总司令，盛督办是杀害陈忠、陶明宇、李孝天等人，声称亲自领导了“四一二革命”的人。省主席李荣是个胆小如鼠的谄媚小人。樊耀南设宴杀了新疆王杨增新的时候，他就和杨增新在一个桌子上吃饭。樊耀南虽然没有想把他也杀了，但他和苏联领事一起吓得逃到了厕所里。搜查现场的时候，他们把他从厕所里带到金树仁的面前时，李荣不声不响地低头哆嗦。金树仁闻到一股臭味看了看他，原来他已经吓得拉了一裤子。金树仁笑了笑呵斥道：“你这个草包肚子！藏在厕所的人都不知道解裤子吗？！”从此以后，他就得了一个“草包”的绰号。他在庆祝“四一二革命”大会上说：“我的这个省主席是盛督办给的。”旁边坐着的盛世才说：“不，是人民选的你。”他坚持说：“不是人民选的。”他还夸口说：“原来特务、托洛茨基的追随者蒋欣、王秀清有想当督办的念头，他们算什么！我们的督办创作了《六大政策》，受到全疆人民的拥护！我们督办是特殊材料做的，他是我们新疆唯一的伟大领袖！有人说我是‘李草包’，我不是草包，我有旧学，督办有新的学问。我们一起合作，要建设一个崭新的新疆……”由于不让说这些话，蒋春茂再三叮嘱说：

“你们千万不要在外人面前说这些话，如果让上面知道你们就自身难保了。”

“你不是外人，我们信任你，你不会告发我们吧。”有些人故意试探他。他们想试探蒋春茂，说“盛世才其实是个好人”之类的话，蒋春茂虽然不赞成这样的言语，但也不公开反对。只是轻描淡写地说："我也不知道事实情况。"

蒋春茂特别提防那莫因这个人，只要在他面前不议论盛世才就行。他根本不在乎和那莫因的争论，暗想事情总会有个结论。那莫因知道他在故意躲避自己，他故意找机会接近蒋春茂，打探他心里的真实想法。但因为蒋春茂是个小心谨慎的人，没有给他留下任何把柄……

蒋春茂过去虽然没有见过陈因素，可进门就像老朋友一样熟悉。

"你们认识一下。"林基路给陈因素介绍道，"这是蒋春茂同志，原名蒋连穆，库车地方政税局副局长，今年三月份到的库车县。"

陈因素非常高兴认识了一位革命战友，以后还要和他一起工作。蒋春茂说：

"常听林县长说起你，他可是盼望了你很久哇。"说着，蒋春茂坐了下来，"两个月前就听说你从延安来到了迪化，很快就来库车的消息。林县长听说这个消息后非常高兴。你路上辛苦吗？坐车赶路也不容易吧。"

"是的，虽然坐汽车，可跟坐毛驴车一样累，路也高低不平。再说，到处都是没边没际的戈壁……都不知自己要到哪里去。"陈因素笑着说。

"新疆虽然地广戈壁多，可绿油油的优美景色也很多。维吾尔族人民长久以来把戈壁变成绿洲，建成了城市……现在是这里瓜果最甜最好的季节，内地城市根本与这儿无法相比。"蒋春茂说。

"你说得很对。我原来不知道祖国的土地这么大，我们从迪化出来走了七天才到这儿。"

"我们说一些工作上的事情。"林基路对陈因素说完，移了移椅子，"我们很需要陈文英这样的同志，这里有很多事情适合她干。比如开展抗日宣传、教育和妇女工作……"

"库车的文化艺术发展得很好，"蒋春茂看了看陈因素说，"有一个二十多人的文工团，他们经常演出精彩的节目。林县长特别支持关注他们，还给他们写舞台剧本。现在有你在，文工团发展得会更好。因为你热爱文艺，再说你在鲁迅文学院专门学习了音乐。”

他们在一起商量了陈因素的工作，决定让她协助反帝会库车分会，开展抗日宣传、教育和妇女工作，公开身份是回汉小学教员。反帝协会分会会长，则由文教科的马聚奎担任。

“谁会想到像你一个在东京大学念过书的学生，会来到这里当一名普通的小学老师。尊敬的陈女士，让你受委屈了。”蒋春茂半开玩笑地说。

大家都笑了起来。

蒋春茂环顾了一下屋子里后，摇了摇头说：

“咱们在这里有合法身份，你是堂堂县长老爷，因为这样，你们就该住在合乎身份的房子。你们不能住在有两张床的房子，就像住旅馆似的。”

陈因素听了他的话以后，赶紧表态：

“咱们就花些钱，也住在合乎身份的房子吧？”

蒋春茂的看法很对。自从陈因素来了以后，他们就住在这间狭小的房子里，而且接待客人也不方便。所以，除了扩大房子的空间以外，没有其他的办法。为了扩大房子，也得需要一笔不小的花销和时间。但是，因为现在是秋天，所以来不及做一些事情。无论条件多么艰苦，他们只能先凑合着住在这里。林基路告诉了他们自己的想法：

“我们暂时不说房子的问题，还是先想想怎样为库车人民尽量多做一些好事。”

“现在有一个重要的事情。应该严肃处理贪污腐败的官员，让县政府成为一个廉洁的地方。”蒋春茂泰然地说，“重新委任一些部门的科长，整顿科员、办事人员、勤杂工，该任免的任免，该调动就调动，需要清理的进行清理。”

“咱们想到一块儿了！”林基路听完蒋春茂的提议后说，“原办事人员减少一半，其他一些人安排工作，还有一些人要返乡务农。”

三

林基路准备带陈因素到城里转转。晴朗的一天，他们走出了县政府大院。今天有些热，不像已经到了秋天。

陈因素穿着西装裙子，挺直腰板，高跟皮鞋轻巧地踩着小碎步，吸引人眼球地走在大街上。健步走在身旁的林基路不知道在介绍着什么。认识林基路的人抚胸行礼走过去，或者是停下脚步和他聊几句，林基路也回礼问候他们。有的人望着林基路身旁小巧漂亮的女士，不知和旁边的人在嘀咕些什么。

街道两旁是各色高低新旧的建筑，雕刻着令人眼花缭乱的美丽图案。陈因素目不转睛地看周围人群和街道，深深地被新奇的一切吸引。

一个大的店铺里坐着四个穿着华丽的人。六十岁左右、手里数着念珠盘腿坐着的人是这个店的主人——玉赛因巴依。他身穿条纹长伯克赛木绸袷袢（一种厚实的绸料衣衫）、蚕绸短袄，脚穿锃亮的新套鞋，中等个子，体形较小，眼睛里显露着狡猾的神情。看他修理得体的胡子和潮红的面容，就可以看出他是特别会照顾自己的人。

玉赛因巴依旁边坐着位带喀什口音的人，另一位好像是和田来的商人，还有一个是库车车夫们的乡约。高个古板、高鼻梁大眼睛、说话露着大金牙的人，时不时玩弄胸口依袋表链子。另一位圆脸稍黄、黄胡子、四十五岁左右的人，故意炫耀似的转动着手上光灿灿的宝石戒指。第三个人是一位五十岁左右、身材魁梧、大眼睛、机敏利索、满脸胡子显得非常能吃苦的人。他们在玉赛因巴依的店里喝茶，做生意和聊一些物价上的事情。

玉赛因巴依是这个县里有钱人之一，他不是那种把东西摆在店里卖货的人。玉赛因巴依虽然开着店铺的门，可主要的伙计就是他的儿子艾达尔少爷，他主要负责从外地进货。玉赛因巴依把货运到铺着地砖的库房后，通知其他做生意的人。做生意的人翻看像书一样厚重的样品，寻找自己需要的货物商议讲价钱，并且赊账购买这些物品，三个月或六个月定期付款。就这样，如果从苏联三钱银元买一档子的（旧时用的长度单位，合零点七一米）花布，大约能卖出多一倍的价钱。假如是毛毯，他百分之百地能挣到钱。

玉赛因巴依也做原料生意。他从集市上买回便宜的羊皮、羊毛和羊肠，经过深加工后通过乌什县出口到苏联。他在城市的上游有个非常大的皮毛加工厂，还有二百多个劳力在工棚下筛选羊毛或晒羊皮。羊肠清洗干净后撒上盐巴，把二百条或一千条羊肠捆在一起。准备好货以后，就通过有几十峰骆驼和马匹的商队，发货到苏联。

车夫的头儿生意更好。库车河边有许多的专门马车停住的旅社。外来发货的车夫停靠在这些旅社，等人搬运货物时抽空修整车辆或喂食牲口。生意人如果想要运货，就得先和车夫们的乡约联系。乡约平时储藏好几千捆苜蓿、麦草和玉米，没钱的车夫经常问乡约借钱。乡约把十个铜钱买的苜蓿，二十个铜钱卖出去，玉米也是便宜买进来贵着卖出去牟利。车夫看着赊账买进来的苜蓿，心里十分高兴。他们讨好乡约，就能很快得到运货的事情。要不然，只能靠自己找活干了。

玉赛因巴依看到林基路的身影，暗示了一下其他人走出店铺。他赶紧迎上林基路，右手恭敬地抚胸行礼。然后，他问候陈因素辛苦，说自己听说了陈因素的到来，准备和家里人一起去看望她，然后又说：

“请两位进屋坐坐。”玉赛因巴依虚情假意地邀请他们。

“谢谢。”林基路面子上客气地说。

“那我随时恭候你们的大驾。”

玉赛因巴依走了之后，陈因素问林基路：

“那人是谁?”

“他的名字叫玉赛因巴依，是库车首富之一。他是个非常狡诈吝啬的人。他虽然在我们面前恭恭敬敬，但他和一些官员巴依搅和在一起，是个在我们身后吹胡子瞪眼的人。”林基路不屑一顾地说。

林基路和陈因素又逛了几条街。他们转过弯遇到一位四十多岁、风度翩翩的人，他和林基路热情地聊起天。他就是工商会会长瓦哈普阿洪。

“林县长您好。”他问候完林基路，又看着陈因素说，“夫人，辛苦了。今天是个好机会，二位到了我家门口真是太荣幸了。你们是请都请不来的贵客，要是你们能进屋喝杯茶再走就太好了……”

陈因素觉得很奇怪，刚才林基路没有给玉赛因巴依好脸色，可对这个人却十分热情。

“请，请。”

林基路不好意思拒绝家主人的邀请，对陈因素说：

“走吧，进去聊一会儿。”

瓦哈普阿洪赶紧引路，来到蓝色的大门前说：

“请，里面请。”摆出一副请他们进去的模样。

树荫下的大院子占了一大块地，院子中间是围着围栏的花池。现在到了花儿凋谢的时节，里面的花都失去了往日的色彩。花池旁边，有几个穿花色衣服的小孩在追逐蜜蜂嬉戏。客人们来到玻璃反射着太阳光的华丽屋子前，停下了脚步。他们惊奇地望着几间墙面刷着石膏粉、雕着各式各样花纹、让人感觉文化气息很浓的屋子。林基路虽然在阿克苏看见过这种模式的房子，但如今看到这些令人眼花缭乱的美丽图案也为之赞叹道：

“哇！太漂亮了……”

陈因素也被墙上的花纹吸引，半天没有说一句话。

家主人请他们登上台阶，自己跟在后面。他们走过雕花立柱、栏杆装饰漂亮的小炕台，迈进墙上有维吾尔族传统风格花纹的门厅。然后，他们脚踏和田羊毛地毯，迈过客厅令人想起华丽故宫的门槛，又停了下来环顾屋里。林基路和陈因素曾经见过比它还要宏伟的建筑，但这间令人遐想、民族色彩浓厚的屋子，不禁令人有种羡慕向往的感觉。火墙、壁柜，以及雕饰着风格、颜色、花纹各异的金色石膏的窗户，出自各种文化工匠手里的奇迹，顶棚上的灯闪着耀眼光亮。每当晚上点亮灯后，屋子里看着比白天还要舒服漂亮，欣赏价值更高。

也许是因为林基路经常去维吾尔族人家，所以他走过大红花纹羊毛地毯，在上座盘腿坐了下来。陈因素学他或是想融入现在的环境，无奈地坐在了林基路的旁边。他们两腿麻木动来动去不习惯，但为了尊重风俗，他们咬紧牙关强忍坐的方式。

他们入座以后，家主人按习惯坐在了下座。瓦哈普阿洪是个谦虚、热情、有风度的人。他又问候客人后，站起来说：

“二位不要客气，请随便坐。”说完走向外屋。

陈因素环顾屋子里摆设的石膏雕饰壁柜，摆着的很多贵重花瓶，一摞摞镶嵌金边的小茶碗，印花托盘，印有阿拉伯文的古兰经片段，波斯文诗句的铜托盘，玫瑰花纹大小托盘，精致的洗手壶，龙图腾的茶壶，青铜茶壶，令人眼花缭乱的刺绣，带有花纹的装饰巾，镶嵌发亮纹饰的木箱上摆着的各式各样被褥和圆枕头，起身挨个看着各式瓷器。她拿起一个镶嵌和田玉石的花瓶仔细端详，阳光下花瓶放射出各种光芒。花瓶上雕饰的罗勒花枝叶呈绿色，枝条上落有好像鸣叫的深黄色布谷鸟，让人想象到它现实中的模样。还有雕刻在花瓶上的白色蝴蝶，展翅飞翔在蓝天，看着好像在翩翩起舞。陈因素暗自嘀咕："这是维吾尔族文化的又一个代表作品，也许在这古代文化中心可以找到比这还好看的作品。"

"我知道维吾尔族人民是拥有建筑、雕刻、绘画、染色技术的古老民族，他们通过千佛洞文化享誉世界。"林基路换了一个方向坐着，环顾屋子说，"这个奇迹表明他们拥有的很好的手艺。"

"您说得很对。"家主人走进来听到客人的夸奖有些得意，犹豫了一下说，"可惜，让人感到心痛气愤的是，多年来千佛洞遭到了严重的破坏……"

"我能知道其中的原因吗？"不太明白原因的林基路问道。

"西方来的一些旅游的人，为了自己留个纪念，以卑鄙的手段挖走、偷走千佛洞里稀有的壁画，还无耻地占为己有……"瓦哈普阿洪气愤地说。

"我听说了这件事。"林基路说。

"这是祖先留给我们的宝贵遗产。我们没有正视在山洞里的珍藏并恢复其原状、研究探索等工作。"瓦哈普阿洪惋惜道。

这时，一个用人走进来请客人们洗手，随后在客人面前铺上花形麻餐布，托盘里摆着大小不一的松软馕饼，薄盘子里摆着方糖和一些水果，从小茶壶里往金边茶碗里倒了些茶。说话随和的瓦哈普阿洪不停地劝客人，往喝空的茶碗里续着茶。有时为了不使他们尴尬，故意左顾右盼地望着周围。

瓦哈普阿洪不是挣来的财富自己看不到也不给别人看的那种巴依，

而是适应社会的多面商人。不同于其他的巴依地主，他容易接受新鲜事物，还和国外有贸易来往。保守的巴依和同行竞争者经常在背后议论他，说他是忠实的“亲苏派”。瓦哈普阿洪尊敬林基路，对林基路所做和正在做的事情特别满意。他不仅支持林基路发展繁荣文化教育事业，而且除了每年斋月捐出一部分财物之外，还竭尽所能资助学校、俱乐部、阅览室等项目的建设。

两盏茶后，家主人站起来吞吞吐吐地说：

“阁下，我有一个请求……吃饭前请允许我说出这个请求。”

林基路莫名其妙地望了望家主人，又看看陈因素后问：

“你有什么事情？”

“我很久以来就想和您聊一聊家常，希望您能允许我宰只羊……”

“谢谢你的好意，不要太麻烦了。”林基路赶紧拒绝道，“我们也很快就走。”

“耽误不了你们多长时间，我只想表示我拥护政府的心意而已，没有什么其他的意思。”瓦哈普阿洪解释说。

“会长出钱支持政府，为了抗日后方的繁荣，准备建一所学校。这就足可以表明，你是位大方慷慨的人。”林基路夸赞道。

瓦哈普阿洪听了这话心情大悦，按捺不住心中的兴奋，两手抚胸表示感激之情。

“会长，学校什么时候开工？都准备好了吗？”

“县长，我准备很快就开工。学校已经设计好了，天棚和地面做成木制的，木板和石头由运输公司负责。”瓦哈普阿洪自信地说。

“好样的！你尽量快点建成学校，让没学上的孩子早些进入学校。”

“这样就太好了，我也是这么想的。”

他们又聊了一会儿心里话后，夫妇二人起身对家主人的招待表示谢意。

“我真不知道怎样感谢你的盛情。”林基路临别走到门口时说。

“我没有招待好，希望两家人常走动。”瓦哈普阿洪说。

林基路和陈因素为了给马木提做套被褥，在路上布铺里买了十几档子棉布和白衬布。

“怎么样？你喜欢上这里了吗？”林基路问陈因素。

“这是个美丽繁盛的城市。”陈因素环顾东方式的美丽房屋和地方特色的宏伟建筑说。

“如果这个城市的街道种上树会更好看。”林基路向妻子透露着自己长久的想法。

第八章 心曲

一

火炉里焦炭在熊熊燃烧，屋子里很暖和。地平线上炙热火球的光芒，透过玻璃窗斜射在鲁迅先生的两行诗句上。由于林基路工作非常辛苦，所以他感到一阵头晕目眩。他闭了一会儿眼睛后，伏案继续在一摞手稿上写着字。

林基路时而站起来走到窗户前眺望远方果园，时而喝一口茶水继续在手稿上写着自己的意见。屋子里，除了炭火燃烧时的声音和毛笔写字的声音，听不到其他任何声音。

林基路凭借自己对乡村、河流的记忆，开始写调查报告。根据这些情况，亲自绘出可以让县政府有力地利用水资源、维护好自然生态、发展农业生产的库车县地图。

林基路有些疲惫，把笔搁在书桌上，闭了一会儿眼睛。

门开了，陈因素走了进来。她去给反帝会组织的年轻人教歌，现在才回来。

最近，整个城市掀起唱抗日歌曲的浪潮，大街小巷响起了解放区和敌后区流行的一些歌曲。

林基路抬头看了看陈因素。她的脸上洋溢一股热忱豪气，对自己的工作十分满意的神情。她头戴白色的纱巾，身上穿着薄大衣，火光映衬着她美丽高贵的形象。

“你怎么没有点灯？”陈因素充满爱意地说完，从窗台拿过来一盏铜灯点亮。灯光微微射出光芒，霎时照亮了黑暗屋子里的各个角落。

陈因素来到这里后，看到林基路工作特别忙，身体疲惫消瘦，为了工作不顾一切，因此她多次提醒林基路要多注意休息。林基路何尝不知道陈因素在为自己的身体健康担心。但陈因素也知道他的脾气，他工作忙起来又会忘记所有的嘱咐。他有很多事情要做。作为妻子，陈因素成了林基路的好帮手和好伴侣。除了减轻工作压力之外，没有别的办法可以阻止他，阻止也起不了多大的作用。

林基路和陈因素吃过晚饭，聊起了发展县文艺工作的话题。这时门外传来脚步声，又听到轻轻的敲门声。陈因素走过去开门，门口站着两个人。一个是阿不力米提汗·尼亚孜，另一个是叫仙木西丁先生的人。陈因素请他们进了屋子里，林基路给陈因素介绍后，说：

“你们来得正好，我正想找你们呢。”林基路和他们握手问候。客人们坐在了桌子两边的椅子上。

林基路和阿不力米提汗·尼亚孜熟识，把新想法告诉了这个意气相投的战友，而且一直以来非常赞赏这个有魄力、勤快的年轻人。

“我们带来了您写的剧本——《再去前方》的翻译稿。”说着，阿不力米提汗从厚呢子大衣内兜掏出一摞稿纸。

林基路翻阅着稿纸，满意地看了一眼仙木西丁先生。过去，仙木西丁先生曾经翻译过《人民的愤怒》《红旗飘飘》两个舞台剧本。当他看到“洛甫”这个名字，他问这是谁？后来知道了这是林基路的笔名，并且惊奇这些稿子竟然出自林基路之手。

“这个剧本是阿不力米提汗、徐秘书和我翻译的，阿布都热依木副县长又看了一遍。”仙木西丁先生说。

这个时候，马木提端着装了一些干果和几个茶碗的托盘走进来，搁在桌子上，为了不打扰他们谈话，又悄悄地退了出去。

“这些剧本填补了舞台的空白。过去，咱们县年轻的知识分子写的《一个是你，一个是我》、艾海提·纳由普写的《忧心忡忡》、买买提民·巴依孜写的《扎依提老总》等话剧，在人民的心里留下了深刻印象。这些作品反映了受剥削压迫的人民渴望解放和自由的心声，体现他们战胜腐朽的精神和胆略，让失去信心的人民得到了鼓舞。”

“阿不力米提汗也是县里的高级知识分子之一，他曾写过关于抗日题材的《贞操的牺牲》《黑暗与爱情》等舞台剧。”陈因素接过递过来的一碗茶，望着仙木西丁先生说，“他还有歌颂先进思想、揭露和反对旧的保守观念、号召人民学习科技知识、鞭挞社会上各种庸俗迷信而且精练的喜剧作品。他虽然工作很忙，但还兼职干着文工团总导演的工作。”

“这都是朋友鼓励和支持的结果。”阿不力米提汗谦虚地说。这个热情、风度翩翩的年轻人，用闪着智慧光芒的眼睛望了一眼林基路。

“进步的知识分子也通过他唤醒人民复兴民族文艺，他为拯救劳苦大众摆脱无知愚昧，贡献了自己很大的力量。”

“感谢您的夸奖。”阿不力米提汗·尼亚孜动了一下身体说，“如果我写的这些拙作能称为‘文学作品’的话，也许只能算作是初期试验的步伐。我一直在想，能得到作家这个名称，我还需要很长的时间。”

“谦虚是个高尚的品德，但过分的谦虚隐藏自己的技能不是一件好事。”林基路微微笑了笑。

“阿不力米提汗写的歌曲很好听，我把歌谱成了一首曲，还教汉族学生唱咧。”陈因素坐在旁边听他们聊天，不时插上一句嘴。

曾经有天晚上，他们去维文会俱乐部看文工团新排练的歌舞表演。那次，一个姑娘走上舞台唱道：

新疆的姑娘
面露喜悦的神情
大眼睛、高鼻梁
一心向往新知识殿堂
……

这时候，观众席里传来热烈的鼓掌和叫好声，并大声要求再唱一遍。陈因素问旁边的阿不力米提汗·尼亚孜，这首歌的含义和是谁的作品时，他们周围的嬉闹演员们中懂汉语的一个人，指着阿不力米提汗·尼亚孜说：“是他写的。”陈因素听了这话，意识到当地知识分子中也有优秀人才。

他们聊了很久。阿不力米提汗·尼亚孜谈了文化教育存在的问题，而且列举了很多关于无知、愚昧、迷信的现实例子。然后，他说自己因为这些事情写了个对唱歌曲，题目叫《女儿与愚昧父亲》，并且说出了一部分内容：

女儿：亲爱的父亲，你看
知识的花园洒满阳光
痛苦的泪水洗刷我的脸
为什么我不能上学呢？

父亲：孩子，你已经长大，不能去学校
你上学想当宗教法官吗？
你要在家深居简出，不要出门裸露面容
和你的母亲学习家务
……

林基路、陈因素和仙木西丁先生静静地听着。

“写得好！”林基路喝彩道。

“就应该无情地揭露顽固保守主义的丑恶嘴脸！”仙木西丁先生感慨地说。

阿不力米提汗和仙木西丁先生走的时候，天空中已经挂起了黑色的帷幕。人们从清真寺或聚会上出来，快步走在回家的路上。阿不力米提汗对仙木西丁先生说起剧本《黑暗与爱情》的主要内容。

“谁扮演剧中妇女的角色？”仙木西丁问。

阿不力米提汗听了仙木西丁先生的话陷入了沉思。妇女们还蒙着面纱，女孩子学校毕业就嫁人了。女人上台表演是自古以来从没有发生过的事情，在这种情况下根本找不到有勇气上台的妇女。如果有女孩或少妇揭掉面纱上台演出的话，父母会在人们中间抬不起头，她也会得到一个“坏女人”的称号。虽然进入民主新时代，但宗教戒律依然严重，保守主义仍然控制着人们的思想。到底应该派谁去呢？

“你不用担心，总会想出办法。我们一定会在舞台上演出这个剧目。”阿不力米提汗·尼亚孜充满自信地说。

他们想来想去，最后商定用长得漂亮的男演员代替女演员。

二

“卢沟桥事变”之后，新疆各地掀起冬衣募捐活动。这次活动，成为今后新疆民众反帝联合总会经常主办的工作之一。去年，全新疆人民捐给抗日前线十架战斗机，遂被命名为“新疆号”，被送往抗日前线作为新疆大后方各族人民，为了国家和民族统一的贡献参加了武汉保卫战。其中一架印有“妇女”字样的战斗机，体现了新疆女性的爱国主义精神。库车人民也增添了一份力量。今年十月份，新疆为前线募集冬衣活动全面展开后，在库车反帝分会会长的主持下，动员了各个机构、社会各阶层、学校主管和各区长者等一百多人。动员大会上林基路讲了话，不仅利用库车人民为抗日前线捐款捐物的经验，摆出了这次捐冬衣活动的办法，而且在县城乡很好地开展了募集活动。这次活动要求必须要有一个委员会领导，各单位和学校组织宣传队，认真做好宣传动员工作。动员大会后，组织好了募集委员会和宣传工作组。宣传工作组由城乡各组组成，各组组长由各机构主管、学校校长、维文会主席、乡里的伯克乡约和各街道街长担任，每组由五至八人组成。大会上几位机构和社会各界的代表，以及绅士代表讲了话。后来，会议现场就轰轰烈烈地开始了募集冬衣的活动。一个人表示自己要捐五万两银子。会议现场在他的鼓舞下，霎时变得沸腾起来。有的人捐款一万、两万、四万、五万两银子，还有的人捐出玉米、大米、苜蓿、麦草等物品。两个小时之间，不停地有人走上台捐东西。最后，马聚奎说了捐粮食、麦草等物品的人自己送过来的要求。

第二天起，各个宣传队开始了工作，林基路和各个机构主管也加入了这个队伍。城市组管辖的学校中七个男女学生小组，在所属片区开始了宣传活动。这些小组中，一个组由阿扎丹带领，另一组由吾普尔老师带领。

一天，吾普尔老师安排好自己小组的工作去维文会时，在库车河大桥看到一个非常热闹的场景。大桥前，一群人集聚在四米长、三米宽的中国地图前，在听一位手持长棍子指地图的女性高声讲话：

“……天气慢慢地转凉了，可抗日前线的战士们和日本鬼子在日夜奋战。我们后方的人民群众应该感受到他们的艰苦。我们必须要不让他们感到寒冷，安慰他们的精神世界和物质世界，让他们得到一丝暖意。人民和后代子孙不会忘记爱国主义的先驱，人民会给他们最崇高的敬意。”

吾普尔老师挤过拥挤的人群，来到了那个女人跟前。八九个女学生举着旗子，围着场子站成一圈，老师们把募捐来的钱装入捐款箱。

“好样的！这是多么感人的话啊！”吾普尔老师夸赞阿扎丹。

“我说的不行……”阿扎丹欲言又止，吾普尔老师却觉得阿扎丹说的话特别实诚。

“你讲得真是太好了。”吾普尔老师羡慕地说。

“你说得我都不好意思了，”阿扎丹难为情地说，“我只是说一下自己的感受。”

吾普尔老师看了看一旁挂着的漫画和连环画说：

“你的宣传方式很丰富，值得我们向你们学习。”他又一次夸赞阿扎丹。为了不耽误阿扎丹的时间，道别后走向桥的方向。桥上的很多人，指指点点地望着河滩里。

桥的北边河滩上，立着一个二十多尺高的软索（走绳索的架子），许多人围着绞架摆成的一个范围，河两岸也挤满了人。他们不顾男女不能混在一起的戒律，在围观人群中依稀可以看到蒙着脸的女人身影。她们好像在装点人群，让人群变得更加疯狂。

走绳索的方向不时传来敲鼓的声音，有个人站在架子下面向人群不知在说些什么。吾普尔老师来到对岸，走到人群中间。刚才说话的高个、魁梧的人，原来是有名的阿西木阿吉达瓦孜（走绳索的人）。

阿西木阿吉原本是和田墨玉县人，不到十五岁的时候就和父亲学习都塔尔、弹布尔等乐器，享有小乐手的称号。十七岁学习走绳索，转遍了新疆和中亚地区。后来，他在巴基斯坦、阿富汗、印度、伊朗、伊拉克、土耳其等国表演走绳索，受到了当地人民的喜爱和好评，并受到了国家哈里法（国王）和省长的接见，还去朝拜了圣地和游览了知名地区。他们定居库车后，仍然巡回演出。他虽然在大城市可以连续表演三四天的节目，但有时他在小县城表演时，却不做在绳索上翻跟头、倒立、要功夫等动作。有时他也在节日聚会、举办婚礼时在乡村表演节目。诸如孜节的时候，因为是人们集聚在一起玩风车、叼羊的好时机，他连续表演三天节目。每当这时，正在玩游戏的人停下脚步，全神贯注地看走绳索表演。达瓦孜场地周围非常热闹，开饭馆的、卖烤馕饼的、卖凉粉儿的和卖货的生意也特别好。他们下雪的时候也表演节目，人们说："我们穿着棉衣还冷，他们穿着衬衣表演。真是好样的！"一九三四年，他把一切关于达瓦孜的事物交给大儿子斯迪克阿洪，自己整天和依不拉音喀里鼓手等人在库车有名的饭馆、婚礼等场合，夏天在麦西来甫舞会上弹琴唱歌。县文工团成立后，儿子们表演节目的时候他总是去弹琴助兴。最近，斯迪克阿洪借着走绳索表演的机会，为抗日前线慈善筹集募捐了……

斯迪克阿洪和一个小孩子在场子中间翻跟头搞笑，没过一会儿走绳索表演开始了。斯迪克阿洪手握长长的一根平衡木，看了看达瓦孜立柱的西方。阿西木阿吉又望着西方祈祷后，斯迪克阿洪手持平衡木走上前拉绳索，慢慢向高处走去，绳索下鼓乐齐鸣给他助威。数千双眼睛目不转睛地盯着他，人群担心地为他捏了一把汗。他快走到达瓦孜上面时前后走动，忽高忽低地举着平衡木继续前行。斯迪克阿洪有时背对着上面走，有时踩着小碎步急速前行后，突然劈开两腿坐在绳索上。这个时候，看表演的人群“哇”地惊叫起来。他有时盘腿坐在绳索上，左右晃动肩膀跳起舞。然后，他蒙上眼睛，脚上绑着盘子在绳索上走。

斯迪克阿洪表演了几个动作后，向上走到离高空木台两步的距离时，他头顶绳子，两只脚直冲蓝天倒立。周围观看的人们纷纷赞叹，发出“了不起！了不起！”的喝彩声。这时，阿西木阿吉对众人说：

“各位父老乡亲，现在我们在这里安定地生活。日本侵略者占领了我国大片领土，血腥屠杀我们无辜同胞。我们每一个人都要奋起抗击残忍的日本鬼子，他们明天就有可能会侵略到新疆，喝我们的血！就因为这样，我们要为内地的同胞分忧解难，尽我们的所能去支援他们。来，献出你们为他们准备的心意吧。有钱的出钱，有力的出力，你们献出的每个铜板都会变成子弹射入鬼子的心脏。”

两个人扯着一块布的两头，开始围着场子转圈。人们纷纷把钱投到了布兜里，有的人感动地脱下衣服扔到场地中央……

吾普尔老师虽然喜欢看达瓦孜表演，但他不能停下脚步观看演出。他随着人流走向维文会的方向，看到几步之遥的阿不力米提汗·尼亚孜赶紧追了上去，想和他聊几句心里的话。

“《黑暗与爱情》的剧本，你写得太好了。它在舞台上演出以后，在社会上引起了很大的反响。我衷心地祝贺你。”他和阿不力米提汗·尼亚孜行礼问候完，说。

“谢谢。”

阿不力米提汗·尼亚孜和吾普尔老师聊着这个话题，不知不觉就来到维文会大门口，然后和其他人一起进了大厅。

舞台上挂着幕布，上面拉着印有“库车县慈善捐款大会”几个字的横幅。

会议除了邀请的二百多位巴依、生意人、工匠、屠夫、烤馕饼的人、社会机构人员和学校老师，还有三四百位自愿参加会议的人员。

幕布拉开以后，出现一幅光闪闪的中国地图，随后响起《新编“九一八”小调》歌曲：

> 高粱叶子青又青，九月十八来了日本兵，
> 先占火药库，再占北大营。
> 杀人放火真是凶，杀人放火真是凶，
> 中国的军队有好几十万，恭恭敬敬让出了沈阳城！
> ……

这首歌悠扬激情，让陈因素心潮澎湃，充满敬意。这首歌，唱出了全国人民的心声，唱出了人们反帝爱国的心愿。

然后，文工团的演员们演出了话剧《放下你的鞭子》。话剧表现了“九一八事变”后日本帝国主义的无耻暴行，而且指出只有联合抗日才是唯一出路的观点。节目结束以后，林基路上台号召大家为抗日前线募捐。他首先分析了抗日形势的危险性后，讲述了前线勇士们在艰苦环境下浴血奋战的情况：

“……抗日是关乎我们国家存亡的大事，支持和帮助抗日战争是全国各族人民的共同责任……”

林基路动听的演讲就像河水没了堤岸一样，他说得越来越有激情，点燃了人们内心的火焰。他们的意识统一，心情激动。

会议日程进入了捐款阶段了。

工商会秘书是一个皮肤稍黑、大眼睛的年轻人，他走到舞台上的桌子前拿起纸和笔，环顾了一下舞台下面的人，用洪亮的嗓子呼吁说：

“谁捐款，报上名来！”

县政府、维文会、运输公司、政税局、工商会代表和社会各行各业的人纷纷走上舞台。轮到个人捐款的时候，人们争先恐后地喊道：

“我捐三千两！”

“我捐两千两！”

很多生意人扛着沉重的褡裢，工匠们带来了他们的血汗钱，农民运来了自己种植的各类谷物，还有的人带来了银宝和新地毯，甚至自家的大镜子。最吸引人眼球的是一群老人，他们不顾自己今后怎样度日，领着孙子来到台上，颤颤巍巍地掏出自己防老用的金银首饰捐了出去。他们满是褶皱的脸好像洋溢着幸福感觉，似乎在说：“瞧，我也为国家尽了一份力。”

大厅里掌声经久不息，随处可见流淌在脸庞的泪珠，人们的心中充满阳光和激情。

阿扎丹完成街上的宣传工作，赶紧来到会场融入人群。她刚才听了林基路的肺腑之言，又看到各界人们在不惜一切地为前线捐款捐物的场景，期盼地望着像刺猬一样蜷缩的父亲。她虽然知道父亲是只为自己两亩三分地活着的贪婪吝啬的巴依，仍希望他不要坐视不理为前线捐款的大事，但事不遂人愿。她内心焦急地搓着双手。这个时候，阿扎丹的手好像碰到了纤细指头上的一个东西，她猛地想起来手指上有一个金戒指，耳朵上还有一对金耳环。

阿扎丹几天前才把自己几年来的积蓄捐掉，现在她如果把这些首饰捐出去会怎么样呢？假如父亲看到她把这些首饰捐掉，他一定会责备她说："无知的孩子，人傻也有个限度。你不要太过于出风头，越来越不像话了。"阿扎丹经过几番思量，心里很是着急。她翻阅脑海里的篇章，寻找出人生中宝贵的字句，回味林基路斗志昂扬的演讲。她的眼前浮现日本鬼子残杀无辜的老百姓，血染中国的大地，抗日前线的勇士们和敌人浴血奋战的场面。她轻声对自己嘀咕："假如不停止内战，不把敌人赶出家园，老百姓就得不到一刻的安宁。常说'众志成城'，后方支援前线越多，敌人就会被消灭得越快，国家就会越快脱离亡国的命运。"

阿扎丹正在想心事的时候，旁边一位熟识的妇人走向舞台，这个妇人是阿布都拉的母亲。

阿布都拉的母亲走到舞台上对秘书说了些什么，然后把手里的一团东西搁在桌子上。这是她为阿布都拉的婚礼咬牙存的一些钱。她是个善良的母亲。她虽然是位没有文化的妇人，但是她不仅能明辨是非，而且非常大方慷慨。

阿布都拉的母亲从舞台回来了。这时，阿扎丹的眼睛里淌落热泪。她用纤细的手取下一对金耳环，整了整衣服，迈着坚定的步伐来到舞台前。

几百双眼睛看着这位漂亮的姑娘，阿扎丹按捺住慌乱激动的心情，递给秘书闪着光亮的金首饰。大厅里传来热烈的掌声。

经过两个多小时的募捐，大会筹集到了现金、金银首饰、各种地毯、衣物布匹和许多粮食。

第九章　恩惠

一

自从政府减低了租金和利息，并且废除了重税后，农民的日子安定了很多。其他的几种税也不是很难负担的事情。不知为什么，每当秋收缴公粮的时候，农民还是会发愁。

新疆长期以来受军阀统治，所以一直实行“包税制度”。每年秋收后，征粮的地主巴依和贪官相互勾结，一部分粮食上缴给政府，另一部分被贪官污吏瓜分了。如此一来，地主巴依不仅分文不缴，反而从农民缴纳的税收中捞一大笔肥财。

收缴公粮也很不公平。花名册上缴公粮的人和实际缴公粮的人名字不符，有的人是按着祖辈或卖地给他们的人的名字缴公粮。争地、偷税漏税事情也日趋严重，花名册上有些土地的好坏和实际对不上号。有的穷苦农民不管种地还是不种地，都必须要缴纳足额的公粮，根本得不到宽容和赦免。而一些有钱或有身份的人贿赂当地官员，不缴或少缴公粮。

对于这种情况，林基路立即命令那莫因停止使用包税办法，由政府派专人收税，履行可靠手续，收到的税款一律交给钱庄，财税局不得擅自动用。规定每天收多少，就往钱庄存多少，并及时据实向省财政厅发电报告，杜绝漏洞。

重赋废除之后，那莫因就对林基路怀恨在心。他担心失去收缴公粮发财的机会，坚持说：

“这个制度杨增新、金树仁时期就有，不需要撤销。”

“如果我们要财政改革，一定要废除这个制度建立新秩序。”林基路果断地说完，耐心细致地解释了这个制度带来的危害。

那莫因虽然知道林基路是按照省政府的规定办事，但他还是不服气。俗话说：“道高一尺，魔高一丈。”他命令手下人到各地坐收公粮，严格规定缴粮时间，拖延时间的人罚五倍的粮食。这虽然是不合实际的措施，但他用这个办法引起人民对林基路的愤恨之情，达到了多重目的：抬高自己形象，让偏远村子里的贫困农民陷入忐忑之中，自己从各处收账，让民众敌视政府。

蒋春茂虽然知道那莫因的伎俩，想揭发他的想法，但蒋春茂想听听林基路对这件事情的看法，于是他来到了县政府。林基路听了蒋春茂的反映十分恼怒，他还是忍住气愤说：

“我们应该以其人之道还治其人之身。我们绝不能纵容没按时缴纳公粮的地主巴依，应该给他们严重的惩罚。调查处理贪污受贿的税收人员，强迫压榨民众的人必须得到严惩！”

“您真是太聪明了。”

过了几天，林基路夸奖那莫因说：

“你想的办法真好。把那些没有按时缴纳公粮的地主巴依，视作对抗政府罚五倍的粮食。贫困的农民不能按时缴税，晚缴或不缴也可以，不要随意地惩罚他们。如果你工作特别忙，这件事就由副局长蒋春茂去办吧。”

那莫因的阴谋又没有得逞，收缴公粮的工作很容易就到了蒋春茂的手里。蒋春茂是个勤恳忠实、心里总想着收支公开廉洁的公正人。他要求每一个工作人员不要让上级部门的利益受到损失，也不要给百姓带来沉重的压力，收缴公粮的工作要现场办公，给广大人民带来便利。这个决定让农民十分高兴。他们用驴车或马车等运输工具装着粮食，从四面八方来到当地的粮仓缴纳公粮。

缴纳公粮的农民点的篝火，照亮了粮仓前的空地。木柴燃烧着劈开夜幕，仿佛要冲向另一个无尽缥缈的世界，冻得发抖的身体有了一丝安慰。他们蜷缩在翻毛大衣或棉衣里，围着篝火说着各自的感慨。有的人说女人男人之情就像烈火，有的说对于农民烈火就像被褥和棉衣。那些人中，隐约看到扎依提阿洪面如土色、胡子拉碴的脸。他的身边出现了一头独角花牛，慢慢地嚼着玉米秆子望了一会儿，又藏在夜色之中……

天渐渐地亮了，手脚麻木的农民期待这一刻的到来。东边升起的太阳，照亮了城门每个角落。火球渐渐地撩开了脸上的面纱，光芒照耀无边无际的大地。红色的光变成白色，新的一天又开始了。

蒋春茂一大早就来到粮仓，看到瑟瑟发抖的农民手持缴粮告知单在排队，便让老弱和小孩儿到办公室里暖和一会儿。

今天，幸好管理粮仓的人通知他们筛粮食。扎依提阿洪是个很善于干农活、做事细心的人，他听了管理粮仓的人嚷嚷完之后，无奈地把麦粒筛得非常干净。他不想因为那些人的挑剔，又在这里干等几天。管理粮仓的人说“把粮食搬到一边吧”—— 扎依提阿洪的公粮终于被验收合格了。每个人缴完公粮后，把手里的告知单搁在桌子上。管理粮仓的人看着粮食，每堆都印上了一个红色的标志。这时，又有几个农民围在篝火旁边。没过多久，“斗计”也出现了。

两个穿黑衣服的人领着几个人走过来，用自己特制的量斗开始量扎依提阿洪的粮食重量。

因为扎依提阿洪知道自己缴纳的公粮总是会少了一些，所以他每次总多带一点粮食，放心地在一旁观望。缴纳粮食的时候，其中一个黑衣人始终拿着个大量斗。这时，大量斗里的粮食就会剩下了两成，那人会继续在上面盛粮食。每当这样的时候，每十斗就会少了一斗，扎依提阿洪非常心疼自己多缴纳的粮食。这就是农民最心痛的事情。农民每次缴纳二十斗粮食，可他们却要带去二十五斗或更多。除此之外，管理粮仓的人留下每个人一锹粮食，说是使用量斗的费用。连续几次短斤少两后，出现了还没有装满粮食麻袋就空了的情况。扎依提阿洪跪坐在地上，准备捧起落在地上的麦子。一个量粮食的人说："那些麦子有主！"原来，他们借口麻袋税、筛子税等，自己却瓜分了这些粮食。

"等等！"不知是谁喊了一声。原来是和蒋春茂一起视察缴粮情况的林基路。他一言不发地走过来，把扎依提阿洪掉在地上的麦子装在量斗里。量斗满了。地上还有一些麦子，林基路把那些麦子又装在了扎依提阿洪的麻袋里，然后对他说：

"你把这些粮食带回去吧。"然后转身警告量粮食的人说，"粮食进仓出仓一定要公平。从今往后，量粮食的时候必须要量平斗子，掉在地上的粮食必须还给粮食的主人。"

"他们不能带走掉在地上的粮食。"其中一个黑衣人说。

"为什么？"

"这是很久以来的规矩。"黑衣人也不示弱。

"我们必须废止这些没有根据的规定。谁敢违抗命令，谁就会受到严厉的惩处！"林基路厉声说完，还觉得不放心，转身吩咐蒋春茂派专人监督缴粮工作。

二

吾普尔老师来到孤儿院的时候，一群蓬头垢面的孩子穿着破烂衣衫，蹲在一排低矮的房子下面晒太阳。首先，恶臭的气味让吾普尔老师很是惊奇。这是紧挨着厕所、垃圾满天飞的教室飘出来的气味，院长买买提民·巴依孜领着吾普尔老师在孤儿院里到处转转，愁容满面地望了望这个老朋友后，又带吾普尔老师去看了看其他教室和宿舍。可以看出，院长不是为了夸耀孤儿院，而是为了说不出的怨言。

“看，这是宿舍。”院长说完，领着吾普尔老师走进一间宿舍，几个孩子坐在破毡子和烂床单上。孩子们没有理会进来的院长和吾普尔老师，而是毫无顾忌地干自己的事情。

第二天，吾普尔老师把孤儿院将近八十名学生召集到一起，告诉他们要忘记过去开始新生活。但孩子们交头接耳地嘲笑，毫不在意他的讲话。

“宿舍必须保持干净！所以，每个宿舍的人轮流打扫卫生。”吾普尔老师大声说。

“喔，他的脾气还挺大。”其中一个孩子喊叫道。

“……孤儿院必须要有良好的秩序！没有我的允许，谁也不能跑到孤儿院外面去！谁要是没经过允许走了，就不要再回来了！谁要是不同意，就让他看着办吧！”吾普尔老师厉声说道。

从那天起，吾普尔老师全心全意地改变孩子们的生活，但孩子们只为了摆脱他的管束才好好听话。

维文会后期管理由于经济困难和没有经验，所以没能更好地帮助孤儿院。

孤儿院里大部分是过去流落街头、无依无靠的流浪孩子。他们裹在破衣烂衫里，光着膀子在满是补丁的衣服下生存。他们光着脚流浪在街头，根本没有可以填饱肚子的食物。他们的供给名单上有吃有喝，但仍然到不了他们的手里。他们有时得到照顾，有时却没人理睬，所以孩子们经常饱一顿饿一顿。吾普尔老师看到这种情况，连着几天没有好脸色。虽然如此，但还是没有改变他扭转孤儿院环境的信心。

维文会提名把吾普尔老师从农村学校调过来整顿孤儿院，还调来有教育能力和教育经验的四个教员。教员们都不想来孤儿院。要让他们回心转意来孤儿院，吾普尔老师就要做很多思想工作。

吾普尔老师从乡里的一个学校里，调来名字叫百克力的体育老师。自从他调到孤儿院之后，成了学校的顶梁柱，吾普尔老师的好帮手。他在学校操场训练孩子们的时候，操场周围挤满了看热闹的大人和孩子。

还有一个老师名字叫卡德尔，他虽然年龄很大，但是个稳重、有经验的人。另外两个人也是非常优秀的老师。

吾普尔老师整顿了很多事情，让孤儿院步入了正轨。他是位很有能力的人。他在所有人和学生面前，从来不显示出无所事事的模样。他经常把手揣在裤子兜里生气，或者像稚气小孩子一样叫几声。孩子们认为他可能不睡觉，因为天刚蒙蒙亮的时候，他就起床查看正在睡觉的孩子们。晚上睡觉的时间过了很久，他睡不着觉就挨个巡视宿舍。他是个事业上兢兢业业，而且非常热爱工作的人，可他总觉得自己做得还不够好。这个世界上，很难找到一位像他这样忠于工作的人。

吾普尔老师出生在一个乡村郎中的家庭。他的父亲是个非常有才学、有远见的人。父亲为了教育好儿子，把儿子送去上了新文化学校。老师欣赏小吾普尔的才能，因此对他特别器重。老师们的认真教育，对吾普尔老师的新世界观逐渐形成，产生了重要的影响。他希望生活在无知愚昧中、陷入昏睡状态的可爱人民早日觉醒，早日骑上科学知识的千里马而刻苦学习，决心为教育事业贡献自己的一份力量。吾普尔老师从师范学校毕业后，忐忑地走上讲台时才明白自己学的专业多么神圣。吾普尔老师就像用绣花针挖井一样，用自己所学的知识浇灌新一代的幼苗，因为这是他一生的追求。

孤儿院里的各种垃圾被清理后，院子里干净了很多。几个办公室和宿舍也整修了一番，在这里孩子们可以学习吃饭。衣衫褴褛的孩子们的服装就又成了令人头疼的问题，但经过努力给每个孩子做了一套冬季衣服。孩子们的衣食无忧了，不缺少被褥床单了，偷拿孩子食物的厨师也被调走了。事务长站在锅台边，监督食物的分发情况。

经过吾普尔老师的努力，孤儿院的孩子变得有秩序和遵守纪律，无精打采和颓废的神情已经被开心欢乐取代了。从此以后，吾普尔老师越来越开朗。

孩子们夜晚架上火炉，围坐在炉子周围聊幽默或悲惨的故事。阿勒马斯来到孤儿院之后，学得很会逗笑，很多人都喜欢和他聊天。他经常露着洁白的牙齿说：

“林县长拉着我的手走的时候，我特别地害怕。我现在才知道，他原来是要领我到天堂一样的地方。”

林基路领他来到孤儿院的那天，因为前几天开始变化的天气，到中午时分变得更加阴沉，后来下起了小雪。山边吹来的风夹着雪花，让人的面颊像针扎一样疼痛。林基路看到阿勒马斯的情况，才把他送到了孤儿院。阿勒马斯的祖父去世后，无人照顾他的生活，所以才落魄到这个地步。

孤儿院留给了阿勒马斯干净整齐、外表虽然普通但很有生机的印象。从此以后，孤儿院不仅是他学习知识的地方，而且还成了他开心生活的庇护所。

没过几个月，孤儿院的学生就达到了一百二十个人。其中，四十个孩子组成了童子军。这个小队由学习优秀、道德高尚、守纪律的好学生组成。孤儿院指派百克力老师负责，让阿勒马斯当他的副手。孤儿院的孩子有的是十五六岁，有的是七八岁。他们每天早晨四点钟听到哨子的声音就会快速起床，头戴丝麻威布做的礼帽，脚穿短勒靴子，脖子上系着红领巾，髋骨系着白绳子，手持红色木棒。他们不但任何命令都回答"是"，而且非常积极，无条件执行命令。他们每天训练两个小时，承担监督孤儿院孩子们的纪律和保卫工作，有时还维持节假日和会议现场的秩序。每当此时，孤儿院的孩子们总是第一个赶到现场。他们时刻纪律严明，听从指挥，让人们都对他们刮目相看。童子军为了保持会场的秩序，总是沿着场子围成一圈。

这些孩子在孤儿院或社会上的名望很高，孤儿院的孩子和普通人都很尊重他们。只要童子军带着校长的纸条去集市，所有的生意人都会赊给他们东西，到了月底再拿着纸条到维文会财务科结账。人群密密麻麻的赶集日，童子军们组成流动宣传队，拿着粉笔和黑板在县城的各个街角，教人们学习文化知识和《六大政策》，以及考验文化知识的多少。童子军让那些人写句话或念黑板上的字。他们给回答出问题的那些人胸前戴上小红花，并允许那些人进城。不会读或念的人将会不允许进城。人们也都认可说："如果我们不会念字，他们不允许我们进城，我们应该好好学习文化。"有些宣传队员时常扛着旗子到处宣讲抗日，手持募捐箱为前线搞募捐的活动。

吾普尔老师就是这样为孤儿院操劳，踏实工作，给人们展现了自己高超的管理能力。

第十章　早醒的姑娘

一

寒风凛冽，阿扎丹脸颊冻得通红。她下班回到家，径自走进了自己的卧房，脱去厚重的外衣。炉火在小屋里释放出自己的热量，冷不丁舞动火苗，照亮墙上的壁毯和壁柜里摆着的各种器皿。

这个时候，一位中等个子、五十岁左右的妇人端着托盘走了进来，托盘里放着茶具。这位是阿扎丹的母亲。她看到阿扎丹之后，面带“这么冷的天，你去哪儿啦”的神色，望着阿扎丹笑了一下。阿扎丹的母亲是个面容富态、宽鼻梁、眼里露着机警神色的女人。她身穿华丽的衣服，棉花般细腻的手，闪着光芒的金首饰让人觉得更瞩目。

母女俩喝茶聊天。阿扎丹的母亲望着女儿说：

“你也长大了，和你一样大的女孩都结婚生子了，可你却很少和男孩子交往。”

阿扎丹听母亲说了很多次这样的话，她推了推面前的茶碗，满含深情望着母亲说：

“你也想让我成为家庭的奴隶吗？不！我不会习惯这样的生活。时代在变化，人民尤其是女性在觉醒，向往新生活。”

母亲对她的信念很是惊奇，不知该说什么才好：

“孩子，你再不要说这种话了。现在这个时代，坏人、狡诈的人、不信天的人越来越多。你不要跟那些人混在一起了。你都快十八岁了，妈也有自己的心愿，希望早点看到你嫁人、生孩子……”

阿扎丹没有吱声。母亲一辈子在服从命运的安排，在无知中生活，但她的心地善良。她在母亲面前忍住了内心的不悦，无奈地把想说的话咽了回去。后来，她想摆脱母亲善意的纠缠，说：

“妈妈，你放心吧。我不会一辈子独身的，不要说那些让人心烦的话了，说些别的话题吧。”

阿扎丹的母亲不太喜欢女儿的回答，她依然管不住嘴地说着话。阿扎丹好像在听母亲说话，心里却想着别的事情，总是说些驴唇不对马嘴的话。她心不在焉地说话，眼睛却从窗户上望着院子里面。母亲看到阿扎丹不想说话的模样，自己也安静了下来。过了一会儿，一位与阿扎丹年龄相仿的姑娘彬彬有礼地走了进来。她是城里一位有钱商人的女儿，是阿扎丹的好朋友。这个姑娘在上小学的时候，就是阿扎丹形影不离的好朋友。但是，她的习惯、向往的生活和阿扎丹一点也不一样。她喜欢穿衣打扮，喜欢金匠做的精美金银首饰。因此，她收集了很多首饰……每次过年只戴三天就换别的式样，让很多巴依的女儿都感到特别羡慕。她上班没过多久，就嫁给了一个富商的公子，可她没有断了和阿扎丹的来往。就因为这样，这个喜欢打扮玩乐的姑娘，经常拉着阿扎丹去裁缝店或金铺，而且常参加各种聚会，有时还一起去看电影或话剧。她的丈夫是个老实人，总是听之任之。

“迪莱塞姆，你来得正好，快请进。”阿扎丹看到好朋友特别高兴，她热情地请朋友坐下。阿扎丹的母亲也问候了她。

她们喝着茶，天南海北地聊天。迪莱塞姆简单地回答阿扎丹母亲的话，没有太在意她说的话，所以母亲刚想对女儿说话，迪莱塞姆就起身说：

“我来是想和阿扎丹一起去趟朋友家，不知道她有没有时间。”她和阿扎丹早就说好了，如果要说去玩，阿扎丹的母亲肯定不同意。

“好哇，我有时间。”阿扎丹说完，用余光看了一下母亲。

“你们还是算了吧。老话说得好：‘男人出门路越走越宽，女人出门路越走越窄。’女孩子晚上出门不好，你们还是白天再去吧。”

“我这个朋友白天工作很忙，我只能晚上去。”迪莱塞姆挑动着眉毛说。

“你这个小东西，你为了让我答应想出的这个鬼主意吧。唉，算了。你们去就去吧，不过早点回来啊。”

“您不要担心，要是晚了我送她回来。”迪莱塞姆满面笑容。

两个姑娘高兴地出门了。她们刚来到大街上，凛冽的寒风刺痛了脸颊。远处传来欢快的鼓点和唢呐的声音，让人们没有了一丝睡意。

各行各业的人们急匆匆地涌向俱乐部。女人和姑娘们穿着厚重衣服，戴着洁白的纱巾，还有阔绰子弟摆出一副傲气的表情坐在俱乐部里。

自古以来，这里的人们就以歌舞享誉国内外。六年前，库车县师范学校的学生和社会上喜爱文艺的人组织的文工团，就曾在芦苇市场旁的小土坡演出过。舞台上的条幅写着几个大字：“文工团——鉴戒之镜”。那个时候，节目是维文会的工作人员、教育工作者和爱好文艺的人自己创作的。他们批评了无知愚昧、讲排场、封建迷信等陋习，弘扬了新文化和新气象。除此之外，还有一些鞭挞地主巴依的节目。这些节目引起了地主巴依们的强烈抗议。封建势力疯狂地散布谣言：“我们的宗教不允许娱乐和歌舞，喜欢这些东西的人都是背叛教规的……爱好这些东西的人会下地狱。”但是，文艺工作者和优秀知识分子们击退日益高涨的封建谣言，把文工团的事业搞得十分红火，文工团除了拥有将近二十位政府性演员以外，还招募了一些各行各业爱好文艺的人。他们白天做自己的事情，晚上或休息日聚在一起排练节目。演出所得的钱，他们会按劳取酬或公平处理。乐师们都使用自己家的乐器，演员们也穿自己的衣服演出。自己的衣服不适合演出的话，他们就从富人家借用衣物，或者用文工团的布料立刻缝一件适合的戏服。看到这些，人们也明白他们的苦衷。演出大型剧目的时候，舞台布景、演员的戏服和道具都要布置得适合当时的时代背景。观众看节目的时候，就会感觉到自己身临其境。如果演出时没有化妆品，演员们就用红色油墨代替胭红、面粉代替扑粉、黑炭代替眉笔、玻璃粉代替亮粉使用。他们就是这样以不屈不挠的意志、高度的热情、为自己的艺术而辛勤工作，用认真热情的态度积极面对观众，并用高超的技艺让人民满意。

两个姑娘来到了维文会俱乐部门前，感觉这里变成了人的海洋。俱乐部的房顶有两个人在敲鼓吹唢呐，隐约可以看到鼓手不停晃动的双手，就像是只小鸟在扑棱翅膀。他的旁边是吹唢呐的人。卖瓜子的、卖烤肉串儿的、卖凉粉儿的、卖烤鸡的和卖各种小吃的小商贩只顾忙自己的生意，上千个煤油灯就像天上的星星眨着眼睛……

阿扎丹和迪莱塞姆汇入人流，快步走进俱乐部。俱乐部里面灯光微弱，人们挤得满满当当的。这个可以容纳六百人的大厅，每次演出节目的时候都是这样拥挤，一层薄烟雾飘浮在大厅的顶棚。

演出开始了，几百双眼睛盯着舞台。幕布渐渐地向两边移开，汽灯照亮舞台。舞台的前面是白色的幕布，舞台的后面挂着一盏画有中国地图的汽灯。在汽灯灯光的映衬下，中国地图上画着国家广袤的土地，以及令全国人民为之自豪的长江和黄河。

一个人出现在舞台上，请大家保持安静。这个时候，林基路走到台前。他在每次演出之前，改不了演讲十分钟的习惯。今天也和过去一样演讲，内容由仙木西丁先生随时翻译给大家听。所以，大家就像听母语一样听林基路讲话。

林基路讲完话之后，舞台旁走出来一位身穿白衬衣、蓝色长裙、头戴卫生员似的帽子的漂亮女士。

“陈因素女士，陈因素女士上台了。”阿扎丹附耳对迪莱塞姆说。

陈因素走到台前，用嘹亮而婉转的声音开始唱歌：

……
九一八，九一八
从那个悲惨的时候！
脱离了我的家乡
抛弃那无尽的宝藏
流浪！流浪！
整日价在关内，流浪！
哪年，哪月
才能够回到我那可爱的家乡？
哪年，哪月
才能够收回我那无尽的宝藏？！
爹啊，娘啊
什么时候才能欢聚一堂？！

歌曲一段比一段嘹亮。她的声音时而铿锵有力，就像从心底发出的悲鸣；时而又变得缓慢低沉，就像风儿低声呼啸。歌声引起了人们对日本帝国主义的愤慨，对新生活的期盼。然后，演员们化装成八路军、农民、卖国贼、日本鬼子等各种形象，表演了一系列节目……尤其是阿不力米提汗·尼亚孜根据现实生活写的，关于反对强迫婚姻和不公正的待遇、封建迷信的话剧十分吸引人，成为新时期与旧社会真实的对比写照。

晚会结束以后，阿扎丹和迪莱塞姆顺着人流走出俱乐部来到大街上。这个时候，阿布都拉突然出现在她们身边。阿扎丹看到他有些慌乱，不知该做什么才好。他们相互行礼后，三个人一起走向家的方向。

迪莱塞姆本想按照约定送阿扎丹到家门口，但她感觉到自己现在变成了多余的人。

“这下好了，”迪莱塞姆故意紧紧抓着阿扎丹的胳膊说，“阿布都拉是你家的邻居，让他顺路送你回去，我也好赶紧回家去。”说完，迪莱塞姆带着调皮的笑容消失在人流中。

“哎……哎……你这个调皮鬼。”阿布都拉望着迪莱塞姆消失的方向说。

“咱们只好一起走了。”阿扎丹低头羞涩地说。

月影下，道路两旁的树木沐浴在寒意浓浓的银色光芒中，就像姑娘们一样窃窃私语。穿行在树枝间的圆月，洒下柔光照亮两个幸福的年轻人，轻吻他们的面容。他们清净安心，而且远离世俗恶毒的偏见。只有月亮羡慕他们甜蜜的交谈，从树枝之间偷偷地窥视他们。可它又觉得不好意思，有时也躲到云层的深处。

阿布都拉担心姑娘突然不见了似的，紧紧地走在姑娘的身旁。也许是这个原因，他们慌乱地望着周围默默赶路。

阿扎丹不好意思地望着周围说：

“万一有人看到咱们……”然后，她又愁容满面地说，“前几天，我母亲催促我成家，还说有个富人家来提亲。”

“啊？！这太可怕了。”阿布都拉大惊失色。

阿扎丹感觉到他的情绪特别低落，于是说：

“我这样说你不要担心，我宁愿对不起任何人，也不会离开你。”阿扎丹激情地说。

阿布都拉听了觉得有些安慰，因为阿扎丹在大胆地敞开心扉对自己示爱。

“我没有金银珠宝，只有对你的一片真心。”

“我才不稀罕富人的钱财呢。”阿扎丹抬起头望着阿布都拉，阿布都拉听了这话心里甚感欣喜。他们边走边聊，不一会儿就来到了家门口。月光下，姑娘的眼睫毛上落满调皮的银霜。阿布都拉抓住阿扎丹柔嫩的双手，月光在姑娘的脸庞眼眸中嬉戏。

“晚安，做个好梦。”阿扎丹柔情地说。

“你也是……”阿布都拉恋恋不舍地望着姑娘的背影。

平日里紧闭的大门今天不知怎么没有关严实，阿扎丹轻轻地推开大门，门悄无声息地打开了。阿布都拉看到姑娘进了院子，心里好像失去了什么似的空荡荡的。

“你也不怕家里人担心，这么晚才回来。快回屋睡觉吧，你爸都问了好几次了。”阿扎丹的母亲心里担心，正坐在客厅等女儿回来。

阿扎丹暗自舒了一口气回屋去了。

二

阴沉沉的苍穹飘着雪花，街上有许多孩子在追逐玩耍。大部分孩子衣衫单薄，破靴子里露出绑在脚上的脏布条。有些孩子脚上穿着旧鞋子，还有的穿着脚后跟裂开的布帮套鞋……初雪给他们带来了新的游戏，所以他们玩得特别开心。他们的嬉闹喊叫声响彻云霄。他们相互扔雪球打雪仗，时不时把手塞在怀里或胳肢窝里焐一下……

阿扎丹穿着黑色金丝绒大衣，头戴非常漂亮的大毛头巾，饶有兴趣地边看孩子们玩游戏，沿路边慢慢地来到家门口。她走进大院里父母的屋子，喝了一口水后又走了出来。

全县冬季运动开始以后，从女子学校四年级以上的学生中挑选了三十多位学生，听了学校校长苏菲娅女士关于成为识字班好“小老师”活动的动员报告之后，并和指导识字班工作的一系列部门加强协调，分成三个小组宣传城里识字班的目的和意义，而且每组在自己负责的区域忙着登记造册。阿扎丹负责其中一个小组的工作。由于她工作特别积极，因此引起了玉赛因巴依家族的强烈反对。他们认为穆斯林姑娘这样抛头露面是伤风败俗、对教义的公开挑战。对于这样的事情，他们是绝对不会坐视不理，不会任人非议丢了家族的脸面。玉赛因巴依对老婆发脾气说：“你不好好管教女儿，竟然让她做出了丢家族脸面的事情！”他只要看到阿扎丹就会瞪着眼睛威胁说：“你再敢跑到街上去我就打断你的腿！”阿扎丹全身心地热衷于新事物和社会公益，对于他的冷言冷语和威胁根本不在乎。阿扎丹浑身充满了勇气和力量。她常把苏菲娅女士比作小说里英雄母亲，尤其是长篇小说《母亲》这本书里的主人公。阿扎丹经常去拜访工匠艺人和普通人家，诚心实意地告诉他们学习文化知识的重要性和意义。她有说服其他人的能力，并且把人们的意见记录在小本子里。她常说：

“一个人不识字就等于睁眼瞎，到店里买样东西，认不得账单子，在街上碰到一条标语，也不知道说的是啥意思。人家把自己名字写出来，自己还认不得，只好在下面按一个手印，这是多么痛苦的事情呀！

要免去遭受睁眼瞎的苦，就应该识字读书。知识从哪里来呢？只有有文化才能有知识。因为，许多重要的知识是印在书本里的。”

阿扎丹说着简单朴实但意义深刻的话语，眼睛里露出的真诚目光，就像良药一样治愈无知人群的心灵，给无知人们带来美好的希望。

阿扎丹和几个女学生走在一条街道时，看到一个孩子正坐在半扇门翼倒塌的大门口，头戴大皮帽、衣衫褴褛地读一本破旧的书。她走过去问道：

“你叫什么名字啊？”

那个孩子眨着眼猛地望了望她，定了定神回答了问题。

“你父亲是干什么的？”阿扎丹又问。

“我不知道。”

“家里还有谁？”

“家里只有我妈妈和我。”

阿扎丹同行的女伴解释了情况，原来这个孩子是一位老师的儿子。去年父亲被逮捕入狱，现在小孩儿和母亲一起生活。阿扎丹听完女伴的话，心里的慈爱之情更加高涨，她继续问那个孩子：

“你跟谁学的读书？”

“我父亲过去经常给我念书听，写字也是我父亲教的。”孩子回答道。

阿扎丹眼里噙着泪，但她没有让别人看到，假装整理自己的秀发把眼泪擦了又问：

“你妈妈在家吗？”

小孩子把阿扎丹领进院子，一个年轻的女人正坐在院子里劈柴。

“大姐，你好。”阿扎丹稍微俯身问候。

“你好，妹子。”女人站起来整了整衣衫后，仔细看着阿扎丹说，“唉，这都是生活所迫……”

阿扎丹东拉西扯地聊了一会儿，慢慢地说出了自己的真实目的，给那个女人讲述了没有文化的害处。女人眉头紧锁，认真地听她说话。

“你的孩子既然喜欢学习，你就让他去上学，只有让孩子去学习，将来才能有好的生活。你也应该去学习。”阿扎丹说。

“妹子，我明白了你说的这个道理。”女人点点头说完，又问另一个院子坐着的人，“你以前上过学吗？”

“没有，我连经文学校都没有上过。”那人有些不好意思地回答。

“现在还不晚，你也可以去学习文化知识呀。”阿扎丹接口说道。

“孩子，我的生意很忙，没有时间去学习，再说我的舌头都麻木了，还是你们年轻人去学吧。”那人说。

“你不要这么说，”阿扎丹解释说，“学习没有年轻年老之分。事情很忙，没有时间也不是借口。你无论有多忙，早晨和晚上还是会有时间。假如你每天抽上两个小时学习字母，一个月就可以学到很多东西。如果继续下去，不到一年你就可以念报纸了。”

“孩子，你是说早晨吗？”那人用衣袖擦着冻得流下来的鼻涕，说，“早晨我有很多琐碎的事情，然后还要开始忙一天的生意……”

“现在白天短晚上长，”阿扎丹岔开了那人的话题，“如果你早晨没时间，晚上没事可做也可以学嘛。你每天晚上学习，不久就可以看报纸，还可以了解国家的一些政策。”

阿扎丹就这样逐门逐户了解没有文化的家庭，登记宣传文化知识的重要性，给生活在黑暗的人们指引光明之路。通过宣传小组的努力，人们集聚在学校学习的浪潮，渐渐地变得普遍起来。“小老师”们在学校完成一天的学习任务后，不顾寒冷就跑向识字班的方向。有的在自家院子教没有文化的人，还有的承担起了自己家人的学习。阿扎丹白天几乎和孩子们在一起，晚上主要负责报道识字班的情况和统计工作。

人们不顾教室狭小、不便、寒冷等困难，穿着厚重的衣服，胡子眉毛上挂着雪霜走进学习班，挤在教室角落坐在一起。太阳落山后，这里比任何地方都热闹。对于做梦都没想过把黑板上雪白的字母连到一起读懂意思、或者写在本子上的人们来讲，此时的兴致比任何时候都高涨。他们吃尽了睁眼瞎的苦，所以他们学习很刻苦。老师们用简单易懂的语言教课，学习的人认真地学习记笔记。几个七十多岁的老人，舔着铅笔的笔头，逐字逐句认真跟自己小孙子一样大的老师学习字母。他们不顾放在膝盖上的本子歪斜，一个一个地写着蝌蚪一样的字母。识字班除了教授语文数学以外，还经常教唱抗日歌曲。

一天晚上，阿扎丹完成识字班的工作后，正急匆匆地往家走，路上遇到了加马力老师。加马力老师快步赶上阿扎丹，色眯眯地盯着阿扎丹从大衣袖子里露出来的玉手。寒冷使得阿扎丹的手更加红润，她娇小的身躯好像在弹奏加马力老师的心弦。加马力老师对漂亮的阿扎丹很是爱慕，希望阿扎丹能把他当朋友看待。但是，加马力老师看到阿扎丹冷漠的神情，脸上的微笑消失得无影无踪。他想到自己在这个富有的姑娘面前的地位，脸色霎时大变。加马力老师等了很久和她聊天的机会，为此付出的努力却付之一炬。就算这样，他还是没有失去自我。

“我想对你说。如果你不忙，请给我说两句话的时间。”加马力老师颤抖地说。也许是因为酒精的原因，他的脸红扑扑的，黑圆的眼睛里充满忧郁的神色。

阿扎丹觉得十分奇怪，她没有回答，只是淡淡地嗯了一声。阿扎丹对于这次不期而遇觉得十分尴尬，她继续赶路。

加马力老师和阿扎丹并排前行，一时间不知道话题应该从哪里说起。阿扎丹也许听到了他狂乱的心跳声，喘着粗气转头望了一眼等他说话。

“我听说你很忙……”加马力老师边说边走，“你的身材和容颜让人着迷，你还有小伙子没有的勇气，可以说世上再也没有比你更有能力的人。”

阿扎丹心里特别反感他过分的夸赞，认为他在故意引起共鸣，她说：

“你想说的就是这些话吗？”

“不是，”加马力老师望着阿扎丹藏在大棉头巾里的面容，说出了自己真实的目的，“我看到你一天到晚忙忙碌碌，担心你不要遇到什么倒霉事情。因为，现在这个国民政府不可靠。”他看了看周围继续说：“盛世才上台确立了地位之后，抓了很多人。我担心你……”加马力老师满嘴胡说，没有注意到阿扎丹反感的表情，“几年前，我家派人去你家提亲的时候，我经常夜里睡不着觉，期待能和你长久幸福地生活在一起。父亲被囚禁后，家里的一切财物被没收了，我变成了一个叛逆的孩子。你父亲也改变了主意，不把你许配给我了。从那以后，我就失去了一切。我的心毁了，不对，是我的人生花园被毁掉了。我没有了所有的希望，变成了一棵光秃秃的坟头树。我开始变得仇恨这个社会和所有的人，甚至恨透了自己。很多人和我一样，今天不知道他们明天的命运。整个世界被社会的诽谤和无情的审判控制。我厌倦了这样的生活，最后变成了一个酒疯子。对了，林县长来了以后，为人民做了很多好事实事。他让人们醒悟了，减少了重赋和杂税，扶持了很多贫苦的人。但是，他的对头还是和以前一样。谁也不知道像他一样的好人，在当今这个社会里能生存多长时间。如果有一天局势大变他离开了我们，像我这样的知识分子和你这样的先进女性会咋样呢？我经常会想到这些事情，期望老天不要让我们遇到这样的一天。阿扎丹，我建议你最好不要再走这条路了……”加马力老师翻着裤兜，找寻着不知什么时候留下的莫合烟烟蒂。

阿扎丹心里惊了一下，快速眨着双眼，把涌到眼睛里的泪珠藏匿起来，听着加马力老师诉苦低头慢步走了很久很久。不知道为什么，她的心里产生了同情和酸楚的感觉，可又反感加马力老师说的建议。

“我不同意你说的话，我生存是为了拯救黎民百姓脱离苦海。加马力老师，我为你感到羞耻！就算遇到多么大的困难，我们都不应该丢掉自尊和良心。人民受尽了无知愚昧的折磨，度过了多少被压迫的日子，被压迫艰苦生活的女性期望新的生活……”阿扎丹义愤填膺地说完，加快脚步径自走向自己家的方向。

阿扎丹晚上和嫂子正在喝茶聊天，看见走进来的一位三十五岁左右的男子，整了整衣裙站了起来。这位魁梧健壮的青年人脸上留着非常得体的小胡子，身上穿着一件毛布短袄，脚蹬咯咯作响的靴子，浑身透着节日的喜庆，眼神犀利的这个人是玉赛因巴依的儿子艾达尔少爷。他经常穿着非常合适于任何场合的衣服。最近，他从喀什市做完生意回来后，每天同一时间不吃早饭就去店里帮父亲料理生意，晚上回家和家里人一起吃晚饭。他吃过晚饭做完宵礼后，常坐在老婆的对面不问世事，老气横秋地垂头坐着。

今天不知是怎么了，他面带愁容地从店里回到家。他老婆心想也许是店里出了什么事情，用颤抖圆润的声音问道：“你没事吧？”艾达尔少爷不耐烦地发牢骚：“你不要管，去做你的事情！”说完闭上眼睛，在不敢靠近的家人面前显出一副非常疲惫的模样。

“你说清楚不行吗？！这算怎么回事，你现在就像是被斗败的公鸡一样。”艾达尔的老婆终于忍受不了，第一次爆发出了心中的怨气。

“好啦！不要再唠叨了！这个家里还有没有安静的时候！”艾达尔少爷面色大变，狠狠地瞪了像刺猬一样蜷缩的老婆一眼，站起来转身对阿扎丹说，“你过来，我有话对你说。”

阿扎丹望着哥哥的眼睛惊了一下，艾达尔的眼睛里露出凶恶恐怖的神情。阿扎丹没有说话，跟在哥哥的后面走进卧室。艾达尔少爷关上门，走到窗户前望着院子里面。然后他坐了下来，身上显露着不安和恐怖的气息。

“坐。”艾达尔少爷从上到下打量了一番妹妹。

阿扎丹坐在了哥哥的对面。艾达尔少爷一时不知道应该从何说起，沉默地坐了一会儿后，说：

“你在外面到底在干些什么事情？”

“我在外面只做一些老师该做的事情呀。”阿扎丹回答。

“女人的容貌不是她们对教义的尊重吗？！”

“那当然是了。”

“那你为什么要玷污女人的容貌？”

“玷污？你说的是什么玷污？”阿扎丹故意反问。

“你说话的声音小一点！”艾达尔少爷咬着嘴唇，“不然会引起别人的闲言碎语……我没有和你商量的意思！你马上给我停止一切活动！你抛头露面，不仅仅是玷污了自己，还玷污了家族的名誉！你给我听好了，如果你还执迷不悟，我就不认你这个妹妹了！”

“好吧，你说说我错在哪儿了？”阿扎丹理直气壮地说。

“你根本没有了羞耻之心，忘记教义，走上了没有羞耻心的路！……”

“诬陷！”阿扎丹大喊起来。

教规要求：男人说话的时候女人只能乖乖地听着，不能提出不同的建议。所以，艾达尔少爷认为阿扎丹也应该遵从这个教规。他看到这种情形，心里腾起一股熊熊烈火。

“你的羞耻心哪儿去了，你难道忘了遵守教义和风俗习惯了吗？！所有的事情我都听说了，你就像是被吹落的枯叶一样到处飘荡，走街串户地宣传识字班的活儿。这不是伤风败俗是什么?!”

“你太无知愚昧了!我和跟我干同样事情的人是为了人民的觉醒!”阿扎丹终于明白了争吵的原因，非常恼火地说。

“哎!为人民觉醒的傻丫头，你这些行为是没事找事的根子，你等着觉醒吃官司，让良心见鬼去吧。”

“你的意思是说，女人就应该蒙着面纱在黑屋子里不出去才对，是吧?”

“自古以来，男人和女人从来没有平起平坐，争夺权利等于用斧头砍家族的根儿……”

“胡说八道!”阿扎丹狠狠地盯着哥哥，“我从书里看到世界上有个国家，那里没有一个无业游民。那里还开办了很多的学校，这些学校里没有差别地让所有人的子女来读书，在那个地方最高首长和普通百姓是一样的平等。那个国家的人民自古以来不受剥削，没有一点自主权的女性也享有与男子平等的待遇，处处权利平等。”

“住口!是谁教你宣传的!”

“我说的是事实。”阿扎丹自信地说。

“那里的布尔什维克没有家庭。”艾达尔少爷发着牢骚，“你知不知道，这里的人在上天的庇护下，信仰自己的宗教、守着自己的财产安定地生活。但是，那里的乌兹别克人、哈萨克人、柯尔克孜人、高加索人和许多百姓被布尔什维克都夺去一切，镇压了所有的巴依、有钱人和宗教人士、有身份的人。他们的农田器具被没收，分给那些从没有土地的泥腿子……”

“瞎扯!”阿扎丹喊道，“这是虚假的宣传!”

“傻瓜，狗喂熟了也会摇尾巴。算了，我和你讲不通。你给我记住，如果你珍惜生命的话，你就不要在街上和疯狗瞎溜达!……”

阿扎丹浑身气得发抖。他们的母亲在门口听不下去，走进屋里一会儿看看儿子，一会儿又看看女儿。

“妈妈，你自己好好管管女儿吧。”艾达尔少爷叹了一口气说，“你把她的书本烧掉，笔墨扔掉吧。”

“你妹妹做了什么事情？！”母亲厉声问道。

“她的想法和所做的事情，会毁了我们整个家族的！你们从小没有好好管教，听之任之放纵她，都把她给惯坏了。我为了家族生意经常外出，不知道她会变得这么胆大妄为！”说完，他生气地摔门走了出去。

“妈妈，你不要相信他的话，还好你和我的信念、想法是一样的。”阿扎丹用头巾擦着眼泪对母亲说。

第十一章　邪恶

一

巴依孜伯克像泥塑一样挺胸骑在马上，嚣张跋扈地来到了玉赛因巴依家装饰华丽的大门前，稍微抬了抬扣在头上的圆形皮帽，喊道：

“哎！谁在家里？！”

这个时候，仆人从玉赛因巴依家里跑了出来，接过了马的缰绳。家仆第一次见到巴依孜伯克的时候，就没有留下个好的印象。今天又看到他冷漠的表情，家仆浑身不自在。就算这样，家仆还是恭恭敬敬地请巴依孜伯克进屋了。

“一大早就听喜鹊叫，原来是贵客来了，失迎失迎。贵客光临，我的家真是蓬荜生辉啊。快请，快请。”玉赛因巴依听说客人来了，赶紧出来在内院门口迎接了客人。巴依孜伯克每次来城里的时候，都要和玉赛因巴依聚一聚，住上一两天说说长久以来憋在心里的话。他和玉赛因巴依很久以来就是知心朋友。尤其是林基路来县城当县长之后，他们交头接耳的议论增多了，反对和仇视新变化的情绪更加强烈了。

玉赛因巴依的房子是先辈匠人用浑身的技艺建筑雕琢而成的，漂亮的建筑可以算是全县最豪华的院落。这座雄伟的建筑，门前经常一尘不染。人们从门口路过的时候，都会敬而远之地看看。院子从中间分成内外两部分，内院东西方向盖着有房廊的卧室和客厅。下面是存货的库房，库房的门后是去马厩和羊圈的地下通道。另一边用高大的栅栏隔开，上面是随意装卸的木板盖子。透过栅栏间隙，可以隐约看到果园里露出来的果树。

巴依孜伯克在客厅门口停了下来，踢掉硬邦邦的皮靴，又整了整衣衫后走进屋里。家主人引着客人穿过门廊，请他坐在上座的垫褥上。巴依孜伯克小心地踩在红地毯来到上座后，好不容易盘起笨重的腿坐了下来。

“伯克，家里冷，你请随便坐。”玉赛因巴依看到客人坐得不自在。

“那我就不客气了，你不要见怪。”巴依孜伯克就好像在等着这句话似的动了动身体，取掉头上的圆形皮帽放在一旁，整了整皮帽里的小白帽。他脱掉身上的狼皮大衣叠起来后，把皮帽搁在了大衣的上面，径自来到烧得火红的铁皮炉子旁边，盘腿坐下来烘烤冻得冰冷的手。

玉赛因巴依乘机来到外屋，让儿媳赶紧去沏茶后，来到院子喊道：

“若孜阿洪！”

一个仆人听到主子的喊叫，赶紧从门口跑了过来：

“是，老爷。”随着传来的应诺声，他的身影已经出现在了玉赛因巴依的面前。这个仆人行动非常迅速，他魁梧的体形隐约透着强而有力的气息。

“你要好好照料伯克的马，给咱们家的马也多喂些麸皮，明天我要带它去赛马。”玉赛因巴依吩咐道。

“遵命，巴依爸爸。”

玉赛因巴依在农村有个远房穷亲戚。几年来，这个穷亲戚的儿子一直在家里做劈柴挑水、打扫庭院、照料马匹、牧羊、拾掇果园等杂事。玉赛因巴依非常满意这个能干又稳重寡言的人，并把他当作家里的一员对待。玉赛因巴依又吩咐了他一件事情后，又回到了客人的身边。巴依孜伯克坐在温暖的炉子旁，眼睛里漂浮着些许困倦的神情。他听到脚步声，猛地清醒了过来。

"我每次来城里的时候，总是能感觉到这里才有人情味。"巴依孜伯克好像一位德高望重的毛拉说，"农村虽然土地广阔，但那里却是个末日世界，就连一句实话也听不到。"

"现在，地主巴依和毛拉依善都特别讨厌那个不知死活的人。"

巴依孜伯克想说支持他的话，但他听到门外"茶准备好了"的女声后，没有说话。家主人走到门口，从儿媳手里接过包裹着点心水果的餐布铺在客人面前，然后又端着装有糖和茶壶茶碗的托盘走了过来。玉赛因巴依把点心水果散乱地摆在客人面前，碗里搁了两块方块糖，倒了一碗茶水递给客人。

"我突然想起了一件事情。"巴依孜伯克喝了一会儿茶之后，说，"我听说你从俄罗斯带回来了一个会唱歌的盒子，能让我也欣赏欣赏吗？"

玉赛因巴依虽然知道他不喜欢玩乐，但遇上好玩的东西时绝对不会放过的习惯，好像烫了脚似的走过红地毯，从壁橱里拿出一个非常精致的盒子。

"这是个什么样的东西？"

"伯克，这就是那个会唱歌的盒子。"玉赛因巴依拥有这个盒子觉得很自豪。

"玉赛因巴依，你在说啥呢？"巴依孜伯克觉得很奇怪，"歌曲在哪儿呢？……"

"人们把歌装在另一个机器，做成许多可以放出声音的盘子……然后放到这个小盒子里扭动耳朵，就可以播出一首一首的歌曲或音乐。”玉赛因巴依解释道。

“你是不是当乡巴佬骗我呢？”巴依孜伯克皱着眉头。

“我为啥要骗你呢？……有句话说得好：科学智慧可以做任何事情。我们现在看的汽车过去是马拉的，现在它用不着马自己会走。没有马怎么会走呢？这都是科学智慧的奇迹，这个留声机也是一个道理。这个留声机来自苏维埃共和国，现在有钱人中间成了身份的象征，富人家里几乎都有一部。每次举办聚会的时候，总是放给客人们听。你要是不相信，我给你放一放。”

巴依孜伯克虽然见过很多广袤的土地、奇珍异宝、金银和牧畜，但从没有见过这样会唱歌的盒子。玉赛因巴依挑了一张自己最喜欢听而且声音特别响亮的唱片放到留声机里。

留声机播放之后从喇叭里传出来一个女声，玉赛因巴依享受地听着留声机里传出的歌。巴依孜伯克浑身酥软，惊奇地瞪大了眼睛舔着嘴唇说：“这个女娃儿唱歌这么好听，自己该有多漂亮啊。”他们直到唱片的一面唱完都没有吱声，甚至没有动一下身体。巴依孜伯克看到这个稀罕东西非常兴奋，他慢慢地走过去用手摸一摸，犀利的眼睛仔细观察了一番留声机。

“玉赛因巴依，你是怎么得到这样宝贵的东西的？”巴依孜伯克饶有兴趣地问。

“我让人从俄罗斯带过来的。”玉赛因巴依高傲地说。其实他说的都是假话，这个留声机是他最近从别人手里借来没有还回去，就变成了他自己的。玉赛因巴依喝了口茶继续说：“这个东西虽然好，但它也能蛊惑人心啊。”

巴依孜伯克认为自己太落后，小声地嘀咕着什么。

“你说啥？”玉赛因巴依问道。

“这太了不起了。我们只顾着钱财和牧畜，没想到他们在享受这个世界的一切。”巴依孜伯克抚摸着浓密的胡须。

这个时候，艾达尔少爷领着一个头上缠着撒拉（缠头布）的人走了进来。那个人伸出双手和玉赛因巴依握手之后，走到上座又与巴依孜伯克握手，然后整了整撒拉，坐在了稍下的垫褥上。毛拉模样的这个人是玉赛因巴依的耳目。他不仅通晓新疆南部的情况，而且还知道整个新疆新变化的消息。这个人四十五岁左右，面相稍长，浓黑的眉毛下骨碌着一双红肿的大眼睛，似乎在期待着什么。因为他胡须稀疏，让人有一种难言的感觉。

“请喝茶！”艾达尔少爷在托盘上放了杯茶递给那个人。

“谢谢。”

“你给我们讲讲外面都有些什么新闻。”艾达尔少爷打开话题。

“少爷，外面的话可多了……但是，没有一件有意义或有趣的事儿，都是些让人头疼的一些琐事。”萨依穆毛拉抠鼻子把过去的事情和现在的事情混杂在一起，口若悬河地说了很长时间。然后，他把话题转到文工团说：“因为文工团演出的节目，人们慢慢地开始忘记了教义和信仰。”

“你把这事的来龙去脉说给我们听听。”巴依孜伯克打岔道。

“各位，你们要是看到他们在台子上的表演，就不会安心地坐在这里喝茶聊天了。”

“看样子，你是不是看过那些妖魔鬼怪的表演？”玉赛因巴依发问。

“我只看了一次，”萨依穆毛拉又接着说，“那次，他们演了一个叫《黑暗与爱情》的话剧。这个剧本写得不咋地（不行）。”萨依穆毛拉为了更引起他们恼怒之心，停顿了一下后又说：“他们在话剧里辱骂像你们这样尊贵的巴依、伯克和毛拉等人。”

“这些话都是真的吗？！”巴依孜伯克听了这些话惊呆了，惊得瞪大了眼睛。

“千真万确，绝没有一点假话。”

“岂有此理！……你说他们骂伯克吗？”巴依孜伯克脸色大变，横眉怒眼。他喝口茶水，半天没有说一句话。

“他们鼓动无知的人们不走正路，正准备向有‘信念’的巴依发动挑战。”艾达尔少爷说着咽了一口口水。

“这都是林基路干的‘好事’。”萨依穆毛拉插了一句嘴。

“他和尊贵的巴依、政府官员不是一条心，反倒和那些泥腿子混在一起搞什么民主。”巴依孜伯克恼火地说。

“那些泥腿子还说林基路是他们的拯救者。”玉赛因巴依接口说。

“只有一个人可以拯救新疆，那就是尊敬的盛督办！”巴依孜伯克按捺不住心中的怒火喊叫道。

“我们再不能忍气吞声了，应该发动阿訇－毛拉去反对林基路的这套做法！那个卡斯木阿訇装作什么也不知道吗？！”玉赛因巴依气得腮帮子都鼓起来了。

“别提他了，这个老家伙躲到林基路的怀里了。这个没有脑子的人，还能指望他有什么情。如果他聪明的话，就不会让林基路那家伙插手宗教的事情，还让那小子跨进哈尼卡清真寺的大门，在星期五礼拜的时候说一大堆狗屁道理！”萨依穆毛拉煽风点火地说。

“什么？！”巴依孜伯克惊叫了一声。

正在这个时候，门口一个年轻的女子说：

“请客人洗个手吧。”

这句话预示着饭已经做好了。艾达尔少爷走到门口，接过媳妇儿手里的铜壶铜盆，客人们也站了起来，揉着麻木的腿洗手准备吃饭。

二

客人们洗过手以后，艾达尔少爷端来了两盘香喷喷的抓饭，轻轻地搁在客人面前，请客人吃饭：

“各位尊贵的客人，咱们先吃饭再说话，吃饱饭才能有力气做事儿。请。”

萨依穆毛拉移了一下身体靠近餐布，没说话就迫不及待地吃了起来。他黑瘦的手游走在抓饭里，寻找着自己喜欢吃的羊肉块。他好像在防着别人似的，手指间淌着油水在快速地吃饭。玉赛因巴依一直以来胃口就不好，他假意地劝客人吃饭，自己却抿了一口茶。此时，萨依穆毛拉吃完自己前面的饭，把手伸向了艾达尔少爷的面前。

“好样的，吃得好哇。”吝啬的玉赛因巴依故意在客人面前说，“你们不要客气，随便吃。”

“谢谢，我们不客气。”巴依孜伯克摸着胡须说。

萨依穆毛拉听了此话，虽然肚子饱了可眼睛还饿，没办法只好把手从盘子里抽回来，像条狗一样舔干净手上剩下的饭粒和油水，拿着一条毛巾擦拭油腻的手。然后用油乎乎的毛巾把脸上流淌的汗水擦干，捋了一下一点也不适合他的稀疏胡须，往浓茶里放了一大块冰糖，喘着粗气喝了下去。

“刚才，咱们说了很多的话，现在不能不说现实的问题。”比父亲还保守的艾达尔少爷说。

“咱们该咋办？”

“告诉那些人现实的情况，把煽动那些穷鬼的演出彻底收拾掉！”

“他们能理解我们吗？”

“那个时候再进一步向上申诉。”巴依孜伯克瞪着老鹰般犀利的眼睛。

“这话说得是啊。”萨依穆毛拉心花怒放。

“那么，咱们这件事再不要往后拖了。”

“状子，咱们应该有个告人的状子。”巴依孜伯克瞪着眼睛。

“伯克老爷，状子的事你就放心吧。”艾达尔少爷不懂装懂地挺着拍着胸脯说，“毛拉，你说说状子的内容咋写的？给他们念一念。”

“好吧。”萨依穆毛拉说完，从兜里掏出早就写好的状子，一字一句地念给大家听。

状子的前半部写了对新政府的文化教育事业的宽大政策感恩后，后半部分说滥用“宽大政策”的人们除了违抗宗教教义、风俗习惯和违背地主巴依的意志以外，还嘲笑受人尊敬的名门贵族。各种妖魔鬼怪的演出让穆斯林人分裂，家乡有声望的人士名誉玷污，践踏尊严，说文工团演出的讽刺喜剧嘲弄权贵，并列举出许多实例后，抨击了那些不顾教义揭掉禁锢于深闺之中的女人面纱的问题，状子结束时还说：如果政府和教法不采取措施，我们除了消灭那些人以外，没有其他的办法。

“好样的，写得真好。我认为应该把那几个老师也写进去。”玉赛因巴依听完后说。

“这个状子足以置他们于死地，其他的事情可以用嘴说。”巴依孜伯克接茬儿提出自己的看法。

“现在，咱们主要考虑的问题是该让谁去递这个状子。”艾达尔少爷此时就像一只斗鸡，他撸着袖子说。

“在我们这里，找不到比这两位更德高望重的人，他们说话有分量，而且说话算数，还是请二位屈尊去一趟吧。”萨依穆毛拉赶紧提出建议。

“这样也行。”巴依孜伯克说，“那什么时候动身？”

“俗话说：‘趁热打铁。’爸爸，我认为明天就去！”艾达尔少爷插了一句嘴说。

“明天这里要举行一场赛马，我想赛一下最近新买的那匹马。伯克，咱们赛完马后再去，你看行不行？”玉赛因巴依看了看巴依孜伯克。

“好，就这样办。我也去看看赛马，赛完马后再去也不晚。”巴依孜伯克表示同意。

他们讨论完，萨依穆毛拉辞别走了出去，巴依孜伯克就住在玉赛因巴依的家里了。

第二天吃早饭后，玉赛因巴依和巴依孜伯克走出家门，径直向库车大桥方向走去。寒风扑过来让他们冻成一团，踩着薄雪的靴子发出咯吱咯吱的声音。道路两旁，冰柱像利剑一样垂立在店铺的屋檐，低矮的土墙屋子上的烟囱在皑皑白雪中特别明显。

库车河两岸，挤满了前来看热闹的人。每年冬天，城里的巴依和生意人牵来自己膘肥体壮的马匹，聚集在这里举行一场冰上赛马活动。

一匹神采奕奕、受过训练、漂亮壮实的马，可以卖到几个或几十个金币。每匹赛马或套在车上的马都经过主人精心装扮而来，马背上布哈拉或喀什造的精美马鞍也值五百个银元，金灿灿的吊挂镫是黄铜做的，马的腰带上系着很多心形铃铛。巴依和生意人把马牵到镜子一样滑溜的冰面，来回在两里的冰面上赛马十来趟，赛完马后各自去做自己的事情。

一大早，政府的翻译穆哈麦提·阿西木就带着自己的枣红马来参加比赛。今天，他头戴翻毛皮的帽子，身穿立领绒毛大衣，脚蹬一双锃亮的皮靴子，领着自己蛋黄色土狗，耳听别人啧啧的赞许声，眼望赛马的地方，或者时不时和旁边的人开玩笑走过来。

玉赛因巴依在很远的地方就认出家仆牵着自家的马，他用手指给巴依孜伯克看。他的黄骠马低着脖子，好像要了解其他的马似的，四蹄在冻得坚硬的石头上踏步。它黄色的屁股及穹顶似的胯骨，就好像浸了金水一样闪亮耀眼，不停地颤动一身的膘肉。马前腿之间的距离很宽，可以容下一个身穿冬衣的人毫不费力地爬过去。黄骠马竖起耳朵，额头上的白斑和有些湿润的双目显得特别神气。这匹马虽然已经七岁了，但它却像两岁的马驹一样活泼漂亮。所以，看到它的每个人都会被深深吸引。

家仆看到玉赛因巴依和巴依孜伯克正望着自己，他一跃骑上黄骠马，就像离弦的箭一样向上游方向飞奔而去。其实，家仆心里十分担心黄骠马在冰面滑倒。但这匹马的蹄子下迸起冰碴，又黑又长的鬃毛在寒风中飘荡。伸直的脖子和鬃毛下竖起的耳朵，预示出完全能适应比赛的模样。巴依孜伯克看到黄骠马的模样赞不绝口。

他们看了一会儿热闹后，拦了一辆马拉篷车向政府方向走去。他们在路上已经判定林基路不会和他们一条心，甚至会让他们感到后悔去政府办公室。所以，他们认为应该先去拉拢阿布都热依木副县长……

两个人在政府办公室前相互谦让。

“请，我比你小，所以你该先进。”玉赛因巴依说。

“不对，你见过世面，应该你先请。”巴依孜伯克伸着手请玉赛因巴依先进去。

“你千万不要客气，还是你先请吧。”玉赛因巴依还是坚持让巴依孜伯克先进去。

“我不希望精明能干、又有威望的你跟在我后面。”

最后，两个人相互谦让着一起侧身走了进去。阿布都热依木副县长看到两个富人同时进来，虽然感到有些诧异，但还是礼貌地起身握手致礼。壁炉里点着的火，让屋子里显得有些闷热。阿布都热依木副县长双眉紧锁，缄默了一会儿后问：

“二位，你们来找我有什么重要的事情吗？”

“县长，我们有件非常重要的事情请你帮忙，还有一个申诉的状子。”巴依孜伯克说。

“状子？什么状子？”

“伯克，还是你来说吧。”玉赛因巴依请巴依孜伯克说事情的重点，阿布都热依木副县长也想听听他们的意思。

“请大人看看这个。”巴依孜伯克从内兜掏出一张写在和田细麻纸上的状子，递给了阿布都热依木副县长。

这个从头到尾充满诬陷的状子，气得阿布都热依木副县长浑身发抖，竟然没感觉到自己从椅子上站了起来。巴依孜伯克没等阿布都热依木副县长看完状子，就迫不及待地口若悬河起来：

“现在，天地都让罪孽包围了，大地不停地在震动。”然后他反复强调说应该注意一些人，因为他们不会给家乡带来好运。他们是把我们引入邪路、编织谣言的人。而且反复强调了某些人在破坏地区的稳定、造谣惑众、让人偏离教义等。

“所有的罪孽都来自舞台上的戏，不应该让这样的戏上舞台。”玉赛因巴依插了一句嘴。

“我认为抵制愚昧落后、社会上各种庸俗事情和封建思想，以教育人们为目的的这些节目，根本没有违反政府的任何规定。”阿布都热依木副县长耐着性子平和地说。

“我们没有说他们违反了政府的规定。但是，绝对不能允许发生不给德高望重的人面子，破坏咱们‘统一战线’的事情。”玉赛因巴依说。

“为了某个巴依伯克或是毛拉喀里的面子，顾及他们的意愿，不盖学校，不建立文化活动场所，我们只能陷在无知的泥潭。”阿布都热依木副县长微笑着说。

巴依孜伯克看看缄默的玉赛因巴依，感觉到他无话可说。于是，巴依孜伯克稍微动了一下后，说："我们是想说对于所有的穆斯林电影是罪孽，在舞台上演戏也是罪孽。它们是魔鬼，我们绝对不能允许他们教坏了人。"

"二位，政府限制电影和戏剧，妨碍教育事业。这是人民的需求，应该广泛地活跃在民间。它们没有干扰我们的宗教任何教义，咱们不能禁止播放电影和演出话剧，也不能阻止文教工作的建设。他们没有给咱们的宗教教义带来任何污点，这是人民的需求，所以咱们必须要支持繁荣这样的事情。"

"他们当然带来了干扰！"巴依孜伯克生气地站了起来，"按你们文教工作的方向，以后经文学校就会被无神论的学校代替。舞台上演的东西教坏了人们，让那些人成了不听话的暴民，我们这里根本就不需要这样的东西！"

"伯克，你这是说的什么话。"阿布都热依木副县长反驳道，"这些不是我们的意思，是人民喜欢的节目！……"

"请原谅，可我们应该有保障教义的权利。"巴依孜伯克抚胸摇摇头，感觉到他的话根本没起作用，阿布都热依木副县长是不会和自己统一意见。

"我奉劝你们不要因为这件事把林县长惹火了。"阿布都热依木副县长起身向门口走了几步，回头看看呆如泥塑般的巴依孜伯克，果断地说，"我可以和林县长谈谈这件事，可你们不会得到任何好处。"

巴依孜伯克望了一眼阿布都热依木副县长，彻底放弃了依靠他的心念，霎时感到腿上一阵阵哆嗦，眼前飘浮无数的黑色晕圈。巴依孜伯克皱着眉头，好像在寻找什么似的不安地环顾四周。玉赛因巴依似乎明白了巴依孜伯克的心思，伸手像是要说什么，但又猛地走向门口。巴依孜伯克对阿布都热依木副县长没有说什么话，他没道别就生气地甩了一下大衣，跟在玉赛因巴依的身后走了出去。

“这个人为了讨好林基路，一点也不向着咱们自己民族的人。”玉赛因巴依气急败坏地说。

“他总是觉得上层长官比地方官员强，不承认现实的建设性意见，咱们又能有什么办法！”

“那些人刚来的时候像一只温顺的猫，等到融到咱们里面后就像一只凶恶的老虎一样凶。”玉赛因巴依隐忧地说。

“咱们就这样没事了吗？不！玉赛因巴依，咱们绝不能松懈。走，咱们直接找姓林的说话。”

三

“马木提，你过来。”

马木提听到有人喊他的名字，赶紧张望四周。他看见十几米远处站着一位体态英俊、蓄着小胡子的小伙子。马木提认识他，他就是经常来找林基路的阿布都拉。

“我来找林县长，但他不在办公室，不知道去哪儿了？”

“林县长刚向监狱的方向去了，我去叫他？”

“算啦，不要麻烦了，还是我自己去找他吧。”

“没事儿，我很快就能告诉林县长你来找他。”马木提说。

“走，咱们一起去找林县长。”

他们来到监狱门口的时候，站岗的买买提民喀里把皮帽系在下巴上，双手缩在棉大衣袖子里蜷成一团。他挂满雪霜的小胡子，这时已经变得银光闪闪。他看到阿布都拉和马木提走过来，问阿布都拉：

“大驾光临这里有什么事吗？”

“我来找林县长，他在这里吗？”

“林县长带着张璐义刚进去。”岗哨说。

“你进去传个话，就说我有事来找林县长，我在这里等他。”阿布都拉吩咐马木提。

“今天是囚犯听法律课的时候，林县长每个星期给他们讲一次课。”站岗的买买提民喀里跺着双脚说。

“是吗？”

“有些时候，还有一个老师来教那些人认字。林县长对那个老师说：‘你要好好教他们，他们没有文化，不了解国家的律法，才会走上邪路。你必须要让他们醒悟，让他们有一个重新做人的机会。’”

“林县长不是用官威，而是用文化造诣管理这个地方……”

阿布都拉看到从监狱里走出来的林基路，话没有说完就赶紧迎了上去。

“马木提告诉我你来找我，等着急了吧。走，咱们去办公室聊。”林基路说完，向办公室方向走去。

“请过来坐。”他们来到炉火熊熊的办公室后，林基路搬了一把椅子放在炉子旁边，自己也坐在阿布都拉的对面客气地说，“你说说看，来找我有什么事，我洗耳恭听。”

阿布都拉刚准备说话，史成山突然走进来瞟了一眼阿布都拉后，看见他们坐得很近在说话，也许认为林基路和阿布都拉在说秘密的话，慌乱地准备退出去。林基路叫住了他：

“进来吧。”

“我没有打扰你们吧。”史成山一直以来对地方工作人员怀有敌意，他眯缝的眼睛望着阿布都拉。

“没有什么事儿。”

“我刚才来找您，您不在，您找我有啥事？”

“阿克苏行署下发了关于扶持老弱病残的文件。这个文件非常重要。”林基路从书桌的抽屉拿出文件递给史成山，继续说，“你们赶紧去调查清楚县管辖范围内这样的人，必须扶持他们自己养活自己。如果他们中真的有无依无靠、没有劳动能力的人，每月发给他们三十斤粮食或安排在慈善部门。你去准备一下，看看应该怎么样实行这件事。”

史成山应诺着刚走出去，巴依孜伯克和玉赛因巴依没有敲门就带着寒风走进办公室。林基路看到他们冰冷的脸，打了个寒噤后站了起来说：“二位请。”

“是你让那些人演了污蔑德高望重人的戏吗？！”巴依孜伯克粗鲁地说。

“是我让演的！”林基路听明白了话的意思。

“你知道我们是谁吗？”

“你到底想说什么？！”

“那些污蔑德高望重的人还没有从娘胎里生出来。我忠于我们的皇帝盛督办，从上到下谁不认识我。”巴依孜伯克瞪着眼睛说道。

“政府给你权利是让你胡作非为吗？如果是这样，无论是谁都会做出不好的事情。说说看，你既然忠于盛督办，为什么还会反对《六大政策》呢？”

巴依孜伯克也许没想到林基路说出这样的话，嚣张的气焰减少了很多，但还是大吼大叫：

“我们对《六大政策》很尊重，我们想说的是，”他按捺住浑身充满的怒气，“舞台上的东西动不动就拿我们取乐，侮辱我们这些德高望重的人。看了舞台戏的人现在都学坏，根本不听我们的话了。如果继续这样下去，我们咋样管理地方呢？！”

“你如果不能公平地管理这个地方，欺负穷苦百姓，实行暴政，搜刮民脂民膏获利，他们当然会反对你。”

巴依孜伯克瞪着浑浊的眼睛，林基路利剑一样的话语让他惊慌失措。

“他们要是给我干活，我让他们穿好衣服吃热饭，他们还要啥？！”

“你不要披着虚伪的外衣给他们吃剩饭就可以！”林基路怒目而视。

“哎呀，怎么跟你说不清楚呢？！”

“你和我的想法不一样，这就是问题的根本所在。”

巴依孜伯克好像没有解释清楚自己的意思，心里焦急地坐不住了。林基路沉默地盯着办公桌，坐在椅子上。

“您说一句话平息这动荡的局面吧。”玉赛因巴依为了圆场说。

林基路通过阿布都拉的翻译，知道了他们此行的目的。他看到他们的态度强硬，似乎热血在沸腾。但是，他沉稳地看了他们一眼，说：

“如果你们是为了这件事来的，我不妨告诉你们实话。你们应该从话剧中吸取教训，改正过去自己犯过的罪孽，不要给人民带来灾祸，群众没有任何过错。”

巴依孜伯克从阿布都拉嘴里知道了林基路的意思后，觉得有一些不自然，慢慢地皱着眉头瞪大了眼睛，浑身好像玉米秆子在扎自己一样难受。玉赛因巴依也好像要扑过去揪他的领子似的，虎视眈眈地盯着林基路，抽搐的脸上溢出傲慢愤怒的神色。他们带着希望而来，却被林基路封住了嘴巴。他们相互用余光看了一下，垂头丧气地在椅子上坐了很久，好不容易扛着沉重的身体站了起来。

“我绝不会放弃，走着瞧。”巴依孜伯克说着，慢慢地走下台阶。

第十二章　清廉

一

迷人的春色中弥漫芬芳的气息，给大地带来了无限的生机。城市周边的田野渐渐苏醒，掀起无垠的绿色波浪。虽然没有风，但垂柳故意摇摆身条和周边的绿色一起戏耍。

万物在春光中呈现勃勃生机的时候，林基路的脑海里也浮现了许多新的计划。他曾经度过了无数个不眠之夜，想为库车人民多做一些好事而焦虑，感觉脑海里翻滚着春天般的波涛。

库车人民很久以来就挖河渠垦荒，在富饶的田野上矗立优美的楼宇，修建宏伟雄壮的房屋。他们付出了所有的辛苦努力，自己却不能当家做主。田野中静静流淌的河水，悄然变成了地主巴依的囊中之物，不管不顾没有了土地和水源的穷苦农民的疾苦。林基路查访了乡村，亲眼看到穷苦农民多么需要土地和水源，亲耳听到他们期盼幸福富足生活的愿望。人民的期望让他动员民众为心愿而奋斗，号召他们一起奔向新生活，可这是个非常非常艰巨的任务。多少个夜晚，他心系百姓的疾苦久久不能入睡，认为自己不能辜负人民群众的殷切期望。

崇山峻岭间流出潺潺的天山谷水，融汇成这条被称为苏巴什河的美丽河流，像一条银色的腰带穿过城市的中央，流向深邃的塔克拉玛干沙漠。这条河流随着季节变化多端。冬天，河水特别地少。春天农民需要水的时候，水却变得比人的血液还要珍贵。酷暑的时候，天山上的雪水融化造成洪水泛滥成灾。山谷里轰鸣而来的洪水，可以达到每秒一千八百四十立方米。很久以来，这条河给人民带来了幸运，也带来了深重的灾难。据老人们回忆，库车县每二三十年就会发生一次特别严重的水灾。林基路所看的历史资料中写道：清朝初年，三次特大洪水给人们带来了不可估量的灾难。洪水过后瘟疫肆虐，成千上万的人感染疾病死亡，大河两岸尸骨累累。据史书记载：光绪十九年十月，库车遇到洪水袭击。光绪二十七年七月，库车因为冰雹和洪水的灾祸，所以那年免除当地的赋税。民国四年七月二十四日库车河和渭干河水泛滥，库车南部、中部及西部，十六个村中四百一十四户家庭遇到洪水不同程度的影响。那次，河滩里容不下的洪水涌进民众的家里，甚至冲到了房上盖的小屋，锅碗瓢盆漂在整个屋子里。干旱的季节，谁也不知道河水什么时候会干涸断流。

自古以来的封建政权不管不问人民的疾苦。虽然农民们多次申诉治理这条河，但他们的努力都付诸东流了。因为库车是大粮仓，所以水是最让人头疼的事情。林基路走访乡村的时候，农民最先说的也是水的事情，众多民事纠纷中争执水的事情最多。

林基路看了几个晚上的资料，想了很多的问题，最后决定不拖延时间，动员群众除掉水患，变害为利，造福各族人民。这件事情，是关乎县城和八十二个乡村的民众，以及几十万亩土地草原免受洪灾的大事。下一步他还计划堵住渭干河的克孜勒山口，通过积累河水灌溉库车几十万亩良田。这个工程需要花费很大的人力物力，比库车河上建的拦洪大坝还要多花费几倍的费用，不依靠强大的财政支持是不可能实现的。所以，林基路决定首先在苏巴什建个拦洪大坝。因此，去年秋末他带着几个人多次去苏巴什顺河巡行，寻找水的源头。他们沿着渭干河和库车河，翻过地势险峻的天山，一直走到人迹罕至的冰达坂进行实地考察，他还仔细地研究了过去的水文资料，请教有经验的农民和水利技术人员，绘制了施工设计图，制定了治河工程计划。他打算在苏巴什古城附近建造一条大坝，拦住凶猛的洪水。无数的报告，辛苦的汗水，统计的数据资料，花费的时间，需要花费多少资金的估计……每项指标和步骤转眼变成现实，其中包含了他无数智慧的结晶。他把这些想法，在相关单位两天的会议上提了出来：

“我们准备了半年多的时间，现在基本上一切就绪。县政府下定决心，要在河的源头修建个拦洪大坝。拦洪大坝总长三千米，高五米，底宽三米五，上面宽一米五，用石头和红柳混合砌成。拦洪大坝的西边修建几个水堤，给县城西边和南边的乡村供水。首先从西边一千六百米长的工地开始动工，等到了来年秋天再从东边开工。工程总共需要两千人、一千五百辆车、三千四百八十辆车捆树枝和两千袋石灰石……”

会议非常热烈。水利方面的水利总管们都反响很好，拦洪大坝的长、宽、高随环境变化而改变，他们为了准备施工用的人力、骡马、车辆、石头和树枝等物品各抒己见，互不相让地争执了很久。林基路认真听取了关于库车县的地理环境调查结果和水利总管的详细介绍，掌握了很多丰富的知识。他在关键的问题上发表了个人看法，让参加会议的人觉得特别惊奇佩服。结果，会议上形成了水利工程计划的大致草图。

“这个拦洪大坝是和库车人民农业发展息息相关的大事，全社会都要为拦洪大坝奉献自己的一份力量，我们必须要展开募捐活动。因为这个工程给库车人民带来幸福，所以全社会都要理解政府的这个决定。我告诉大家一个好消息，工商会给拦洪大坝工程捐了一千两银子。我对他们表示深深的谢意。”林基路激情地说完，会议厅里响起了热烈的掌声。

林基路看到会议召开得非常顺利，不禁靠在椅子上舒了一口气，为超额完成任务而感到高兴。

散会之后，有七八个模样很奇特的人，肩上搭着褡裢站在那里。猛地看到他们这些穿着棉衣棉帽、立领大衣的人，会认为那些人是刚从山上下来的牧民。他们中的柯尔克孜族长阿山·艾力，快步走到林基路的身旁停了下来，右手抚胸行礼，其他同伴也跟着走过来行礼。

“乡亲们，你们辛苦了，谢谢你们不辞辛苦来到这里。走，咱们到办公室聊。”林基路热情地说。

阿山·艾力微笑地环顾周围，指着一只黄羊幼崽说：

“这是我给您带的……”

黄羊幼崽刚学会走路觅食，小身体颤颤巍巍的……

马木提正想抚摸逗逗小黄羊，听说是给林县长带来的，于是靠近小黄羊。小黄羊看到他走过来，顺势倒在湿地上打了几个滚儿，又起身不安地望着他。马木提拿起绑在小黄羊脖子上的绳子，轻抚它后背抖动的绒毛。也许这只小黄羊经过训练，它把褐色的小脑袋伸了过来，嗅了嗅马木提的手心。

一行人来到林基路的办公室后，牧民把褡裢等东西搁在地上，然后挤坐在椅子上。林基路问了他们的生活情况后，通过翻译告诉了他们一个好消息：

“关于把你们的一部分草场分给柯尔克孜族牧民的想法，去年秋天就上报给了省督办公署。最近，我们收到了督办公署的批复文件。”

“我们听到这个好消息，真不知道应该怎样感谢您。”阿山·艾力又说，“在您的关照下，去年秋天开办了学校，让从来没有去过学校的孩子有了念书的机会。县政府派去的人，又当老师又当校长十分辛苦。我们今天以所有柯尔克孜族牧民的名义，特地来感谢您的恩德。听到分给牧民草场的消息，我们心里别提多高兴了。牧民永远不会忘记您的恩情！”

“我也想为各族人民多做一些好事，除了人民稳定幸福的生活以外，我没有别的任何心愿。”林基路说。

那次会面，柯尔克孜族牧民就像在自己家一样自如地做客，并拿出自家的马肠、熏肉、油果子、酸奶疙瘩和黄油等物品赠送给林基路。如果林基路不收下礼物，就会伤了人们善良淳朴的心意。

林基路送走柯尔克孜族牧民，转身回到办公室后，看到马木提沉稳秀气脸上流露出一丝恍惚，觉得十分奇怪。因为，他从来没有见过马木提现在这副颓废的神情。马木提让人觉得他有时虽然有小孩子的脾气，但办事稳妥而且非常开朗。现在他这是怎么了？是不是身体不舒服？还是谁惹他生气了？林基路怎么也想不通，他问马木提：

“你是不是哪里不舒服？”

马木提不想让别人看到自己满面愁容，看了一眼林基路颓废地说：

“我父亲……”

“你父亲怎么了？”林基路又问。

“我父亲病了。”马木提揉着眼睛说。

“谁告诉你的？”

“我姐姐。”马木提低声回答。

林基路用手轻轻地抚摸马木提的肩膀，亲切地安慰道：“你不要再哭了。”然后，从办公室拿出一个用纸包的东西说，“你去看看你的父亲，把这个给他带过去。”

马木提接过那个东西，赶紧跑过几个巷子到家。春天的阳光照在屋内的土炕上，父亲躺在炕上虚弱地微睁眼睛：

“孩子，你回来了？”

“爸爸，我回来了……”

父亲伸出滚烫的手，摸了一下马木提的新衣服后，把他的头拉向自己。马木提赶紧靠了过来。父亲浑身像火一样炙热，用干裂的嘴唇亲了一下儿子的额头，他满是热气的气息吹到马木提的脸上。

马木提在父亲的怀里整了整衣衫后，拿出手里的纸包说：

“这是林县长让我带给你的。”

父亲从枕头上抬起头，用颤抖的手打开纸包，看到两大块糖。父亲喘着粗气说：

“替我……谢谢林县长。”然后，父亲摸着儿子身上的新衣服问，“这是林县长给你做的新衣服吗？”马木提点了点头。

“林县长是为咱们穷苦百姓做好事的县官，你要好好地伺候好他，要有礼貌听话，不要做错事。”父亲嘱咐儿子。

马木提听了此话，突然想起了最近发生的一件事情，脸火辣辣地红了起来。

马木提有天正在擦拭油灯的时候，无意间弄碎了灯罩。他想着林县长肯定会生气，就赶紧跑到姐姐家借了钱，跑去集市买了一个灯罩装上了。过了几天，这件事情露馅儿了。林基路生气地说：“灯罩总是会坏的，你知道问家里人借钱，为啥不给我说呢？”马木提从来没有听林基路这么生气地说过话。此后，林基路为了这样的事不再发生，从巴扎（集市）上买了三四个灯罩放在家里备用。这件事情，深深地留在了马木提的记忆里。

二

马木提帮姐姐挑了几桶水回去后，拿起纸和笔开始学习。他每天都学习一个多小时。学习完之后，马木提牵着柯尔克孜族牧民送的小黄羊一起玩耍。他学着绵羊的模样蹦跳，给小黄羊喂一些馕饼的碎渣，时不时还轻声咩叫几声，眼睛里充满兴奋的目光。小黄羊是个性格开朗、懂得别人好意的动物。因此，别人都特别喜欢它。马木提饲养小黄羊，经常梳理它凌乱的绒毛。每当这样的时候，小黄羊的眼睛里总是充满高兴的眼神，用可爱的小头蹭马木提的膝盖玩耍。马木提去别处办事时，这只小黄羊就抬高头部嗅来嗅去，然后推开畜栏的门，咩叫着到处寻找马木提的身影。

林基路的生活非常简朴。他为了节省开支，在屋子的旁边分别做了几个小窝，养了五六只鸡，以及七八只鸭子和两只鹅，平时由马木提照料这些家禽。马木提想给鸡喂一些食物，可突然想起来已经没有了玉米粒。这时，他不知道该怎么办，头疼地走向马厩。

艾尼丁喀里头枕着马鞍在睡觉，吃完苜蓿的马匹看到马木提后低声嘶鸣。艾尼丁喀里听到马儿的嘶鸣，从香甜的睡梦中醒了过来。

“艾尼丁喀里大哥，你睡醒了吗？”

“兄弟，赶车的人永远睡不够。”艾尼丁喀里张大嘴巴打着哈欠说，“咦，你怎么来了？是不是林县长找我？”

“不，我没事儿……”说完，马木提又说，“艾尼丁喀里大哥，你能给我一些玉米粒吗？”

“你干什么用？是不是爆米花吃？”

“不是。”马木提像小孩子一样大叫反驳，“是给鸡喂的玉米粒没有了。我要是把鸡饿着了，不知道该怎样向林县长交代。”

“哦，原来是这样。拿去吧。鸡和鸭子是林县长的，谁会说什么？”艾尼丁喀里揉着惺忪的眼睛。

马木提走到马厩角落放马饲料的地方，舀了一盆玉米粒走了出去。

“今天早上我发现喂鸡的苞谷粒没有了，你这苞谷粒从哪儿找到的。”马木提正在给鸡喂玉米粒，听到林基路的声音，赶紧转身装出十分镇定的模样回答：“我问艾尼丁喀里大哥要的，他说你想拿多少就拿多少。”

“马厩？”林基路吃了一惊，“你用政府喂马的苞谷喂私人的鸡怎么能行？！”

马木提怎么也想不通林基路那么生气的原因。他心里想：这么一点小事值得生这么大的气吗？马木提正想着这些的时候，林基路塞给他一沓钱说：

“你拿着钱，赶紧去粮食市场买一秤子苞谷粒还到马厩里。”

马木提着实没有想到，一秤子玉米粒会变成这么大的事情。但他看到林基路认真对待这件事情，感觉到自己犯了一个严重的错误，低着头走向粮食巴扎。

马木提走到一个街角的时候，他看见二三十个男女老少围在一起，吾普尔老师也在当中。

“你这是去哪儿？”吾普尔老师问他。

马木提指着手里的袋子，说了事情的经过后又问：“这些是什么人？这儿发生了什么事儿？”

“一个人在被游街示众。这个人是个狡诈的骗子，借钱吃喝玩乐，做假票据等事情，专门欺骗憨厚老实的人。他可以平息一个纠纷，又可以引起另一场瓜葛。这时他不站在真理一边，而是帮有名望、多给他好处的一边说话。如果有田有钱的人死了，他就在那些继承人中间制造矛盾，自己解决纠纷从中获利。他和衙门官员勾结在一起，诬陷无辜的平民百姓。他用这种手段冤枉了很多人，最后落到了这个地步。”吾普尔老师说。

“官司也能收买吗？”马木提觉得很奇怪。

“当然能收买了。”吾普尔老师开始解释道，“比方说咱们俩争土地或钱财，咱俩如果不能统一意见，其中一个人去请教他。他问：‘你来找我有啥事儿？’来找他的人就会求他：‘某个人抢了我的土地，你能不能想办法把土地抢回来。’他会说：‘你想让我替你解决纠纷，是不是？’来找他办事儿的人说：‘是的，假如你能打赢官司，我一定会让你满意。’他又会说：‘这样的话，你立个字据让我全权处理你的官司。’结果，他就会代理来找他办事儿的人的官司，去相关机构解决土地纠纷。如果这些机构不买他的账，他就会死赖着不走。时而还威胁这些机构的人，时而自己掏腰包行贿。他就这样威胁或行贿官员，最终赢了这场官司，从那个拜托他的人身上索取很多的钱财。”

“哦，我明白了。这样的人心太歹毒了。”马木提气愤地说。

“有钱人压榨平民百姓有各种各样的办法，他们绝不会在公众面前做这样的事情。那些人为了当有钱人巧取豪夺，靠狡诈获得钱财。过去那些县官管不了这些事情，可林县长却办事干脆，有钱人害怕得不敢欺负平民百姓了。”

马木提想亲眼看看游街骗子的模样，好不容易挤到人群里。看见一个胡子飘在胸前的人，手里举着一个纸牌子低头站在人群中间，两旁还有两个人看守他。

马木提好不容易拼念了写在纸牌子上的几个大字母，纸牌子上写着：

“我是齐曼乡人米吉提·阿吉，我承认我做过的所有过错。我过去在人们之间挑拨离间，让他们产生官司纠纷。我成为他们的官司代理后，获取了很多钱财……今后，我一定改正自己的错误，遵守政府的条文规定……”还写着他拿了谁谁谁多少钱等。

粮食巴扎今天人很少。马木提来到一个棚子前，准备买一些玉米粒。棚子里，卖粮食的人和旁边一个农民模样的壮汉在聊天。

“林县长和衙门里的几个人去了一个小村子，讲究排场的阿布都热依木阿吉·苏莱提也在他们中间。他们带林县长去了一户人家，这是一个巴依的园子。林县长在这里休息，想见他的民众有所顾忌，不敢进来打扰他。林县长知道了这件事情以后，就换了一个农民的家。家主人杀鸡宰羊招待了客人。林县长临走的时候，从自己的腰包里掏出杀鸡宰羊的费用，通过阿布都热依木阿吉·苏莱提交给了家主人。他们转了几个村子回去的时候，又来到那个人家喝碗水解解渴。家主人用酸奶子和水果热情地招待了他们。林县长道别的时候，在门口对家主人说：‘谢谢，感谢你的热情招待。’还问：‘那些钱够不够？’家主人因为接待了尊贵的客人高兴还来不及，听了林县长的话非常吃惊。林县长没有说别的话，把阿布都热依木阿吉·苏莱提拉到一旁问：‘那个钱你给家主人了吗？’阿布都热依木阿吉·苏莱提吞吞吐吐地说：‘我……我忘了。’说完，他从兜里掏出那沓钱交给了家主人。他们还去一个村子的时候，他问家主人要来了袋子和锥子，然后把锥子装在袋子里甩了甩，又甩了一下锥子扎破了袋子。林县长问阿布都热依木阿吉·苏莱提：‘你看见了吗？’阿布都热依木阿吉·苏莱提觉得很奇怪，说：‘我看到了。’林县长对在座的人和衙门官员说出了其中的含义：‘如果政府公平公正地办事，群众就不会有意见。政府如果不公正公平，官员们贪污受贿，百姓会有意见的。现在不提意见，总有一天会提意见的，就像这个比方一样，我们要牢记这一点。”

马木提背着一袋玉米粒来到了马厩，艾尼丁喀里正在给马匹切苜蓿，看到马木提背着一个袋子，问：

“那是什么？”

马木提把袋子搁在地上后，用衣袖擦了擦额头的汗珠说：

“林县长看到我在用你给的苞谷粒喂鸡后很生气。这不，这是他让我从街上买回来还给你的。”

艾尼丁喀里不知该说什么才好。他感动地说：

“过去的县官老爷可以生吞一头牛，可林县长和别人不一样，他从来不动别人的任何东西。”

三

县里的牧业发展得很迅速，从南部的塔里木河畔到北部山区都在养殖牧畜。所以，每年收缴的畜牧税增加了不少财政收入。《省财政厅关于收缴畜牧税奖惩条令》颁布之后，林基路和蒋春茂商议决定，赶紧准备召开第四次收缴牧业税的会议。

四个乡的伯克、工商会会长瓦哈普阿洪、畜牧站站长，县总街长、牧民代表等二十几个人参加了会议。

蒋春茂首先介绍了召开这次会议的意义后，林基路发表讲话说：“按照财政厅的指示，秉公办事，做好对农牧民的宣传工作，引导他们不要隐藏畜牧数量积极缴纳税款。”然后又说，“奖励储存好过冬的草料、照料好畜牧的牧民，少收或减免他们的畜牧税。对于隐藏牧畜的数量，不缴税的人要严惩，加收五成的罚款！”

蒋春茂走出会议室，在去看给林基路建的新房子的路上，林基路对他说：

“阿克苏区行政长官黄民孚拨了五百担粮食，准备重新修建库车至阿克苏的公路。”

“终于要重修这条路了。”蒋春茂高兴地说。

树木发芽，柔软的树叶渐渐变成绿色绒毯。李子树和樱桃树盛开洁白的花朵。周围的一切披上了春衣，惹得人心里十分欢喜，充满美丽的人生希望。

林基路和蒋春茂走近砌得人头一般高的墙，点头向砌墙的师傅示意后，饶有兴趣地看着那些人的砌墙技艺。那些人和泥、搬土坯、砌墙，动作十分熟练。

林基路听了别人的意见，又因为自己生活的需要，在以前的房子旁边加盖了一间。这样，一间屋子可以作为卧室，另一间屋子可以当书房和客厅。

史成山听说林基路要盖房子，有一天晚上在林基路的办公室拐弯抹角地说：

“你是政府的人，为什么盖房子还自己掏腰包呢？”

“这个房子是我自己住的，当然要我自己掏腰包了。”林基路说。

林基路送走蒋春茂之后，叫来了通信员马木提：

“我正准备去探望你的父亲，你带路吧。”

马木提洗漱完，换好了衣服出来时，林基路和陈因素在门口正在等他。陈因素把一个漂亮的包挎在肩上。

他们走过狭小黑暗的街道，林基路看到贫困人家坐落的居民区，没有感到痛心吃惊，因为他已经习惯了这些景象。

马木提的父亲巴图尔阿洪看到林基路携夫人来看望自己，准备起身迎接。林基路快步来到他的身边让他不要起来，并且坐在炕沿嘘寒问暖。

巴图尔阿洪的脸上浮现了一丝笑容。他舔着干裂的嘴唇，告诉林基路他一周以来发烧躺着，全身感觉十分酸痛以后，对着妻子说：

“林大人来了，赶紧给大人铺上垫褥。”

“不要叫大人，咱们都一样。你好些了吗？”林基路问候道。

“托您的福，我好些了……”

林基路和陈因素坐在土炕边后，林基路关切地问了寻医抓药的情况。

巴图尔阿洪望着他们，又一次表达了对他们特地来探望自己的感激之情。他们之间的每一句话，理所当然地由马木提翻译。马木提已经会说很多汉语词，还会写一些汉语字呢。

这个时候，马木提的母亲在炕中间搁上小桌子，然后端来了许多茶点和一壶茶，用小花碗斟上了茶水，逐一递给客人。林基路和陈因素喝着热气腾腾的茶水。

“你今年多大岁数了？”林基路喝着茶问道。

“我六十多岁了。”巴图尔阿洪虚弱地回答。

“有几个孩子啊？”

“有四个孩子。”

“你的儿子马木提被我们当成了亲生孩子，不知道你怎么看这件事？”

“我们很高兴。”说完，他又说了关于政府方面发给马木提固定的薪酬，马木提拿上每月的薪酬就交给自己等事情，还向林基路表示了自己的谢意。

虽然他们没有聊很长时间，但是已经明白了彼此的心意。林基路临走的时候从兜里掏出一沓钱，说：

“我们这次是空着手来看你的，没有带什么礼物，这点钱你留着看看病吧。我们还会来看望你。”

巴图尔阿洪激动得说不出话，眼睛里噙满了泪水。林基路不舍地和他道别走出了院子。巴图尔阿洪望着他们离去的背影，心中感慨万端。

林基路的眼前总是浮现巴图尔阿洪的身影。他看着街上人，有的打扮得漂亮，有的疲惫、满脸愁容，问马木提：

“为什么有的人富有，有的人贫穷呢？为什么有的人有金银珠宝、土地豪宅和成群的牛羊，而有的人却一无所有呢？”

马木提的脑子里已经种下了这样一句话：富人的福气大，而穷人的福气小。他憨憨地回答：

“有的人命中注定当有钱人，而有的人一辈子在受苦，他们的命运就是这样的。”

林基路听到马木提无知的回答，看看陈因素挤了一下眼睛，笑了一下说：

“是吗？”

陈因素希望听到马木提的高见，可听到这样的回答，忍不住扑哧笑了起来。马木提看见他们相视而笑，认为自己也许是说错了话，羞得他面红耳赤。林基路微笑地对马木提说：

“你说得不对，这是富人和保守的毛拉依善等人为了欺骗老百姓找的借口。你想想看，你这样说不就等于说是真主不公平吗？因为，真主对所有的人都是一样的。”

马木提莫名地抬起头摇了摇，好像在说：“我不明白。”

“你还小。你要好好学习，将来一定会明白其中的道理。”林基路又说。

第二天，政府工作人员、社会各阶层、各个学校的师生来到乌伦巴克植树。所有的一切，就好像自由沐浴在春日里和煦的阳光中。天空中飘浮的白云，在绿油油的植被上洒着一片片的凉爽。果园和田埂上，享受春色的戴胜鸟不停地啼鸣或翱翔天宇，把人们从冬日睡眠中唤醒。河边，所有春天的色彩在潮湿的土地上，花草树木都争相展示自己的勃勃生机。植物柔软得就像绿色的绒被一样，芳香的新鲜空气不仅扑鼻，而且让人有种惬意的感觉。这里确实是一个风景宜人的地方。

坎土曼在阳光下闪闪发亮。轰隆隆的机器声中掺杂人们的喧嚣，劳动场面朝气蓬勃。有的人清理渠沟，有的人挖树坑，还有的人抱来一捆捆的树苗。每一个人都心存期望，期望这沼泽地以后会成为休闲娱乐的地方。

林基路卷着裤管，一会儿用铁锹开渠，一会儿挖树坑。劳动使他满面红光，淌下的汗水颗颗滑落在地面。他挺了挺因强劳动而酸痛的腰，用手背擦了一下额头的汗珠后，高兴地环顾周围抡坎土曼的人，看着干完活的人、快干完活的人和才干了一半活的懒家伙们。然后，他坐在地上和那些干完活休息的人们闲聊。他幽默的话语，引得周围的人哄堂大笑。就这样，他和普通群众一起参加了改造自然的劳动，给库车这片土地上种下几棵树，希望把戈壁荒漠变成绿洲而洒下辛勤的汗水。他非常有信心，为库车重大工程建设的计划实现而满怀信念。自己和这些人一起必定会实现改造库车的这个心愿。

林基路信步走在热火朝天劳动的地方，看到一个人正在仔细望小土坡上横咬着莫合烟卷，农民模样的小伙子挥汗如雨地挖树坑。林基路知道那个人是农协主席。周围干活的人都是政府工作人员，可林基路从来没有见过这个农民模样的小伙子，他问农协主席：

“那个人是谁？”

“劳力，是我雇的。”旁边矮个子的人没有明白林基路的意思。

“你怎么当的这个主席？你把农民当成给你种树造园的劳力吗？！我们在这里是为了集体的利益劳动，流的是我们辛苦的汗水……”

矮个子主席窘迫得不知该做什么才好，脸一下子就红到了耳朵根。

“你现在就付给这个小伙子一天的工钱，我们有责任用自己的汗水来改变这个城市的面貌，你也是一样！”林基路说完把他拉到一旁，追查行政长官黄民孚签发关于搞好春耕生产安排的两个文件执行情况：一个文件的内容是做好春耕，做好宣传工作，挑选种子及时种植，而且减少病虫害，利用好农业器具，节约劳动力，劝导农民多种棉花，更有效地供给纺织业，多植树造林，保护水土资源，整修渠道，保证庄稼能及时浇上水，多开荒地；另一个文件的内容是各县及时传达上面的文件精神，制定好春耕工作计划，借给农民买苗买种、买农业器具的资金一定要发放到位，并且要求上报上级机构。

农协主席给林基路汇报了自从县动员大会之后，各乡各村的伯克和乡约听了文件的内容，回去立刻告诉了每一个村民，有效地做好了春耕工作。但水资源非常匮乏，无法保证种植地的灌溉等情况。

林基路听农协主席的汇报，眼睛望着孤儿院的孩子们种树的方向，自言自语地说：“还是水的事情，今年一定要完成水利工程，应该满足农民的心愿。”

“林县长，您也来了。”孩子们当中一个学生跑过来，精神抖擞地问候林基路。

林基路认出了这个圆脸、开朗、眼睛明亮的孩子。林基路面带微笑，亲切地问他：

“你的名字是阿勒马斯，对不对？”

“林县长，您没有忘了我。”阿勒马斯非常高兴。

“你们的学习怎么样啊？”林基路问围拢过来的孩子们。

孩子们今天显得更加可爱。他们斗志昂扬且敦厚开朗，用一种特别的感觉望着林基路。

“我们的学习很好！”孩子们争先恐后地回答。他们和这位性格和善、面色开朗的人早就混熟了。

“你们的肚子饿不饿？”

“我们的肚子很饱。”孩子们高声回答。

林基路明白孩子们不敢说实话。这个时候，有些消瘦的吾普尔老师也出现在林基路的身旁。他敦促孩子们回去干活之后，和林基路握手问候，并且夸奖孩子们的劳动热情，介绍了孤儿院最近的工作情况。他回答林基路提出的问题，说：

“我们想干好您吩咐的事情，可发放孩子们夏季服装、翻新被褥、增加饭菜种类、一个星期洗一次澡等事情无法执行。”

四

吾普尔老师努力让孤儿院变得更加条理分明，充满有序而美好的生活。孩子们不再四处游荡，沐浴在阳光和笑声之中。但给孤儿院供应的物资短缺，无法让孩子们正常地生活，就像春季突然刮来的寒风一样，吹落了孩子们脸上欢乐的花蕾。维文会不及时供给孤儿院的物资，孩子们不能正常地生活，又形成了困难的局面。由于那些过去凭着巴掌大小的一张小字条，提供给孤儿院肉和其他生活用品的屠夫或杂货铺主人，到维文会财务科拿不到钱，所以就不再给孤儿院赊东西，而且经常来找吾普尔老师要账。吾普尔老师为了这件事经常去维文会，还与他们发生严重的口角。因为，他不能忍受孩子们的生活没有保障。

吾普尔老师有一次又来到维文会，他敲了敲办公室的门：

“我可以进来吗？”

办公室里，文教科科长尼亚孜·司马依在整理文件。他瞟了吾普尔老师一眼，又继续干自己的活。

“我……我来找您有点事儿。”吾普尔老师说着，轻轻地咳嗽了一声。

尼亚孜·司马依连眼皮都没有动一下。吾普尔老师稍微抬高了声音：

“先生，我是孤儿院的，我有事找你。”

尼亚孜·司马依好像什么也没听见似的整理文件，然后站起来把文件归整到资料柜里。

“科长，我说：我是孤儿院的，我来找你有事儿。”吾普尔老师受不了了。

“我不是聋子瞎子！”尼亚孜·司马依有些恼火。他说完，又回到原来的位置坐了下来，慢条斯理地整理了一下桌子上的纸张塞到抽屉后，不耐烦地望着吾普尔老师问：

“你来找我有什么事儿啊？”

吾普尔老师告诉了他此行的目的。

“知足吧，我们已经想尽了一切办法帮助你们，我们无法满足孩子们的所有愿望。”尼亚孜·司马依说完，站起身准备离开办公室，“感谢你给我提的宝贵意见。”

吾普尔老师离开办公室。就算这样，吾普尔老师仍然没有气馁，不停地去找维文会解决事情。但是，他始终保持自己沉稳倔强和吃苦耐劳的秉性，努力让自己在孩子和训导员们面前显得精神利索，努力让失去希望的训导员相信事情总会解决，以后的日子会慢慢地好起来，劝慰他们要艰苦奋斗渡过难关。

一天，有个人来找吾普尔老师，并说自己是警察局侦缉队副队长苏莱曼派来叫吾普尔老师过去的。此时，吾普尔老师正在木工房看木工师傅给孩子们教授的实际操作。

根据县政府写给阿克苏地区警察处和省督办公署的报告，阿克苏地区警察处处长曹天秋来到库车县，关押了几个欺压百姓引起众怒的警察，而且还开除了不称职的警察。扎帕尔·穆纳斯普夫也被抓了起来。事情的经过是这样的：警察处处长曹天秋把库车县警察局的所有事物，移交给新调来的木哈买提·斯力墨夫，并且说："扎帕尔已经被解除了警察局的职务，我们会把他带到迪化。我去沙雅县检查完工作就回阿克苏，你调查完扎帕尔的问题后写好报告，一份交给我，一份交给省警察管理处。"木哈买提·斯力墨夫开始调查扎帕尔的问题。结果，查处了扎帕尔许多罪行。首先，扎帕尔没有经过阿克苏地区警察处同意，就自作主张地抓捕认为有嫌疑的人（事实上，抓捕任何有嫌疑的人，必须得到上一级机构的同意）。这说明，扎帕尔依靠自己的官位随意抓捕无辜的人投入监狱。其二，调查了库车县监狱四个人的资料，资料上说他们去游玩的时候指责《六大政策》，所以才会被抓捕入狱。调查之后，清楚了他们是被冤枉的，最终无罪释放。这就是说，扎帕尔抓捕了许多不该抓的人；再者，如果扎帕尔抓捕阿不都拉姆巴依等四人直接押送到迪化，就不可能在库车县警察局找到他们的档案资料。其三，扎帕尔把三年前从警察局财政上借的八百六十元钱占为己有，至今没有还给财政部门。还暴露了一条罪行，就是他和三个女人在办公室有染的事情。木哈买提·斯力墨夫根据以上的问题，分别报告了阿克苏区行署警察处处长和省警察管理处的有关部门，而且不到十二个小时就接到"把扎帕尔立即抓捕，赶紧派一个班的士兵押送省警察管理处"的电报。木哈买提·斯力墨夫接到电报后，立刻给扎帕尔戴上镣铐，派了个警察小队长和一个班的士兵押送扎帕尔去迪化……

吾普尔老师不知道自己为什么被叫到警察局，他心急如焚地等候在警察局冰冷的传达室。他虽然时不时地问"我究竟要等到什么时候"？可始终没有得到任何人的回答。吾普尔老师已经失去耐心，回想起自己一生中经历的所有事情，却想不起什么事和违反律法或政治有关。也许有人对自己不满，悄悄地告了自己一状。

“让你久等了。”说着，一位高个、麦色皮肤的警察，面带微笑地走进来。吾普尔老师这时思绪万千，也许没有察觉到这个人走进来，没有答复冷漠地坐在椅子上。

“请，咱们去办公室。”他领着吾普尔老师走向院子深处的部门之一。他们走进办公室，苏莱曼和吾普尔老师握手后说：“请坐，吾普尔老师。”

苏莱曼端来了一杯茶。

“突然叫我来警察局，还让我等了这么久，究竟发生了什么事儿？”吾普尔老师问道。

“请原谅。”苏莱曼客气地说，“你先看看这个，有什么问题咱们再谈。”苏莱曼拉开办公桌的抽屉，掏出一个信封递给吾普尔老师，又说，“不是我们叫你来的，是这封信叫你来的。因为这件事情和我们没有关系，所以让你自己过来看看。”

吾普尔老师接过盖有维文会大印章的信封，看了看上面的字迹，知道是维文会尼亚孜·司马依写的这封信。他赶紧掏出里面的信纸，忐忑地看了一遍信的内容。吾普尔老师读了充斥着诽谤和愿望的信，霎时感到汗毛立了起来，浑身如针刺一般难受。他抓着信纸的手有意无意地颤抖。

“无耻！”吾普尔老师恼火地甩了一下手，站起来喊道，“这是最无耻的诽谤！这些人太可怕了！”

信上指出了二十五项罪名，内容都是诽谤吾普尔老师在孤儿院的工作。吾普尔老师认为只有两项是实事存在的事情，其他的内容都是无中生有的问题。信的日期显示这已经是十五天之前的事情。

“这么说，我干了不该干的事啦？”吾普尔老师冷笑了一下，又忍住脾气沉稳坚定地说，“他们现在编出了这样没有根据的东西了吗？！我不是不懂事的傻瓜，也不是失去理智的疯子！”

苏莱曼想安慰他，可看到吾普尔老师严厉的目光没有吱声。

吾普尔老师的手支撑在腮帮上，缄默了许久。他好像在重压之下不知所措。因为企图证明真理，在那些小人面前等于对牛弹琴。

“我该怎么办呢？”吾普尔老师抬起头望着长官苏莱曼。

“该怎么办是你的事情。”苏莱曼说。

吾普尔老师听了他说的话，客气道：

“谢谢你的关心。”说完，他的脑海突然闪现一个想法：这些人既然可以到警察局告我，说不定也给林县长说了我很多坏话。

“我一定把这件事情追查到底！”吾普尔老师生气地说，“我去找林县长！”说完就和苏莱曼道别。

吾普尔老师快走到大桥边的时候，看见几百人在整理街道。原来席子泥糊的街道顶棚，前几天被拆掉了，现在正拆街道两岸的房屋。棚架在倒塌，路两旁满是拆掉的木料、砖块和土堆。倒塌的墙面掀起尘土，把干活的人埋在灰尘里。空中抡起的坎土曼，阳光中闪闪发亮。吾普尔老师看到这个场景从大桥西侧的热斯坦街，一直延续到街尾。

新疆南部的这个交通枢纽和贸易重镇，虽然是囤积和批发库车、沙雅、新和、拜城等县货物的繁华集市，但街道狭窄不整齐。摆摊的商户把狭窄的街道挤得更小，影响来往的交通。林基路为了改变这种情况，和税务局一起规划出整顿城市的计划，砸掉影响交通和城市容貌的房子及店铺，开展了加宽街道的工程。有些人开始有些想不通，让政府人员无法正常进行工作，也没能改变他人的意志。林基路及时询问情况，耐心地解决任何问题。

吾普尔老师浑身是土地来到县政府，他拍了拍身上的尘土，蹲在渠沟旁用清澈的水洗了一下手。清凉的水让他感到十分惬意，果园里飘来阵阵春的气息，让他感到浑身舒服。

林基路在家门口吩咐徐秘书什么事情，林基路看到吾普尔老师后，在门口热情地迎接了吾普尔老师。

“报告可以上报，但大桥的工程不能中断。这个大桥是南疆的重要枢纽，应该边计划边施工。”林基路又对徐秘书说。

“资金的问题怎么办？建桥不是一件容易的事情。”徐秘书为了提醒林基路说。

“咱们还是用老办法，有钱的出钱，有力的出力，有材料的出材料。”林基路沉稳地说完，看看吾普尔老师阴沉的脸，装作没事儿一样带他走进家里。

林基路新盖的屋子建好了，专门用来接待客人和当作书房。

“请坐。”

“谢谢。”

吾普尔老师虽然有很多话憋在心里，但不知从何说起，环顾四周缄默地坐在椅子上。

林基路看到吾普尔老师有些忧郁，他没有说话，端来一杯茶水递给他，说：

“喝口茶水吧。你是不是和维文会的人闹得不愉快了？”林基路故意开玩笑。

吾普尔老师半天没说话，听了这话叹了一口气说：

“事情发展到这个地步，不吵也没办法。”

“我经常对他们说尽可能地支持帮助你们。”林基路说。

吾普尔老师从兜里掏出信封递给了林基路说：

“那么，请问县长，这是怎么回事儿？……”

林基路接过信封翻来覆去看了一下，惊奇地问：

“这是谁给你的？”

吾普尔老师无奈地告诉了林基路是谁把这封信给的他。

“苏莱曼说的啥？”

“他说这件事情与他们无关，所以我才来麻烦您。”

林基路笑了一下，吾普尔老师觉得莫名其妙地问：

“您调查了举报信上的问题了吗？”

“我准备调查以后再和你谈这件事。”林基路说。

“我个人对这件事有意见。”

“我听听。”

“我接受孤儿院的工作时就曾对您说过我的建议。这张纸上说的根本没有事实依据，我只是为了那些孩子费心工作，而维文会的人没有给我应得的东西，所以我去和他们生气地交涉了几次，他们故意找借口要整垮我。如果您不相信，可以去调查我。假如我有问题，您可以随时开除我，可我现在还是用自己的方法工作……”吾普尔老师忍不住心里的怨气，嘴里的话像机关枪子弹一样射出来。他的嘴唇颤抖，嘴角泛着白沫，眼睛里放射出愤怒的目光，手始终在空中挥舞。他的心里在燃烧怒火，脸涨得通红，毫不留情地诉说某些人的阴谋伎俩。林基路担心他忍不住脾气，做出一些不理智的事情。

正在这个时候，通信员马木提走进来报告有人来找林基路。林基路说：

“你领他进来吧。”

来人是个七十多岁的白须老者，他刚走进门槛就弯腰低头行礼。老者看到林基路和一个人在说话，不知所措地站在门口。林基路赶紧走过去请老人坐下后，介绍道：“这位是孤儿院的校长吾普尔老师。”然后，他给吾普尔老师介绍老人，“这位就不用我介绍了吧，他就是远近闻名的木匠哈孜师傅。”

哈孜师傅刚进门的时候，吾普尔老师为了尊重长者，站起身抚胸行礼后，热情地握住了老人干枯的手。

“你也许想知道我为什么叫你来吧。”林基路走过来坐在老人身边，微笑地说，“我想在库车县建一座大桥，我想听听你的建议。”

哈孜师傅知道林基路的意思，所以他并不感到惊奇。他是库车县著名的木匠之一，会做各种家具和雕刻建造各种房屋。南疆除了喀什市的艾提尕大清真寺之外，第二大的库车哈尼卡清真寺就出自于他手。

“您能看得起我这个老汉，我真是太荣幸了。”哈孜师傅听了林基路的话，由衷地说，“原有的老桥建了十几年了，它早完成了使命，本来就已经到了建新桥的时候。县长阁下，您的这个想法真是太好了。咱们一定要建座坚固、行人车辆自由行走及让百姓赞叹的大桥。”

“你说得太好了。”林基路赞许地说。

“修路建桥是一件功德无量的事情。您既然有这样的抱负，上天会赐给您力量，人民也会支持您。”哈孜师傅感慨地说。

哈孜师傅走了之后，林基路和吾普尔老师继续他们的谈话。

“工作嘛，总是会出现一些不如意的问题。”林基路想了一会儿，安慰吾普尔老师说，“吾普尔老师，咱们既然在任何时候都不松懈意志，勇敢地努力坚持工作，就不该害怕莫须有的谣言。所以咱们不能急躁，应该在复杂环境中耐心等待公正的答案。你为孤儿院付出了很多努力，理顺了很多事情，我们都看在眼里。你放心吧，关于钱的事情我和他们谈，让他们尽快解决。”

吾普尔老师听了林基路的话，愁云渐渐地散去，霎时觉得浑身轻松了许多，阴沉的脸上露出了些许笑容。

第十三章　斗地主

一

旷野沃土中散发出的潮气扑面而来，柔软的秧苗从褐色的土地中伸出脖子，在阳光的照耀下东张西望。微风轻轻拂过麦田，掀起层层波浪，显示出繁荣昌盛的景象。闻不惯春天气息的乌鸦躁动呱叫，不安地在树枝上跳来跳去。野鸭和灰鹤在空中盘旋鸣叫，预示春姑娘悄悄地来到人间。

巴依孜伯克骑着高头大马，远远地抛下僻静的小村庄，向远处自己的牧群觅食坡地而去。山野起伏不平，丘陵和山路纵横交错，平坦的草滩就像一幅美丽的油画。山风吹过，野生植物和薄荷的香气扑鼻，干枯的芦苇沙沙作响。

巴依孜伯克不知被什么声音惊到了，他紧张地环顾周围，但没有看到什么东西。他只看到了芦苇丛里跑出来的野兔，显摆了一下竖起的耳朵，然后猛地窜得无影无踪。这个时候，洼地里的动物尸体腐臭味吸引得几只兀鹫，在巴依孜伯克头上盘旋了几圈，然后凶恶地俯冲到那片洼地。

巴依孜伯克穿过芦苇地，快马加鞭奔向自己牧群所在的坡地。这个绵延到平坦草地的坡地上，有他自己的圈棚和牧群，面黄肌瘦的羊群在这里度过余生，嗷嗷待哺的小羊羔在母亲身旁蹦来跳去。人们为了方便收获散养在塔里木盆地的牧群珍贵畜产品，所以把牧群养殖在靠近村庄的地方。临时搭建的毡房或茅草屋前，待宰的小羔羊在潮湿松软的沙地上玩耍。女人们在挤山羊奶，牧人们在帮母羊产崽，那些皮毛已发育成熟的，甚至还没有来得及吃一口母乳的羔羊被宰杀，皮毛还未成熟的羔羊们或许还能吃几口母亲的乳汁，但它们与母亲相聚的时刻不多了。那些怀羔五个月的母羊，因它的孩子还没有吃上一口母乳就被宰杀而哀嚎，让人联想起伤感的乐曲，与远处传来的芦苇笛声相融，更令人心碎。

巴依孜伯克穿过这些羊群，大约走了半个小时后，他停下马侧耳细听周围的声音。周围静悄悄的，一点响声都没有。旷野蒙着神秘的面纱，丝毫没有改变成熟稳重的性格。巴依孜伯克好像累了，他在原地停了片刻。骏马也十分聪明伶俐，似乎知道主人的心事似的，竖起耳朵静悄悄地站着。巴依孜伯克突然在旷野上隐约看到一些东西，他仔细看了一下，那些东西由小黑点渐渐变成了正在干活的人。巴依孜伯克有点不相信自己的眼睛，惊奇地看着眼前的一切。远处，生命和劳动的波涛汹涌澎湃。以前没有土地的农民，正在丈量属于自己的土地。

去年秋天，林基路在离县城一百四十里的塔里木河边缘牧区视察，看到几千亩草场遭受干旱，成千上万的牧群把土地糟蹋得一塌糊涂，羊群变得瘦骨嶙峋，而且看到处于喀让古村和提马力哈格村之间，有数十万亩适合种植农作物的广阔的荒地，以及进入塔里木去英达里亚的水后，提出了把非法占用的这些荒地和水，从像巴依孜伯克一样的几个地主巴依手里夺回来，把塔里木河的水引到那个地方，发展这里的农业和牧业，把未开垦的土地分配给无地的农民和引人定居的建议。这个建议，受到了无数定居在塔里木边缘的农民和牧民的拥护。县政府拨出许多钱财、人力和物力，发动群众参加开荒和草原的引水干渠劳动的同时，发动周边几个村子没有土地的一百五十户左右农民，自愿迁至此处定居。什么原因惹得巴依孜伯克不高兴呢？就是农民高涨的热情！他们在有经验的农民引领下，把三五亩地划分成一块儿，周围打埂修成河渠，筑起笔直的道路。以“艾米干河”命名的干渠也像和巴依孜伯克作对似的，偏偏从属于他的荒地奔腾而过。这种情况下，不只是巴依孜伯克，任何心胸狭窄的人也会难忍。

巴依孜伯克看到这个场景嘀咕道：“我从来没有向任何威高权贵的道台或大人低过头，可这下我土地的胸膛被划得伤痕累累的。苍天啊，你怎么能让我遭受这样的屈辱呢？我是不是要去鞭打赶走那些人呢？”但是，他知道自己无能为力。他的快刀利刃自从林基路来了之后，变得生锈不锋利了。

巴依孜伯克没有了主意，因为他只想如何复仇。他没有出现在众人面前，准备悄悄地离去，想把几个可靠的人笼络起来和林基路一较高低。巴依孜伯克拉起刚准备吃一片树叶的马，恼火地抽了一马鞭，不顾原野的风吹向他的胸膛，似乎想阻挡他的前行之路，簇拥生长的红柳无情地刺痛脸颊，向日落的方向疾驰而去。

“你无情地毁坏了我许多土地，是可忍孰不可忍。这太霸道了！你到底想把我怎么样？！等着瞧吧，总有一天有你好看的……”巴依孜伯克非常恼火，又狠狠地抽打坐骑。

巴依孜伯克慢慢地靠近树木葱郁的村庄，村庄在果树的辉映下显得异常显眼。巴依孜伯克走到村庄旁的时候，看见一位梳着两条辫子、穿着马甲的少妇，正在池塘边弯腰往葫芦罐子里舀水。粗壮乌黑的两条大辫子从背后滑落，辫梢差一点沾到水面。她灌满一葫芦水后直起身，两条辫子沿着浑圆的胸部垂落。因为她刚才弯腰舀水，然后又扛着一葫芦水，所以她面色红润，看着十分美丽迷人……她是一位窈窕且面善、一双二十五岁的眼睛就像两汪泉水的少妇。稍微有些圆润的脸庞、修长睫毛下的一双大眼睛显得她更加迷人，让巴依孜伯克按捺不住心中的激情。少妇麦色的皮肤，穿着连衣裙，头戴花格头巾，浑身散发出农村少妇特有的气质，就好像其他的颜色和她不协调一样。

巴依孜伯克扭头，贪婪而又不知羞耻地看她。少妇不知道他是谁，要去哪里，心存疑惑地望了他一眼。少妇霎时感觉一阵厌恶，用头巾捂住了脸。这时，不知从什么地方传来布谷鸟的啼鸣声。

巴依孜伯克穿过在夕阳中渐渐暗下去的泥土墙，以及弯曲不平的村路，不顾土狗吠叫追咬骏马的尾巴，来到一个四方池塘边的院落前停了下来。院子的周围，种了一圈桑葚树。

“哎！有人吗！”巴依孜伯克喊了一声。

这时，从院子里跑出来一个人。巴依孜伯克认出是这个家的仆人。仆人把巴依孜伯克扶下马，牵过马儿的缰绳。

“阿西木在家吗？”

“巴依孜老爷，他在家。”那个人点头哈腰地说。

巴依孜伯克整了整衣服，又拍了拍身上的尘土。这时，从院子里奔出来一个灰白胡子的人，说：

“您好，巴依孜老爷。您让我们等得好苦哇。”家主人热情地迎接了巴依孜伯克。这个人就是阿西木水利总管。他对仆人命令道：

“你把伯克的马鞍卸掉，让马凉快一会儿！”然后把客人请进院子。这个高墙环绕、从外面看起来不起眼的院子，里面却富丽堂皇。院子分为内院和外院，还有圈棚和棚架。棚架前面地上钉着一排拴马柱，拴马柱的稍远处是一张阴凉的土炕，土炕旁的馕坑边有两个女人在烤馕饼。

内院里有一排装饰漂亮的屋子，整个院子是葡萄藤架。内院后面的果园里，可以看到开满各色花朵的果树。

巴依孜伯克看着熟悉的双开窗，以及房廊柱子上的浮雕，慢慢地往前走。他走上台阶后，用马鞭敲了敲靴靿，然后走进屋里。

屋子的地上是印花毡子，墙边铺了一圈垫褥，窗户上透进来的阳光，显得大屋子里特别亮堂，刷得洁白的墙面和壁柜里精致的摆设，显得十分耀眼。

巴依孜伯克坐在上席后，站在下方的家主人抚胸问候。巴依孜伯克盘腿坐在垫褥上后，把马鞭扔在旁边说：

"我很好。"说完，双手抚了一下脸上的黑胡子。阿西木水利总管也跟着照做。巴依孜伯克动了一下身体，然后问候道：

"家里一切都好吧？"

"托您的福，家里一切都好。老爷，您这是从哪儿来？"阿西木水利总管问道。

"我从荒地上来。咱们就要大祸临头了。你难道不知道吗？你好好听着，如果你还这样大意地放任自流，你就会失去胯下的马和手中的福气的！"巴依孜伯克说。

阿西木水利总管叫苦不迭。

"这个时候你还叫苦。"巴依孜伯克欲言又止。

"这到底是怎么回事呢？"阿西木水利总管瞪着眼睛问。

"林基路这个家伙，把我们的土地划分给穷鬼们，要从土地中间挖一条河渠。你还不知道吧，那些穷鬼像蚂蚁一样聚集在一起瓜分我们的土地。"

"我咋不知道？可谁能反对林基路的决定呢？"

"咱们应该赶紧带人去荒地，必须阻止那些人挖渠，并且赶走抢占咱们土地的穷鬼们！”

“现在的这些人不是前几年的那些人。这些人过去还很无知，只会害怕和恭敬地对待我们。自从林基路来了以后，领着他们走上了歪路，也不听咱们的话了。老爷，这些人不跟着咱们，咱们什么事也干不了啊。”

“他们只是群牲畜，只要把领头的羊驯好就行，不行就拿大棒子打它！”巴依孜伯克咬牙切齿地说。

这时，屋子里走进来一个家仆，端来了茶水和点心。然后，阿西木水利总管给客人倒了一碗茶水，说：

“老爷，请喝茶。”他转身又命家仆赶紧准备饭菜。

他们享用着刚烤出来的热馕饼。巴依孜伯克吃了一块馕饼后，说：

“过去，哪个县官敢碰我一根毫毛？谁敢违抗我的意愿！”他霎时用冷酷无情的眼神盯着阿西木水利总管。

阿西木水利总管挠了几次头，又揪了一下自己苞谷穗一样的胡子。他依靠管理河渠的权力，随意地吸食老百姓的骨髓。

“老爷，您说得很对。但是，咱们不能走歪盛督办阁下指出的路，不遵从真主的旨意也不是穆斯林的行为啊！”阿西木水利总管给巴依孜伯克续着茶水说。

“你听我说，”巴依孜伯克用拳头捶了捶伸着的腿后，继续说，“像你一样靠政府养着的水利总管，发生这么大的事情不应该坐视不理。我根本没有期望那些人会给这里带来什么好处。那些人来了以后，首先宗教淡化了，福运跑掉了，给我们盈利的土地和牧群一点利也没有了。如果咱们等天上掉馅饼的话，咱们就会败落，就连土地都会失去，还会失去那些佃户！”巴依孜伯克每当想起一系列争执和令人不愉快的事情，浑身的血液就会沸腾：“祖祖辈辈是德高望重的伯克，没有了权力和自主行为。事实上，伯克是国家的栋梁支柱，他们一直以来随意实行自己的意愿。自从林基路这个家伙来了以后，他就破坏了咱们这里的规矩。我想不出来，他还会出什么怪招。”

“老爷，希望老天保佑咱们吧。”阿西木嘀咕了一声。

巴依孜伯克刚准备又说一个话题，从外面传来一个女人的声音：

“饭好了，你们要不要洗个手？”

这个时候，巴依孜伯克根本没有什么胃口。但是，由于自己是客人，所以说了一声“好吧”，准备继续说刚才那个话题，可没有想起来说的什么话。这时，刚才那个家仆的胳膊肘上搭着毛巾，端着洗手壶和洗手盆走了进来。

阿西木水利总管大概收拾了一下铺着的餐布，说了一句：

“老爷，咱们边吃边聊吧。”

巴依孜伯克并没有推辞，把手冲洗了一下。香喷喷的抓饭端上来之后，交谈也就再没有继续。阿西木水利总管切碎抓饭上的肉，把盘子向客人面前推了推说：

“请，不要客气。抓饭要趁热吃。”

餐布上的饭没吃多少。无论阿西木水利总管怎么劝，巴依孜伯克也吃不了任何东西。

“那个家伙想杀鸡给猴看。”巴依孜伯克生气地说，“他把像吉力力阿吉这样德高望重的人，不仅游街示众，还关到小黑屋里了。这件事情，让一些叛教者非常高兴。这不是政策，这是搞破坏！”说完，他摸了摸胡子，又沉默了许久。

“唉，这真是太气人了。他是被冤枉的。”阿西木水利总管叹了一口气。

“每一个外来的人，都应该学会顺从当地德高望重的人，这样才会有他的立足之地，不然还是乖乖走人的好。咱们既然容不下他，就应该把他赶出我们这个地方，这样咱们才能安稳地睡觉。我去年秋天去城里的时候，偶尔去了一趟牧场。牧场不仅有不同品种的公马，而且还有种类繁多的奶牛公羊。我惊奇地看着这些牛羊和骏马，问他们这是从哪里运来的，他们告诉我是从俄罗斯运来的。我听说，一头奶牛可以挤出来三四十碗牛奶。怎么会有这样的事呢？有一个傻子还对我说：'辛苦养的十几头奶牛，不如养一头这样的奶牛。'"巴依孜伯克说着，轻蔑地笑了一下。

"巴克伯克自己的羊群就是用那个公羊配的种。"阿西木水利总管插了一句嘴。

"无知而且没见过世面的巴克伯克想讨好那个家伙。他所做的是事实，可结果怎么样，你知道吗？我亲眼看到了。他家的荒地上有一群不像本地羊的羊在到处吃草。那些羊头大，尾巴长，低着头走路，卧下时头紧贴着肚子。我告诉你，我们是虔诚的教徒，那个家伙买来公羊，天哪，猪品种啊。它生出的羊教众兄弟是不能吃的！我对巴克伯克也说了这些话。不知道是我的话影响了他还是其他原因，听说最近他反悔了和林基路的约定。无论那些羊死了或丢了，他都不管不问。我还听说他把那些羊用石头砸死，从悬崖上扔下去。可怜的巴克伯克有冤无处诉，只好自认倒霉，还失去了伯克的地位。"

"天哪！"阿西木水利总管惊叫了一声，为这件事感到惋惜。屋子里霎时笼罩幽怨寂静的气氛。最后，阿西木水利总管抬起沉思的头，望着巴依孜伯克说：

"巴克伯克虽然年轻，但特没有脑子。他很了解林基路，可最终落入了他的圈套，结果自己把自己给害了。"

二

林基路视察了春季播种情况，为了减轻农民的负担，和阿布都拉结伴去了农村。一路上，他们遇到了很多扛着坎土曼、手牵或身背孩子去地里的男女农民。

林基路和阿布都拉一路上看到离地还不到一尺，而且干枯的麦子和燕麦苗，因没水而发霉萎缩的西瓜和哈密瓜藤枝，没有开花就枯萎的豆谷秧苗，感到压力非常沉重。

他们边走边看，看到一位望着枯萎发黄的麦苗、低头坐在田边的农民，于是牵马走了过去。

农民看到他们，慢慢地站起身。那个人头上戴着油腻脱毛的图马克，微睁忧郁眼睛，年近四十岁蓄着黑胡子，显得十分幽怨苍老。

林基路和他行礼问候之后，坐在田埂上扒拉地上的土，但没有一点湿气，对阿布都拉说：

“你问问他，这片麦地是他的吗？”

“林县长问你，这片麦地是你的吗？”阿布都拉问那个农民。

“是。”农民回答道。

“你怎么到现在还没有浇水？”

“我遇到过饥饿的时候，也遇到过没有衣服穿的时候，可就是没有见过这样没有雨的时候。”农民无奈地说。

“这个人说什么？”林基路问阿布都拉。

“他说不但天不下雨，而且还没有水。”阿布都拉翻译道。林基路明白了农民说的话，反问道：

“没水？”

“不是没有水，水还没有轮到我，阿西木水利总管不给我水。不仅仅是我，这里周边的人也没有水，地都干了。”农民叹了一口气。

林基路问他的名字，知道了他的名字是木明阿洪后，指着开垦好的耕地问：

“这块地是谁的？”

“这儿也是我的地。”那个农民从阿布都拉嘴里知道了林基路在说什么话后，看着阿布都拉回答。

“林县长问你：地既然犁好了，为什么不种呢？”阿布都拉对农民说。

“没有种子，没有水，你让我咋种呢？”

林基路指着在阳光下茁壮生长，而且绿油油的麦苗问：

“这又是谁的麦子？”

“阿西木水利总管的。”

“政府从那些被抓人手中没收的土地和所属政府的土地，可以卖给或者租给无地农民，你去种这样的地吧。那时候，你会摆脱地主的枷锁。”阿布都拉说。

“那阿西木水利总管霸占了许多政府所属的荒地，农民开垦一亩荒地就给他交两元银币，这是怎么回事？”

“从今以后，开垦荒地的农民三年不用缴税。最近，就会发给你们开垦荒地的许可证。”阿布都拉告诉了他这个好消息后，又插了一句嘴，“搬到提马力哈格村的农民也免税三年。政府不仅给他们解决了水的问题，而且借给了他们种子，不给他们留下后顾之忧。俗话说：‘种别人的地，咬自己的嘴唇。’被别人的土地绑住，你还不如也去那里。”

“唉，兄弟，我也想去呀。但是，这个该死的水利总管吓唬我，说我不还清债就哪儿也别想去。”农民难过地说。

“你问问他，阿西木水利总管的家在哪儿？”林基路对阿布都拉说。

木明阿洪明白了林基路的意思后，指了指区别于其他房子、院墙高耸巍峨的一个院落说：

“那就是他的房子。”

林基路掉转马头向阿西木的院落方向疾驰。他们快马加鞭，不一会儿就来到了村子里面。林基路和阿布都拉来到院墙像城墙一样，坐落在果园中间的一个院落前。

院子的大门好像用铁链从里面锁上了。他们跃下马，来到了大门跟前。阿布都拉用马鞭杆敲了敲边门，不一会儿从里面传来问“谁？”的声音。

“我们来找阿西木水利总管。”阿布都拉应道。

一个家仆走出来，莫名其妙地望了望他们，然后窸窸窣窣地打开大门，慢吞吞地说：

“我是请你们进去呢，还是叫总管老爷出来？”

“我们还是在这里等吧。”阿布都拉回应说。

阿西木水利总管看到林基路后，赶紧点头哈腰地行礼。林基路一看，就已经感觉到了阿西木心中的慌乱。

“我想，你就是阿西木水利总管吧？”

“大人，我就是。”

“你准备什么时候给农民水？！”林基路没有说过多的废话，直奔主题。

“……”

“我们这一路上看了很多农作物。因为没有水，农民的庄稼都快枯萎了。河渠是他们挖的，渠道他们也疏通了，如今你却不给他们水，他们怎么谋生？！”阿布都拉很生气。

“种植盈尺的地方的人也供水吗？”阿西木道。

阿布都拉没有表露出来他的怒火，用平时的口吻对阿西木说："农民的庄稼就这样干死行吗？"

固执的阿西木水利总管不想屈服，嘀嘀咕咕的。林基路一直听他们的交谈，虽然听不懂其中的意思，但猜想说的都是关于水的事情。于是说：

"你赶紧给那些农民送水。从今往后，首先要给稍远的村子和穷人送水。还有，县里给这个村子配了一辆联合收割机，它在哪儿？"林基路问道。

"收割机？这……"阿西木水利总管一下子慌了神。

去年，政府从俄罗斯引进联合收割机，其中一辆被分配到这个乡村子。阿西木十分眼红，笼络县里官员们后，拆了做成了自己的铁马车。因为这件事，农民还向林基路告了一状。

"说话，你不要支支吾吾的！"林基路非常恼怒。他看到阿西木水利总管依旧没有吱声，低头盯着自己的脚尖。林基路指着宽敞院落旁停靠的铁马车又问："那辆马车是什么时候造的？"

"大人……这车是最近造的……"

"铁是从哪儿来的？"

"大人，铁是我从集市买的……"

"说实话！"林基路像钉子一样盯着阿西木，"我听说你拆了收割机，造了这辆马车，是不是？"

阿西木水利总管在事实证据面前无法抵赖，他稀疏睫毛下的眼睛骨碌碌乱转，似乎在哀求林基路饶恕自己。

"大人，我恳请您原谅。我鬼迷了心窍……"

林基路非常生气，指着阿西木说：

"这些机器是为了让农民利用新科技，提高农业的产量，好不容易才从国外运来的。你知不知道，政府费了多大的财力和精力才买回来的?！你这种行为，给新农村发展带来了多坏的影响?！你要照价赔偿收割机，还要为你造成的严重后果负责！”

阿西木水利总管惊出了一头冷汗。

“您好，林县长阁下。”

所有的人望向声音传来的方向。内院里走出来一位皮肤稍黑、黑色胡须、阴冷且身材魁梧的人。阿布都拉虽然感到非常惊奇，这个人怎么会突然出现在这里呢? 但他还是耐着性子和那个人施礼问候。

那个人就是从昨天就在阿西木家做客的巴依孜伯克。他看到林基路果断地说着什么，而阿西木水利总管却唯唯诺诺地应承后，边走出内院边想：

“天哪，你竟然害怕这个小小的芝麻官！你在自己的地方，自己的家门口都不敢大声说话，这岂不成了别人的笑柄！外乡人就是要了你的命，你也该挺起胸膛做人！……慢着，这是个好机会，我今天一定要把丢掉的地要回来。”

巴依孜伯克看到阿西木像犯人似的低着头，瑟瑟发抖地盯着脚尖站在一旁。巴依孜伯克想改变话题让阿西木摆脱窘境，于是故意埋怨他道：

“你怎么不请客人进屋，有什么话进屋说嘛。”

阿西木看到强大的靠山故意给了一些暗示，他霎时感到浑身有了力气，卑躬屈膝地对林基路说：

“林县长阁下，请您原谅。我没想到事情会这么严重，请您饶恕我的罪过。请，请屋里坐。”

“我们能原谅像你这样的人吗?！”林基路知道阿西木在偷奸耍滑，大声呵斥完后，转身对阿布都拉欲言又止。这时，巴依孜伯克反应很快，他盯着阿西木深有寓意地说：

“你犯了错就该受到惩罚。亚当和夏娃受到了魔鬼的诱惑，难道你也被魔鬼诱惑了吗？”

“很好，你也在这儿。你听好了，按上级的指示，县管辖内没有开垦的土地，将被分配给没有土地的农民，而且三年内不缴任何税。塔里木周边的土地也实行这个指示。你非法占有那里的土地却不种粮食！”

“种不种那里的地是我的事情！”巴依孜伯克听了林基路的话十分恼火，他粗鲁地对林基路说。

“你没有开垦的地是国家的，我们绝不允许任何人非法占有，也不允许剥削百姓的汗水。没有地的农民租赁土地要缴税，开垦荒地也要缴税，这算是怎么回事？！你赶紧把盘剥百姓的钱财上缴给国库，所欠的税钱也补齐！如果不这样，你会受到法律的严惩！”

第十四章 神奇的土地

一

“哈孜师傅把大桥的设计图纸拿来了吗？”林基路刚从乡里回到县城就问徐秘书。

“哦，我差点忘了。哈孜师傅前天来找您，给我留了一些东西，让我交给您。”秘书拿来一个筒状的纸递给林基路。林基路把纸铺开，仔细看完之后说：

“我就需要这样的设计图，这个设计真是太好了。”林基路按捺不住喜悦的心情。

“这是库车路桥史上的首次大事，规模是不是大了一点？大理石用得太多了？”徐秘书看了看图纸说。

“关于这个问题过去我和哈孜师傅商量过了，我再和哈孜师傅商量一下。你去让马木提叫哈孜师傅来一趟。”林基路说。

这个时候，阿布都热依木副县长走了进来。他看了一下林基路面前桌子上的图纸后，说：

“这是大桥的设计图纸吧？”

“是的，你还满意吗？”

“我看了一下设计图纸，看样子这次要盖的桥很坚固。人走的路和车走的路一定要分开，必须保证交通顺畅和人身安全。”阿布都热依木副县长强调说。

“这样大的一个工程设计，我们交给了一个普通的当地工匠……”徐秘书听着他们聊天，插了一句嘴。

“你就放心吧，”阿布都热依木副县长微笑地说，“哈孜师傅过去设计过很多大桥，绝对不会出什么差错。”

“如果出了什么问题呢？”

“你大可不必太担心，现在的这座大桥也是哈孜师傅建的。这座大桥经历了几次洪水，不是一样还在吗？”

“阿布都热依木副县长说得对。我们要相信当地的师傅，必须给他们脱颖而出创造条件，创造良好的机会……”林基路的话还没有说完，有人轻轻地敲了敲门。徐秘书赶紧走过去开门，门口站着一位仪表得体、先生模样的人。这个二十六七岁、中等个子、浓眉大眼、脸上稍微有些雀斑印子的人，看模样显得特别精神。那个人问候行礼后，林基路请那个人坐了下来，对徐秘书说：

“就这样吧，你赶紧去让马木提把哈孜师傅请来。”

阿布都热依木副县长和徐秘书一起走了出去。

林基路曾经在维文会的大礼堂见过这个年轻人，那时他正在一块大画布上画舞台背景。林基路那时认识了他，并且赞许他画的舞台背景。这是一幅惟妙惟肖的风景画。树林和各色野花表现得淋漓尽致，就像是一个美丽的童话世界。这不是一幅画，而是充满生机的大自然。画布上的树枝在随风起舞，晚霞映红了蔚蓝色的天空。染料的线条游走在画布上，让人油然而生一种惬意的感觉。这个画家非常了解艺术，并让欣赏画幅的人在不经意中看出画中的某些细节。他的画锋特别有力，努力想画出自己独特的风格。这位画家认为林基路只是一个当官的人。后来，画家听了林基路对艺术的正确见解，让他惊叹不已并深深地佩服眼前的这个人。

“咱们这个县里除了帕孜力·萨力以外，再也找不出更好的画家。”有个人对林基路说了这番话。

“不至于吧。”画家听到别人对自己的夸赞，谦虚地说，“我只是会一些皮毛而已。”

林基路坐在一张椅子上，仔细地端详面前的这位画家。

“我非常珍惜在某个领域有一定成绩的人。”林基路赞许地点着头说，“但世界上很多人不是这个样子的，你感觉到这些了吗？”

“我没有想过这些事情。”画家没有隐瞒自己的真实想法。

“我对这些事情非常关注，”林基路微笑着说，“热衷于自己事业的人非常少见。”

“您说得很对。”

“我非常羡慕你的这个特长。你画画是跟谁学的？”林基路问道。

“我是跟我父亲学的。”

“你父亲？他肯定是个非常有名的画家，是不是？”

“不，他只是个做毡子的人。”

“你说他是做毡子的人吗？”林基路觉得特别惊奇。

“是的。我已故的父亲是个做毡子非常有名的人，他做的毡子就像和田花纹地毯一样漂亮。”

“真想不到，做毡子的家庭竟然培养出一位画家。”

“因为帕孜力·萨力非常热爱自己的专业，所以今天超过自己的父亲，成为一名大家都认可的画家。他小的时候每天放学回来后，就在维文会画墙报和舞台背景，还给演员化妆。”那个曾经对林基路夸奖过帕孜力·萨力的人又说。

“我们的宣传工作就需要你这样的人。”

“我虽然做不了什么大事，但可以做些写写画画的事情。”画家谦虚地说。

从此以后，林基路就和这位画家经常保持联系。他们每次相遇的时候，林基路就会鼓励这位画家。有时林基路因抗日宣传的需要，请他绘制出宣传画和地图。大桥前挂的中国地图，就是林基路让帕孜力·萨力画上去的。

林基路认为以演出、演讲、开展览会等形式，鼓励农牧民大力发展生产，为保障大后方的建设，并说出准备派他去乡村宣传队的想法之后，从抽屉里拿出一本画报说：

“你从这本画报里挑几幅画出来。”

帕孜力·萨力翻阅了一番画报，选了关于抗日战争、扫盲等十几幅画。

“除了这些以外，你应该画一些我县农牧业的发展状况，以及体现出我县几年来捐款捐物具体数字的图表。你认为，你能画得出这些吗？”林基路说完问帕孜力·萨力。

“能。”帕孜力·萨力马上就要投入工作似的回答，“现在就去买画画的白布。”

“为什么？”林基路觉得很惊奇。

“宣传队会去各个乡村子，宣传画画在白布上，不仅容易展出还方便携带，风也不会把画吹坏，可以长久使用。”

这时，马木提走进来报告哈孜师傅来了的消息。帕孜力·萨力起身告辞。林基路送走画家后，对马木提说：

“你去把哈孜师傅请进来。”

哈孜师傅迈进门槛，弯腰抚胸行礼。

“你来得好快啊。”林基路热情地和哈孜师傅握手。

“大人这么急叫我来……”哈孜师傅话没说完，笑了一下。

“我们想听听你对大桥设计方面的意见，你说说你有哪些看法？”林基路把哈孜师傅领到铺着大桥设计图纸的桌子前，说。

“好吧。”哈孜师傅用腰带擦了擦脸上的汗水后，平复了一下激动的心情说，“我不知道这个设计能不能令您满意。虽然这样，但我还是说说自己的看法，您听听。”然后，挽起袖子开始解释设计图：“大桥长八十米，宽五米。桥墩对于大桥非常重要，所以从大桥的安全方面考虑，大桥设计成一个桥洞三十个梁，梁下面是斜竖的支柱。由于桥下是沙石地，所以桥墩的深度要三米……”

“咱们这次设计大桥时不仅要想到现在的需求，还要想到未来的发展需要。必须要好好地计划周全，建一座结实漂亮的大桥。我认为，大桥应该设计成总长一百米，主路宽五米，桥两边修两米宽的人行道。大叔，你看这样行吗？”林基路听了哈孜师傅的介绍后，说。

“这真是个好建议，我回去按大人说的重新设计一下。”哈孜师傅心存佩服地说。

“你看需要多长时间？”

“只需要一个星期就行。”

“大叔，咱们前面的任务非常艰巨，你要多保重身体啊。”林基路担心老人家的身体吃不消。

“您就放心吧。”哈孜师傅坚定地说。

二

林基路在编写县志的过程中，查阅了大量历史文献著作，听了很多老一辈留下来的传说，对库车悠久的历史、灿烂的文化和珍贵的文物古迹有了认识和了解。他通过对这些史料的研究，发现库车地区的文化，自古以来就和中原文化有着密切的血缘关系。流传着耐人寻味的历史佳话。他在东京大学就读的时候，就看到过日本和国外科学家和旅游者对古老龟兹文化的文章。这就使他产生了强烈的研究祖国悠久历史和考察、保护文物古迹的愿望。

据林基路所知：龟兹以今库车县为中心，是阿克苏市和库尔勒市之间的古塔里木河中游著名的城市。史料记载，龟兹在公元前就形成了城市，是丝绸之路上的一个重要枢纽。公元前二世纪，龟兹国就有八万居民。他们的骏马、葡萄、毛纺织品、药材，以及手工艺者制作的精美工艺品，远销印度、伊朗、契丹、蒙兀儿斯坦、西夏、吐蕃、阿拉伯等国家，音乐舞蹈等舞台艺术也驰名中外。喜庆的节日或赶集的日子人们聚在一起，举行摔跤等体育比赛。公元四世纪，《龟兹乐》开始远播到世界各地，并通过河西走廊盛行在内地。龟兹著名乐手及琵琶大师苏祇婆、白明达把《龟兹乐》在长安表演得淋漓尽致，赢得了很高的赞誉，震撼中华乐库并增添了新的色彩。著名的佛学家、语言家、佛经翻译家鸠摩罗什就出生在龟兹。享誉国内外的龟兹佛教石窟文化艺术，对于隋唐文化产生了很大的影响。据历史资料记载和近期国外一些科考学家的探究，龟兹文化在国内外一直享有很高的声誉。《龟兹乐》、苏祇婆乐手的理论、龟兹石窟文化艺术，表现出龟兹文化的丰富多彩性。

紧张的工作，火热的斗争，竟然让林基路这个中国文化艺术的爱好者，虽然生活在佛像林立且壁画保存几乎完整的库车，但他因工作太忙，一直没顾上去探访库车驰名中外的历史古迹。后来，这一天终于来到了。

艾尼丁喀里用水桶往车上洒了很多水，然后扫干净了。他套好马，在马车上铺上花毡子，又铺上了垫褥。他每一个动作，都尽力想收拾出个舒适的地方。马车准备好后，干粮已备齐，饲料也准备好了。要走的人把东西装上马车，自己也爬上了马车，双腿垂立坐在马车沿子上有说有笑。艾尼丁喀里检查了一下马车周边，然后快速登上马车坐在位置上，挥舞马鞭高喊了一声“驾！”修饰漂亮的四轮马车缓缓地离开了原地。

四轮马车离开城市的时候，天色渐渐地亮了起来。人们看到东边的天空慢慢成金黄色，升起的旭日越来越大。月亮在金色光芒的照射下，害羞地躲进了苍穹的怀抱。阳光普照大地，路边的花花草草看得一清二楚。林基路全神贯注盯着的这条路，就像一条在炙热沙漠晒太阳的蛇。午时，这条路除了挂在马脖子上的铜铃声以外，显得非常寂静且无尽。路蜿蜒崎岖，马车行驶在沙砾上，四周干旱荒凉，连接无垠的戈壁。这条路把冒着热气的大地劈成了两半，就像梳头时把头发分成了两份儿一样。路越远越细，消失在肉眼可以看到的山边。一整天坐在马车上，看着周围无尽的荒凉戈壁，是特别枯燥乏味的事情。艾尼丁喀里看到同行的伙伴儿都有些瞌睡，说：

“县长，唱歌可以缩短路程。”说完，他唱起了库车民歌。歌声响彻在戈壁原野。

陈因素被他的歌声深深吸引。歌声不断转换旋律，一曲接一曲，听得人心醉。

“我在这个偏远的地方待了几年。”史成山看着陈因素说，“这几年来，我对‘缠头’有了很好地了解。他们特别喜欢花，虽然衣服又脏又破，但耳朵旁边仍然会戴朵花……不过，他们不仅胆小而且十分狡诈。你信不，我从来没有见过老实的‘缠头’。”

自从陈因素来了新疆之后，所遇到的维吾尔族农民和小手工艺者，尤其是像吾普尔老师、阿布都拉、阿扎丹、阿不力米提汗·尼亚孜、阿布都热依木副县长一样的真诚、热心、质朴的音容笑貌，霎时间浮现在了她的眼前。陈因素不相信史成山的话，说：

“依我看，他们的艺术感觉相当发达，在文化艺术方面得到了很好的发展，从这儿就可以看出他们非常喜欢歌舞。”

“他们的歌特别难听，”史成山用脏兮兮的毛巾擦了一把脸上的汗，继续说道，“他们中只要有一个人唱歌，其他的人就会低头安静地听那人唱歌，你我却要跑到几里之外。再说，他们还有个傻子一样的习惯，那就是屈腿坐在地上。对于他们来说是享受，对于咱们来说那真是太痛苦了。”

“史科长，你根本不了解历史。”林基路接口说道，“公元前，张骞两次出使西域的时候，从新疆境内把笛子、号角和哈密地区的歌舞带回了长安。两汉时期，胡琴、琵琶、箜篌、筚篥、号角、五弦、琴、筝、笙、笛、方响、羯鼓、杖鼓、拍板等乐器就响彻在中原大地。汉灵帝非常喜欢笛子。班超军事行动的时候使用了号角。曹操和乌干族打仗时还使用了筚篥。可以肯定地说，自汉朝建立以来，长安等中心城市就开始了中原传统音乐和西域音乐并存的历史。西域歌舞在长安、洛阳、凉州等中心城市，甚至在长江以南地区得到了很好的反响。隋朝九部乐、唐朝十部乐中有相当一部分是西域乐。那个时期，对于西域歌舞有浓厚兴趣的诗人元稹有诗为证：自从胡骑起烟尘，毛毳腥膻满咸洛。女为胡妇学胡妆，伎进胡音务胡乐。”

“无论‘缠头’多么喜欢歌舞，他们还是一个粗鲁的民族。”史成山依然固执地坚持自己的看法。

林基路虽然想对面前这个吃着维吾尔族人的饭，却仇视维吾尔族人的人说些什么，但又觉得是对牛弹琴，于是指着东方对陈因素说：

“那边就是我们即将破土动工的拦河坝。咱们过一会儿就能见到房子了，政府要在那里修建可以阻挡洪水的拦河坝。”

“你为这件事操了很多心，我相信这个工程会给库车人民带来幸福。”陈因素激动地说。

“帕尔哈提王子为了和西林公主的爱情，就曾经挖山引水。”（传说故事）艾尼丁喀里一直在听他们的对话，他卷着手里的莫合烟说。

虽然林基路和陈因素不明白艾尼丁喀里的话，但是他们感觉艾尼丁喀里在说英雄的故事。

路慢慢地在爬坡，而地埂也越来越高。新鲜空气中远处的雪峰渐渐变得清晰，戈壁上交错的草黄等植物，在阳光下散发出金色的光芒。几片闲散的云彩，洒下点点身影在戈壁，随风游弋在蔚蓝清新的天空。围绕大山生长的草木在微风中摇曳，让人感觉心旷神怡……

因为林基路一行在路上说说笑笑，所以感觉路途并不遥远。马车在清新的空气中行驶，越来越靠近雀勒塔格山。山雀早已经回到窝巢，进入了甜美的梦乡，黑夜在大地中弥漫。四周静悄悄的。西边，微弱的月光在努力地刺破黑色的幔帐，稍稍照亮银河之路。他们走过险峻的山谷，黎明时分才来到克孜尔达坂。林基路、陈因素、史成山等人，跳下马车后走来走去地在说些什么。艾尼丁喀里解下马匹，开始喂食草料。太阳升起之前达坂上的寒风冰冷刺骨。

太阳渐渐升起，雪山像穿着白色衣衫的老人，望着眼前的这些人微笑。南边，克孜尔河边矗立着巍峨的千佛洞。

日出三竿的时候，他们继续向千佛洞出发了。

达坂上的笔直的道路，逐渐伸向大山的深处。马车有时行驶在山谷中央，有时爬上小一些的丘陵。上山的路特别陡峭，谁都不敢大口地喘气。翻过一座大山后，他们的眼前又出现了一座大山。他们穿行在山谷中，所有的人都被转得晕头转向。还好，艾尼丁喀里知道这里的环境。他们走了一会儿之后，绕过一个山腰，眼前出现特别壮观的美景。右边山底，蜿蜒悬崖下有一条宽阔的河流。河流边缘的杨树和柳树在微风中摇曳着身躯，洒下星点婆娑的身影。白杨树和柳树之间，清澈见底的河水在潺潺流淌。

马车走过村庄和河流。最后，林基路一行来到他们至今从未见过、神秘而美丽的地方。

林基路他们长时间坐在马车上疲惫不堪，所以都跳下车松弛筋骨。他们的眼前有条宽二十尺、深三尺的河翻滚蠕动。乍一看，就能让人感觉到河水的流速很快，而且河面上飘来清爽的气息。林基路和同行的人坐在河边，洗了洗脸。河流中央，躺满了各式各样的石头。绿宝石般的河水撞向石头，飞溅出千万颗晶莹剔透的珍珠，欢快地喧嚣流淌。林基路和同伴顺河漫步，太阳也在他们的左上方同行。他们走了一阵，来到了悬崖的下方。崖壁就好像是用斧头劈开一样，整齐笔直。

“还有多远？”陈因素问艾尼丁喀里。

“这就到了。”艾尼丁喀里回答。

陈因素想，艾尼丁喀里并不知道千佛洞的具体位置，他只是为了安慰他们故意在说谎。于是她说：

“这里怎么看不到千佛洞的影子呢？”

“我为什么要骗你们呢？千佛洞不就在那个悬崖下面。”

林基路和陈因素同时抬起头，仔细望着艾尼丁喀里指的方向。果然，他们离千佛洞不足百十米。悬崖峭壁上成排的佛洞，就好像一个个的小黑点隐约可见。

艾尼丁喀里带领他们来到崎岖的山间小路。虽然太阳炙热地烧烤着大地，但微风依然拂面而过。山路狭小而弯弯曲曲，走起来却并不困难。陈因素看了一会儿山顶，心里有些害怕。她不时看看身后，想知道自己究竟爬到了什么高度。空气越来越稀薄，他们的呼吸变得困难起来。山路越走越窄，陈因素小心翼翼地紧跟着林基路。她真想休息一下，于是陈因素坐在了一块大石头上，微风调皮地玩弄她的短发。

"你知不知道这个千佛洞是咋样建的？"陈因素问稍远处正在卷莫合烟的艾尼丁喀里。

艾尼丁喀里坐在另一块石头上，点上莫合烟，吐着烟打开了话匣子：

"传说，龟兹国王的王妃生了一个女儿。公主非常漂亮可爱，任何人只要看到她的美貌都会神魂颠倒。公主的美貌和智慧，被人们编写成民谣口口相传，在民间广为流传。这时，和田王子帕尔哈提也听到了关于公主的传闻。帕尔哈提慕名爱上了这个公主，并且从和田出发走向龟兹。就在这个时候，很多人从四面八方赶来提亲。国王昭告天下说：'谁要是在前面这座山上凿出一千个石屋，我就把女儿西林公主嫁给他。'王子和富家公子听到这个消息，垂头丧气地离开。和田王子帕尔哈提穿过戈壁荒漠，走了很长时间的路，终于来到了龟兹国。帕尔哈提为了能得到西林公主的心，他准备奉行国王的诏书。帕尔哈提在爱情的火焰和坚定的信心鼓舞下，用在家乡学会的石匠技艺，艰辛地开始凿石屋。

"西林公主一看到帕尔哈提就喜欢上了他，并且亲自来到帕尔哈提凿石屋的山上送水送饭。帕尔哈提日复一日辛苦地干活，凿出九百九十九个石屋子，准备凿最后一间石屋。消息不胫而走，很快传遍了龟兹国的大街小巷。长久以来，宰相的儿子就十分喜欢西林公主，可一直无法得到她。后来，宰相的儿子派一个女巫去毒杀了帕尔哈提。这个消息很快在龟兹国蔓延，最后传到西林公主的耳朵里。西林公主看到恋人死去，扑倒在帕尔哈提王子的身上，永远离开了这个世界。天地震动，人们痛哭悼念。这对恋人的葬礼，大山也忍不住流下了眼泪。直到现在，大山止不住流下的眼泪，浇灌着这片绿洲花园……”

艾尼丁喀里的故事讲到这里，叹了一口气，低头吸着莫合烟。林基路坐在一旁，望着对艾尼丁喀里的故事特别感兴趣的陈因素笑了笑，介绍说：

“这些千佛洞是维吾尔人信仰佛教的时候，众多寺庙中的一个。石窟的墙壁上，当年画的壁画及佛教艺术作品保存得非常好。这是维吾尔族人民历史记忆的一部分。玄奘大师来西方取经的时候记载，当时龟兹国曾经有一百多座佛寺，还有九十多尺高的佛像……佛教僧侣五年举行一次盛大的集会，每年秋天都会有一次宣讲教法的集会。集会没有身份等级之分，王公贵族及平民百姓都可以去参加。各个寺庙来的僧侣，带着自己塑的佛像和自己画的画在各地巡游。因为僧侣是特别有智慧的人，所以在民间享有很高的声誉，在所有人的布施中得到慰藉……怎么样，休息好了吗？”

“嗯。”陈因素点点头，心跳和气息也平稳了下来。她又说：“这儿太高了，我不太适应这里的空气。看来，下去还需要很长时间。”

“下去很容易。”林基路对她笑了笑，又继续向上走去。

林基路一行在山路上走了一会儿，终于走进一个石窟。他们走进石窟一看，石窟里什么都没有。石窟的门像他们判断的一样大。他们看了看石窟的墙壁、顶棚和周边，这里的美景的确令人眼花缭乱。四面的墙，放射出让人目眩的光芒。石窟里很黑，虽然没有一丝阳光，但真是太美了。石窟的顶棚和四面墙画满了美丽的壁画。这些壁画画着佛祖、佛教徒、僧侣、云游僧人和朝拜的人留下的形象。除此之外，还有各种各样的乐器舞蹈和飞禽走兽的画像。壁画是用红色、蓝色和白色的颜料画上去的。绘画、染色，尤其是表现形式方面，都有着很浓厚鲜明的地方特色。塑造的人物形象，也有过去库车人的样貌。

艾尼丁喀里来过几次千佛洞，他指着墙上的壁画说：

“最值钱的是这些壁画。”

“你没骗我们吧？你看，有的胳膊断了，有的还少一条腿。还有，哪有女人在天上飞的？依我看，这些根本就不值钱。”史成山不屑一顾地说。

的确，石窟里保存的多数壁画，曾遭到刀枪的破坏，以及外国探险家的掠夺，现在变得千疮百孔，残缺不全。探险家把有的佛像，连同底座一起带回了自己的国家。还有一些壁画，受到了严重的破坏。据艾尼丁喀里说，十九世纪末二十世纪初，帝国主义分子以勘测和考古为名，先后多次窜到库车偷窃。几十年来，英国人、俄国人、德国人、荷兰人、日本人，都来过这里。他们疯狂掠夺珍贵文物，肆意挖掘，把大批古物装箱运走了。一九三一年至一九三三年之间，他们还带走了各种文字的资料、玉石、瓷器、金属物件、艺术品。那些人来的目的是破坏，所以只要他们到过的地方，就用钢铁锯器剐蹭糟蹋文化遗产。那次带走的珍贵壁画、佛教艺术品、手稿及印刷的书籍，整整装了一百六十箱。

“过去，我也和你一样不了解壁画是文化遗产，认为来这里的外国探险家精神有问题。”艾尼丁喀里继续说，“后来我才知道，他们不是精神有问题，而是掠夺我们珍贵财富的强盗。他们带走一个会飞的女人，就会变得非常富有。”

林基路逐个看灿烂的文化遗产，心里非常激动，而且感到无比的自豪，却又有种深深心痛惋惜的感觉。他望着身经冷暖和各种灾祸文物，沉默了很久后，说：

“这是我国历史文化的重大损失。今后，未经许可，绝不准外国人窜到这里来。帝国主义强盗破坏、掠夺库车文物的时代，已经过去了！”

“咱们再也不能忍受洋鬼子的排挤压迫了。”艾尼丁喀里接口说道。

他们又转了几个石窟。石窟有的是椭圆形，有的是四方形。

“这些石窟也许是僧侣们的学堂，或者是他们吃饭睡觉的地方。”林基路的声音在石窟里回荡。

陈因素借着微弱的光线，目不转睛地望着墙上的人物形象，以及绘画的人超群的技艺，说：

“这个地方真可以称为人类史上的一个奇迹。”又问：“它们建成多久了？”

巍峨的库车千佛洞的艺术作品，让林基路的心久久不能平静，陷入无尽的遐想之中。陈因素的问题一下子让他清醒，思绪飞到几千万年前去了。

“世界上许多的佛教研究人员，在公元七世纪写的游记中记载：公元前三世纪，佛教首先出现在现如今的新疆和田地区。根据上述情况，关于龟兹佛教文化做了广泛的探讨。结果他们得出结论，龟兹国早在公元前一世纪就十分盛行。由此看来，石窟可能建于两千年前。”林基路根据自己的推测回答陈因素的问题。

他们一个石窟接着一个石窟地继续走着，观赏令人眼花缭乱且瞠目结舌的壁画。

“据历史资料记载，这个地方曾经有四五百个石窟，现在只发现了一百多个。如今，虽然我们没有能力发掘和研究这些石窟，但未来这个地方会成为我们教育子孙，发展新文化的珍贵讲堂。我们必须拨专款，保护祖辈留下来的文化遗产！”林基路激动地说。

由于其他的石窟在悬崖峭壁上，他们无法攀登，所以结束了这次拜访。

他们登上车回程时，太阳在天山山脉闪耀。马车穿过山谷，一路向戈壁旷野疾驶。

第十五章 蛇鼠一窝

一

县城在悄悄地发生变化，各族人民绝大部分得到了较为安宁的生活，开始了用自己的辛勤汗水建设美好家园的新旅程。林基路从政治到经济等方面所采取的一系列改革措施，沉重地打击了贪官污吏和地主豪绅，让他们忧心忡忡地生活在惶恐之中。他们像被捅了窝的马蜂一样到处乱撞，寻找和自己相近的人盘算阴谋。

警察局的一间办公室里，徐华峰、那莫因和史成山等人，就像聚在一起说闲话的妇人一样，已经说了很长时间的闲言碎语。办公室里烟雾缭绕，到处都是扔的烟蒂和火柴杆。

那莫因瘫坐在椅子上，一会儿生气，一会儿大口地喘着气。他说完自己的所见所闻后，又气恼地说：

“林基路一点也不管别人的想法，只管做自己想做的事。我们再也不能不说话了。”

麻秆一样消瘦、佝偻身体坐在旁边的史成山，听了那莫因的话一下子来了精神。他眨着王八眼，说：

“库车真他妈的要变天了。林基路用盛督办的《六大政策》这块石头，砸得我们焦头烂额的。”

因为林基路在民间的声望一天比一天高，所以这些官员为了做好提前预防，他们准备使用孤立的方法牵制他。

徐华峰因为上级按林基路写的报告，逮捕了几个无恶不作、压榨百姓、让人们反感的警察，还解除了几个人的工作，扎帕尔也被逮捕而记恨林基路。他听了史成山的话后，说：

“咱们之间没有什么秘密可言。咱们的目的很明确，但我还是想提醒各位。”说着，他准备说事情。那莫因和史成山同时向前弯腰，准备洗耳恭听徐华峰的言论。

“他想方设法给咱们挖陷阱，所以现在是很危险的时候。他正在一个一个地消灭忠于盛督办、对我们有用的人。”

“这些‘缠头’，他们的无知愚昧，像信奉他们的主子一样信奉他，这才是最可怕的事情。”

“但所有的力量在地主巴依手上，在那些阿訇毛拉手里。咱们必须要挑拨‘缠头’和林基路的关系，在他们之间制造矛盾，让他无法在这里开展工作。”

阴谋正在继续的时候，他们听到有人在敲门。他们警觉地停止了交谈，同时望着门的方向。身体强壮的徐华峰把军帽戴正，又整了整衣服后走过去打开门，看到门口的巴依孜伯克和玉赛因巴依，说：

“你们来啦，请进。”

巴依孜伯克和玉赛因巴依听到这样温和客气的话，迈着轻松的脚步走进屋后，自如地坐在椅子上。这时，走进来一个卫兵给他们倒茶。

“说说看，是什么风把你们给吹来了？”徐华峰问道。

“局长，我们这个地方虽然有像各位一样的支柱，可我们心里却像喝了毒药一样难受，所以我们来讨个说法。”玉赛因巴依说出了他们的意思。

“我们听听，你们到底有什么样的冤屈？看看谁敢欺负你们这样德高望重的人？”那莫因和徐华峰交换了一下眼神后，说。

“我们受够了他。这个尕屄（小家伙）虽然长得不大，可胆子太大了。”巴依孜伯克按捺不住心中的怒火，吹胡子瞪眼地吼道。

“到底发生了什么事？”史成山使劲撑开眯缝的眼睛，瞟了巴依孜伯克恼怒的眼睛一眼，问。

“他把无知的人带上邪路，让他们对抗我们这些巴依，糟蹋了尊贵的伯克、‘德高望重’的人和受人尊敬的阿訇毛拉的尊严。我不能容忍的是，他把我在坡地的好田分给了穷鬼，还从中间挖了一条渠。他不仅把像米吉提·阿吉一样的巴依游街示众，而且把那些人关进小黑屋子里，放掉那些执拗不听话的人。我想不出，他还会想出什么馊主意来……”

“我们缴的所得税也高了。我们在他的强迫下，今年缴的税比前三年缴的税都要高！自从林基路来了以后，生意人就没有办法活了。”玉赛因巴依应和巴依孜伯克的话，按捺不住自己的脾气，不满地说。

“这些我都知道，”徐华峰狡黠地一笑，“人家是盛督办请来的。又打着《六大政策》的旗号，你们刚才说的这些，报到督办那里屁事也不顶！”徐华峰仔细听了他们的怨言后，说。

“您这说的是啥意思？！”巴依孜伯克想显示自己，他瞪大了眼睛说，“我撵走过好几个像他那样的县官，我现在照样可以办到，怕他干啥！”

“政府是父母，我们是孩子。”玉赛因巴依说，“各位让我们去哪儿，我们会绝无二心地跟到哪儿。”

“那为啥你们‘德高望重’的人不联合起来，一起对付他呢？”史成山煽风点火地说。

“你们要坚持到底，我们也不会坐视不理。”那莫因也插嘴说了一句。

两个富人看了看面前的靠山，满意地点了点头。

“你们知道林基路的情况太少，不知道他在我们面前的虚伪面目。我们认为他是最厉害的敌人。姓林的在迪化犯过严重政治错误，受过督办的处分。你们知道‘政治’吗？只要抓住他实施共产办法，散布反盛言论，阴谋推翻政府的证据……”徐华峰阴险地说。

“证据不是没有。他和几个老师交往密切。”玉赛因巴依把那些人一一点了出来后，说，“我看他们肯定搞了秘密活动。”

“他还特意把自己的学生马聚奎从阿克苏调过来，安排在文教部门。这难道不是有组织有计划地搞阴谋吗？”史成山也插了一句嘴。

“这些证据就足够了。”徐华峰说完，从桌子抽屉里拿出小本子记了几个名字，继续说道，“还有，我们要设法把市场搞乱，引起维吾尔族人对他的不满。需要加强对林基路的监视。咱们要使出全部的手段，不要放过任何小事，时刻报告给督办阁下。”他还说了阿布都热依木副县长很多坏话后，说：“过去，我还认为阿布都热依木副县长是个可靠的人，但他和林基路一个鼻孔出气。你们知道吗，最后怎么样了？我告诉你们一个秘密，我刚收到督办把他调到昌吉的公文。谢天谢地，他终于要离开这里了。”

“好哇，这样和自己宗教民族翻脸的人，有还不如没有。”巴依孜伯克按捺不住窃喜之情。

“我给你一个建议，怎么样？”徐华峰看着玉赛因巴依说。

“俗话说‘踝骨般大小的脑袋能想到普天之下的事情’（三个臭皮匠顶个诸葛亮）。您的建议我一定笑纳。”

“你是一个聪明人，”徐华峰故意夸奖完玉赛因巴依后说，“我的建议是，你想办法提高物价，笼络一些大商户，把店里的货都存在库房。

通过这个办法，让人们仇恨林基路，让他在人们中间失去威信。”

“这不太容易吧。”玉赛因巴依摇了摇戴着小花帽的圆脑袋，一筹莫展地说，“蒋春茂领着一帮子人，搞了个评价委员会，你抬高市价他就罚款。”

“这样的话，不涨价也可以办成事儿。你领头降价，还要说服别的商人大降价。”那莫因诡秘地说。

“阁下，您这是什么建议？您这不是让我吃亏吗？您就是不高兴我也要说，我父亲没有教过我亏本……”吝啬的玉赛因巴依不明白地说。

“你先别发牢骚，听听那局长怎么说？”玉赛因巴依没有说完话，史成山就插嘴说。

“你说得很对，雁过拔毛是生意人的本性。再说了，谁也不想吃亏。”那莫因眨巴着眼睛，自作聪明地对玉赛因巴依说，“你们想一想，这么一降价，谁还愿意把货拿出来卖？大家都把货物藏起来，让他们对着空货架子干瞪眼去吧！市场上没有货，人们就不会对他有意见吗？”

玉赛因巴依似乎明白了话的意思。这个让他摆脱烦恼、把失去的信心找回来的主意非常令他满意。于是，他对着巴依孜伯克点了点头。

“但愿咱们的事儿都如我们的意。”玉赛因巴依祈祷说。

“咱们刚才说的话要保密，如果传出去，后果会不堪设想。”徐华峰环顾在座的人，提醒说。

“我们能和各位一起商议这件事，心里感到亮堂了很多，觉得事情会办得容易很多。”徐华峰的话影响了玉赛因巴依。

“好朋友应该患难与共。”徐华峰接了一句。

两个富贾对三个官员连声致谢离去。

“他们的办法咱们能得到好处吗？”他们来到街上后，巴依孜伯克小声问玉赛因巴依。

“我的伯克，咱们可不能没了信心啊。我认为他们是我们绝对可靠的保护者。”

“你不知道，这些人很狡猾，我担心他们会出卖我们。”

“他们不会这样吧，咱们和他们可是拴在一根绳上的蚂蚱。咱们让他们得到了很多好处，每次请客吃饭都让他们坐在上席，还说他们是咱们的父母官，够尊敬他们了。”玉赛因巴依凑过去说。

“玉赛因巴依，你还想说什么话，咱们找个僻静的地方再聊，这个地方的人都在注意咱们，小心隔墙有耳。”巴依孜伯克拉着玉赛因巴依的衣领角，把脸伸过去阴阴地说。

玉赛因巴依点了点头。

巴依孜伯克和玉赛因巴依坐上一辆马拉篷车，直奔玉赛因巴依家的方向疾驰而去。过了一盏茶的工夫，他们来到了玉赛因巴依的家。

玉赛因巴依让家仆若孜上茶，然后请客人进屋说话。二人入座，巴依孜伯克问玉赛因巴依：

“现在你准备咋办？”

“咱们还是按你刚才说的办。不管咋样，咱们首先把商户欠咱们的钱催回来。然后，说服几个大商户把货暂时藏起来。”

“你觉得货应该藏在哪儿？”

“我还没想出来……”

“咱们应该把货藏到谁也找不到的地方，要不然他们会不惜一切代价没收这些东西。我觉得应该这样……”巴依孜伯克对着玉赛因巴依的耳朵附语了一番。

玉赛因巴依听了巴依孜伯克的话，觉得很满意，眼睛霎时亮了起来。他吞咽着口水说：

“咱们这样做不会被发现吧？”

“玉赛因巴依，这也是需要技巧的。白天会被人发现，咱们必须要晚上行动。”

第二天，闲言碎语开始热闹了起来。人们不仅在街头巷尾议论小道消息，而且在家里也是饭前餐后的主要话题。商户们似乎特别忙，不知道他们到底在忙些什么。他们说的每一句话，隐隐约约可以听到“生意”或“货物”等词语。甚至玉赛因巴依和有些商户生意上还有些争执。他们讲生意上的损失，玉赛因巴依狠狠地摸着头说：

“这是暂时的，以后咱们会有得到大好处的时候。”

二

午夜时分，阿布都拉被一阵莫名的声音吵醒。他赶紧起床，从墙上的衣钩上取下外套披上，点亮了壁龛里的油灯。

“孩子，这么晚了你去哪儿？”警觉的母亲在里屋问，走向门口的儿子。

“妈妈，没事儿，我马上就回来。”阿布都拉回答道。

阿布都拉走到院子。虽然月亮微弱地照亮夜空，但千万颗星星却闪烁点点星光。他光着脚，来到院子中央仔细地侧耳细听，玉赛因巴依的院子里传来人们低微的嘈杂声。阿布都拉赶紧拿来梯子爬上屋顶，躲在四处蔓延的桑树枝间，向玉赛因巴依的院子望去。夜幕中，他听到有人在窃窃私语和搬运东西的声音。他仔细一看，看到几个人在喘着粗气正向院子外面搬沉重的包。

“快点！快点！天亮以前咱们要赶出城去，免得让人发现。”这时，院子里传来玉赛因巴依的声音。

阿布都拉蹑手蹑脚地出现在街上，看见几辆马车停在玉赛因巴依的大门前。而且还看到，夜色中隐约有几个人在装包裹。

阿布都拉的脑海里猛地出现，玉赛因巴依在转运货物的念头。阿布都拉最近以来看到繁荣街道里的货物突然减少，觉得十分奇怪，自言自语地问自己："前几天还可以买上称心如意的东西，可现在那些东西去哪儿了？"现在好像似乎明白了货物的去向，他若有所思地回到家里。

"外面发生了什么事儿？"母亲担心地问。

"玉赛因巴依在偷偷地运东西。"阿布都拉答道。

"他们也许在往农村集市搬货物吧。"母亲单纯地认为。

"他从来没有在农村集市开过小店。"阿布都拉有些不满意母亲的单纯，望了一眼里屋后，熄灭了忽明忽暗的油灯。

"老天都不知道他在干什么，凡人怎么会知道呢？"母亲嘀咕了一句。

阿布都拉辗转反侧睡不着觉。他把双手垫在脑后，望着天窗想："他把货搬到哪儿去呢？这些事情是不是与街道里的货物突然减少有关呢？"

阿布都拉整夜没有睡着觉，好不容易才盼到天亮。他起床洗漱完后来到花园，在花园里锄草的母亲喊他去吃早餐。

九点多时，有人敲了敲阿布都拉家的门。母亲赶紧去开门，不一会儿领着一个人走了过来。来人是阿扎丹。

阿扎丹的突然出现，让阿布都拉十分惊奇。阿扎丹紧张地说：

"昨天夜里，我父亲把库房的货都运走了。"

"运到哪儿去了？"

"我也不知道。"

阿扎丹特别着急，说完话就匆匆告别离去。阿布都拉送走了阿扎丹之后，赶紧吃早餐，准备去找蒋春茂汇报情况。他在路上边走边想："如果这些有钱的商人囤积货物，扰乱整个市场的话，所有的百姓就会遭殃，所有的农民、小手工艺者、工匠和城里贫困人群都会受到不同程度的损失。我可以肯定这是那些有钱商人的阴谋。”

蒋春茂出去办一件非常重要的事情去了，阿布都拉只好耐心地等他。时间一分一秒地过去，阿布都拉心里非常着急，在大门口来回地踱着步。阿布都拉想不起来自己何时这样着急过。大约过了一个小时，蒋春茂急匆匆地带着紧张的表情回到单位。

阿布都拉告诉蒋春茂自己掌握的情况后，蒋春茂说：

“按着这几天市场的情况来看，大商户都统一了口径。咱们赶紧去林县长那里，告诉他这里发生的情况。你也跟我一起去。”

他们来到林基路的办公室，林基路告诉蒋春茂自己正准备派人去找他后，说：

“看来，他们要反击了。这些人丧尽天良，没有人性！现在秋季作物遇到干旱，人们正在惶惶不安的时候，他们肯定要乘机从背后掐我们的脖子实行报复。我们必须要赶紧做好准备工作，彻底揭发这些狡诈商人的阴谋。”

“囤积货物是奸商扰乱市场的习惯。”蒋春茂恼火地说完后，从怀里掏出一份文件递给林基路，“这是昨天收到的。”

林基路接过文件，快速地浏览了一番。省财政厅的文件上说，有些县的奸商囤积货物，抬高市价，进行扰乱市场的不法勾当。文件命令各县对囤积的货物要进行搜查，对情节严重的奸商要严加制裁，以保证大后方的建设，有力地支援抗日前方。文件的落款处写着：财政厅厅长周彬。

林基路看到毛泽民的名字，感到无比亲切，就像回到了党的怀抱。

“走，咱们到街上亲自看看。”林基路戴上桌子角的鸭舌帽，整了整衣服说。

他们走了半个小时后，来到了集市。市场上的人也特别稀少，人们显得愁眉苦脸。他们焦急忙碌，而且还相互推搡谩骂。他们的眼睛里散发出忧心忡忡、贫困的烦恼和忧虑生活的神情。林基路一行在集市上转了一圈，发现许多大的店铺关门歇息了。有些百货小店铺虽然开门做生意，但货柜上的货物寥寥无几。凡是日常生活必需品，像布匹、茶叶、糖、火柴、石油等，一夜间就神秘地没有了踪影。前来采购的人们，挨个店铺寻找自己需要的东西。老板们恶声恶气地扬言一个月内没货，当人们问他们什么时候能来货时，他们的回答却模棱两可。

人们听到这样的答复，为在这么繁华的城市找不到货物而奇怪，不知道究竟发生了什么事情。有些摊贩一盒子火柴甚至涨了十几倍的价钱，偷偷地卖给需要的人。

有些人看到林基路和蒋春茂从远处走过来，故意大声地说：

“市场上物价太贵，让人没办法靠近，就连吃的喝的都涨得吓人。”有个满脸麻子的人低着头，嘴里嘀咕着老天保佑。还有些大肚商人从店铺的门里探出头，好像在嘲笑说看你们有什么办法。

林基路看到这一切，心里很清楚，这分明是县政府的少数官员和巴依奸商勾结，要给他施加压力，妄图拔掉他这根眼中钉、肉中刺。他更明白，这是反动势力上下串通，妄图给他扣上破坏抗日后方经济建设的罪名。

“召集所有的大户商人开会。”林基路说。

第二天下午，林基路、蒋春茂、阿布都热依木副县长、阿布都拉最先来到了县政府会议厅。所有的大户商人也相继就座。但是，不知为什么看不到玉赛因巴依等人的身影。如果不能击垮他的气焰，就不能达到预期的目的。

“你赶紧派人去请玉赛因巴依立即来开会。如果再不来，我们就干脆把会场移到他的府上去开！”

玉赛因巴依好像被人拴着脖子的倔驴，被强迫去会议大厅的时候，所有的商人似乎都想知道林基路能拿玉赛因巴依怎么办。他们眨巴着眼睛，嚅动嘴巴，满怀深意地相视而笑。

有些人认为到时候再看吧，他们只关心自己地里的收成。有些人关心自己的棉花或杏干生意，彼此间窃窃私语。一些老人在聊关于经文的事情。随着时间的推移，他们之间的话渐渐地少了起来，周围鸦雀无声。他们忍受不了蒸笼般的闷热，开始大口大口地喘着气。玉赛因巴依还是没有消息。没有比等人更苦的事情了。前来开会的人，心急如焚地不时望望门口。

大约一个多小时后，玉赛因巴依来到了会议大厅。他原想好好显摆一下自己，但玉赛因巴依看到去叫他的人的态度，知道达不到自己想要的效果后，勉强来到了会议大厅。

玉赛因巴依进到会议大厅，所有的商人因为他高贵的身份，为了表示尊敬站了起来。

“为什么不来开会？”林基路问道。

玉赛因巴依像鸡冠一样红且胖乎的脸蛋，霎时被有些害怕的神情替代。他过去结交过很多大官员，在人群中有很高的声望，因此谁也不敢对他大呼小叫。可笑的是，他现在却唯唯诺诺、战战兢兢地站在一旁。

“你必须要无条件执行县政府的条文！”林基路严厉地训斥他说，“政府早就通知你来开会，你为啥不按时到会？！”

玉赛因巴依没有吱声，闭着眼睛扭过头去。

“好吧，暂时先给你记上这笔账。以后再这样就不客气了。如果你再犯同样的错误，别怪我们不给你留情面。”林基路心里很生气。

玉赛因巴依没想到在根本瞧不上眼的林基路面前，无奈地低下了他高贵的头颅，慢慢地在商人们中间坐了下来。会议开始以后，林基路开始讲话：

“最近，有些商人为了获取更高的利益，达到个人不可告人的目的，抬高市价，囤积货物，造成了市场断货的严重后果！市场上没有了日用品，人们就买不到自己需要的东西。这种行为不仅扰乱了经济贸易市场，而且严重影响了广大人民的正常生活。原因何在？大家说说看。”

商人们好像受了别人指使一样彼此望着，并说出了很多客观的理由。

“现在我们做生意很难，本钱也变得越来越少了。卖一件货，我们就少一件货。我们就是想补齐货，也没有别的办法。”有个皮肤白皙、像皮球一样滚圆、胡须修剪得非常漂亮的商人，咳了一下嗓子说。

林基路看到这个人找借口推脱责任，不承认自己囤积货物的事实，说：

“你们是做生意的，绝不做亏本儿的买卖。但是，你们在国家危难、人民水深火热时袖手旁观，这算是怎么一回事儿?！我每次到乡村的时候，看到农民的生活非常艰苦。他们大部分的屋子可以看到天，屋子的墙根本挡不住风，炕上没有一条毡子，没有被褥，甚至连油灯都点不起。吃的是苞谷面馕饼，喝的是苞谷面糊糊。各位，他们也是我们的同胞啊。你们把他们辛苦挣的钱，巧言令色地装进你们自己的腰包，这不是在犯罪吗?！做生意不是敲诈别人，掐住别人的喉咙。爱国的工商者都应该行动起来，为挽救国家的危亡而贡献自己的力量。既然有人不承认自己囤积货物，那政府就要搜查了。如果一旦被查出来，查出来的货物一律查封，然后组织评价委员会，削价出售给老百姓。对隐藏货物的人，绝不宽容！”

林基路的态度十分坚决，商人们都惶恐地低着头，一句话也不敢说。但是，玉赛因巴依装作若无其事的模样，安坐在自己的位置上。

阿布都热依木副县长看到商人们平时口若悬河，今天舌头却像被猫叼走了一样不说话，坐在椅子上作壁上观，他失去了耐心：

“在座的各位，你们到底有没有主见？你们不知道咱们没有权利对抗政府和法律吗？你们说说看，政府有负过你们的地方吗？！”

有些被玉赛因巴依教唆的商人，听到阿布都热依木副县长几句强硬的话，好像耳边回响晴空霹雳一样。他们纷纷站起来，表示要奉公守法，愿意把自己囤积的货物拿出来卖。

“很好。做买卖就应该奉公守法。”林基路立刻夸奖了那些人后，深有含义地望着玉赛因巴依问：“玉赛因巴依，你呢？”

玉赛因巴依抚摸着胡须，就好像正在做祈祷的人一样仰视上方，嘴里喷出恶毒的气息。他狡猾地说：

“我不是不服从政府法令。实在是货都卖完了。”

玉赛因巴依仍想顽抗到底。他想，自己进行了周密的安排，别说是林基路，就是连鬼神都搜不出藏的货物。因此，仍然装作若无其事的样子，气壮如牛。玉赛因巴依咽了一下口水，又插了一句：

“如果县长不相信一个有威望真主忠实奴仆的人，可以检查。”

“好吧，有言在先，查出来要严加惩处！”林基路强硬地说。

会议结束后，玉赛因巴依悻悻地站了起来，脑子里满是林基路说的话，慢慢地离开了会议大厅。

第十六章　纸里包不住火

一

阿扎丹的脑海里总是有个疑问，玉赛因巴依到底把货转运到哪里去了呢?

有人来叫阿扎丹的父亲去开会时，她正在自己的屋子里看书。父亲走了以后，她心里暗想："为什么事情叫他去开会的呢? 会不会是和商人制造的麻烦有关呢?"眼睛虽然盯着书看，耳朵却听着母亲不安地来回踱步的声音。阿扎丹希望父亲不要违反政府的律法，可夜间转运货物是一件可疑的事情。不知这件事与最近被扰乱的市场之间有什么联系。要不然，政府也不会给商人做思想工作，动员他们给市场供货了。也许，父亲和最近一段时间莫名的事情有关。母亲也许知道父亲把货运到哪里去了。阿扎丹趁着父亲不在家，故意问母亲：

"大商户把货藏起来，引起了市场的一片混乱后，就连一盒火柴都找不到。我想，父亲和这件事没有关系吧?"

"孩子，你问这些事情干吗，外面的事情只有男人才会知道。"

"我随便问问，我又不会到街上四处宣扬。"阿扎丹赌气地说。

“好吧，你千万不要告诉别人啊。”母亲有些松懈。

“我不会说的。妈妈，你说货都搬到哪儿去了？”阿扎丹搂着母亲的脖子撒着娇，白嫩细滑的脸贴着母亲布满皱纹的老脸，听母亲嘴里说一个地方的名字。

“孩子，这件事你千万不要对别人说，就连亲戚和好朋友也不要知道。”母亲一再嘱咐女儿。

阿扎丹没有吱声，而是望着乌云密布的天空。太阳穿行在云层间，慢慢地滑向西方。她心想：阿布都拉这个时候肯定不在家。于是，她走进自己的屋子，决定等阿布都拉下班回家。

玉赛因巴依过了很久才回到家中。阿扎丹的母亲从里屋慌忙走出来，看到玉赛因巴依阴沉的脸，担心地问道：

“你没事吧？”

玉赛因巴依没有说话。他在门口脱了鞋子走进里屋，走到火红的纯羊毛地毯上。他的眼睛没有落在屋子豪华的装修，而是看到紧挨墙铺在炕上的垫褥和凌乱的靠枕。他脱下长衫仍在角落，喊了一声“给我倒茶”后，像个病人一样躺在垫褥上。

阿扎丹的母亲端来一壶茶，倒了一碗茶搁在丈夫的旁边，然后自己坐在炕席旁边。她望着玉赛因巴依忧郁的眼睛，知道自己的丈夫遇到了令人担忧的事情。

“他们叫你去干啥？”

“那个外乡人在很多商人面前，不自量力地想和我较劲儿。真是妄想！我是谁？我是这个地方的主人！民众中有声望的人！”玉赛因巴依坐起来气急败坏地喊叫，“他打他的如意算盘，我该做啥就做啥，看他能把我咋样。我去乡里的老宅子住几天，等到事情都消停了再回来，你只要心里有数就行了。让你女儿管住自己的嘴巴，不要对别人胡说八道。咱们要统一口径，就说我出去做生意了。这里的人特别是非，总想找别人的毛病。”

天快黑的时候，阿扎丹想办法从家里走出来。她环顾四周，看不到一个人后，悄悄来到阿布都拉家的院子，趴在窗户上向里望去，屋子里点着微弱的油灯。阿扎丹敲了敲窗格子的纸，没过一会儿，阿布都拉走了出来。阿扎丹对阿布都拉说：

“我好不容易才从家里出来。”

阿扎丹和阿布都拉来到院门口停了下来。

“咱们不要走得太远了，我爸爸很快就回来。”说完，对自己突然找他来而感到莫名其妙的阿布都拉说：

“所有的事情我都听说了……”阿扎丹好像担心别人听到他们交谈似的，时不时看看院门的方向。

“太好了。我明天就去告诉林县长。”阿布都拉高兴地喊了起来。

“那我走了。”阿扎丹整了整头巾就向外走去。

“咱们什么时候再见面？”

“你耐心点，我会想办法和你见面的。”姑娘扭过头。

“我准备去参加拦洪大坝的工程，走之前想和你好好聊聊。”

“你不要难过，我会想出办法。”阿扎丹笑了笑走出院子。

阿扎丹很着急，阿布都拉也就没有过多地挽留。阿扎丹快到院门口时，阿布都拉叫住了她。他看看街上没有人后，才让阿扎丹离开。他们都没有说话，只是用眼神道别。

二

灯罩下的光芒洒在书桌上。这时，整个城市沉浸在寂静之中。黑色的金丝绒幕布，包裹着四周的一切。

林基路在说很有趣味的事情，蒋春茂和陈因素目不转睛地望着他。书桌上，凌乱地扔着几颗骰子一样的四方种子。游戏刚开始就停止了，茶缸里的茶水也凉了。

“你们在库车确实做了很有成效的工作。让广大的百姓从睡梦中觉醒了。一个拥有十四万人口的大县，被两个共产党人把工作开展得这么有条理，体现了共产党人的优秀之处。这是盛世才做梦都没想到的事情。”陈因素坐在椅子上，手里玩弄着骰子样的种子说。

“盛世才不放心库车县，特别是不放心你。”蒋春茂望着林基路说，“他不知道该怎样把你调走。”

“盛世才怕人民站起来反抗，所以常用换人的伎俩。你要小心，说不定哪天就会把你调走了。”陈因素担心地看了一眼林基路。

“有的人在散布你在走红色路线，夺走了许多富豪的财产，宣传红色政权，鼓动老百姓反对盛世才《六大政策》的谣言。”蒋春茂也插了一句嘴。

“这肯定是那莫因一伙搞的鬼。他们身为父母官，却不为人民着想，每天只知道吃喝玩乐。自己不干事，还不让别人干事吗?!

“自从我废除了包税制，那莫因就对我耿耿于怀。后来，轮台县税务局的两个人被处分以后，他就好像断了左右臂，更加仇恨我了。看他有什么本事?！我想向上面告他。”林基路气愤地说。

“现在他的威信高，再说他不是一个人。警察局和司法部门还有他的帮凶同伙，你一个人斗不过他。我这样说，你不要以为我不同意告他，我只是认为这样太危险了。俗话说：牵一发而动全身。如果盛世才这个恶魔知道你和那莫因对着干，他的地位不仅没有削弱，而且更加牢固，职位更高。到那时，你不但达不到目的，而且会给自己带来麻烦。”

蒋春茂沉稳地说。

“到那时，我只有不干他这个县长了。”

“你如果放弃这个县长的职务，他们高兴还来不及呢。那些贪污腐败的官员和地主巴依就会更加猖狂了。”蒋春茂想了一会儿后，继续说，“扳倒那莫因只有两个办法：首先是以毒攻毒的办法。另一个是假借别人之手扳倒他。比如徐华峰之类。这样不仅出一口咱们的恶气，而且还可以扫除咱们的障碍。他们之间狗咬狗才更有力，盛世才也会相信他们。”

“这是个好办法，可徐华峰……”林基路听了这个办法后很高兴，可他又担心鱼儿不咬钩。

“他不是表示要支持你吗？他也会权衡利弊高低。只要对他有好处，徐华峰肯定会出手的。他们这些人，能利用就该利用他们。”

“另一个办法呢？”林基路问。

“咱们必须要抓住那莫因的短处，但不能打草惊蛇。你自己要特别小心，盛世才在注意着你呢。”蒋春茂提醒林基路。

他们的话题转变到最近发生的事情，蒋春茂说：

“大商户扰乱市场的时候，店铺里就连几匹布都找不到。我们自从严肃处理囤积货物的商人以后，市场上的买卖都恢复了原来的秩序，多数商户的店铺里已经有货了，但玉赛因巴依还是没有开店的意思。”

“耍心眼儿是最无知的行为。一个不能用正常方法达到目的的人，总会使出各种各样卑鄙的手段。”

“阿布都拉说他是个非常狡猾的人，看来他说得很对啊。”陈因素说。

“听说他家里也没有货。”

“他想和政府对抗到底，”林基路说出了自己的看法，“但是，我们是不会屈服的。咱们要想尽一切办法，要把货物从他隐藏的地方找出来。”

“也许能得到阿扎丹帮忙。”

“玉赛因巴依害怕别人会出卖他，所以办事特别小心。如果他不让别人知道自己的秘密呢？”

“纸里是包不住火的。”

“我今天收到迪化的一份电报。说英国驻喀什领事施普顿从喀什去迪化，要库车县做好欢迎和护送的工作。我认为，领事经过库车，一定要想办法让他和玉赛因巴依见面。”林基路说。

“看来咱们要敲锣打鼓地欢迎他，说不定还要大摆宴席呢。”陈因素生气地说。

“当然会这样。按照惯例，领事来了要奏乐欢迎，大摆宴席，现在正处于艰苦抗战时期，这些仪式可以免了，派几个警察和两辆马拉轿车把他送过库车县境就行了。”林基路说完，又插了一句，“咱们趁着这个机会，可以顺藤摸瓜把英国在库车的情报网破获。”

第二天，林基路准备和几个人到城外迎接施普顿大使一行。施普顿来了之后，林基路带着几个官员警察，坐着两辆马车前去夏玛勒巴格村迎接他们。

施普顿给林基路留下了特别的印象，因为他长得特别高大魁梧，长脸宽额、蓝眼睛高鼻梁，温和的态度显示着他十分地自信。

“我是库车县长，特来欢迎领事先生。”林基路走上前，直截了当地说。

施普顿没想到自己受到这样冰冷的迎接。就算这样，他还是没有表现出心中的怨气。施普顿取下礼帽，摘下一只手套的时候，林基路看到他纤细苍白的手很吃惊。施普顿热情地伸出手，用生硬的汉语说：

“你就是林县长，久仰，久仰！认识你非常高兴。”然后，他往林基路身后望了望，双手一摊耸了一下肩膀。施普顿看人的眼神快捷犀利，给人留下不太好接近的印象。他抚摸了一下黄白色头发后，想试试林基路的深浅，打趣地用英语说：

“林县长带这么几个警察来迎接我，看样子贵县还很安全嘛。”

林基路听了这番话，只是抿嘴笑了一下，不等施普顿随从译员译话，用流利的英语说：

“领事先生，库车人民热情好客的传统美德，我想领事先生不会是多虑了吧。”

施普顿听了林基路标准流利的英语，大为吃惊。

“今天能结识一位您这样有学问的朋友，我感到十分荣幸。”

“领事先生，请。”林基路伸手请向身后马拉轿车。

他们在马车上安顿好之后，车夫扬起马鞭让马车转弯，轻快平滑地迎着微风驶向县城。施普顿看了看欢快前行的两匹肥马，又看着挺立而坐的林基路故意找话问道：

“林县长曾哪里读书求学呀？”

林基路客气地一笑：“无处不读书，无处不学习。”

“你喜欢什么呀？”

“最喜欢的莫过于我的祖国。”林基路眼望掠过的苍翠果园和绿油油的田园，回答道。

“你喜欢吃什么东西？”施普顿的问题越来越奇怪。

“特别喜欢吃我们自己出产的东西。”林基路想都没想脱口而出。

“库车人民热情好客的传统美德非常有名，库车的姑娘漂亮得像朵花，林县长在这里任职，可真是艳福不浅啊。”施普顿说完，不知羞耻地哈哈大笑起来。

林基路没想到这位堂堂的领事，竟说出如此龌龊的话来，便反击道：

“库车人民是纯洁善良的。”

施普顿没想到在这个中国偏僻的小县城里，竟有这么一位知识丰富，谈锋犀利的官员。他怕再问下去会把自己陷入更为不利的境地，像一只斗败的公鸡，红着脸不吭气了。

马车到了县城，施普顿被安顿在宽敞舒适的房子里之后，就迫不及待地提出要见县城有威望的巴依，尤其是要见玉赛因巴依的要求。

林基路根据施普顿提出的要求，马上派人去叫玉赛因巴依。叫的人回来报告说，玉赛因巴依不在家。

简单的宴会之后，四周静悄悄的。这时，突然刮起了狂风，霎时大地一片混乱。空气中混进来的尘土四处弥漫，星光微弱地洒在昏暗的世界。热风袭击着树木、房屋和街道，让屋子里和外面一样闷热，令人有种窒息的感觉。

到了半夜，施普顿再也沉不住气了，完全不顾大英帝国的体面，派了几个随从偷偷摸摸地与情报人员联络。因为，施普顿和他们见面的机会非常难得。天快亮的时候，随从们一个接一个回来了。

施普顿自以为他神不知鬼不觉地干完了一件漂亮事，十分满意地继续赶路了。林基路又带一批人，护送领事出境。

“林县长，昨天我说的话若有不恭之处，还望多加原谅。其实，我谈那些，无非是为了咱们的友谊。”

“我要通知阁下，你身为外交官，昨天晚上却从事了极不光彩的间谍活动，这是不能允许的。你们安插的谍报人员，已全数被扣留审理。我对阁下在敝县进行这样的非法活动，表示极大的遗憾。”林基路不卑不亢地说。

“什么，什么？！”施普顿万万没想到自己会露了马脚，气急败坏地喊叫，用手指着天嚷嚷，“我抗议，我要向盛督办提出抗议！”

“请便吧。”林基路冷冷地说了一句。

施普顿本人和他的前任约翰逊领事苦心经营多年的情报网，就这样轻而易举地毁于一旦，这叫他如何甘心。他本想再抖一抖“大英帝国”的威风，给林基路施加点压力，以挽回自己失去的面子，但一抬头，只见荷枪实弹的武装警察正用愤怒的眼睛盯着他，无奈地说：

“好吧，林先生，后会有期！”

“你以为中国人好欺侮吗？如果阁下不至于因为自己过分的卑劣行径而被驱逐出境的话，将来再请你到库车看看。未来的日子，将是中国人胜利和强大的日子，绝不是你们为所欲为的日子。”

施普顿耸耸肩膀，惨然一笑，灰溜溜地乘车离去。

三

阿扎丹这几天脑海里有无数的想法。她的眼前一会儿浮现父亲从农村回来之后，得知藏在秘密之处的货物被发现，因而在院子里焦急地走来走去的模样，一会儿又浮现阿布都拉去拦洪大坝工程之前对她说话的情景。

旁边的屋子里，可以听到玉赛因巴依不知在恶毒地咒骂什么人。这个咒骂声中，包含无数的遗憾和对家人的愤恨怨怒，以及不知对谁的反感仇恨。因为，玉赛因巴依从农村回来之后，听说了自己藏起来的货物被发现、施普顿去迪化路过库车，以及和自己关系很好的几个人被抓进监狱的消息特别恼怒，后悔自己为什么去农村。

玉赛因巴依去农村回来之后发生了好多事情。警察、司法、税务、工商会等部门组织起来，立案审查了不听劝告、违反政府的规章制度的人和不法商贩。事情调查清楚之后，有计划有目的地进行搜查，查出许多囤积或隐藏的货物。情节较轻的人，货物按市场价出售。情节较重的人，受到罚款的处罚。态度蛮横或屡教不改的人，除了没收全部货物以外，要从严处理。玉赛因巴依的货物也被没收了。玉赛因巴依一辈子没有吃过亏，这件事情给他带来了不可估量的损失，而且他为自己没有达到预想的目的而生气，像掉落在火堆里的羽毛一样卷曲焦急。玉赛因巴依愤恨地咒骂那些让自己走上这条路、自己遇到危难时袖手旁观、在一旁看热闹的几个两面小人。他虽然警告巴依孜伯克："这些人太狡猾，他们会用我们的手段对付我们。"可还是为自己没有三思而后行感到遗憾。

"完了，彻底完了，那个不信神的家伙把我的货全都没收了。"玉赛因巴依欲哭无泪。

"他吃了熊心豹子胆，怎么敢这样对待像你一样德高望重的巴依？这家伙真是糊涂了。可惜，太可惜了。"阿扎丹的母亲絮叨着。

"你不要再说了！"

"那些您每次馈赠豪华礼品、贪得无厌的酒囊饭袋，在你遇到难处的时候啥都不管了吗？！"

"我算把他们看透了，也许这就是常言所说的'忘恩负义'吧。"

"现在的人都没有良心了。算啦，俗话说'留得青山在，不怕没柴烧'。咱们能咋办，事到临头再说吧。"妻子安慰丈夫说道。

"别说了，我辛辛苦苦挣来的钱，就这样打水漂了？！"

"那倒也是。"

"我觉得一定有人告密，暴露了我藏货的地点。"

"那会是谁呢？"

"这个事情女儿知道，她到政府说了藏货的地方。事情肯定是这样的！”

“你怀疑自己的亲生女儿不感到羞愧吗？”

“我为什么羞愧！”玉赛因巴依喊叫起来，“你怎么知道她没有干？！这么秘密的事情都给暴露了，这些损失怎么办？！……”

“你觉得是这样吗？”阿扎丹的母亲嘀咕道。

阿扎丹在自己的屋子里听着这些话，又听到父亲喊，她心里忐忑不安，心想如果父亲逼我该怎么办呢？她想着问题来到父亲的房间。她进屋后看了一眼母亲，看到母亲气恼的模样有些害怕。

玉赛因巴依满脸怒气，眼睛里冒出的火焰，按捺不住心中的怒火，手抚着胸口坐着。如果他没有感觉到痛苦的话，他的脸上会流露出阴险无情的模样。阿扎丹穿着粉红色丝绸衬衣坐在父亲的对面，无声地望着父亲阴沉的脸。玉赛因巴依假装没有看到她，用纤细的手抚摸他漂亮的胡须，心里想着应该怎么对阿扎丹开口说这件事情。

阿扎丹在默不作声地等父亲说话。但是，玉赛因巴依在无法解释的忧郁中寂静地坐着。他精神颓废，脸色像荒草般枯黄，双手在膝盖上无意地蠕动。阿扎丹知道双手为什么在颤抖。玉赛因巴依抬起头，看看阿扎丹，又低下了头，没说任何话。但是，玉赛因巴依在阿扎丹的眼神里明白了一切。他阴毒地笑了笑，凝视女儿坐了很久。阿扎丹十分慌乱，嘴唇不停地在抖动。玉赛因巴依特别关注女儿轻微的变化，他想知道隐藏在女儿心里的秘密。

玉赛因巴依虽然特别喜欢女儿，但他因为高贵身份和特别忙的生意，所以没时间和女儿交流。他除了给宠爱的女儿吩咐一些事以外，不和她说别的事情。

“你整天在忙些啥事情？”玉赛因巴依盯着女儿问。

“没……没忙啥……”阿扎丹看到父亲的模样，心里十分紧张，半天说不出自己预先想好的话。

他们沉默了两三分钟后，玉赛因巴依小声严厉地说：

“你不要再浪费时间看书，最好把那些无关的书都扔了，要不然这些书会让你晕头转向，会忘记教义！”

“不，不会的，这些书特别珍贵。”

“所以你就忘恩负义吃里爬外吗？！”玉赛因巴依歇斯底里地喊道。

“我干什么了？”女儿理直气壮地问父亲。

“是谁把家里的事情说出去的？！”

阿扎丹低着头默不作声，父亲的声音中充满犹豫和无情。阿扎丹心里十分矛盾：“我应该保守秘密还是承认错误呢？如果父亲因为这件事和我断绝关系，我就和阿布都拉远走高飞，可这是不可能的事情。所以，我最好还是装作什么都不知道。”因此，阿扎丹按捺住自己的心情，轻声对父亲说：

“我什么都不知道。”

阿扎丹特别激动，担心会让父亲产生怀疑。她知道父亲的嗅觉非常灵敏，任何事情逃不出他的眼睛，所以自己要特别地小心。

玉赛因巴依看着阿扎丹，仔细搜寻女儿内心深处的秘密。后来，他用嘶哑的嗓音说：

“你为什么不知道？你不要装作一副无辜的样子！”

“我装什么无辜了？”阿扎丹还是没有抬头，轻柔地说。

“住嘴！”玉赛因巴依的眼睛里喷射出怒火，“我把你养这么大，就是让你违背我的吗？！”

“女儿做啥错事了？”阿扎丹的母亲平滑而气愤地问。

“你的女儿出卖了我，让我失去了很多的财产！”玉赛因巴依生气地喊道。

“我的天哪，这是哪个多嘴的人告诉你的？竟然让你怀疑自己的女儿，他安的是啥心哪？”阿扎丹的母亲说着，用怀疑的眼神看了看女儿。因为，她只能在丈夫面前护着女儿。

“她要是没有说，政府怎么会知道？”

“我咋会知道？”阿扎丹勇敢地盯着父亲说，“你自己惹的祸，想拿我们出气吗？那些人从这么大的一个院子，装了满满几辆马车货招摇过市，谁不会留心？这都是你自己惹出来的事情，简直就是掩耳盗铃……”

阿扎丹的话刺痛了玉赛因巴依的心，他挥舞着指头喊道：

“够了！住口！是哪个叛教混蛋教你和父母顶嘴的，啊？！”

“无论你们怎么喊叫都没有用！你们是公民，就应该听从政府的指挥。”说完，阿扎丹又冷静地说，“俗话说：纸里包不住火。什么事也躲不过政府的耳目，他们知道什么人在干什么。违反律法的人，最终没有好结果的。”

玉赛因巴依高耸鼻子的鼻翼扩张了。他按捺住激愤的心情，厉声对阿扎丹说道：

“你还敢责备你爸吗？！”

阿扎丹的母亲一直没有说话，她劝慰玉赛因巴依道：

“算啦，你不要再生气了，咱们能有啥办法。”

“废话！”玉赛因巴依十分恼火，他用余光看着女儿继续说道，“你要用脑子办事，不许和那些混蛋搅在一起，听到了吗？！”

阿扎丹喘了一口粗气，低着头沉稳地说：

“我不能离开我的朋友。”

玉赛因巴依听了女儿的话，脸色大变，咬着嘴唇。就在这个时候，听到有人在喊：“有客到。”

玉赛因巴依在门厅穿上套鞋长衫，然后走向院子。

“女孩子的嘴怎么能这样呢？你给我等着瞧，你爸不在家的时候我再慢慢跟你算账。”阿扎丹的母亲边说边赶紧站起来，阿扎丹出神地站在屋子中央。母亲拽着她的手，走到炕沿坐下来，气恼地说：

“说，你把家里的事情给谁说了？你这个天杀的？！”

“妈，你好意思问我这样的话吗？！”阿扎丹喊道。

“我的祖宗，小点声，小点声……”

“这是冤枉！”阿扎丹除了不承认，没有别的办法。

“啥叫冤枉，肯定是你告诉政府的！”

“胡说！”

“你老实告诉我，要不然我跟你爸说实话了。让你爸爸收拾你，不如和我说实话。”

阿扎丹没有吱声。母亲看到阿扎丹这副模样，口气稍微有些软了下来：

“我怎么能相信哪个是真哪个是假呢？”

“妈妈，请你相信我，我什么也没有说……如果你不相信，咱们这就去政府问问，看我对他们说啥了？”阿扎丹抬起头带着哭腔说着，急匆匆地整理好衣裙。阿扎丹的母亲赶紧拦住女儿，紧紧地抓住她说：

“你清醒一点好不好。”

“不，我咋能忍受你们的想法呢？！”阿扎丹喊道。

“我不许你再提起这件事儿了，听到了没有。”其实，她们的心里明白事情外泄的原因，但谁都没有说出来。

第十七章　乡韵

一

几辆四轮马车正行驶在乡村崎岖的道路上。每一辆马车里坐着五六个人，他们手拿手鼓、都塔尔、弹布尔、小提琴等乐器。他们高矮胖瘦各不相同，看样子不像是文工团的人。其实，他们是教师和小手艺工匠中有特殊才能的人。他们不仅唱歌特别好听，而且舞跳得很好，乐器方面还颇有研究，表演唱和短戏剧也能演个七七八八。他们中有一些能言善辩的人，能不停地说上几个小时笑话。最重要的是，他们是身手敏捷、能认真负责地完成各项任务、而且热爱本职工作的人。

他们中间，有个年轻人一路讲笑话，惹得人们前仰后合。他小的时候是个特别调皮的孩子，喜欢每一件自己看到的东西，还会模仿各种各样初次见到的人。他在上学的时候，每到课间，同学们就围坐在他的周围，喜欢听他给讲笑话。他经常给同学们学婴孩的啼哭声、公鸡的鸣叫声和饭馆伙计的吆喝声。他对艺术的浓厚兴趣，从那时起就熊熊燃烧在他的胸膛。后来，他开始表演舞剧。他在舞剧中担任过很多角色，在广大观众心中留下了很深的印象。浓眉大眼的小伙子手里握着都塔尔，眼望无垠的田野果园和远处的沟壑，若有所思地坐在车里。他手握都塔尔的姿势，已经表明了他是个非常专业的琴师。马车上还有青年画家帕孜力·萨力，他陶醉在风景如画的原野眺望远方。

他们出发前围坐在县政府会议大厅的桌子旁，认真地听了林基路的讲话。维文会主席阿不力米提汗等人也参加了会议。

林基路回忆了上次下乡时，宣传队开展为前线募捐冬衣活动的良好表现以后，说：

“咱们都知道，现在国家正处于抗日战争的关键时刻，而且新疆的各族人民非常关心这场战争。所以，我们要更广泛深刻地做好宣传工作，鼓舞他们抗击侵略者的信心。我们这次以宣传的特殊意义为主，组织了各个阶层有一技之长的人员十二人，也就是在座的各位。你们中间有能言善道的人，还有乐师演员和画家丑角。我希望你们能各尽所能，把政府的号召传达给每一个老百姓。”

“这个宣传队是林县长自己组织的。”阿不力米提汗·尼亚孜主席补充了一句。听了阿不力米提汗·尼亚孜的话，全场响起了热烈的掌声。阿不力米提汗·尼亚孜继续说道：“你们每到一处，就要体现出启蒙者、宣传员和文艺工作者的形象，你们是让愚昧无知的人们从噩梦中醒来，指引他们走向文明道路的领路人。我祝愿你们的工作顺利。”

“我不能时刻和你们在一起。所以，你要三天汇报一次工作，要经常和我保持联系。”林基路和吾普尔老师道别时嘱咐道。

吾普尔老师坐的凉篷大四轮马车的老车夫甩着响鞭，似乎在催促马匹快速行驶，或者是和后面赶上来的马车车夫在戏耍。他和开朗的年轻人聊天，又看看思绪万千的吾普尔老师，摸着黑胡子说：

“吾普尔老师，咱们天南海北地聊着天走嘛。这么长的路，不说说笑笑是到不了的。”

"好吧，大哥。"吾普尔老师笑着回答车夫的话，"咱们聊一些啥话题呢？"

"我问你一个问题？"

"请问。"

"我实在不明白'反帝会'是什么意思？"车夫挠着头问。

"诸位，你们谁说说是什么意思。"吾普尔老师知道同伴们的心声，希望他们自己表达出来，但此时谁也没有吱声。

"'反帝会'是指让大众觉醒、教育民众、组织人民和扩大抗日民族统一战线的群众性政治组织。我们可以称作：新疆人民反对帝国主义联合会。我们这个宣传队，也是新疆人民反帝联合会库车分会领导组成的。"吾普尔老师解释道。

"这么说，现在开展的各种社会活动都是'反帝会'领导的吗？"

"是的。"

"库车县利用一切社会力量办好教育，组织力量扫除文盲，提高各族人们的文化水平，说服几个提倡教育的巴依修建学校。我现在想想，原来这都是'反帝会'的主意。"

下午时分，暑气蒸腾的时候，他们顺着道路两旁生机勃勃地生长的钻天杨，来到了一个僻静的村庄。或远或近的地方比棚圈还差的房屋，时而连在一起，时而独处。而且，偶尔可以看到地主巴依的豪华房子被各色花草树木环绕。刺眼的太阳光芒下，绵延的田野把夏季收割后的景色展现在他们眼前。无垠的麦田被收割完之后，裸露暗褐色的土地，以及伫立棉花玉米的田野。

两辆四轮马车停靠在一所小学的门口。乡村里要演出节目或放电影或开大会的时候，除了学校以外，找不到更好的地方。

人们透过学校的木栅栏，可以看到一个操场和整齐排列的土制教室。因为现在是暑假，学校里十分寂静。两排钻天杨耸立在通往教学楼的路边，好像在安逸的环境中酣然入睡。

“各位，咱们的宣传就从这个村子开始。现在，咱们先下车吧。”吾普尔老师说。

组员因为火热的旅行，第一天就感到十分疲劳。所有的人下了马车之后，捶打麻木的腿，好不容易来回踱步活动筋骨。车夫们赶着马车走进学校里后，赶紧卸车里的行囊。街道上玩要的孩子们跑过来，主动卸下行囊并帮着搬运。组员不顾旅途劳顿，准备填饱饥肠辘辘的肚子。他们烧水以后，用干硬的馕饼喂饱了自己的肠胃。然后，卷根莫合烟吸着休息了一会儿，就到附近的农民家去借杆子、绳子、斧头等工具了。

四周静悄悄的。寂静的黄昏笼罩孤独的村庄，甚至听不到狗的吠叫声，也没有鸟雀的啼鸣声，好像所有的生灵都睡着了。一头灰色的毛驴拴在院子前的树干上甩动尾巴，驱赶烦人的苍蝇低头站立。有时还可以遇到穿粗布连衣裙、头发忽忽悠悠、耳朵上戴着廉价耳环的淳朴乡村姑娘。院子的前面，一群小孩在扬着尘土戏要。吾普尔老师来到一个破旧的院落前停住脚步。院子里有个女人在缝补麻袋。她看到陌生人突然走进自己的院子，慌忙抬起系着白色纱巾的头，稍微扭身莫名其妙地望着来人。她有些花白的一缕头发，轻轻地跌落在她布满皱纹的额头。

“请问你找谁？”女人问道。

“我们从城里来，为了展览我们需要一些绳子和木杆。”吾普尔老师坐在土台边，简单地解释道。

“你们是不是林县长派来的？”

“是的。”

“我觉得，林县长每天不睡觉为我们老百姓操心。今年春天，他想扶持像我们这样没吃没喝、没有种子的农民，派人送来粮食。乡约和水利总管说：‘这些粮食有借就有还，所以只能给那些可以还得起的人，穷人只会吃不会还。’暗自瓜分掉了。林县长听说了这件事以后，派人让地主巴依赔了种子和粮食，分给了穷苦百姓。”

“咱们不能因为是乡邻就相信。这个世道，左眼会成为右眼的敌人……”吾普尔老师打断了女人的话。

“他还调查清楚了少报土地、少缴农业税和不缴公粮的人。”女人走过来对吾普尔老师小声地说了几句。

“家里其他人呢？到地里去了吗？”

“孩子他爸在麦场，儿子和村里其他的人一起在苏巴什拦洪大坝参加劳动，儿媳妇回娘家去生孩子了。我还有两个孙子，他们去麦场给他们的爷爷送饭了。”那个女人回答道。

“这里也开办了识字班吧？”

“开办了。家住在附近的娃娃在学校，家住得比较偏远或来不成学校的就在当地，把他们聚在一起学习文化。因为现在是农忙的时候，所以识字班也就停下来了。”

“无知比贫困还要厉害。”吾普尔老师嘀咕了一句。

“我们过去对汉族当官的存有敌意，但林县长来到这里以后，彻底改变了我们的想法。我们看到穷人的生活有了改善，农民的眼界也开阔了，所以都认为他们中间也有好人，可以依靠的人。先生，你觉得我说得对吗？”女人说。

“你说得很对。现在，没有人不说林县长的好话。”吾普尔老师认可女人的话。

“奶奶，奶奶，学校里要演节目，咱们也去看吧？”两个孩子喊叫着跑进院子，看到一位陌生的人在和奶奶说话，有些不好意思地缩了缩脖子。

“他们是我的孙子。”家主人说完，从屋子里拿出了一条绳子，说，“先生，家里只有这条绳子，用完后一定记得还给我哦。”

“谢谢，我一定还给你。”

吾普尔老师道别家主人走出院子，来到一个大宅门前，推开院门走了进去。他走进院子看到棚圈里卧着成群的牛羊，判断出这是一个比较富裕的家庭。棚圈旁，一位瘦高的中年妇女看到吾普尔老师，莫名其妙地看着他放下手中的篮子。

吾普尔老师稍微低头行礼后，说出了自己来这里的目的。这个女人不知道东西放在哪里了，赶紧让自己的一个孩子帮忙寻找。这时，一位满脸胡子拉碴、身材魁梧的人带着一位年轻人走了进来。他对吾普尔老师点头行礼后，领着和自己一起来的年轻人来到棚圈旁。

“你还要宰羊吗？我们这是造了什么孽啊？”

“请进。”家主人故意没有听到女人的话，请年轻人进到圈棚里。年轻人看了看圈棚里的畜群，对家主人说：

“你准备宰几只羊？”

“现在先宰五只吧。”家主人在心里默数了一下，说。

“天这么热，你咋样存放羊肉呢？”年轻人心疼地问。

几个小孩子在屋里听到院子里的对话，跑出来哭着说：

“好爸爸，求你不要宰羊，好不好？”

“不许出声，否则把你们的耳朵扭下来。”那个人吓唬完孩子又说，“孩子他妈，去把刀和磨石拿来。”

孩子们一听到“耳朵扭下来”和“把刀拿来”的话，害怕得跑进屋里，把被子捂在头上。

女人从屋子里拿出刀和磨石，问孩子的父亲：

“你咋这么着急？明天再宰不行吗？”

“明天？”那个人瞪着眼睛说，“收牧业税的人还等你到明天吗？！那些人说了：每二十只羊缴三张羊皮，不缴或隐藏的要受到惩罚，我有什么办法。”男主人气恼地说。

“那你先少宰一点，其他的以后再说吧。”

“今天必须都宰掉。他们来检查的时候，棚圈里有几头牲口让他们看几只。”

“奶牛和小牛咋办？毛驴呢？”

“咱们没办法把驴和牛藏起来，想别的办法吧。”

吾普尔老师听了片刻他们之间的对话后，慢慢地向后退去。家里的女主人赶紧追到门口，说：

“先生，肉快熟了，吃了再走吧。”

吾普尔老师吃不下任何东西，他心里明白家主人心里的难处，赶紧致谢告别了家主人。他从另一个院子找了两个椽子回去的时候，其他的同伴早已经固定好树杈，正在学校的操场上布置简易的舞台。

没过多久，围着麻布的舞台就搭好了。几个小孩子在舞台上跑来跑去地戏耍，几个组员在场地周围的绳子上挂宣传画和条幅。这时，小村庄的天空回荡着欢快的鼓乐……

小孩子们最先跑了过来，然后是青年男女和老人。他们来到操场，争先恐后地观看绳子上的宣传画，听解说员介绍图示。

舞台前聚集的人们，焦躁地等待演出的开始。帷幕拉开的时候，吾普尔老师走到舞台前，请大家保持安静。

第一个节目是木卡姆选段。随后，连续演出了第二个歌舞和第三个滑稽节目。节目的曲调让人赏心悦目，掌声和音乐此起彼伏，人们融入在欢乐的海洋。吾普尔老师看到这一切，心里特别高兴。观众开始像潮水一样涌向舞台，每一个演员都和观众握手致意……

节目在继续，两个化好妆的演员，戴着假胡子，一位装扮成伯克，一位装扮成农民的模样上台表演。

伯克瞟了农民一眼，傲慢地唱道：

如果你要问我是谁？
我是一言九鼎的尊贵伯克。
醒醒吧，这是最后的通告，
交齐县衙给你指派了税。

农民一副可怜的模样，哀求道：

老爷，我好不容易才养活自己，
残渣剩饭填饱肚子。
家里只有破毡子烂铁锅，
谁也不会买我这个旧房子。

伯克听了这番话，更加嚣张地恐吓道：

住嘴！把你该缴的缴上！
可以用土地或房子代替，
要不然让你的儿子做工抵税，
或者把你的小女儿给我。

……

农民看到自己无论怎样哀求，伯克根本没有一丝怜悯之心。他生气地站了起来，冲到伯克面前：

横也是死，
竖也是死。
今天就是和你拼了，
我也不会出卖我的尊严。

伯克慌了神，不知道该做什么才好。这时，几个差役跑上来拉开了伯克，幕布渐渐地合上了。农民们特别喜欢这个节目，掌声经久不息……

轮到下一个节目时，一个人上台唱了首非常优美激昂的歌曲。他号召其他的人和自己一起共同努力，奋勇向前。后面表演的二人对唱和表演唱节目也很精彩。每一个节目之间，有演讲才能的宣传员走上舞台，激情地进行演讲。他们有的讲抗日战争形势，有的讲积极购买国债券的意义，有的号召努力种粮获得大丰收，有的讲学习文化知识的好处。

宣讲活动非常热闹，人们没有感觉到天色已晚。宣传活动结束后，有的农民去麦场继续干一会儿活，有的直接回家去了。

傍晚的天空，晚霞退却后变成了银白色。烟囱里冒出来的炊烟，像一层薄纱弥漫在墙面、屋顶、街道和树枝间，然后袅袅地汇入天空中朵朵云彩间。蚊子轰炸队开始行动了，成群结队地嗡嗡作响。树间的布谷鸟在欢快地鸣叫。随后，它好像被什么吓着似的，扑棱着扇动翅膀飞向远处。

宣传队的人因为明天早起就要继续他们的行程，所以他们必须今天要把场地打扫干净，把借来的东西都还给主人，然后舒展腿脚好好地休息一下。因此，他们认真地把场地打扫得一干二净，舞台也拆卸停当了。

吾普尔老师为了归还自己借来的绳子和两根椽子来到街上。绿色装扮的街道上，几头牛蹄下扬起灰尘悠闲地散步。灰尘飘浮在空中，落在街道两旁的沙枣树和野蔷薇的枝叶上。野蔷薇火红的叶子，不顾灰尘散发出刺眼的光芒。蟋蟀也时断时续地附和优美的夜曲。

吾普尔老师在刚才那个借东西的人家耽搁了许久。因为他们需要别人的安慰。所以他尽力劝慰那户农民。后来，吾普尔老师道别离开了那户人家。四周静悄悄的，村庄在半饥饿状态下酣然入睡……

吾普尔老师回到营地的时候，队员们安顿在了一个教室里，就像吃饱奶水的婴儿般酣睡。吾普尔老师点亮了一支蜡烛，按照林基路的要求在日记本上记录下今天宣传活动地点、参加人员和活动情况。他一直到很晚才睡……

宣传队的活动进行得十分顺利。一天，他们来到离县城十五里的库木爱里克村。吾普尔老师的姐姐就住在这个村子。

吾普尔老师趁着休息的机会，穿过阴凉且蜿蜒的乡间小路走向他姐姐家。道路两边的桑葚树枝间鸟儿在欢快地啼鸣，野鸽子不知落在谁家的藤架上难忍酷暑地打着盹。太阳的余晖斜射地面，散发出所有的能量。吾普尔老师边观赏周围的玉米、棉花、西瓜、甜瓜地和果园，边快步来到了他姐姐的院子前。一位少妇胳膊下夹着包裹馕饼的餐布，正和准备送去磨坊磨面的中年妇女交谈着什么。旁边有个十三四岁的女孩，两只手揣在衣服兜里，出神地望着那个正在清洁谷物的中年妇女。稍远处，手里拿着棍子的几个小孩子和一条黄狗在玩耍。

吾普尔老师走近的时候，清洁谷物的女人看到他赶紧站起来，不知该说什么才好，眼睛里噙满热泪说：

“看到你，我真是太高兴了。”她就是吾普尔老师的姐姐。

分不清长相且个头相当的五个小孩子在雀跃欢笑，他们相互推搡着把吾普尔舅舅围在中间。吾普尔老师逐个在他们的脸蛋上亲了一下，然后抱起了最小的女孩。

“姐姐，我每次来的时候都麻烦你们。”

“兄弟，千万不要这样说。我真高兴你没有忘了我们，你要经常来看我们呀。”

吾普尔老师的姐姐嘱咐那个十三四岁的女孩，让她守着正在清洁的麦子后，把吾普尔老师领进屋问寒问暖。吾普尔老师也问了姐夫的近况。

“他这人呀，总是闲不住。你也知道，农民的生活就是这样，一年到头高兴的事儿在地里，不高兴的事儿也在地里。”说完，吾普尔老师的姐姐站了起来。

“姐姐，不要忙活了。坐，咱们先聊一会儿。”

“你渴了吧，我先把炉火点上烧点水，给你煮壶茶。今天忘了从邻居家买酸奶子了。”姐姐不顾吾普尔老师的阻拦，向院子外面走去。

“你们又盖了一间房子吗？”姐姐回来后，吾普尔老师问道。

“是的。春天的时候，我们好不容易凑钱盖了一间屋子。”

“真是太好了。房子变得宽敞多了。”

这个时候，吾普尔老师听到姐夫的声音，起身赶紧与中等个子、露着肩膀、眼窝深陷、面带孩子般的微笑、身穿有补丁的粗布衣衫的人握手致意。吾普尔老师的姐夫非常高兴，他把手中的两个甜瓜放在凉炕以后，拍了拍吾普尔老师的肩膀说：

“兄弟，你好着呢吗？……”然后，起身让吾普尔老师坐在上席，自己盘腿在炕席的边缘。吾普尔老师的姐夫摘下头上油乎乎的白帽子，露出太阳晒得起皮的光头，可以看出他在地里干完活刚回来休息。他的脸色像正要落山的太阳一样红，把白色粗布衣衫上的两条袖子挽了起来，露出两只桃色胳膊上亮闪闪的汗毛。小胡子下的厚嘴唇略微张开，温柔的眼睛微笑地看着吾普尔老师。

没过多久，餐布上摆上了各种食物和茶水。他们边吃边聊天，吾普尔老师的姐夫从身边拿出骨把匕首，切开自己刚拿来的哈密瓜，首先递给了吾普尔老师一牙瓜。吾普尔老师赶紧接过瓜致谢，并且咬了一口开玩笑地说：

“从种瓜的人手里拿瓜吃，这才有味儿。”

“哈哈哈。说说你自己，你是不是还在当老师？”

因为亲戚之间很久没有见面，所以吾普尔老师话题扯得很远，说了很多自己去了哪里，干了什么事情等情况。

“你就这样一个人过吗？”吾普尔老师的姐夫关心地说。

吾普尔老师不好意思地笑了笑，说出自己还不想结婚的心思。吾普尔老师的父母在世时他已经结了婚，而且十分喜欢自己的妻子。一年后，无情的现实在难产中夺去了妻子生命。从那以后，他再也没有想过和别人结婚的事情。

“姐姐。”吾普尔老师喊了一声。

“我马上就来。”吾普尔老师的姐姐说着，在抹布上擦了一下手从里屋走出来。

“姐，你过来坐一下。”

“什么事儿？”吾普尔老师的姐姐一边问，一边在吾普尔老师的身边坐了下来。吾普尔老师把小孩子全部让坐在餐布周边。

吾普尔老师打开包说：

“这块条绒短袄布给姐夫，这块克什米尔头巾和绸缎裙子布是给你带来的……”

“天哪。”吾普尔老师的姐姐激动地叫了起来。

“小东西虽然不成敬意，但是是我的一片心意。”然后他又拿出了小孩子们的礼物。

一家人坐在炕席上交谈，并且津津有味地吃着样子不好看、但十分好吃的乡村拉条子面。

吾普尔老师不顾姐姐和姐夫的挽留，致谢并告诉了他们自己不能长留的原因。

“你啥时候都是来了就走。”

“没办法，这都是工作的需要嘛。”

“虽然话这么说，但我们还是有点舍不得你。”吾普尔老师的姐夫心存不舍地说。

最后，他们恋恋不舍地道别分手。吾普尔老师的姐夫不顾他的推辞，非要把他送到住的地方。

他们走出家门的时候，已是圆月当空时分。村子周围洒落奶白色的光芒，村子在熟睡，居民点静悄悄的。微风徐徐，感觉四周十分清爽。

二

宣传队马不停蹄地穿行在乡村已经四十天了。这些日子，他们蹚过激流，翻过无数险峻高山，喝过清凉可口的泉水，沐浴微风走过草原，翻滚在蓝天白云下。画家们画画，诗人们在作诗，乐师演奏木卡姆，歌手在吟唱久远的岁月。他们演出了几十场节目，给千万个农牧民宣传了政府的政策。这期间，林基路一直都在关注他们，了解他们的情况。有时尽到父母官的责任，慰问宣传队的工作人员，过目宣传工作，并提出相应的指示。

宣传队在有序中开展工作。他们顺利完成任务回到县城时，所有的人都十分疲惫，但都没有表现出来。

县政府大院果园中央的八角亭子里正在举行宴会，犒劳下乡回来的宣传队工作人员。八角亭子的边缘上，挂着用汉语和维吾尔语书写的“热烈欢迎反帝宣传队胜利归来”红色条幅，亭子柱子上挂着宣传队用的宣传画和图解，石桌上摆着为他们准备的各种水果和美味甜品。蔚蓝的天空，空气特别地清新，景色十分地迷人。林基路在宴会上说：

“你们根据‘反帝会’的指示去乡村宣传，把政府的精神传达给各族同胞，发扬了宣传员的作用，我们衷心地祝贺你们的工作圆满成功，并致以崇高的敬意。因为，你们为了《六大政策》的顺利实施而努力奋斗。这是你们的荣耀，你们的胜利，你们的成绩，也是整个‘反帝会’的胜利。”

宣传队员听了林基路给予的高度评价都十分激动，八角亭子里响起了热烈的掌声，久久回荡在园子里。

“林县长高度赞赏了你们的工作。我还是想说，你们牺牲了自己休息时间和个人的事业，不顾天气炎热和各种困难，为更好地实施《六大政策》而奋斗，这是更值得我们祝贺的事情。”阿不力米提汗·尼亚孜主席站起来说。

吾普尔老师被邀请发表了讲话：

“我认为，我们这次获得喜人的成绩：农牧民反对日本帝国主义的情绪高涨了，爱国主义热情更加高涨了。如果说有成绩的话，功劳属于林县长的正确领导。我去一个村子的时候，看见当地的农民含着热泪宰杀牛羊，牛羊皮上满是苍蝇。我问他们这是怎么回事，一个农民哭着说，税务员威逼我们按牲畜头数上缴牛羊皮，没办法才宰了牛羊。牛羊肉吃不完，都开始腐烂了。这是造的什么孽，让我们怎么活啊。我听了农民的遭遇后，觉得事态十分严重，立刻就报告给了林县长。林县长制定出了关心农民切身利益的方案后，农民打心眼里满意。都说林县长体恤我们。”

“农民有很多冤屈。如果不是你及时报告的话，农民还会遭受更多痛苦。”这时，坐在旁边的帕孜力·萨力对吾普尔老师耳朵附语了几句。

大约过了半个小时后，石桌上先后摆满了各种炒菜和面食。饭菜的香气弥漫在四周，让人忍不住咽一口口水。石桌的周围，除了林基路之外，其他的人都腼腆地坐着。林基路看到这个情况，说：

“你们不要这么腼腆，都可以畅所欲言嘛。咱们都是一家人，有什么不好意思说的。”

在座的人听了林基路简单却充满温馨的话，无拘无束地斟满了酒杯，筷子也开始行动起来。

林基路看眼前无数张因激动而涨红的脸，听他们亲密的交谈和爽朗的笑声，心里感到非常高兴，举起面前斟满酒的杯子抿了一口。

旁边桌子上的人非常热闹，筷子像织布机的梭子一样来回穿梭。每一个盘子里的菜，不一会儿就见底了。有的人不会用筷子，把筷子放在一边，干脆用勺子舀菜吃。

他们喝了几巡酒之后，宴会掀起了更高的高潮。有些人已经喝得面红耳赤，可仍然继续碰着酒杯。阿不力米提汗·尼亚孜坐在吾普尔老师的旁边，劝他喝一杯酒试试感觉。但是，从没有喝过酒精饮品的吾普尔老师右手抚胸致谢，拒绝了阿不力米提汗主席的盛情，摇头表示自己从来没有喝过酒。

宴会结束以后，所有人起身活动麻木的腿脚后准备道别离去……这时，林基路召集宣传队员在美丽的夜色下合影留念。他特地请来的回族摄影师努尔阿洪，记录下了这个人生最珍贵的时刻。活动结束后，林基路带着吾普尔老师沿园中小路走向湖边。林基路迈着小步边走边和吾普尔老师说话。吾普尔老师则扭头仔细听林基路的话，也慢慢地走在他的旁边。他们边走边交谈，不知不觉中就来到了水塘边。林基路说：

“请坐。”

吾普尔老师特别精神地坐在林基路对面的大石头上。

水塘的水很多，平静而宽广的水面泛着银光。水塘边垂柳的枝条，无论垂在水塘面还是在微风中摇曳，都让人感觉那么地醉人。柔软的枝条在时断时续的微风中像五线谱一样跳跃，像跳舞女孩的头发一样飘逸。然后，又好像累了一样静止下来。草丛中的蟋蟀从甜美的梦中醒来，用沙哑而醉人的声音开始高歌。

“我抽查了县境内的大部分学校，很多学校都在利用民房和旧房子当教室。有些学校虽然有教室和办公室，但条件很艰苦，教师也短缺。教师没有住的地方，只能租住在民房里。根据这些问题，县里决定给老师们盖住的房子，给他们每月补助五十斤麦子，并且村里的长者还积极解决教师的生活，以及尊重他们的要求。从今以后，无论县里成立什么团体，必须要有老师代表参加。最近，重新组建的‘反帝会’主要成员和多数委员由各个学校的老师担任。你也是‘反帝会’的成员之一。我们为了加强坎尔孜学校的工作，决定派你去那个学校当校长。”

吾普尔老师听了这个没有预料到的消息，不知该说什么才好。他知道这个学校坐落在离县城十多里，靠近飞机场东边的村子里。那是一所县管辖而且规模较大的小学。吾普尔老师的脑海闪过一个“我在哪儿干活都行”的念头。

“我相信你能管好这个学校的工作。学校旁边的二十亩果园也划分给学校管理。你们要好好栽培果树，所得收获可以用于学校的经费。”

林基路提到的这个果园是十多年前种植的。由于后来的日子没有人管理和缺水的原因，开始衰落。虽然如此，但这块地属于学校也是件好事。吾普尔老师有所耳闻，林基路此前曾把很多种植地划给学校管理。学校把这些果园的果实卖掉，用卖掉的钱修建学校、买课桌椅，解决教师们生活上的一部分困难。但是，吾普尔老师一想到水的问题就头疼。如果没有水，怎样让果园变得繁茂起来呢？

“我们可以接管这片果园，水的问题可咋样解决呢？”吾普尔老师说出了自己的担心之处，“连农民自己的地里的水都顾不上，能给灌溉果园的水吗？最后，还不是会发生和农民争水的事情。我不想和他们发生口角。”

“你觉得有别的办法吗？”林基路说完看着吾普尔老师忧郁的眼睛，好像在说：发挥你的智慧，会有一个好的办法。

吾普尔老师听了这话，猛然回过神。这些话好像温暖的阳光，让他心头的阴霾消失得无影无踪。

“我记得那个地方好像有坎儿井，现在可能被掩埋不出水了。”吾普尔老师沉思了一会儿，慢慢地抬起头说。

“这不，想出办法了嘛。”林基路满意地点头笑了笑说，“你找个挖坎儿井的师傅先挖挖看。”

“我先想想办法。”吾普尔老师抿嘴笑了一下。

吾普尔老师的应诺让林基路感到十分高兴，他说：

“今年，我们还要在几个地方开办女子班。必须给她们配备老师，尤其是女老师。但是，现在还十分困难。就算这样，今年你们招生的时候，还要登记学龄的女孩儿。不管有多少个学生，就开办相应的女子班。如果找不到老师，就从高年级的学生里面挑选一些文化修养较好的先去代课。你们上报的女子班真正批准后，给你们解决女老师的问题。”

吾普尔老师接到林基路的一些指示后道别，走出政府院子来到集市买些东西，准备看望很久不见的阿布都拉的母亲，顺便打听一下阿布都拉是否从苏巴什拦洪大坝工地回来了。吾普尔老师心想："如果回来了，最好能见到他，如果见不到，最起码探望一下他的家人。"他边走边想，不知不觉走了几条街。他在帕哈塔巴扎路和科克其买里街交叉口，看到热斯坦街两边的参差不齐的店铺和院落已经重新翻修了，感觉道路宽敞了许多。

吾普尔老师走了一会儿后，在文化宫前遇到了几个熟人。他们之中有个衣服虽旧但很整齐的人，他就是神采奕奕的加马力老师。吾普尔老师一见到他，刚刚平静的心海又不知为什么升起片片涟漪。但是，他按捺住激动的心情走向他们。吾普尔老师看到加马力老师友善的笑容和整齐的衣衫，心想：不久前他还是个酒鬼，没有斗志的人。看样子，林县长的话没有白说啊。

他们白天在忙家里的事情，天气变得凉爽的时候来文化宫看报纸或下棋。

在林基路的倡议下建成的这个"促进社会文化教育委员会"，设立了这条街上的公共图书馆和娱乐中心，青年教职员工或学生每天到这里来看报、读书和下象棋、打乒乓球。主要工作人员是老师。人们摩肩接踵地来这里，购买自己喜欢的各类杂志报纸、各种棋类和乒乓球。林基路自己也经常来这里。

吾普尔老师和他们一一握手致意后，特地问候加马力老师：

"你还好吗？"

加马力老师望着吾普尔老师的眼睛，友善地露着整齐的牙齿说：

"谢谢，我现在很好。"

吾普尔老师问候加马力老师的时候，过去和吾普尔老师在一个学校当老师的卡斯木·司马依傲慢地说：

“听说，你刚从乡下做完宣传回来，这是又要去哪儿呀？”

吾普尔老师笑了一下，然后镇静地回答说：

“政府让我去哪儿就去哪儿呗。”

卡斯木·司马依用深陷的眼睛，环顾加马力老师和所有的人。

“政府要是把你派到祖辈都没见过油灯的地方咋办？”

“我还是会答应。我去那儿给他们点油灯！”

所有的人听着他们的谈话。当他们听到吾普尔老师的回答，都会心地笑了起来，害羞的卡斯木老师窘迫得无地自容。

第十八章　豪情

一

坎尔孜学校坐落在离县城十几里，一个比较偏僻葱郁的小乡村里，周围几个村庄的孩子在这里上学。这个学校在这一片最宏伟。学校的前面有几级台阶，大门顶上高高地挂着几个大字牌匾。乡管辖范围内，找不出第二个挂这么大字牌匾的地方。远远望去，学校有缺口的高墙粉刷成了白色。宽阔的操场，灌满清水的水池，开满各色花朵的花园，以及硕果累累的果园和一片耕地，让学校显得多姿多彩。

吾普尔老师交接了学校的工作以后，开会的时候对教师们说：

“今年，咱们学校要开设女子班。”吾普尔老师话音刚落，所有的老师都觉得十分惊讶。

“这是人民的要求和时代的需求。我们的女性一直以来生活在封建迷信、没地位，而且遭受剥削和压迫的环境下。现在，也该让她们感受一下太阳的温暖了。所以，我们在这条路上必须要不怕流言蜚语和艰苦才行。”吾普尔老师解释完，又说，“愚昧和封建迷信让我们落到这个地步。因为当今社会存在的弊端，所以我们才没有得到发展。我们的无知愚昧比最危险的敌人还要厉害！”

因为离开学的时间不远了，所以赶紧安排了老师们去各个乡村，详细统计一下学龄前的儿童。吾普尔老师牺牲美好的青春追求梦想，对未来充满信心地也步行来到萨哈格村统计学龄前儿童。他为了到达那个村子，必须要绕过新修建的飞机场，从戈壁走上一两个小时才行。

吾普尔老师当天早晨就出发了。虽然酷暑已经过去，但太阳仍然还是火辣辣的。他头顶烈日穿过戈壁，顺着路边潺潺流动的河水来到村子里。道路两旁的果园和庭院的门或敞开或关闭，而且富有的人家的门高大美观。收割过的麦田参差不齐，玉米地在他的眼前一一掠过。吾普尔老师在现实或梦幻中都见过这么美丽的地方。不，他没有见过这个地方，他出生在另一个美丽的小村庄。

这里的生活千姿百态：闲着无聊的人们集聚在路边一棵圆冠榆下，消遣地看着水渠边沙石上几个年轻人在做买卖。蒙着面纱的几个女子围坐在卖凉粉的车前，拌着辣子和醋津津有味儿地吃凉粉，稍远处一个满手是血的屠夫在宰羊。街道的另一个角的雄伟建筑门两侧，坐着几个花白胡须的老人。其中一个看热闹的年轻人，眼睛一动不动地望着屠夫敏捷的身手，自言自语地说：

“宰羊的手艺真不错！老话说得好，就是宰一只麻雀，也得让屠夫去宰（熟能生巧）。”

屠夫听到年轻人的赞扬，为了回答或休息片刻，停下了手中宰羊的活，一只手拿宰羊的匕首，用另一只衣袖擦了擦鼻尖上的汗水，说：

“屠夫是手艺人的鼻祖。如果一个人要当屠夫，首先要把手放在树墩子上用斧子往手上剁。假如没有剁伤手，才能当一位合格的屠夫。”

“哦！”年轻人似乎明白了这一切。

“看！那是谁？”年轻人突然大喊了一声。

吃凉粉的女人、屠夫、坐在凳子上闲聊的老人，反正所有的人都向年轻人指的方向望去，看到正走在场地中央的吾普尔老师。

“是老师。”其中一个人说道。

“你咋知道的？”

“戴帽子穿短装的肯定是老师……”

“这个家伙把胡子粘在头上了。”萨依木喀里刚过来坐在凳子上，便嘲笑地说。

“萨依木喀里老爷，”单腿跪坐在尘土上的一位山羊胡子老人，咳嗽了一声说，“我听说他们正准备招收女学生。”

“咱们等他来这儿，要不然这个可恶的家伙会教唆其他的人。”萨依木喀里说完，等吾普尔老师走过来。

吾普尔老师迈着小步，准备慢慢地走过他们的身边时，萨依木喀里叫住了他。

“你不认识我吗？！你虽然年轻，可眼神不会不太好吧。”他故意说，“我从很远的地方就认出你了，哪阵风把你吹到这儿来了？”

吾普尔老师看到这个短浓眉毛、稀疏胡须的人就十分反感。他心想：这个人是从哪儿钻出来的？他在这儿做什么？很久以前，这个人在吾普尔老师的家乡当依玛目（率领教众徒做礼拜的人），教孩子们学习经文。有一天，他对吾普尔老师的父亲说：“你要好好管教你的儿子，让他做个懂礼貌、秉性好的人，千万不要和乱七八糟的人来往。再说，你要让他学习经文，要不然你会在众人面前丢人，每个人都咒骂你，别人会瞧不起你的。你明白吗？”吾普尔老师的父亲感慨地说：“我的儿子是个孝顺的好孩子。他非常喜欢上学，又懂礼貌聪明伶俐，是个当老师的好材料。如果敌人和对手能竖起大拇指夸奖他，我就满足喽。”从此之后，吾普尔先生就讨厌看到这个人。萨依木也开始恨上吾普尔老师。

后来，因为收什一税（宗教税之一，其税率一般为5%到10%）时贪污很多的粮食而被撵走，不让他再担任依玛目的职位。为此，吾普尔老师很高兴。最近，偶尔在县城可以遇到他，突然又消失得无影无踪。

吾普尔老师心情沉闷，无奈地回答他的问题：

“我没有及时认出来你，请你原谅。你是萨依木喀里吧。你怎么会在这儿呢？”

“谢天谢地，我的身子骨还硬朗着呢。我在这里当依玛目快一年了，日子过得好着呢。”说着，他伸了一个懒腰。当然，他从一个麦场就至少收三筛子的什一税。只要有人烟的地方，他都会从婚丧嫁娶中想法获得好处，写状子或问他主意的人也会付给他酬劳。

“你怎么会来这个村子呢？”萨依木喀里蔑视地问。

“我在登记上学的孩子。”

“哦，看样子你是准备教孩子学习呀！”

几个年轻人和屠夫望着吾普尔老师，不知道他会怎么回答。因为，他们喜欢看旧思想和新文化的代表们辩论。

吾普尔老师点点头，好像在说：是的。

“好。你还要教女孩子吗？”萨依木喀里和猫一样喵叫。

“是的。”吾普尔老师回答道。

“哦，你说你要教女孩子，难道男人也可以教女孩子吗？”萨依木喀里抬起头微笑地盯着吾普尔老师，眼睛里流露出奇怪的光芒。

“女学生由女老师授课，你不用为这件事情担心。”吾普尔老师笑着说完，环顾了一下坐着的人。他们一会儿看看吾普尔老师，一会儿又看看萨依木喀里，饶有兴趣地听着他们之间的对话。

“哈哈哈……”萨依木喀里背靠着墙大笑起来。然后，瞪着眼睛说：“青春期的男孩和女孩一起上学，是吗？你们认为，教育他们就让他们没有了礼义廉耻，成为一个地地道道的败类，是不是?”

“他们怎么会变成异教徒?我们主要的目的是让他们明辨是非，懂得做人的道理，知道好人和坏人的区别，能够亲眼辨别黑白!”

吾普尔老师的回答不中萨依木喀里的意。这样人的外表温文尔雅，其实内心充满了愤恨之情。

“不!”萨依木喀里摇了摇戴着油乎乎撒拉（缠头的白布）的头，恶毒地说，“新学校的课本里没有提到先知，也没有提到关于宗教方面的事情……所以它不适用于我们的孩子。还不如让孩子们学习经文，这样他们会更受益。”然后看着在座的人，又说：“老师都没有信仰。他们所做的事情和教徒格格不入。他们在盆子里洗脸，不念经，还迷惑众生。如果你们把孩子交给他们，你们就不会得到应有的福气!……”他好像让别人也听见似的大声喊叫，然后望着周围的人继续说，“这样的学校，只会培养出一群勺子（是指精神不正常的人）。有一天，我正准备出门，看见邻居的孩子手里拿着一本书，好像在说劳动创造人之类的话。天哪，这不是违背经文里的话吗?没想到学校竟然是创造另类的地方。如果学校要是教出没有前途的孩子，咱们该怎么办呢?!”他说完，嘲弄地看着吾普尔老师笑了一下。其他人没有说话，只是点着头默许萨依木喀里的话。这时，讲经房里一个人说：

“咱们让孩子们在这些人的手里上学，还不如去上经文学校。只有这样，才能完成自己的责任和义务。”

这些害怕接受新思想的守旧者，都说学校削弱宗教害人不浅。

“女孩子上学有什么好处。她们就是上一百年学，还是锅台边的人。”有个人说道。

“每个人都去上学，谁来放羊?穷苦百姓能填饱肚子就不错了……他们的孩子上学能得到什么好处?!只有有钱人的孩子能上得起学，或者到经文学院学习。”屠夫看看萨依木喀里，然后看着吾普尔老师说。

“我看你也是正儿八经的人，少教给孩子们‘马’‘毛驴’之类的单词，你只需要教会一些宗教方面的知识就行。要不然，我们就要关闭你的学校。”其中一位老人插了句嘴，用手里的拐杖在地上狠狠地捣了捣。

吾普尔老师听了这话，想起了这样一件事情：一九一三年阿木提阿吉等进步人士，在库车县建立了新文化学校，在库车县的现代教育历史中，首先点燃了科学教育的火炬。但是，他们遇到了一部分保守派的强烈反对。他们说“阿木提阿吉到国外成异教徒了，他开办学校念书的学生将来都会变成革命人、无神论者和异教徒”。他们散布诸如此类的谣言，目的是让学校没有学生。但是，开明的巴依、公众人士和进步青年手挽手共同努力，结果招收了一百多名学生开课了。反对势力看到新学校得到人们的热烈拥护，阿木提阿吉的声望日益高涨，他们就秘密地唆使手下的流氓，连续对学校的正常教学进行破坏。有一次，他们在克格墩和壕沟（汗戴克布依）街上纠集一群流氓，故意借口说“新文化学校破坏了教义，违背了教规，我们要让他们滚出去”！准备闯进学校大肆进行破坏，把学校砸个稀巴烂。这个时候，阿木提阿吉勇敢地站出来保卫了学校。还有一次，库车王府聚集的上层保守势力说“新文化学校没有上宗教课”为由，开始把攻击目标对准老师，把几位老师锁在王府里，并且为此组织了一个声势浩大的审讯团。他们在审讯的过程中，审讯团的人被阿木提阿吉问得哑口无言，“新文化学校违背了教义”的谣言成了无稽之谈，致使审讯团的人下不来台。这件事情没有奏效之后，审讯团又借口“学校的教学质量差”，准备对学生进行一次全方位的考试，他们问了许多关于语文、数学和地理方面等问题，学生们毫不含糊地对答如流。最好笑的是，主考官竟然不知道学生的答案对还是错。

吾普尔老师回忆那些事，似乎明白了“教育的发展就是和保守派斗争”这句话的含义，对在座的人说了几句肺腑之言。萨依木喀里听了他的话之后如果没有恼羞成怒，吾普尔老师就不会和他争执这些问题。可是，他绝对不能忍受这些人辱没点亮他人生之路的人。他隐约觉得有人在耳边说：保护先驱是你的责任。

“我怎么没想到他这个人的脑子不会拐弯儿？”吾普尔老师走了之后，萨依木喀里对旁边的人嘀咕。可惜，吾普尔老师没有听到他的这些话。

吾普尔老师在坎坷中走了大约一个星期。其他教师们不顾各种阻挠和重重困难，统计了七岁到十一岁之间的一百多位学龄前孩子。登记的学生来到学校时，被安排在了亮堂的教室里。

吾普尔老师安排一部分教师上课，其余的教师继续劝说还没有来上学的学生父母，让他们的孩子来学校读书后，自己投入了恢复坎儿井的工作。

坎儿井在村外的戈壁滩上像一串笔直的念珠，一边连着山脉和荒滩，另一边连着苍翠的村庄和田野。七八个卷扬机安置在坎儿井口，每一个坎儿井口上有几个人在头顶烈日干活。吾普尔老师行礼来到一位五十来岁、裤腿挽到膝盖的人跟前说：

“你好，师傅辛苦了，活儿干得怎么样了？”

吾普尔老师称作师傅的人像虾米弓着脊背，阳光下黝黑的瘦手紧握着卷扬机的把手，他抓着绳子，好不容易从井里拉出一筐沙石倒掉后，又把空筐子放了下去。灯光闪烁，微弱地照亮十五丈深的井底。灯影下有两个人，跪坐在地上用錾子挖开泉眼。他们在又黑又窄的井下，身上斜挎沉重的筐子时而走时而爬，装满沙石的筐子一会儿上一会儿下。师傅虽然看起来若无其事，可事实上他时刻提防突发事件和人身安全，仔细听井下的声音。他知道，他们用血汗引来的水可以浇灌土地和果园。

“谢天谢地，大概可以顺利完工。校长，这就是你们的运气。”师傅很有信心地笑了一下。他是个非常自信开朗的人。

“能有你这样的精通本职的师傅，事情肯定会顺利。”吾普尔老师也笑了笑。

吾普尔老师听说过，这个师傅几十年如一日地从事挖坎儿井的事情，是个挖坎儿井人的鼻祖。凡是他接触过的坎儿井，都会流出潺潺的水。他们聊了一会儿之后，师傅说：

“校长，坎儿井是很有灵性的东西。俗话说：先苦后甜嘛。放心吧，你们的辛苦不会白费，总有一天会看到结果。”

“是啊，等到果园变得翠绿的时候，孩子们可以去游玩，可以在阴凉下读书学习。”远处刚牵马过来的年轻人附和师傅的话。

“师傅，依我看，这个坎儿井可能已经荒废了十几年了吧？”吾普尔老师问。

“校长，你判断得很对。也许，你那时候还小着呢。”师傅又说，“我告诉你，那个时候有个名字叫阿布都卡德尔阿吉（也叫阿统领）的托克逊人来到库车县，任统领官职管理这里。他是军事行政长官，又是个受人尊敬、有文化修养、见多识广、机敏、有远见和在民间很有威望的人。他勘测了库车县的土地后，根据吐鲁番挖坎儿井的经验，在库车也准备挖很多的坎儿井，解决库车县水少的问题，而且从吐鲁番请来四位挖井师傅，修建了两条坎儿井。他手下的兵丁也参加了义务工。坎儿井通水之后，阿统领在坎儿井旁往县城方向修了一条宽二十五丈、长六里的路，还在道路两边种了很多白杨树，培育出了近百亩的果园。这果园，被后人称为汗王的果园。他召集县城人们和附近的农民来坎儿井周围盖房子居住，而且鼓励商人来这里做生意。结果，近三里的地方建成了住宅、饭馆、商铺、经文学院和清真寺。住宅建筑的后面是一片广袤的杏树林。就这样，这里就形成了一个集市。每个星期天，生意人关掉城里所有的店铺，赶到这里来做生意。逐渐，来这里做生意和游玩的人多了起来，集市也变得热闹非凡。这个游玩或做生意的集市，后来有了一个好听的名字叫‘坎儿孜游’。春天在这里举行诺如孜节的活动，有高空走绳索表演、水磨轮子、推铁环游戏、叼羊比赛、高空荡秋千、斗鸡、斗狗和摔跤等游戏节目。新和和沙雅等周边的县城也有人来这里参加游玩或做生意。这里的名声传遍南疆，甚至传到了北疆各地，而且还有了唱关于坎儿井游玩的歌曲……一九二八年，阿统领从库车走了之后，再没有人关心坎儿井和周边的集市，人也开始变得稀少，做生意的商人也淡了起来。强迫搬来的人丢下房屋，回到了原来住的地方。从此以后，集市逐步变得破败起来，房屋和果园里堆满垃圾，房屋和果园的木材石料被周围的人们拿走了，就这样变成破烂荒芜的地方。那些无主的果园，结的果子都让来来往往的人们摘完了。路两边的树让牧畜给啃得差不多了，还有一部分树被人砍掉了。如果你们再不管的话，剩下的树也会枯死。校长，你们是怎么想到这个事情的？”

“这是林县长的主意。”吾普尔老师说。

“哦……原来是这样。”挖井的师傅眼睛亮了起来，“林县长真是个聪明的人。”师傅说完，话别吾普尔老师，动作迅速敏捷地顺着轱辘的绳子下到井底。

过了一阵，井口的绳子动了一下。一个小伙子牵马向前走，马身上拴连轱辘上的绳子开始滑动，站在井口的小伙子小心地拉出装满沙石的筐子，扭头问吾普尔老师：

“校长，让女孩子上学也是林县长的指示吧？”

“这不仅是林县长的指示，也是时代的需求。现在时代变了，女人不应该蒙在面纱里，只知道围着锅台转，你说是不是？”

“你说得对，每个人都像你这样想就好了。可是，那些思想保守的人似乎在密谋啥事。”

“到底发生了什么事？”吾普尔老师警觉起来。

“有些人给女儿举行含糊不清的婚礼，准备不让自己的女儿上学。”

“这事是真的吗？”吾普尔老师将信将疑地反问。

“村子里已经传了好几天这样的闲言碎语。”

吾普尔老师忙着准备开学和招收新学生的事情，没有注意到这些问题。他的脑海里突然有了个念头，想马上去了解一下事情的真相。他穿过荒芜的戈壁，翻过一道山梁，向村子里走去。

吾普尔老师问了几个路遇的人，那些人都摇头说不知道这回事。他走街串乡，没有得到一个满意的答复。最后，吾普尔老师来到一群小孩子在玩耍嬉戏的院子门口，看到一群村姑和几个老婆婆从远处走过来。女人们的胳膊夹着食品托盘和礼物，大部分女人身边围着穿戴整齐的孩子……

院子的门口，有几个人在等她们。那些人接过女人们手里的大件东西，帮着她们拿到院子里。来的人根本没有城里人那种傲慢、显富和装出来的派头……她们行着礼，慢慢地走过来，婚礼总管热情伶俐地迎接了她们。这时，一群人抚着油乎乎的胡子、打着饱嗝儿从里屋走出来准备回去。他们走到院子，遇到了胳膊上夹着礼物走进来的客人们，于是纷纷让出一条路。假如有位衣衫稍有些旧，只带着一片真诚空手来到这里的人，家主人就会甩甩手，不情愿地示意那人到墙角去吃饭。

吾普尔老师弄不清原委茫然地站着，婚礼现场像被水淹了似的安静。所有的人都在悄悄地说话，婚礼总管嘴也像是被封上了，几乎用眼神与其他人交流安排事宜，人们相互之间用手势或眼神在交流。他们走路时小心翼翼，尽量不发出任何声响，没事做的时候，双手垂立站在一旁……

吾普尔老师的心里立刻升起疑云，他想进去一探究竟。

“哎呀，吾普尔老师，快请进。”一个人从远处看见吾普尔老师，赶快走了过来。

“这是什么样的婚礼？”那人走过来后，吾普尔老师问道。

“这……这……这是孩子们的婚礼。”那人握着吾普尔老师的手说。

此时，吾普尔老师望了望院子里面。高大浓郁的葡萄架下铺着席子，席子上是各色花纹的地毯，餐布周围围坐着五六十个客人。男宾客坐在一边，女宾客坐在另一边。手脚麻利的几个年轻男女，手里拿着铜壶铜盆请客人洗手。然后把毛巾递过去擦手，忙着摆上各式各样的甜点和吃食。人们除了面带笑容，讲着一些不太可笑的笑话之外，婚礼和葬礼差不多。因为，吾普尔老师认为婚礼上应该有鼓乐，葬礼上应该有哭泣声。

吾普尔老师心里想：这个不是婚礼，却像是个葬礼。等等，这不会是他们说的小孩子的婚礼吧。他边想边走进院子，一位正在安排事情的高个子、衣着得体的人迎了过来。他是这个乡的乡约。他看到吾普尔老师的时候，心里就感到不舒服。所有的人都安静了下来，婚礼场面也寂静无声。正在吃饭的宾客手停了下来，已经吃进去的饭卡在喉咙里，惊奇地张大嘴巴。四周静悄悄的。院子中间忙里忙外的人，此时也变得异常安静。过了一会儿后，吾普尔老师环顾周围心里想：我的事情在这里能办得顺利吗？他的内心感到非常别扭。老奸巨猾的乡约用手势和眼神安排一些事情后，尽量轻巧地来到吾普尔老师面前，面带微笑双手垂立，骨碌着眼珠看着吾普尔老师说：

“我们没有来得及给你送请帖。还好，看到你大驾光临，真是蓬荜生辉啊，请，请，请里面坐。”

“谢谢，我不是来做客的，我只是想知道这到底是什么样的婚礼？”

吾普尔老师不客气地说。

“这只是一件小事情……”乡约的脸一阵红一阵白，虚伪地笑着说。

“你别想隐瞒事实，这到底是怎么回事？！”吾普尔老师认为自己来得正好，于是严厉地说。

“我们只是按着教义，为女儿举行一下教规仪式……”

“你们举行的是什么教规仪式？！你怎么不敢说强迫小女孩结婚呢？！”吾普尔老师尽量平复心情地说。

乡约习惯了这个村子的男女老少对他的恭敬，可在回答吾普尔老师的问题的时候，却吞吞吐吐地低着头，捋着自己的胡子站在那里。

“你们知不知道，未成年的孩子是不能举行婚礼的？！”

“吾普尔老师，这也是别人的好意。因为他们说，女孩子上学会忘记教义，既然这样还不如嫁出去，省得以后麻烦，这个婚礼请你主持一下吧。所以，我只好勉为其难……”乡约恭恭敬敬地说。

“我们的人民在无知和愚昧中，度过了多少暗无天日的艰苦生活。现在，人民中间正在掀起学习文化知识的浪潮，以及学习科学知识的热情。有钱的捐钱，有力的出力，盖了很多学校。教育的明灯点亮了愚昧的夜空。可你们呢？一心只想着自己的利益，想尽办法欺骗人民，让他们生活在无知愚昧中。你们痴心妄想！”

“先别急。”这时，不久前和吾普尔老师辩论的萨依木喀里跑过来，捋着稀疏的胡子，嚣张地说，“不管是娶媳妇儿还是嫁女儿，都是所有父母的责任和义务。校长，他们想办孩子的婚礼，就让他们去办嘛，他们又没有犯谁家的王法。”

“他们可都是没成年的孩子啊。”

“教规规定，小孩子到了九岁就可以算是成年了，可以谈婚论嫁。人们用图马克（皮帽子）打女孩子，只要这个女孩不摔倒就可以嫁人。”

“你知道吗，现在谁也不会相信你瞎扯的话。因为，时代在改变。”

“校长，”萨依木喀里没有一丝畏惧地说，“你这样说先知会生气的。你是不是维吾尔族人？你的羞耻心到哪里去了？你用这些话亵渎了神圣的教义吗？……”

“我做的事情是罪孽，你做的一切就是行善事儿吗？你所做的事情在人民面前就是罪孽！就是你这样吃现成饭的人，为了一点个人利益，昧着良心欺骗人民群众。”

“天哪，天哪……你这是在胡说八道！”萨依木喀里瞪着眼睛。

“不！现在的人们已经明辨是非，找到正确的道路了。从今以后，谁也不会再希望自己被宗教控制了。所以，我们要开办新文化学校，扫除一切愚昧和无知。”

萨依木喀里的眼睛里露出愤怒的光芒。他举起因恼怒而颤抖的干硬的手，开始诅咒吾普尔老师。吾普尔老师从他的举止，感觉到这场辩论已经结束了。

“乡约，你没必要害怕。去，你把他们带到这里来吧。”吾普尔老师稳住自己的情绪，扭头看着乡约说。

“你想反对先知、教义和我们的风俗习惯吗？你没有脑子吗？先知和教义惩罚过你吗？”萨依木喀里根本没有听吾普尔老师的话，更加歇斯底里地说。

“没有。”吾普尔老师摇摇头，忍住内心的怒火说，“我告诉你们，如果你们利用宗教反对国家，阻碍民族发展的话，后果要你们自己的行为负责。”

乡约无奈地安排其他人，从一间屋子里领出来十三对没有成年的男女孩子。女孩子们头上戴着白色的纱巾，穿着根本和自己不相配的长短衣服（这些衣服是刚问别人借来的），她们的年龄在七岁到十一岁之间。

一位所谓的“新郎”是四十多岁毛拉，其他的都是十五六岁的孩子。他们是一群光着腿、裤腰带掉在膝盖、衣着不整齐、还不知道成家是什么意思的无知孩子。吾普尔老师很快就发现，他们中一些孩子是三四年级的学生。

吾普尔老师环顾眼前站成一排的“新郎新娘”，眼神最后停在那位四十多岁“新郎”的身上。这个人是个子矮小、鼻子和脸一样扁平、眼窝深陷、大嘴巴、脸色像得了很多年痨病一样蜡黄油腻、脖颈儿上有一个黑痣，眼角充血、相貌平平的人。

“你那么大的年纪就想和小女孩成家吗？！”吾普尔老师愤愤地问这个老“新郎”。

“我想这也许是积德的事情。”他低头看着借来的鞋子尖，不好意思地笑了笑，露出参差不齐的牙齿。

“各位，你们不能给他们举办婚礼。就算为他们证婚了，也不能算数！”吾普尔老师看了看乡约，然后环顾四周说。

二

长久以来荒废的坎儿井被修整之后，又充满了勃勃生机。潺潺流出来的井水给学校的师生，以及周边的农民带来了无限的喜悦。

孩子们躲过暧昧的婚礼，投入学校的怀抱，开始了她们安心的学习生活。学校给女学生安排了两名年轻女老师授课。

日月如梭，时间虽然在悄悄地流逝，可吾普尔老师始终忘不掉不幸的女孩子们。他为了给林基路汇报这件事情，步行向县城走去。

吾普尔老师走到半路的时候，遇到了正在赶路的一辆牛车。赶车的是一位六旬老翁。当他靠近吾普尔老师的时候，问道：

“先生，你这是要去哪儿呀？”

“我去城里。”吾普尔老师笑着回答。

“如果我要去城里就捎带上你了。你上来，我把你带到前面那个村子吧。”

老翁的身体特别单薄，像一只干瘦的老鹰。但是，他那被太阳晒黑的脸，以及短而精干的胡须头发显得他很精神，一双眼睛炯炯有神。

吾普尔老师刚坐上牛车，赶车的老翁露出发黄的牙齿对他笑了笑，然后用一根粗长的棍子拍打牛背。牛车颠簸着向前移动，吾普尔老师感觉肠子都要颠出来了。后来，他稳住自己准备和车夫聊一会儿。但是，他觉得不知该从哪里说起。车夫只是笑笑，随着颠簸摇晃顶着旧皮毛帽的脑袋。这辆让吾普尔老师开始感兴趣的牛车，此刻却让他有些疲惫，感到两耳轰鸣浑身酸痛。

吾普尔老师下了牛车后，步行继续自己的旅程。他在萨克萨克桥头经文学院前，遇到了几个为复杂问题较劲的年轻人。他们中间，有一个和吾普尔老师从小一起长大的小伙子。他头上裹着小巧的白色撒拉，身上穿着长衫，脸上镶嵌得体的小胡子。吾普尔老师知道他这几年求学，在很多领域有了自己的见解，而且说得一口流利的阿拉伯语和波斯语。

年轻学生看到吾普尔老师后，立刻热情地和他握手问候。年轻学生胳膊上夹着一本绿皮书，书皮有些发黄。书皮上隐约看到《穆合太赛尔·瓦喀依》几个字。

“我们刚送走阿不力米提汗·尼亚孜，在这儿聊一会儿。”年轻学生说完，又说最近听林基路给他们讲课，学习了《政治宣言》《六大政策》和抗日战争的情况。

吾普尔老师道别他们，拐过一个街角，看到正在建造的一栋砖砌的两层建筑。这是根据林基路的倡议，大善人瓦哈普阿洪出资修建的教学大楼。这里有很多泥瓦工和木工在忙碌。吾普尔老师望了一会儿这座宏伟的建筑后，走向库车河大桥的方向。他远远地看到河滩两岸的人流，并且听到人声鼎沸、喧嚣冲天，于是加快了脚步。河滩两岸堆满了石块和木头，几百人汗流浃背地喘着粗气在干活，到处响着搬运石头和木头的人响亮的号子。吾普尔老师来到河滩边，惊奇地看了一会儿在桥梁上干活的师傅们，不费吹灰之力把那些高大架子瞬间牢固地架起来，身体灵敏地在架子上上蹿下跳。他们中有经验丰富的白胡子老人，沉重的活让他们累弯了腰。但是，他们的身手和年轻人一样灵活，像走钢丝绳一样站在高架上，雕刻漂亮的造型。哈孜师傅为了完成对林基路的许诺，袖子挽到胳膊肘，耳朵上夹着铅笔，腰上别着掘根斧走来走去，用洪亮的声音指挥施工的正常进行。

吾普尔老师估计年底大桥可以通行后，走过临时搭建的木桥，走向非常热闹的热斯坦街道。这里的人们也非常忙碌，从各地运来石头和土的牛马车非常多，街道的另一头，好几十个人在路上摆放石头，让人根本无法插足。

吾普尔老师小心翼翼地走在路边，看似一个熟悉的身影停下了脚步。这个人是林基路。他把褪色衣服的袖子挽到胳膊肘上，正在路上摆放石头。吾普尔老师看到他憔悴的脸，以及浑身泥土的模样，心想：这样一位和人民共呼吸、和人民心连心的好心肠的人，怎么会不能赢得人民的尊敬呢？谁也不会相信林基路现在满是泥水的手，曾经在东京大学上学的时候握的是笔，在新疆学院曾经手握粉笔教授学生们政治经济学。这个在《新疆日报》以“洛甫”的笔名，发表过许多文章的知识分子，现在却变成了又能扛坎土曼（挖土工具），又能搬石头的普通劳动者。

吾普尔老师眼前浮现第一次认识林基路，以及相识相知的每一件事情。他们的友谊不是突发或临时随意的友谊，而是想法、知觉、意愿、意见相同，感觉信仰一致，心意相通的私人友谊。林基路不仅教授吾普尔老师思想，还教授他其他各方面的事情。林基路用全部的爱和高尚品德教育吾普尔老师这个寻找奋斗之路的年轻人，而且对他寄予很大的期望。林基路用钻石般鲜亮、太阳般温暖，而且简单朴实、给人留下深刻印象的语言，教会他怎样工作、做什么事情、应该从哪里开始等问题。林基路想的是人民的疾苦，说的是人民的心声，做的是人民期望的事情。他每时每刻都希望人民觉醒，减轻和消灭人民身上的沉重赋税和压迫。他把这些事情经常挂在嘴边，走路吃饭也在想着这些事情，甚至做梦还是这些事情。他在老师们中间时或者与人民唠家常时和一个普通人没啥区别。他的身上，根本找不出当官的傲气和无理的模样，更没有粗暴的训诫。他平易近人的性格，很容易就能和别人相处得十分融洽。老百姓没有把他当作当官儿的，而是把他当作自己的亲人一样对待。吾普尔老师如今彻底明白了，为什么自己不能忘记他温和的态度和勇气，以及时刻回响在耳边并内涵深远的言语。他看到这个某些人仍然冷眼看待的县长，融入到广大劳动人民当中，有一股暖流在心中澎湃。吾普尔老师感觉到他的确是个世间难觅的好人，而且因为自己过去怀疑他而感到十分内疚。

吾普尔老师搬起两块西瓜大小的石头，利索地走到林基路身边。林基路感觉一个人走过来停在自己的身旁，抬头看见吾普尔老师，说：

“你怎么会在这儿？”林基路赶紧拍了拍手上的土灰，握住了吾普尔老师的手。他的额头，渗出的颗颗汗珠滚落下来。

“我路过这里去找您，可没想到您在这儿。”吾普尔老师笑着说。

他们走到侧面的一个小巷深处，在一个院子前的小炕席上并肩坐了下来。

“大街上铺完石头以后，明年春天再在路边挖两条渠沟，从萨克萨克街到县中心种上树。”林基路满怀信心地说。

吾普尔老师眼前浮现城市未来的美好景象，心中非常欣慰。

“怎么样，你的工作还算顺利吗？”林基路改变话题问道。

“所有的事情还算顺利。经过文教科的同意，我们开办了两个女子班，文教科委派了两名年轻女老师给她们上课。”吾普尔老师汇报道。

“疏通坎儿井的事情怎么样了？”林基路又问。

“坎儿井在有经验的师傅帮助下，已经恢复了原来的状态，流出了很多水。我们用这些水浇学校的树林和花园，我们还给学校管辖的果园浇了一次水了。现在，坎儿井的水远远超过我们的需求。”吾普尔老师兴奋地说。

“好！好样的！这真是一件好事啊！”林基路非常高兴，又问，“那剩余的水你们怎么办呢？”

“我们准备分给农民。”

“你这个想法好，农民需要水啊。”林基路很欣赏他的想法。

“有十几个小孩儿在父母迷惑下，准备举办婚礼。我们知道了以后，经过不懈努力，终于把她们带回学校上学。”

“你们做得很好。很多人都会为你感到自豪的！”

“问题不在我救助了她们。如果不是看您的面子，那个毛拉会把我乱石打死，碾得粉身碎骨。现在，他只能忍气吞声，因为您是我和那些孩子的靠山。”吾普尔老师羞涩地笑了一下，沉稳地说。

“破除封建迷信，开阔人民的视野，还得需要你这样的骨干啊。那些可怜的女孩子们在你的帮助下，可以学习新知识新文化，还会认为自己也有可以依靠的人。你觉得呢？”

“早早让小孩子结婚的情况在偏远农村十分严重，政府应该管管这些事情。”

“毛拉和阿訇的权力确实大。他们用教法替代国家法律，无视政府的存在。你的这个提议非常好。我让妇女联合会专门开个会，调查清楚后报上来。并且以政府的名义发布几项规定，那些毛拉、阿訇调查清楚后严肃处理！必须追究这次事件中主要教唆煽动的那些人。而且把那些准备办婚礼的人的画像贴到街道的每一面墙上，让别人看到以后引以为戒！”林基路斩钉截铁地说。

“林县长，要严惩那个无耻的毛拉我没有意见。但是，把孩子们的画像贴到墙上不太合适吧。他们还小不懂事儿，主要还是封建势力的对抗，是那些孩子的父母无知造成的。”吾普尔老师提出不同的意见。

林基路听了吾普尔老师的意见之后，收回了刚才那个建议，沉思了片刻说：

“既然这样，就按你说的办。维文会的院子里，正在举行学生工艺品展览。你去看看吧，回去后还要组织老师学生来观看。”说完，林基路站了起来。

维文会俱乐部前面非常热闹，进出院子的人特别多。他们中大多数是学生和老师。

吾普尔老师随着人流走进院门时，看到了一张电影广告。广告上，写着最近要上映的苏联电影《强大的波浪》。正在这时，他突然听到一个熟悉的声音：

“老师！”

吾普尔老师转过身，看见自己在孤儿院时的学生阿勒马斯，正面带微笑望着他。说：

“您从孤儿院调走以后，再也没有见过您。”

“是啊。你现在还在孤儿院吗？”吾普尔老师看到他长成了大小伙子，微笑地问。

“老师，我正在学习放电影。我们几个人从孤儿院选出来学习放电影呢。”

“哦，是这样。你们还习惯吗？”

“我们已经习惯了。最近，我还和他们一起去阿克苏拿片子了呢。我们带去了放映机，还在温宿、阿瓦提、乌什等县巡回演了几场电影，还从阿克苏的苏－新贸易代办处拿回来了《为伟大的祖国》《金鱼》《漂亮的瓦西丽莎》《恰帕耶夫》等五六部电影片。”阿勒马斯特别自豪。

“这实在是太好了。”吾普尔老师很高兴。

维文会俱乐部前用柏枝装饰出雄伟的牌楼，两侧挂着林基路写的一副对联格外醒目。维文会的院子里，正在举行县所属各个学校学生制作的工艺品展览。展览会的范围很广，前来观看的人也特别多。展览会展出了学生的作业、手工品、各种漫画、泥塑、木雕（自行车、飞机、坦克、汽车），还有学生们自己织的袜子、手套和刺绣作品，以及学生们用自己种的麦子穗和玉米头做的工艺品……

吾普尔老师看完展览的作品向外走的时候，遇到了正送别电影公司经理的阿不力米提汗·尼亚孜。吾普尔老师告诉他自己来县城向林基路汇报工作，准备回去之前看看展览再走，所以来维文会的院子里转转。

“你们学校学生做的作品非常好。”阿不力米提汗·尼亚孜夸奖完，又说，“咱们到我的办公室聊聊吧。”

因为天色已晚，吾普尔老师推辞了他的盛情邀请，阿不力米提汗·尼亚孜也没有再说什么。

第十九章　热爱生活

一

山谷里流下来的河水，在离县城二十多里的地方穿过两座山崖。山崖的东西两侧是苏巴什古城遗址，拦洪大坝工程就从萧条古城的西侧，靠近拥有十几户农民家庭的新村庄开始。拦洪大坝横穿河水拐弯的地方，向东南方向延伸。

六月二十三日，拦洪大坝和西乡水渠的修建工作同时施工了。水利工程开始之前，林基路带着技术人员去了多虚顺河巡视，实地考察了水源地带。他还仔细研究了过去的水文资料，请教有经验的农民和水利技术人员，绘制了施工设计图，制定了治河工程计划。而且给各个乡村的村长开了会，讨论水利工程的各个环节。按照各个乡村的实际情况，安排了参加工程的劳动力。要求义务劳动者都自带工具，各个乡村负责他们的吃住等食宿问题。

“由于工程的主要部分在山区，条件十分恶劣，所以一定要解决好食宿问题。”林基路反复强调。

在林基路的倡议下，去年冬天在牙哈乡博斯坦托格拉克村开始修建的拦洪大坝，马上就要竣工了。

全县动员了八千多农民、市民和学生来参加这次水利工程的建设。林基路把心交给了库车人民，库车人民也十分相信林基路。不管林基路号召什么事情，他们都愿意无条件地去执行。人们从四面八方像汹涌澎湃的洪水，都涌到了萧条村庄旁边的戈壁上。他们丢下自家许多农活和家务事，义无反顾地来到了林基路号召的地方。前来劳动的人，赶着自家的牛马车川流在此处。车轱辘的后面，扬起滚滚的尘土。铃铛响亮，车轮吱吱，长长的马鞭响彻云霄。车夫放开嗓子歌唱，高亢的声音回荡在山谷中。

劳动场上，高挂“团结起来，用事实行动支持抗日前线”的红色横幅，鼓舞所有劳动者。河滩上涌起从未见过的鼎沸场景。牛马车拉着石头，毛驴驮着树枝；民工们扛木料抬黄土。劳动大军汇成了一股势不可挡的洪流。

两个月以来，阿布都拉始终在工地上辛苦地工作。他在这两个月期间，一次也没有回过家。

阿布都拉正在高处工地干活。他停下手中不停抡动的坎土曼，直起腰用衣袖擦了擦脸上的汗珠。他又扯起粘在身上的衬衣，舔了舔干渴的嘴唇。刺眼的阳光洒满旷野，让人无法睁开眼睛，巨石在阳光下闪闪发亮。大石头和红柳筑成的两里大坝，完全拦住了上游流下来的河水。大坝上游积满的河水波光粼粼，淹没了沿山谷蔓延的深沟浅壑。没有感觉到河水上涨的巨石，已经慢慢地隐藏到了河水的底部。大坝顶部和底部都是像蚂蚁一样干活的人。有的人在忙碌地搬运大石头和泥沙。有的抬沙石的人动作敏捷，抡坎土曼的人脸和坎土曼、掘地锄在阳光下泛着银光。从人们急促的呼吸中可以看出，热浪在锤炼他们。时而，响起沙石落在沙石堆上发出的哗啦声，以及夯土锤落下的咚咚声，破坏了大自然的宁静安逸。时而，传来同伴之间的喊叫声。这些声音混杂在一起，就像一首美妙的歌曲在蔚蓝的天空中回荡。不知是谁唱起了歌，歌声充斥整个山谷。这歌声非常优美动听，阿布都拉听得如痴如醉，对工程的信心更加强烈了。一边的歌声刚刚停下来，另一边的人们又开始显示他们的歌喉，周而复始……人们的歌声、驴车的吱呀声、推翻斗车的小伙子的喧嚣声、坎土曼砸在石头上的声音，好像要搬走整个山谷似的响亮。

两个月辛苦的工作，给阿布都拉留下了不灭的印迹：脸被晒得黝黑，嘴唇干裂。就算这样，他依然显得十分精干和富有活力。他每天在工地斗志昂扬地干活，并且经常鼓励大家，自己抢着干最累最重的活。一会儿给干活的人出主意，一会儿又去和其他人一起汗流浃背地砸夯。有时他一天到晚砸夯，连手都抬不起来。有时他放下手中的活，拼尽全力和别人一起撬巨石。有时他从远处，青筋暴起，喘着粗气，用肩膀和背运或抱来大块石头。因为石头被太阳晒得滚烫滚烫，所以他搬石头感觉就像搬块火炭一样。只有到了晚上，他才能和疲倦的人们安心地休息。有时他躺着看天上闪闪发亮的星星，思念心爱的恋人阿扎丹，想起和她在一起的甜蜜时刻，有时也想起自己的童年……

阿布都拉的童年，夏天经常和小伙伴一起去河谷游泳戏水，冬天去滑冰。可以说，他是在河边长大的。大约在他十至十一岁的时候，有一天和他的小伙伴在河里游泳，一个人骑马在河滩上狂奔，对人们喊叫些什么。阿布都拉还没有听明白说的是什么话，那匹马就从他身边疾驰而过。那人依然边跑边不停地喊叫："洪水来了，快跑啊！"阿布都拉和小伙伴虽然没有看到什么动静，却听到了远处恐怖的咆哮声，以及不知从哪里传来的浪花猛击河岸的声音。潮湿的狂风，吹来滴滴水珠拍打在脸上。阿布都拉看到自然界好像遇到了天大的灾祸，吓坏的鸟雀惊慌地振翅高飞。死亡在洪水中渐渐逼近。河滩大桥下面那些卖柴的、卖麦草的、卖鸡蛋的、聚在一起赌博的和闲逛的人相互推搡，不顾一切地逃往可以保命的地方。这些被洪水吓坏的人们，此时的心情无法用言语表达。

没过多久，人们看到从上游轰鸣而来的汹涌洪水，瞬间把河滩变成了一条名副其实的大河。晴朗的天空被乌云笼罩，沿河两岸生长的树木被连根拔起，漂浮在千军万马般向前冲击的河面。

一位老人对在岸边河滩嬉戏的孩子们大声喊叫：

“你们还在愣着干吗！洪水来了，快跑哇！”然后，老人根本来不及问阿布都拉是谁家的孩子，拽着阿布都拉的手就跑向河岸安全的地方。老人把阿布都拉带到一棵粗壮的树旁，让阿布都拉爬到树上后，嘱咐道：

“你爬到树尖紧紧抓住枝干，洪水不退你千万不要下来啊。”说完，老人不知道消失到哪里去了。这棵枝条弯曲蔓延生长的桑葚树救了阿布都拉的一条命。因为这棵桑葚树躯干粗壮，而且根部深深地扎到泥土里，所以躲过了这场洪水的袭击。

阿布都拉刚安顿好自己，洪水就呼啸直扑过来。肆虐的洪水像猛兽一样扑向两岸，毁坏大河两岸所有阻挡它的东西。洪水汹涌而来，夹杂着泥石，铺天盖地，锐不可当，好像要吞噬一切似的凶猛。树木被连根拔起，房屋被冲毁，河水卷起十米左右的浊浪，像匹脱缰的野马一路狂奔。灌木杂草，朽木树枝，人和动物的尸体，箱子和家用的物品，摇床里的婴孩及锅碗瓢盆，在狰狞的洪水中若隐若现地沉浮而过。还有的人被卷进洪水中，拼命向岸边的人伸手哀号呼救。

人们爬到河岸的树上或是房屋顶上大声惊呼。他们虽然亲眼看到洪水中的惨状，亲耳听到水里的呼号声，但无力帮助这些不幸的人们，只有痛苦地流下伤心的泪水……

阿布都拉看到这场恐怖又无情的情景十分害怕，差一点吓昏过去。这个时候，他感觉到有个东西碰到了他的脚。阿布都拉低头一看，洪水越过河岸升高了七八丈，已经淹没到自己的脚下了。这着实把他吓了一跳。他抬起脚，紧紧地抱着树蜷缩在一起。他的周围是恐怖、无边无际和浑浊的洪水，许多杂物随着快速流淌的河水流向远方……

自然界中最危险的这个灾害持续了近半个小时。阿布都拉不知道自己在树上蹲了多久。洪水慢慢地退去……

此时，多少人遇到了不幸，多少人无家可归，多少房屋在洪水中化为乌有，多少财物被激流带走，还有那在洪水中呼救的号叫和摇篮里婴孩的啼哭……直到现在，这些情景依然浮现在阿布都拉的眼前。他们建造拦洪大坝，就是为了那些悲惨情景不再出现。

过了一会儿，县城方向驶来的一辆六轮马车，打断了阿布都拉的回忆。

马车在离阿布都拉不远的地方停下来，从马车上首先跳下来一位戴鸭舌帽的人。人们高喊："林县长来了！"都放下手中的活围了过来。车上又下来一群面带笑容的人，他们是文工团来工地慰问演出的演员。

阿布都拉赶紧跑过来，用干裂的手和他们一一握手致意。林基路看到他后，热情地问候道：

"阿布都拉，你辛苦了。"

这时，木明阿洪不知从什么地方跑了过来，衣襟揣在腰带里，袖子撸到胳膊肘，敞胸露怀，挺着干瘦的古铜色胸膛。他挤过人群中间，来到了林基路的面前。林基路靠近他，温和地和他握手行礼。

"木明大叔，你还好吗？家里人也都好吗？"

"谢天谢地，都好，都好。"木明阿洪高兴地说，"我的身体也好。怎么说呢？反正这些日子我特别高兴。等到这个工程结束后，我们就再也不会祈求大自然怜悯我们了。林县长，最近您的身体好吗？”

“我的身体很好。只要人民相信自己的力量，并且紧紧地团结在一起，没有什么困难不能克服。”

林基路和别人行礼示意后眺望工地，看到拦洪大坝工程基本就绪，按捺不住激动的心情。拦洪大坝工程是人们辛苦劳作的果实，是大众智慧的结晶，是一座珍贵宏伟的建筑……

林基路一边和正在垒石头的人聊天，一边给他们递石头。

林基路干了一会儿活之后，走到大坝的另一边，在那里马聚奎在对另一个人安排事情。

炙烤大地的太阳在群山之间窥探工地上的人们，在旷野上洒下大山的身影，用自己的影子笼罩自己的斜腰。工地上凉意浓浓。

工地上的人们比平时早下班了。临时搭建的舞台前挤满了人群。他们人数众多，拥挤掀起阵阵的人潮，就像在山风中摇曳的浓密野草。因为他们第一次在工地上观看文艺汇演，所以特别地高兴。

歌舞、笑声、欢呼声和都塔尔琴、弹布尔琴悦耳的声音，以及唢呐和鼓点欢快的声音让工地充满了勃勃生机。文工团的演员们热情地表演了各种丰富的节目。林基路和大家坐在一起，边看歌舞节目边和周围的农民热情地交流。

节目结束之后，林基路和阿布都拉、马聚奎坐在土堆上，讨论了自己最关注和感兴趣的事情。讨论非常热烈，也得出了非常满意的答案。

“拦洪大坝工程的速度很快。按着这个速度计算，第一期工程可以提前十天完成。”林基路满意地说。

“建造拦洪大坝是我们自己的事情。我们保证，一定会提前完成任务。”阿布都拉自信地说。

“你们大胆地去干吧。改变库车贫穷的面貌，还要靠你们自己的双手。”

“我们几代人都没有改变的事情，如今就要成为现实了。”

“维文会捐了五百斗粮食。你们要把干活人的伙食搞好，要保证那些人可以吃饱吃好。”林基路指示道。

他们交谈了很久后才睡觉。

二

阿布都拉探亲回到县城。母亲看到灰头土脸、手和嘴唇干裂的儿子很是难过。妹妹无意间看了哥哥一眼，哥哥消瘦的脸和疲惫无神的眼睛让她心疼。阿布都拉问了妹妹在学校学习的情况。

阿布都拉的母亲因儿子在拦洪大坝工地，所以特别关心这个工程。他们晚上坐在煤油灯下喝茶聊天，听儿子亲口讲了拦洪大坝工程的事情。

“十几年前就总是说要建拦洪大坝。人们虽然捐了几次钱财和物力，可贪官污吏没修建拦洪大坝，把所有的东西还给贪污了。林县长动员人们修建这个拦洪大坝，而且亲自监督了这件事情。拦洪大坝工程开工的那一天，集聚了周围很多乡村的农民。大河下游的许多农民走了一夜的路，赶来参加了开工典礼。依我看，可能集聚了大约两万多人……”

“阿扎丹经常来探望我们，每次还带来很多好吃好喝的东西。她经常问我你的身体咋样、什么时候回来等问题。她要是听说你来了，该会多高兴啊。”阿布都拉的母亲告诉他说。

“您有没有吾普尔老师的消息？”阿布都拉沉默了一会儿后，问母亲。

“他调到坎尔孜学校去了。他虽然调走了，可经常抽空来看望我们。我对他说：你要经常来看望我，我看见你就像看到我儿子一样。”

第二天一早，阿布都拉的母亲就去羊毛加工厂上班了，他的妹妹上学去了。阿布都拉留在家里等了阿扎丹一整天。他想读一会儿书，可由于心烦意乱，没有心思读书。他一会儿抱着枕头躺在炕上，一会儿又站起来期盼地望着窗外，看看阿扎丹来了没有。焦急地等待中，心情像火炭一样炙热。

天色渐晚，阿扎丹还是没有来。阿布都拉侧身躺在床上，几乎忘记了所有的事情。他陷入了无尽的思绪之中。他好像和恋人隔空交流，望着恋人含情脉脉的眼睛，抚摸她丝绸般丝滑的秀发。就这样，他渐渐地进入了梦乡……

门开了，阿布都拉抬起头，看见打扮漂亮的阿扎丹在门口惊奇地望着他。阿扎丹看到阿布都拉脸上的笑容，眼睛里放射出兴奋的目光。姑娘妩媚的眼睫毛，以及小巧的鼻子，此时显得更加妩媚，迷人的樱唇吐露出青春的气息。阿布都拉看着这一切，冲到了姑娘的身旁。恋人终于相遇了。但是，他们没有张开双臂拥抱亲吻，尽情地享受彼此相遇的快乐时光。阿扎丹仅仅把头靠在阿布都拉的胸膛，阿布都拉则轻轻地抚摸着阿扎丹的头和两条黑亮的粗辫子。两颗急促跳动的心，表达了恋人间的思念。三个月的挂念、孤独和哀愁之情一下子爆发出来，沐浴在甜蜜的爱河之中。他们身体中的每一根神经都感觉到了幸福。阿布都拉不敢相信自己和阿扎丹见面了。但自己确实是看到了她的倩影，听到了她甜美的声音，这是他心爱的恋人！

阿布都拉铺好垫褥，请姑娘坐下来，自己也坐在了姑娘的身旁。两个人都非常激动。他们彼此面带温和的微笑，兴奋地诉说着思念、牵挂和向往之情。甜蜜的颤抖无法用言语表达。阿扎丹微笑着把头枕在阿布都拉的肩膀。然后，撒娇地用胳膊搂住了阿布都拉的脖子。她听到了阿布都拉的心跳声，身体忍不住地甜蜜颤抖。

他们的身体分开之后，面带微笑忘情地相互凝望，又紧紧地依偎在一起。阿扎丹好像释放出了心中的欢乐，腼腆地说：

“我不敢相信我的眼睛，我终于见到了你……咱们见一面真不容易。”

阿扎丹说话的时候，阿布都拉目不转睛地望着她。姑娘丝绸般光滑明亮的脸庞，此时显得更加迷人可爱。

阿布都拉每天都渴望能和阿扎丹在一起，他在焦急中度过的每一天，就像一年似的漫长难耐。不知是不是这个原因，阿布都拉深情地望着阿扎丹的眼睛，似乎要永远记住阿扎丹自信而又黑亮的眼睛，微微颤动的樱唇，挂着朝霞的脸庞，飘逸的长发和美丽娇媚的身姿。

阿布都拉在阳光和山风的作用下，皮肤显得有些黝黑。可对于阿扎丹来讲，面前这个心爱的小伙子，好像可以与熊摔跤一样勇猛剽悍。阿扎丹心里暗暗地起誓：

“我的爱人，他变得越来越成熟了。我愿意为他牺牲一切，生死不渝，海枯石烂也不和他分开。”

他们四目相对，想多看对方一会儿，可他们慢慢地又变得忧郁起来。

他们开始诉说彼此积累已久、而且没机会说的心里话。阿扎丹含泪告诉阿布都拉，自己在怎样的煎熬中等他，以及阿布都拉的母亲怎样用慈爱的心对待她。阿布都拉也对她说了自己不顾拦洪大坝工程如何艰苦，这几个月来尽力在完成任务的同时，自己如何思念阿扎丹的心情。

“你什么时候才能回来？”阿扎丹幽怨地问。

“快了，快了，我很快就回来……”

屋外依然很亮。窗户上斜射进来的阳光，微微照亮屋内。

“哦，我差一点忘记点灯了。”阿布都拉按捺住心中的激情，说，“我去点灯。”

“算了，时间也不早了。我妈妈的脾气很厉害，我要是在这儿耽搁久了，她会对我发脾气的……过两天我想办法过来见你，好吗？”阿扎丹整了整头巾，站起身说。

阿布都拉极力想挽留阿扎丹多坐一会儿，但他知道这是不可能的事情，于是他送阿扎丹到了院门口。

阿扎丹温柔地和他道别。阿布都拉望着她远去的背影，就好像失去了美丽小鸟的孩子一样，觉得特别地惋惜。

第二天，阿布都拉从陈因素的办公室出来，急匆匆地走在回家的路上，忽地听到一个喊他名字的声音十分惊奇。因为，这个声音的主人好像一直在跟踪自己，悄悄地来到身后喊了一声。阿布都拉回头一看，看到来县城办事、顺便想去探望他家人的吾普尔老师。

几个月没有见过面的这对老朋友，深情地凝望对方，热情拥抱问候对方。

“你是来休息的吗？”吾普尔老师望着阿布都拉晒黑消瘦的脸问。

“可以说是这样吧。”阿布都拉回答道。

他们边走边聊，不知不觉就来到阿布都拉的家门口。

“孩子啊，你回来啦，我等了你很久了。”阿布都拉的母亲敞开院门，面带慈祥和期待的面容站在门口说。

“妈妈，我旁边还有客人呢。”阿布都拉赶紧说道。

阿布都拉的母亲看到他身后面带微笑望着她的吾普尔老师，高兴地问候：

“吾普尔，你好吗？”

他们先后走进屋里，围着小炕桌坐了下来。阿布都拉的妹妹胳膊肘支撑在桌子上支着下巴颏儿，用骨碌乱转的黑眼睛望着吾普尔老师。吾普尔老师看了一眼后，轻轻地捏了一下阿布都拉妹妹的圆脸蛋。这个时候，阿布都拉的母亲铺上桌布摆好了茶点。喝茶的工夫，阿布都拉的母亲做好了又细又长的拉条子面。

阿布都拉的母亲看着两个知心朋友津津有味地吃饭，说起自己如何思念儿子，每天都望眼欲穿地看着大门口，玉赛因巴依如何想让自己受苦等话题。

“他对你有什么鬼主意？！”吾普尔老师惊奇地问。

“他不敢有什么鬼主意，只是心怀不轨。他想占有我这小小的地方，给自己家盖一个两层小楼……我知道，他很久以来就想占有我们的家。他请人说和，还想知道我的打算。痴心妄想，他从我这儿别想拿走一块儿石头！”阿布都拉的母亲说到最后时喊了起来。

吾普尔老师明白，简单的话语无法安慰这颗受伤的心。虽然如此，自己仍然不想作壁上观。所以，他想尽可能地帮助他们想办法解决。

晚上，两个知心朋友聊了很久憋在心里的话，以及一直没机会聊的话题和迷茫忧愁后，吾普尔老师住在了阿布都拉的家。早晨很晚才起床，喝完早茶吾普尔老师才道别离去。

三

旷野拉上深灰色的幕布，准备度过一个漫长的夜晚。太阳的热度渐渐减弱，自然界开始卸妆。树上的叶片开始飘落，扬起的沙尘让天空布满愁容。万里无云的蓝天就像寒冰一样透明。今天有些暖意，不像是到了秋天的感觉。

第一期拦洪大坝工程眼看就要结束了，林基路一个星期前来到工地视察工作。工地变化非常显著。由此可以看出，阿布都拉和马聚奎很好地组织了大家。林基路从远处眺望施工现场，看到了几十个木制闸和驴马车走的笔直小道。坝体上和两侧的农民，用独轮车、抬把子和麻袋蚂蚁般如梭来回运送沙石料。寒冷的空气根本奈何不了他们。这个工程是人类战胜自然的创举，证明了人们可以把钢铁彻底融化的信心。

林基路穿过甩开膀子干活的农民中间，偶尔和有的人目光相遇，他轻轻地点头行礼。他四处观看，遇到了正在砸夯的青年旁边眺望县城方向的马聚奎。马聚奎看到林基路后笑着说：

“阿布都拉回城已经四天了。不知道为什么，我感觉他很快就会回到工地，眼睛总是不自然地望着县城的方向。”

“他才走了没几天，你是不是想他了。也许，他也急着回来呢。”林基路打趣地说。

他们给前来请示工作的人指明工作的方向，没有察觉到时间在一分一秒地流逝。

土坡和施工现场可以看到若隐若现的缥缈青烟，然后又消失得无影无踪。烟熏火燎的大铁锅里的油温开始上升。满脸红光的厨师挽起无领对襟长衫的袖子，手持大锅铲在大铁锅旁走来走去。一会儿给炉子添柴，一会儿又看看锅里油的温度。几个人坐在大石头上，仔细地用锋利的刀削从城里特地买回来的胡萝卜。另一边，一个八字胡、肥大的人正在用斧子剁大块牛羊肉。

厨师们把切好的胡萝卜和洋葱搁在大铁锅中。过了一会儿，他们又把二百多斤大米倒进两个大铁锅里添上水后，在炉膛里加了一些柴。人们看着他们轻快的脚步和魁梧的身材，就能感觉到他们身上散发的自信力量。

“你们的任务重，再加上天气越来越冷了。”林基路边走边说，“必须要让农民充分休息，要让他们吃饱穿暖。”

“县长，您放心吧。我们没有让他们喝不上开水，吃不上热饭，每个星期都给他们做肉抓饭。今天正好是他们吃肉抓饭的时候。”马聚奎回答道。

“你们要让每个人都吃饱，不要遗漏一个人。”林基路嘱咐道。

正在这个时候，有个人来找马聚奎办事，把他叫走了。留下林基路独自为库车的繁荣遐想：“库车终于开始繁荣了。明年，一定要让汹涌的却勒塔格河水乖乖地服从人们的意志，流向夏玛勒巴格、伊西哈拉、比甲克等乡村。到时候，蒿草丛和红柳林将会被绿油油的麦浪替代。这个大坝建成以后，会为灌溉荒田、种植庄稼和保护县城做出巨大的贡献。拦洪大坝两岸的树木，永远在人们的心中常青……”

这个时候，林基路看到旷野中从县城方向奔来一匹骏马。那人时而看看后面，时而慢行，时而快马加鞭而来。骑马的人引起了其他人的注意，都看着骑马人来的方向。骑马的人冲着人们干活的地方走去。没过多久，人们知道了骑马过来的人是谁。他是阿布都拉。

“你这么快就回来了吗？是不是不放心我们啊。”林基路和他握手行礼后说，“路上辛苦了吧？”

“一点也不辛苦，我倒觉得您有些瘦了。”阿布都拉望了一下林基路憔悴的脸说。阿布都拉心里明白，林基路只要来到大坝工地，就会和大家一起参加劳动。

林基路对于阿布都拉关心自己感到很高兴，他好像在说没关系似的抿嘴笑了一下。

“我去安顿一下马就回来，我有事情向您汇报。”说完，阿布都拉就牵马走了。

阿布都拉很快就回来了。林基路带他走向偏僻土坡旁的平地。他们来到土坡旁之前，都没有说一句话。后来，他们肩并肩坐在了松软的沙堆上。

“你这次回去，让家里人都放心了吧？”林基路关切地说。

“让家里人都放心了。”

“第二期工程就要开始了。按照现在的速度计算，我看过不了两个月就能完成拦洪大坝剩余的工程。你们要继续努力。”林基路充满期望地说。

“县长，请您放心吧，我们保证提前完成任务。”阿布都拉自信地回答。

“好样的！”

“陈因素女士向您问好。她说请您保重身体，不要担心她。”

“她的身体好吗？”林基路十分关心即将临产的妻子。

“她的情况很好。这是陈因素女士让我带给您的。”阿布都拉从棉衣兜里掏出叠成两半的文件交给林基路。

林基路接过文件，知道是民政厅的文件。文件指出：废除腐败乡村的管理制度，让农民民主选举区长和乡长的事宜。文件的最后赫然而立民政厅长周彬亲自起草的《区乡选举法草案》和《区、村公所组织章程》。

林基路看完了文件，准备和蒋春茂、陈因素等人碰面之后，详细地给各个部门认真传达文件精神，准备全面的选举工作。

林基路把文件叠起来装进兜里后，说：

“这个机会难得，我们应该赶紧贯彻执行。”

“还有一样东西。”阿布都拉从兜里拿出一张揉皱的纸条递给林基路，说，“我有个在电报局工作的朋友，几天前偷偷抄了这封密电。这是警察局长徐华峰发给盛世才汇报的内容。”

林基路接过纸条，快速浏览了一番。电报上说：

迪化　督办钧鉴：

密查林基路散布违背《六大政策》言论，实施共产办法，蔑视官员乡绅，煽动青年，放纵刁民，近来又组织小集团活动，有叛逆之嫌疑，拟请钧座电示。

卑职　徐华峰

对于林基路来讲，这是预料中的事情。就算这样，还是影响到了林基路的情绪。一种不祥的暗示让他揪心。这一年，不好的兆头总是笼罩在林基路的心头。阿布都拉第一次看到他的情绪这样低落。

林基路把纸条折起来装到军便服的兜里。他回想最近以来反动派对共产党人的逆袭，多数共产党人正在处于被特务监视之下，遭到各种各样的诽谤和诬陷。

“林县长，到下班的时间了。咱们也回去吧。”阿布都拉看着林基路在冷风中干裂的脸说。这时，其他人早就下班了。

吃饭的时候，几百个干活的人和各村的伯克围坐在一起。一股香气在他们周围弥漫了很久，扑鼻的香味惹得他们垂涎欲滴。

开始上饭之前，林基路派人去叫各村的乡约和管水的人，他们从四面八方聚了过来。

“你们今天去给他们服务。他们开始吃饭以后，你们再吃饭。你们去吧。”林基路对他们说。

林基路的话非常突然，让他们始料未及，霎时脸色大变。有些人的眼睛里充满了怒火，有些人则张大了嘴巴。所有人的眼睛盯着林基路。因为，这预示着主仆要换位置了。这些人只会让别人点头称是或给他们服务，林基路这样让他们受委屈，无法接受也是自然的事情。

林基路看到他们的模样，知道他们不情愿去做这些事情。于是说：

“你们随意摆布和欺负农民就可以，你们为他们服务一次又怎么啦。”

他们听了林基路的话，都低下头默不作声，没有说一句话。

“你们带来馕饼了吗？！”

“带了，县长大人。”其中一个人双手垂立回答。

“每一个馕饼上盛上抓饭，摆在每一个人面前！不要遗漏任何人！”林基路命令完之后，所有的人四散而去。

干活的农民跪坐在预留道路的两侧，把腰带解下来当作餐布铺在前面，迫不及待地等待端上来的抓饭。刚才听了林基路严厉指示的那些人，一只手拿着洗手壶，另一只手搭着毛巾，开始为每一位农民倒水洗手。干活的农民为此感到特别惊奇，那些人的面色像霜打的茄子一样难看。有些农民不敢相信自己的眼睛这是真的，还有些农民不好意思让他们倒水洗手，不知怎么回事似的相互张望。还有的农民看着那些人捂嘴偷笑……

干活的农民洗完手之后，那些人用馕饼盛满抓饭摆在农民面前。整个现场没有一点声音，农民们都在低头津津有味地吃饭。林基路看着他们，问旁边正在端饭的一位乡约：

“你们看看自己管辖的人，是不是都来齐了？”

“还有三个人在看护工具。”那个乡约回答说。

“去，把他们叫来。”

看护工具的人来了。他们中两位是中年人，还有一个是十几岁的小孩子。

“你给他们也盛饭。”林基路命令道。

乡约一看，给他们盛饭的馕饼没有了，于是用木盆给他们盛饭。三个人洗完手之后，跪坐在木盆的周围，两个大人开始狼吞虎咽地大口吃饭。但是，小孩子用他的小手一口一口地细嚼慢咽。大人们吃两三口，他才慢慢地吃一口。林基路看到不公的情形，叫来了刚才那个乡约命令道：

“你去往这个木盆里再盛点饭。”

饭来了，盛到木盆里。林基路用手里的木筷子，把木盆里的抓饭划成了三份后，把大份划给小孩子说：

“你们都吃自己的那一份儿。”说完，他这才放下心，走去临时厨房看了一下锅里还有多少抓饭。临时厨房旁边储备菜的窝棚角落里，一个人正背对门蹲在地上吃肉。

“你是什么人？！”

吃肉的人看到林基路惊了一下，慌乱地不知该做该说什么才好。

“哦，原来是阿西木总管。”林基路认出了他，“你还有没有良心？！吃别人的你还没吃够吗？！过来！”

阿西木水利总管没有明白林基路说的意思，看了肉一眼，又看了林基路一眼，知道自己得不到好处，慢慢地站了起来。

“把你面前的肉也拿过来！”林基路知道他没有明白自己的意思，指着阿西木水利总管面前馕饼上的五六块肉说道。

林基路把阿西木带到正在吃饭的农民面前，自己站在稍高的地方命令道：

“站过来！”

阿西木水利总管脸色羞红地走了过来，站到林基路指的地方。所有人望着阿西木和他手里的肉，嘀嘀咕咕地说些什么。阿西木非常羞愧，低头站在原地。

“你是什么人，这些坐着的又是什么人？你在家里吃肉的时候，穷人们在舔舐牙齿中的剩饭菜。来到这儿你还贪嘴吗？”说完又问，“你听到我刚才说的话了吗？！”

“我听到了。”

“各位，你们认识这个人吗？他是阿西木水利总管。”林基路洪亮的嗓音响彻现场，他对大家说，“你们听着，因为这个人破坏政府的财产，贪污人民应有的口粮，所以从今天起解除他水利总管的职务！”

阿布都拉对阿西木叙述了林基路的决定，阿西木听后大惊失色。

第二天，林基路回县城之前对阿布都拉和马聚奎说：

“这里的事情就交给你们了。因为库车历史上从没有过这样一个大工程。工程竣工后，你们要安排几个有经验的人帮忙验收。只要堡垒在，敌人就不会轻易占领。只要大坝稳固，任何淘气洪水都不会轻易破坏。”

第二十章　喜庆时刻

一

初雪整夜纷纷扬扬，随着太阳的高升停了下来。飘落在街道、树木、屋顶以及高塔上的皑皑白雪，在阳光的照耀下发出夺目的光芒。虽然初雪的湿润给县城带来了欢乐，而即将到来的节日更增添了喜庆的气氛。巍峨高耸的塔顶，响起欢快的唢呐和呐格拉鼓声，向所有的人传递传统节日的到来。人们穿着节日的盛装从四面八方涌来，相互道贺节日快乐。人们开始宰杀为库尔班节准备的牛羊。孩子们身穿各色衣服，手握父母给的压岁钱，喧嚣地跑到街上围住卖糖果的小贩。今天，这些孩子是最高兴幸福的人。所有人都沉浸在欢乐之中时，县政府大院里，一个简朴的家里又有个天大的惊喜，让家里人心花怒放。

两天前，陈因素生下了一个儿子。林基路看着刚刚降临世界的孩子，心里非常地高兴。他问陈因素：

“孩子像我还是像你？”

“孩子像你的地方比较多。”陈因素笑了一下，说，“给孩子起个什么名字好呢？”

“我想了几个名字，但我担心是不是有点不顺耳。”林基路说。

很多人到现在还不知道陈因素生孩子的消息。

快到中午的时候，羊肉汤的香气弥漫整个县城。每一个人的脸和胡子油光发亮。挨家挨户拜年的人们，临走时把最好的祝福留给家主人。马木提刚穿上陈因素为他做的新衣服，穿着锃亮的靴子走进来报告：

“来客人了。”

林基路来到家门口迎接客人。门口站着一位头戴毡帽、身穿淡黄色新大衣、腰上绑着蓝色腰带、花白胡子、肩上搭着褡裢的人。他把褡裢交给马木提之后问候道：

“您好，县长大人。”来人和林基路握手致意，家主人请客人进到屋后，走到摆满各式糕点干果的桌子前坐了下来，举起双掌在胸前为家主人祈福。然后起身说：

“祝你们节日快乐。”说完又坐了下来。

“扎依提大叔，谢谢你这么冷的天还来看望我们。”林基路坐在客人对面道谢。

马木提正在倒茶，他翻译了林基路的话之后，扎依提阿洪笑了一下半开玩笑地说：

“林县长大人经常去为我们农民解决困难，我们不来看望你咋行？”扎依提阿洪又说，“我昨天从乡下来，住在一个老朋友的房子里，早晨做完节日礼拜就来了。我今天冒昧地和您见面，带了些乡亲们的心意。”

“你替我谢谢乡亲们。”林基路非常高兴，激动地说。

“林县长大人，您不要客气，我们应该谢谢您。大人办事公平公正，乡亲们心里特别高兴。”扎依提阿洪说完，请马木提把褡裢拿过来，并打开褡裢说，“我不知道带些什么才好，带了一些自己种的水果。乡亲们听说我要来城里，也捎来了一些礼物。”说着，他掏出来许多东西放在桌子上。林基路劝阻说：

“你从那么远来看望我们就已经很好了，你和乡亲们的心意我们心领了。我不能接受你们的礼物，你带回去给你的孩子们吃吧。”

“林县长大人，您一定要接受。我从那么远拿来，又带回去怎么行呢？您是不是嫌少啊？”扎依提阿洪明白了林基路的意思，假装有些生气地说。

“为梁，大叔大老远来不容易，你就收下吧。”陈因素在里屋听到客厅所有的对话，忍不住对林基路说。扎依提阿洪听到陈因素的声音，问道：

“夫人还好吧。”

马木提低头对扎依提阿洪附耳说道：

“夫人刚生了一个胖儿子。”

“林县长，上天赐给您一个儿子，真是一件好事儿啊。但愿上天赐给您的儿子健康和荣华。”扎依提阿洪举起手掌祈祷。

这时，外面传来人们喧闹的声音。林基路来到家门口迎接那些人。他们在门口垂手而立。那些人是县里的一些大才子、绅士、年长和有头有脸的人。

林基路非常尊重维吾尔族人的礼节。无论是尊重老人，还是握手见面时候的礼节，到盘腿而坐的方式他都学会了。而且知道衣装不整、不戴帽子出门是不礼貌的行为，所以他出门经常戴鸭舌帽。每当肉孜节的时候，按照当地的风俗习惯准备好油炸馓子及油果子，还命人宰羊招待前来拜年的客人们。他和普通的人交往甚深，利用这个机会和他们交流关于文教、生意、行市和种植业方面的事情。他还和别人一起拜年。当地人从这些小事可以看出，这个汉族当官的全心全意地爱人民。同时，林基路也赢得了他们的尊重和理解。

林基路逐个和那些人握手致意后，请他们进屋。扎依提阿洪和客人们握手行礼，请客人们入座。客人们入座之后，举起手为家主人祈福完，起身说：

“祝您节日快乐。”

“谢谢。”林基路客气地说。

马木提给客人们倒上了新沏的茶。林基路笑了笑说：“你们不要拘束，放心吃吧。这是维吾尔族厨师亲自做的。羊也是维吾尔族厨师宰的。”

“县长夫人生了一个男孩，林县长大人今天特别高兴。”坐在一旁的扎依提阿洪插嘴报告好消息。

客人们连声道贺：

“恭喜大人，恭喜大人。”

客人中一位头裹白纱布撒拉、花白胡子的老人说：

“孩子是上天恩赐的礼物。神圣的节日期间，孩子降临这个世界是非常幸福的事情。”他不仅是德高望重的宗教人士、民间医生，而且布尔琴和都塔尔琴也弹得非常出色，还是精通波斯语和阿拉伯语的哈斯木·艾来木阿訇。林基路在整顿宗教法庭，撤换了办事不公的喀孜（教法执行官）的时候，把大权交给四个德高望重的人，从而使得民众非常满意。聚礼日礼拜过后，就是这个人请林基路在公众面前，讲述抗日战争和给前线捐款的必要性，以及大搞生产、自给自足方面的问题。自己也讲了要配合和拥护县长的话。

客人们喝茶聊了一会儿关于孩子的话题。

厨师萨乌尔和马木提端来了两盘热气腾腾的羊肉。屋子里霎时飘满了肉香和洋葱的味道。扎依提阿洪从身边拿出骨把小刀，代表家主人把羊肉切成小块。

林基路从里屋抱出来襁褓中的孩子，说：

“我有一个请求，想请你们给孩子起个名字。”

在座的人惊异地面面相觑。一位大胡子阿訇说：

“教法原理哈斯木·艾来木阿訇最清楚，还是请他说说吧。”说完，看着刚才那位长者。众人都点头称是。

“可惜，”哈斯木·艾来木阿訇望着林基路笑了笑说，“我不懂汉语怎么起名字呢。”

在座的人都笑了起来。马木提给林基路翻译了所说的话。林基路爽朗地笑了一下，说：

“我们的孩子出生在新疆，新疆又是维吾尔族的故乡。所以，孩子应该有个维吾尔族名字。”

众人明白了林基路的意思后，把孩子接过来放到了哈斯木·艾来木阿訇的前面。哈斯木·艾来木阿訇把孩子抱起来说：

“林县长应该亲自为孩子起名字。为了达成他们的心愿，我们还是要以我们的风俗给孩子起个名字吧。”

众人都赞同了他的说法：

“您说得很对，就这样办吧。”

哈斯木·艾来木阿訇心想：到底起个什么名字呢？他想起新出生的孩子，就以这个神圣的节日为名的习惯。于是，他把襁褓里的孩子举过头顶祷告一番后，把孩子抱在右手上，用左手捂着自己的耳朵开始宣礼。然后，双掌托着孩子说道：

“孩子啊，因为你出生在神圣的库尔班节，所以上天赐给你的名字是库尔班！”

哈斯木·艾来木阿訇把孩子递给扎依提阿洪，扎依提阿洪接过孩子后高兴地说：

“库尔班江，恭喜你有了一个好听的名字。”说完，把孩子递给了林基路。

林基路接过孩子，满意地望着众人说：

“库尔班，这是个好名字。谢谢你们！我们每次叫孩子名字的时候，不会忘记维吾尔族兄弟姐妹，我们的孩子也不会忘记维吾尔族同胞的！”然后，他看着手里的孩子说，“库尔班江，你要快快长大，学会维吾尔语，让我们的友谊一代一代传下去。”……

过了几天之后，阿扎丹和好朋友迪莱塞姆一起来看望陈因素。陈因素已经和许多维吾尔族女性交上了朋友。她们一个比一个漂亮。她们之中也有阿扎丹。陈因素看到阿扎丹她们后非常高兴，紧紧地抓住阿扎丹柔软的手说：

“你还好吗？工作忙吗？”

“还好。”阿扎丹羞涩地说。

姑娘们轮流看着襁褓里的孩子。

“因为孩子是你们神圣的节日出生的，所以给他起了个名字叫库尔班江。”陈因素笑了一下。

姑娘们回去的时候，阿扎丹说：

“您好好地休息吧，我们还会来看望您。”

“你们要常来玩儿啊。”陈因素道别了她们。

二

光芒四射的太阳，让覆盖街道、屋顶、窗户和树木的薄雪反射出刺眼的银光。街上行走的人们面带笑容，孩子们歌声飘荡在整个城市上空，令库车人民从未有过的满足和欢乐，飘荡在县城上空……

巍峨的新桥伫立在人们面前。桥的最上方是代表《六大政策》的长四十米、宽五米的大六角图形，以及库车人民为抗日和前线捐战斗飞机的纪念模型。林基路手书的“龟兹古渡”“团结新桥”八个大字，被精心镂刻成木雕字，特别醒目地分别钉在东西两边的桥栏上。

瞧，单位和社会群体高举“全民动员，支援前方”的标语。高唱抗日歌曲的各单位职工、青年学生，排着长队向新桥方向走去。人群越来越大，他们手中的各色小旗随风飘扬。随处可见各个单位和商铺门口舞动的旗帜，以及写着维汉双语口号的条幅。

新桥前的空地上充满节日的气氛：四周挂满各式各样的旗帜和横幅，大桥的东边十字路口有个铺着地毯、金丝绒布装饰的舞台。舞台的前面也挂着红色的条幅。

大约九点钟左右，学生、职工和群众站到指定的位置。人群似乎没有尽头。虽然教义规定男女不能混合在一起，但人群中可以看到一些蒙着面纱的女性，还有整齐排列的女学生。她们的脸在寒风的吹拂下，像正月里的石榴般红扑扑的。她们的面容让苹果杏子感到羞涩，让布谷鸟感到嫉妒。她们让人群气氛更加高涨。新桥周围的房屋、店铺、饭馆和茶社的屋顶，挤满了看热闹的妇女和孩子们，他们就像落在树上的鸟雀一样叽叽喳喳。空地上根本没有立足的地方。

阿布都拉的目光在女校学生中搜寻着什么。但是，谁也没能吸引阿布都拉的眼神。他在那些老师间寻找，终于找到了戴着绒毛头巾的阿扎丹，不知在对旁边的姑娘解释什么，那个姑娘轻轻地点点头。这个时候，阿布都拉真想跑过去亲吻阿扎丹美丽的眼睛，但他没能这么做。

“你的眼睛除了阿扎丹谁也看不到啊。”阿布都拉吓了一跳，突然出现的吾普尔老师小声对他附耳开玩笑。他是带领学生从坎儿孜学校赶过来的。

舞台上出现林基路和几个德高望重的人时，全场响起了经久不息的掌声。鞭炮声声、鼓乐齐鸣。林基路和工商会主席瓦哈普阿洪，维文会主席阿不力米提汗·尼亚孜，倾注心血建造大桥的哈孜师傅，以及几位有威望的人在台上就座。

林基路站起来行了个礼，舞台下响起热烈的掌声。林基路说道：

“乡亲们！经过全县人民的共同努力，在大坝和大渠完工之后，大桥又落成了。这座大桥是团结的桥，通向抗战胜利的桥，也是各族人民团结战斗的象征。”

林基路说每一句话的时候，都要停顿一下。此时，全场又响起热烈的掌声。所有的人越来越喜欢这个汉族当官的。他们聚精会神地倾听林基路的讲话。

林基路非常激动。看，所有的愿望和期盼都已成了现实。库车人民期待拦洪水、修水渠、修新桥的日子还少吗？他们憧憬令人满意的一天会来到吗？林基路想到这里又激动起来。现在，千万个人望着他伸手鼓掌，这就是最珍贵的祝贺。

林基路讲完了话。但是，人们好像没有听够似的眼望讲台，看着林基路静静地默立。

几个年轻人跑过来抬起了哈孜师傅，围着场子转圈。全场响起了雷鸣般的掌声。鼓乐喧天，虽然场地显得小了一些，但人们还是跳起了欢快的舞蹈。乐师们不顾天气寒冷，酣畅淋漓地忘情弹奏乐器。他们演唱的木卡姆片段和每一个动作，根本用语言无法描述！……

所有的节目都在有序地进行。四方队形的后面，好像是用铁链捆着似的站立的人群。阿布都拉和吾普尔老师站在人群后面看热闹。

维吾尔族演员演完节目后，汉族姑娘们身穿各式花色的衣服，小脸画得像石榴一样火红，腰里绑着彩绸扭起了大秧歌。最后，人们还用舞龙和舞狮来庆贺典礼。

“舞狮是拥有一千多年历史的传统节目。这个节目在唐朝时期就在内地特别盛行。”吾普尔老师若有所思地说。

“是吗？我真是孤陋寡闻，从来没有听说过这些事情。”阿布都拉佩服地望了一眼吾普尔老师。

人们渐渐地簇拥着离去。吾普尔老师正想着去哪里时，阿布都拉说话了：

“咱们很久没见面了，去茶馆聊一会儿吧。”

吾普尔老师应允了他的要求。

茶馆的人不多。他们在蒸汽和喧闹声充斥的茶馆里，找了一个稍微干净的位置坐了下来。阿布都拉叫来茶馆掌柜，点了一壶茶和两个窝窝馕（中心凹下去的小馕饼）。茶馆掌柜不一会儿端来了一壶茶、两个茶碗和两个窝窝馕轻轻地搁在桌子上。

阿布都拉把茶壶里香浓的茶倒了一碗，递给了吾普尔老师。他把一个窝窝馕掰成四份，请吾普尔老师品尝后，给自己也倒了一碗茶。阿布都拉虽然很冷，但他不急不慢地喝着热茶。离他们不远的桌子旁，两个中年农民在边喝茶边聊天。一个农民用马鞭的把手挠了挠后背，另一个农民指着大桥说：“我们盼望旧桥变新桥很长时间了，看来人民的力量就是不能小看。”第一个农民不太赞同，说：“最主要的是林县长领导得好。人民过去也在，可没有干成一件事情呀。我们虽然经常义务去挖渠，可到头来还是躲不过干旱。有句话说得好‘干活的吃糠咽菜，不干活的吃香喝辣’。好处都让那些水利总管、乡约等人拿去了……自从林县长来了以后，办事公平公正，引导人民摆脱束缚，我们期盼已久的事情都变成了现实。总而言之，希望这个县官一生平安……”

阿布都拉细听他们的对话之后，他告诉吾普尔老师最近一些心肠歹毒的人造谣生事，夸大其词恶意污蔑林基路县长，在人民中间造成了非常不好的影响，而且到处散播攻击性言语的事情。吾普尔老师听到这个令人愤慨的消息，气得浑身发抖又惊出一身冷汗。他愤恨这些污蔑林基路清廉公正性格的魔鬼。吾普尔老师没想到他们的行为竟然如此无耻龌龊，甚至无情。但是，人民相信打击贪官污吏、惩治无良的地主巴依和为人民谋福利的林县长。所以，人民不希望林基路受到一点伤害。林基路想和那些丧心病狂的人做斗争，抗击充满罪恶的世界。“天哪，你为什么创造罪恶的魔鬼？为什么有的人为了尊严和人格可以不惜代价？为什么人的一生被某些无情的人掌控？”这些问题对时代和苍天提出质疑，天空中撒满了愤慨之情。

“这是多么冤枉哪！这简直是胡说八道！徐华峰这个杀人不见血、吃人不吐骨头的魔鬼！”吾普尔老师不知是心里难受还是生气，起身准备道别离去。也许，他这时听不进去任何一句话。因为他心中的忧虑怒气上升，让他感觉浑身不舒服。阿布都拉安慰道：

“事情不会变得像他们说的一样。”

“但愿老天保佑林县长远离灾祸……”

第二十一章　夜长梦多

一

大桥建成后交通变得畅通了，大坝的工程竣工也防止了灾害。新桥上车马川流不息，大坝工程挡住了凶猛的洪水。修建大水渠灌溉了广袤的农田，并不意味着林基路心里的计划结束了。他还为寻求完成库车人民盼望已久的许多事情早日实现，费尽心机，努力探索。林基路新的计划和蓝图大家决议通过后，领导实施了每一个环节。其中包括“大龙池”和“哈郎归”等大桥的重建计划。这些工程很早就开始动工了。林基路和阿布都拉结伴，不顾天气寒冷和身体疲惫，视察完这些工程走在回去的路上。

星辰散落在无尽的银河，凛冽的寒风中冻得他们使劲眨眼睛，房屋和树木都缄默地伫立……

林基路他们骑马穿过城门，快来到县政府大门口的时候，看到几个影影绰绰的身影，于是加快了马匹的脚步。县政府的门口站着几位远道而来的人，在寒风中瑟瑟发抖地不知在等谁。

那些人在寒风中等了一个多钟头，他们看到林基路后都围了上去，并且高兴地喊道：

“教务长！”

“林老师！”

林基路拉住马的缰绳，定睛看了一下后跳下马，热情地与他们握手说：

“同学们，你们好吗？没想到在这里见到你们……”

林基路的脸色显得非常疲惫。他穿衣服的风格还是没有改变。他身上还穿着曾经穿过、又旧又褪了色的翻领灯芯绒上衣，腿上仍然是短勒儿靴子。学生们想想根本不顾人们死活的官员，又看看眼前这个当官的和普通人没有区别，心里感到特别地钦佩，异口同声地说：

“老师，您辛苦了。”

林基路摇了摇头，又问学生中间一位二十岁的维吾尔族小伙子是谁，旁边的人告诉林基路说：

“这个小伙子名字叫依不拉音，精河县人。从省师范学院毕业后，被分配到了和田。他从去他的家乡宣传抗日救国的新疆学院学生嘴里，听说了关于您的事情。后来，他被省师范学院录取时您却调走了。他很遗憾没能见到您。”

“我很高兴见到您！”依不拉音兴奋地说。

“谢谢。”林基路紧紧地抓住他的手说。

林基路和依不拉音虽然是初次见面，但是就像老相识一样。其他人也非常激动。

林基路把马的缰绳递给阿布都拉，并交代他把马交给艾尼丁喀里后回家休息，自己和学生们一起边聊边往家的方向走去。这个时候，陈因素正好走到门口，她顺势请客人们进屋。

林基路把客人们介绍给陈因素后，走到里屋把襁褓里的孩子抱出来，边逗他边说：

“库尔班江，你不请客人们坐下吗？”

依不拉音听到这个好听而又熟悉的名字，轻轻地把孩子抱过来说：

“咱们可是一个地方的人哦。”

林基路看到依不拉音想知道为什么给孩子起这个名字后，说：

“因为我希望这个孩子扎根在新疆，建设美好的新疆，所以给他取了这个名字。”

林基路的家里家具很简单。屋子中央的铁炉中火焰在熊熊燃烧，客人们在温暖的屋子里，就像在土耳其浴池洗澡一样舒服。

陈因素看学生们似乎有些饿了，于是在桌子上摆上库车的水果和馕饼招待他们。这时，萨乌尔也端来了一壶茶和几个茶碗。

“你们洗个手吗？”萨乌尔边倒茶边问。客人们都洗了一下手。

“我坐在炉子旁边吧。”还没有平息满心欢喜的依不拉音，由于身穿单衬里大衣，身体感到有些冷。

“你趁热喝茶。”萨乌尔给他端上一碗茶。

林基路和客人们边聊边喝了一会儿茶，冻僵的身体渐渐暖和过来，气氛变得越来越热闹。林基路和陈因素暗地里使了一下眼色，极力让谈话的氛围高涨。

林基路看着这群朝气蓬勃搞文学的小伙子，问了新疆学院和迪化现在的时局。

“迪化的街上现在是血雨腥风，”其中一位学生打开了话匣子，“在盛世才的独裁统治下，好朋友见面不敢说话，集市上静悄悄的，街上行人稀少，听不到鸡狗的声音，就连孩子都不敢大声哭。老百姓经常被平白无故地抓走，到了晚上根本不敢出门。如果继续这样下去，新疆就会变成一个人间地狱。”

“盛世才自认为是新疆的土皇帝，越来越远离人民，而且制造敌对矛盾，撕掉了‘民主’的伪善面具。”说完，林基路提出了一个非常尖锐的问题，“你们认为今后的形势如何发展？”

学生们不知该说什么才好，面带疑惑的表情彼此相望。林基路知道他们在为当今的社会和抗日而忧愁，他说：

“你们在学习唯物辩证法课程的时候，学过看事物的发展必须辨别主流和支流的道理。我国大多数人民群众拥护抗日救国。这就是主流。投降派和顽固派不抗日，反对共产党，制造摩擦不得人心，这就是支流。新鲜事物是会前进的，腐朽的事物会退却。”林基路坚定而充满信心地说，“坎坷的路是暂时的，只能算作是黎明前的黑暗，历史的车轮绝不会后退！”

学生们听了林基路的这番话，心里一下子亮堂起来，没有了忧愁和担心之情，感觉到理论和实际还没有完全融合。

交谈在热烈的气氛中持续进行，萨乌尔用煮熟的鸡鸭和塔里木河特有的野鱼，还有炒的一些菜摆满了桌子。依不拉音看到桌子上摆不下的佳肴，就像坐在自己家里一样。其他人也无拘无束地动起了筷子。

学生们临走的时候，林基路把他们送到了大院门口。

夜晚的天空，就像是用墨汁染的一样黑漆漆的，周围像是要吞噬人一样阴森可怕。地上到处是积雪，每走一步都发出咯吱咯吱的声音。寒风不停地呼啸，天气越来越冷。林基路嘱咐同学们赶紧回到他们住的客栈后，自己也回到屋里。这个时候，陈因素轻轻地拍着孩子陷入沉思，两只眼睛盯着前方发呆。林基路看到她的模样，迷茫地站在炉子旁。对了，刚才她对客人们也不太热情，到底发生了什么事情呢？

“怎么了？你是不是哪里不舒服？”林基路觉得心里憋闷，他边往炉子里铲煤，边问陈因素。

陈因素听到林基路关心的话语，虽然自己在沉思，但感觉到他的话像春风一样温暖人心。她给林基路的只有面带谢意的笑容。

陈因素把孩子抱进里屋，不一会儿拿着一份报纸走了出来，说：

“你看，这是我今天早上收到的。”说完，她把报纸递给了林基路，指着黑体字大标题说，“皖南发生事变了。”

林基路接过报纸，有关皖南事变的专题报道，赫然出现在他面前。这是最新一版的《新疆日报》，上面刊登着皖南事变的详细经过。而且还印有《中共中央革命军事委员会的命令》《中共中央发言人就皖南事变发表谈话》，还有中央通讯社关于皖南事变的报道，揭发了国民党破坏抗日战争和打击共产党的种种劣行。新闻指出：一九四一年一月，新四军九千多人经由安徽泾县茂林地区时，遭遇国民党部队八万多人的包围和突袭。新四军官兵激战七昼夜，弹尽粮绝，大部分将士英勇地牺牲了。叶挺军长被扣押，项英副军长被特务杀害。

林基路看完文章以后脸色大变，显得非常忧虑。他一声不吭地坐在椅子上，嘴唇微微颤抖，红肿的双眼噙满热泪。林基路虽然特别伤心，但流泪不能减轻心中的伤痛。

“蒋介石这个心狠手辣的家伙，看来要彻底投降日本侵略者？”陈因素说道。

“蒋介石这样做，只能暴露他的反革命真面目，会引起全国人民的警惕和愤怒。别看他嚣张一时，人民是不会饶恕他的。”说完，林基路心情沉重地又说，“盛世才一定不甘落后，可能会步蒋介石的后尘。”

“我也想是这个结局。”陈因素若有所思地说，“咱们在这里真心实意地搞后方建设，反动派却把枪口对准了咱们。这也许就是所谓的‘忘恩负义’吧。”

“盛世才是个地地道道的墙头草，是个绝对不能相信的人。所以，我们得提高警惕，随时准备应对任何变化才行。”林基路走到窗户旁继续说道，“他只要敢早一天反共，就必然会促使他早一天灭亡。历史上，所有的反动派都是无情的。”他停顿了一会儿，自言自语地说：“我没有去过战场，我真想去东北参加抗日游击队。”

“原来你准备一把剑和一套行装是为了上前线用的。”陈因素说。

“咱们要搞大规模的建设，现在不是时候，由于这几项工程对库车人民来说是当务之急，所以我们才要为建设好这几项工程而努力。即使盛世才明天就叛变，我们今天也要坚持做唤起民众的工作。传播马列主义，是唤起民众；兴修水利，也是唤起民众呀！”

几天后的一天上午，徐秘书手拿一份邀请函走进办公室。

“这是什么？”林基路看着邀请函问。邀请函是政税局送来的，邀请林基路参加因春节举办的宴会。

陈因素知道林基路一身清廉、出污泥而不染的习性。她看到林基路举棋不定，甚至不想去参加宴会的模样后说：

“依我看，你还是去吧。要不然你们之间产生隔阂，会影响正常工作的。再说，那莫因是个特别小心眼、记仇的人。谁要是和他对着干，他就和那个人加倍算账。他属于那种精心布置罗网和陷阱、耐心等待猎物终有一天落入圈套的人。”

“咱们必须要生活简朴清廉，不被财富和权力迷惑，贫困面前绝不动摇，不向权贵屈膝低头，有一颗品质高尚的心和强有力的革命信念。”林基路沉稳地说，“有毒的食物会毒死鱼，整天大吃大喝的人不会有良心和革命信念。这样的人，逃避不了被腐蚀和葬送的命运。这是像咱们一样远离战场的同志，应该深思的问题……”

“你虽然说得很有道理，但时局也得考虑呀。你要是不去，就会逃脱不了诽谤和攻击。你还是去应付一下吧。”陈因素有些担心林基路。

他们争论了很久以后，林基路无奈地答应了。

第二天下午，林基路正在为一件重要的事情发愁，门口出现了史成山的身影。也许，他是过来叫林基路一起赴宴的。林基路看见史成山递过来一份文件，他没接文件伸了一下手说：

“请坐。”

“林县长，我很着急，政税局局长那莫因请我去参加春节宴会。我路过您的办公室，看见您还在办公，所以想把文件给您，您看看吧。”

林基路拿起桌子上的文件一看，这是新疆省公署关于处理叛逆者财产的委员会，发给库车县政府的电报，是归还加马力老师财产的批示。电报上说：

“……我们从你们的报告中获悉，你们县没收了一个叫加马力的人应该继承的财产。我们根据他本人请求归还财产的申请，进行了仔细的调查后，事实证据证明他应该继承你们没收的财产……因此，以上财产和地契可以归原主……请遵照执行。”最后，印有收件处理叛逆者财产委员会主任周彬的印章。

“加马力是谁？”史成山问道。

“一个父亲被捕的人，”林基路介绍了那个叛逆者孩子受到歧视，整天痛苦生活的小学老师后，说，“我们调查叛逆者财产的时候，一定要实事求是，就事论事，不能一概而论。不能牵连其他的人。我们按照电报的精神，应该把财产和地契还给那个人，并且要公开道歉。”

“咱们把财产和地契还给他就行了，没必要公开道歉吧。”史成山听了林基路的话，不屑一顾地说。

“这样说就不对了。工作中有了错误，就应该马上改正。我们在人民面前公开承认错误，才能让我们尊严日益见长。人民政府代表人民的利益。既然政府做错了事，就应该改正并认真听取广大群众的建议。依我看这是好事，不必过分地担心。”

“真是怪事。”史成山暗自嘀咕。

“就这样吧，咱们开个会，我亲自向加马力老师道歉。”林基路果断地说。

史成山急着去参加春节宴会，从林基路的办公室走了出去。他自言自语地说：

“我从来没听说过县长向普通人道歉的。”

史成山出去以后，林基路办完公事，向政税局的方向走去。

汉族人居住的房子门是黑色的，门框上挂着红灯笼，门上贴着祝福的对联和年画。大街上鼓乐升天。人们身穿各式各样的衣服，脸上画着各种颜色跳起扭秧歌和划旱船舞蹈，以及穿戏服化装成长胡子老人的人，踩着鼓点跳舞的踩高跷节目。另外一处，舞龙和耍狮子的节目也很吸引人。

林基路靠近政税局大门口时，那莫因像一条看见主人手上骨头的狗一样，正在门口摇尾恭候他的到来。

“我们就等您了。林县长，里面请。”他们走进一个粉刷一新的院子后，又走进一个非常舒适的屋子。

宴会还没有正式开始。屋子里烟雾缭绕，中间的桌子上围坐着很多人。他们是政税局的工作人员，各个单位的主管，社会各阶层，商人及典当行掌柜。他们都是那莫因的狐朋狗友，以及曾多次受过他的“恩惠”的人。宴会上没有蒋春茂，他因为公事去了轮台县。那些人面前的长桌子上，摆满了瓜子、花生、糖、葡萄、梨和石榴等吃食，客人们在各自聊天，迫不及待地等待珍稀佳肴上桌的时刻到来。

林基路走进宴会厅的时候，等待他的客人们齐刷刷地站了起来。林基路走过去和那些人一一握手问候。那莫因好像藏着一个东西似的双手合十，不住地晃着手说：

“热烈欢迎县长的大驾光临！”他虚假地欢迎林基路后，说，“常听人说县长‘深入民间、体恤民情’，希望县长以后多多关照我们啊。”

在座的人因为没有见过林基路参加任何形式的宴会，所以说不好这次他会不会来参加春节宴会，曾经都认为那莫因时不时跑出去看看门外都是白费劲儿。

林基路不像客人们一样迫不及待，他稳健地和客人们逐个握手问候以后，坐在了为他准备好的位置上。

“你们辛苦了。今天你们要好好地休息一下，不必太拘束。我想说，你们不要客气，尽情地吃喝吧。”那莫因说完，暗示了一下小心翼翼地服务的工作人员。动作敏捷而富有经验的工作人员，身轻如燕地把各种炒菜摆上桌。霎时，屋子里飘满饭菜的香味。酒过三巡，宴会越来越热闹地延续。

那莫因对招待客人得心应手，他熟知宴会场上的每一个细节。就算是没有胃口的人，也会因为他的热情而胃口大开。

“您怎么不吃啊？”宴会开始以后，史成山就望着林基路愁眉紧锁。他轻声地问林基路。

这个时候，那莫因举起酒杯说：

“各位尊贵的客人们，”所有的人都看着那莫因。他继续说道，“我们今天非常荣幸地把各位请到节日宴会上。我借这个机会向林县长表示感谢，感谢他在百忙之中，能抽空来这里参加简单的迎新春宴会。林县长来到我县之后，做了很多有目共睹的事情。试问各位，谁能做出这么有魄力的事情呢？我们要紧随林县长，为更加有力地把《六大政策》的精神继续实行下去而奋斗。各位，请，干杯。”

“干，干……”

林基路站了起来，摆手示意客人们先不要喝酒，望了望周围说：

“各位，我祝大家节日快乐！”林基路说完，在场的人都鼓起掌来。他又继续说道，“今天，那莫因局长特地为大家准备了丰盛的宴会……现在全国处于什么情况下，我想大家都知道……”宴会场上静悄悄的。“日本侵略者在中国的占领区内，进行了残酷的殖民统治和经济掠夺，敌占区的军民遭到很大的损失。日军又大肆抢夺粮食和牲畜，造成严重饥荒，沦陷区的人民奴隶般地生活。这生死攸关时刻，全国人民在纷纷捐款捐物支援前线。咱们呢？咱们却在这里歌舞升平，大吃大喝。咱们要是把用在宴会上的钱捐给前线，这是一件多么好的事情……”

在座的有些人赞成林基路的话而鼓掌，有些人则缄默地低头坐在椅子上表示抗议。

林基路最后说道：

“谢谢你们特地邀请了我，恕我不能奉陪。”说完，他不顾挽留径自走向屋门。

宴席上的几个人送林基路走出大门。

林基路回到家之后，陷入了沉思。第二天一大早，他叫来了徐秘书。他告诉徐秘书赶紧发布，今后不得用公款请客送礼，要勤俭节约，用实际行动援助前线的公示。

二

大地转暖，沉睡了整个冬天的花草树木，渐渐地舒展嫩芽拼命生长。与此同时，去年秋天被风吹落大地的种子，如今慢慢地生根发芽，为了自己的新生活而努力。春日里的太阳，微笑俯视大地。世间万物，充满了盎然的生机。

库尔班江出生在库车的土地上，吸吮维吾尔族母亲的乳汁，转眼就已经一百天了。人们一大早就络绎不绝地来到林基路的家里，按着中原的规矩给孩子和父母祝福。林基路和陈因素非常高兴。

“有客到！”马木提通报了消息。

林基路刚来到门口，眼前就出现了身穿中山装的瘦小身躯。这个三十五岁左右的客人一进门，就拱手作揖，操着山西口音，满面喜气地说：

“恭喜林县长塞外得子。”

“李县长大驾光临，真是荣幸啊。你辛苦了。”

这位客人是沙雅县的县长李观柱。他在迪化时认识了林基路。当时他是省教育厅秘书主任。两年前，调任塔里木盆地北部的沙雅县后，常来库车和林基路交谈。有时，他还到巴楚县去拜访曾任省第一中学校长，喀什噶尔地区教育局局长，现任巴楚县县长的李云阳。由于他受到共产党人的影响，在沙雅也为人民做了一些好事。他为了文教事业的发展，接管政府管理了县内几所民办学校，减轻了人民的负担；整顿教师队伍，提高了教学质量；加强各文化促进会的工作，亲自过目文化促进会和学校的月度或季度计划，实行定期指示和汇报制度；在暑假期间举办教师培训班，给他们讲述国内外形势和教育工作者当前任务的报告，鼓励他们为抗日和建设新新疆而努力奉献；他还在县城组织举办扫盲学习班，制定常年学习的制度……

“我过去来过几次，不巧，你都在乡下。你总惦记民间疾苦，可谓是忧国忧民之士。为了黎民百姓，林县长真是不辞劳苦呀！”客人进屋后，说。

“民间有疾苦，多去几次，受益匪浅啊。”林基路说完，又继续说，“我得到消息，贵县的水利建设已经完工了。”

“我们按黄民孚署长从阿克苏调走之前的指示，完成了开凿塔里木河六十里新干渠，以及引塔里木河水灌溉沙雅县草原的工程。”李观柱兴奋地说。

“就因为这些事情，你还得到了督办公署和反帝总会的嘉奖呢。”

李观柱听到林基路的夸奖后，抚着稀疏的胡须笑着说：

“那次你也得到了嘉奖呀。”

“你还改善交通事业，解决了百姓的现实困难。”

沙雅县和库车、新和县之间基本上没有相通的公路，尤其是沙雅县和库车县之间的乌干河上没有桥，洪水期间交通中断几个月。李观柱动员全县百姓，亲自设计指挥建造了现代的跨河大桥。

“请喝茶，”陈因素倒满了两个茶杯后，说，“请不要客气。”

“鄙人这次来库车县，一方面恭贺你喜得贵子，另一方面想和你好好聊聊，相互交流一下经验。”李观柱拿起茶杯说完，又继续说，“你们走一步，我们学一步，还是跟不上趟儿。你真是健步如飞啊。”他笑了笑，跷起二郎腿说：“就说财政改革吧，就是一件很复杂的事，真叫人头疼。还有民选区，乡长、群众还好办，但地主巴依总有抵触的情绪。这些事情真让我烦心，你可得多多赐教哦！”

库车县热火朝天的抗日宣传和轰轰烈烈的后方建设，不仅影响到沙雅县，而且波及新和、拜城和轮台等县城。因为李观柱是个富有正义感的人，所以他很想为抗日救国多做贡献。就是苦于没有办法，心里总是干着急。

“你不要着急。”林基路热情地鼓励道，“你已经做了不少工作，群众很拥护你，这是最重要的条件。你要想把群众发动起来，就要深入宣传抗日救国的道理，做到家喻户晓，人人明白。群众懂得了国家大事和切身利益的关系，就会觉悟起来……”

“谢谢你给我指明了道路。真是听君一席话，胜读十年书啊。”李观柱听到外面一群人的说笑声后，起身对林基路说，“有客人来了，我也该告辞了，咱们再找时间谈吧。”

“你可是难得来的贵客，赶上喝喜酒了，虽然我不会喝酒，可我备了几瓶库车特产的好酒。”但是，李观柱推说自己工作很忙，婉言告辞走了。

晚上掌灯时分，蒋春茂领来了一个三十岁左右的客人来到林基路的家。蒋春茂走到门口，满面笑容地指着客人说：

“基路同志，你看谁来了。”

林基路赶紧走到门口，看见一位手拿提包的人，说：

“哎呀，这不是老郑吗？真没想到你会来！什么时候到的？”林基路眉开眼笑地拉着他的手，向里屋喊道，“文英，来客人了！”然后，他给从里屋赶紧走出来的陈因素介绍道：“这是在省财政厅工作的郑亦声同志。”

郑亦声原名郑振声，一九三八年从延安来的共产党人之一。他来到新疆后任省财政厅秘书、财政巡视委员会巡视员等职务。

“老郑同志，这次来库车办事，身份是财政厅巡视大员。”蒋春茂插了一句嘴。

其实，郑亦声是应周彬同志的指派，巡视南疆的财经工作，以及传达党代表徐杰的重要指示的。

“你辛苦了。”陈因素和郑亦声握手问候。

“首先，祝贺你们喜得贵子。蒋春茂同志刚才告诉我你们得子的消息，这真是值得庆贺的事情啊。我本来应该早一点过来，但听说今天你们家客人很多，白天我不便来。”郑亦声说完后，又对林基路说，“你无论到哪里，都能把群众团结在自己周围，同群众打成一片，我真羡慕你。”

“这么说，我今天是不是搞得排场太大，惊动的人太多了？”林基路开玩笑地说。

“我不是这个意思，”郑亦声赶紧解释道，“你有县长老爷的合法身份，就要做得像一些。”

这个时候，马木提端着托盘走进来，打断了亲密战友之间的谈话。他把茶水和果品摆到桌子上，然后倒了几杯茶水，林基路请他们喝茶：

“你们渴了吧，先喝点茶。”

“谢谢。”

“你有没有胃口吃点饭？”

“那就谢谢了。”郑亦声没有客套。然后，他从皮包里拿出一沓《新疆日报》和一些学习资料，说，“我在这里待的时间不能过长。为了不引起盛世才的怀疑，明天就要去阿克苏。”

“咱们好不容易才见面，不要说多的话，我今天哪儿也不让你去。”

“饭做好了吗？”

“好了。”正好走进来的马木提回答道。

没过多久，萨乌尔端来了几个热菜和凉菜。林基路让陈因素把好酒拿出来，准备和客人们喝上两杯。但是，当他知道郑亦声不想违反擅自喝酒的规定后，窘迫地说：

“既然这样的话，咱们就吃饭吃菜。请。”说着，林基路给客人的碟子里夹了一些菜。

“徐杰同志让我转告你们，因为盛世才不放心你在库车县所做的工作，以及让人民觉醒的事情，所以盛世才可能会调动你的工作。”

“盛世才害怕我们在一个地方长时间地工作。”林基路不屑一顾地笑了一下。

“徐杰同志还让我转告你们，周恩来副主席最近指示说，新疆这个大后方很重要，是国际援助的重要通道。要求在新疆工作的同志坚持到最后，只要盛世才没有公开叛变，就要坚守岗位，稳住局势，保证国际援助畅通，争取抗战的最后胜利。”

郑亦声周围的人都全神贯注地倾听着党的指示。

“周恩来副主席的指示非常重要，我们受点苦算得了什么。”林基路说。

最后，郑亦声交给林基路一封信。那封信是党代表写给在南疆各地工作的共产党员的信。

新疆工作的共产党员，分布在天山南北三十一县（市）。由于新疆地域辽阔，交通不便，党代表和他们联系或传递信件需要很长的时间，加上盛世才对中国共产党的态度有所变化和不可预知的情况，因此，在座的人深感这封信来之不易，并且对郑亦声同志表示了谢意。

“轮台县的事情办得咋样？”林基路问蒋春茂。蒋春茂自从轮台县回来之后，没有机会汇报那里的事情。

“刘云祥因为贪污公款和吸食鸦片的罪名被监禁三年，并且追回了非法占用的七百四十一元钱。”蒋春茂汇报道。

“事情办得很公平。”林基路非常高兴。然后，又想起来一件事情说，“我听了你的建议，幸亏没有上告那莫因。警察局副队长苏莱曼提说，有人告了那莫因一状。”

“这和咱们想的一样啊。”蒋春茂说。

“好了，就谈到这儿。”郑亦声觉得天色已晚，明天又要去别处，收起皮包起身告辞。

“等一等。”林基路从里屋拿出来一沓新币，“这是我和陈文英的党费。”

“不，我这里有。”陈因素急忙跑进里屋，从箱子里取出一沓国币，交给郑亦声，“那是他的，这是我的。”

郑亦声接过陈文英的钱，纳闷地问：“你哪里来的国币？”

“我离开延安的时候，组织给我的生活费。”陈因素抿嘴笑了一下。

郑亦声感动地望着这一对年轻的夫妇，不知该说什么才好。

“让老郑同志早点休息吧。”林基路看到郑亦声有些疲惫，又想挽留郑亦声，“今天，你就住在县政府吧。”

“不，住在这里太显眼，会引起别人的猜疑。算了，我还是回去吧。”郑亦声笑着说。

“财政厅巡视大员住在征税局副局长家里，业务对口，名正言顺，他们抓不住一点口实。”

林基路点头示意，表示同意这个看法。

“再见了。”郑亦声也不舍地握住林基路的手，“我衷心地希望库尔班江健康成长。”

林基路把他们送到了门口，反复握手，舍不得分别。

三

晚上，艾尼丁喀里又气又羞地来到哥哥萨乌尔家，默不作声地蹲在角落里，拿出一撮莫合烟用颤抖的手卷好，忧郁地叹了一口气点燃莫合烟。他连续抽了两支烟后，又点燃了第三支莫合烟。艾尼丁喀里没有说话，就连头也没有抬起来。三岁的孩子刚睡着，坐在微弱的灯下做针线活的妮莎罕，从来没有见过丈夫的弟弟这副模样。沉闷的寂静中她感到心慌，于是问道：

“兄弟，你这是怎么了？”

艾尼丁喀里呼出一口烟，说出了发生的事情：

今天，县城南边爱里素甫村举办了盛大的诺如孜节活动。这次活动范围非常广泛，有商人、小手工艺者和周围乡村的农民参加。天气特别晴朗，艳阳在蓝天中微笑俯视大地。刚发芽的树木花草清香扑鼻，让人感觉心旷神怡。

早晨，游人就三五成群坐着马车出发来这里。每个星期五喜欢和朋友郊游的人们，此刻丢下生意和琐事，汇入来这里游玩的人流当中。甚至，开饭馆的和烤馕饼的也搁下手里的事情跑到此处。他们当中，声乐喧天的艺人们格外引人注意。马车路过推古满巴什和沁巴格，顺着乡间小路向爱里素甫村涌去。村民看到这副情景，十分好奇地围在路边看过路的人，饶有兴趣的孩子们追逐马车嬉戏。

马拉轿车、四轮马车和单身骑马的人们相继而行。一个小时后，从县城方向驶过来一辆四轮马车，车上坐着林基路和怀抱库尔班江的陈因素。艾尼丁喀里挽着袖子，头戴巴旦木图形的花帽，敞胸迎风赶着马车，精神抖擞地走在蜿蜒的乡间小路上。马车上的人们似乎不像坐在马车上，而是感觉好像在天空中翱翔。果园里花团锦簇，田野没有感觉，就被青苗装饰一新。他们的眼睛，从一个场景不停地转向另一个场景。

他们走了一个多小时的路程，终于来到了举办活动的场所。活动场所已经变成了人山人海。男女老少穿着节日的盛装，赶着马车或自家的牲口车，从县城或周围乡村赶来这里参加活动。这些人都是喜欢热闹场面的人和游玩的人，热闹场面对于他们是最有意思的事情。无论他们在哪里，只要有玩乐的地方，他们就会聚在此处玩乐。他们不顾酷暑和寒冷，宁愿站在露天。沉重的体力活之后，热闹一番，休息片刻……

水渠边，临时用芦苇搭建的饭馆前，炉子上的各式饭菜和煮粥的锅在冒着热气。树荫下，挤满了摆摊卖冰水的、卖凉粉的、卖瓜子小吃的和一旁卖布的、另一边卖杂货的及摆地摊的小本生意人。因为政府不收他们的税，所以这么大的一个场子他们都嫌小。

林基路乘坐的四轮马车来到活动场所的时候，已经是日上三竿的时分了。现场周围所有的树干上都绑着驴马，各式车辆挤得满满当当。孩子们围着林基路乘坐的马车玩耍嬉戏，男女游玩的人也相继而来，并且饶有兴趣地望着短发、西装非常合体的陈因素。本县的长者们领着那些人走向临时搭建的舞台前。舞台披红挂绿，特别宏伟漂亮。

艾尼丁喀里解下马匹喂了一些草料，取下头上巴旦木图形的花帽，用手拍了拍帽子上的尘土，又拍打了一下新衣服上的灰尘，而且擦了擦靴子。然后，他来到潺潺流动的水渠边洗了把脸，解开系在腰间的腰带擦了一下脸后，找了一个合适的地方坐下来，卷了根莫合烟，舒心地吸了起来。稍远处，一棵桑葚树的树荫下，一群人不知为什么事吵吵嚷嚷的。艾尼丁喀里为了看热闹，走向人群喧闹的地方。

那个地方，一群人正在聚众赌博。艾尼丁喀里从不喜欢赌博，是个喜欢自食其力的善良人。他非常憎恶那些不劳而获的人，只是为了凑热闹才看他们。

赌局上坐着脸色颓废的瘦高青年，一位短黑胡子的人，紧挨着他们的是位一直手气不好的矮胖子，矮胖子旁边是个面相特别狡猾古板的人，以及右手戴着猫眼儿戒指，而且非常张狂的人，还有一位头戴白色瓜皮帽、满脸麻点、皮肤黝黑的人。几个人在看热闹。赌徒们贪婪的眼神发亮，紧紧地盯着落下去的骰骨，焦急地争论着什么事情。手拿骰骨的人，就像握着火炭一样抖动。对手之间相互张望。这眼神，好像要把对手的钱变成自己的一样燃烧。这个时候，其中一个人埋怨运气和他翻脸而去，焦急地等待运气的返回。而另一些人十分高兴，感谢上天让运气双倍而来……随着时间的推移，赌徒的钱转瞬易主：有的人口袋空空如也，有的人口袋鼓鼓囊囊。瘦高青年从兜里掏出一沓钱，还了赌债后把剩下的钱扔在场中央。这时，其他的人也掏出钱搁在面前。赌徒们的眼睛定住了似的，紧盯着戴猫眼儿戒指青年手中的骰骨。

瘦高青年的心里非常焦急，就好像是在汹涌风浪中漂浮的一叶孤舟，始终无法靠近海岸，但他没有显露出来。

哎哟喂，你看这事情是怎么搞的，运气好像从瘦高个青年旁边翻脸远去，他又输了。他的嗓子冒火，嘴边都是白沫沫，已经无力再赌下去了。但是，他还是希望运气重返身边，心中又燃起对赌局的希望之火。他连续输了三局。第四局他希望自己赌赢，继续下注，可是又输了。瘦高青年第五次把手伸向骰骨……

瘦高青年面如土灰，没有了一丝人的模样。他把手塞到兜里，好像才知道似的叹息道："没钱了。"他趁父亲不注意，从家里拿出来的钱也没有了。此时，他像泄了气的皮球一样坐在原地。过了一会儿，他站起来说："我把所有的钱都输了，你们自己玩儿吧。"

赌局让他心力交瘁，连续输钱又让他头晕目眩。他艰难地拖着沉重的腿，消失在人群中间。

艾尼丁喀里看着赌输的青年，心中一阵酸楚，随后从赌博的地方悄然离去。他路过正在玩对对牌的人身边时，车夫叫住他给同伴们介绍道：

"这位老兄是我的好朋友，你们认识一下，他是在衙门的车夫。今天，林县长和夫人坐他的车来游玩儿的。"在座的人起身和他一一握手行礼，车夫看他们有点拘谨，开玩笑地说："没关系，不要太拘束。"在座的同伴们给艾尼丁喀里让了一个座位。他们中间一位圆脸、长眉毛和眼神犀利的中年人，对着车夫说道：

"你不该叫'县官马车夫'，这位朋友才适合这个名号。"

“就是，我也是无意间得了这个绰号。”车夫听后，笑了笑说。

一位穿着得体的衣服，稀疏胡须的中年人，嗓音洪亮地说：

“你给我们讲讲这是怎么回事？”

其他人也特别感兴趣地望着车夫满口黄牙的嘴。

“有一天，林县长在集市急着想去一个地方。他在寻找马车的时候，恰好遇到了我的马车。那时，我正好去了茶馆。林县长又特别着急，所以他给别人说了一声，赶着马车走了。我从茶馆出来没有看到马车，心想是谁赶走了的呢？我正想着这个问题，一个人走过来说：‘林县长赶走了你的马车。’过了一会儿，马车停在了茶馆对面的空地。林县长刚跳下马车，我也从茶馆跑出来到马车旁边。他知道了我是车夫，赔礼道歉后，不仅致谢，还给了我一些钱。从此以后，我就有了‘县官马车夫’的名字。”车夫讲完故事，又说，“你们听说过县官向老百姓赔礼道歉的吗？”

“我们从来没有听说过。”在座的人纷纷说道。

艾尼丁喀里对他们的游戏不感兴趣，起身告辞离开了。

人们像蚂蚁一样密密麻麻坐在平整场地的一旁，他们的后面是站着的人，站着人的后面是赶畜力车的人。看热闹的人们，把场地里三层外三层地围了个水泄不通。

场地中央几对壮汉衣角揣在腰带上，赤膊上阵在摔跤。他们魁梧健壮，很轻松地就可以扛起两个人。他们是许多婚礼或其他活动时，上场表演绝活的摔跤手。他们抓住对方的肩、胯或腰部，相互甩动转圈。有的壮汉给和自己摔跤的人使绊子，有的抓住对方的腰使劲摔在地上。摔跤的每一对壮汉身边，总有几个人一会儿帮这边，一会儿帮那边地喊叫……

被摔倒的人悻悻离开场地，胜利者又和新上场的壮汉较劲。有时两个人同时倒地，像两头熊似的绞在一起。看热闹的人们兴致勃勃，每个人在为自己喜欢的壮士助威呐喊……

艾尼丁喀里漫步走向另一个场地，准备欣赏一番斗鸡、斗狗和斗羊的活动。远处传来都塔尔琴声和悠扬清脆的歌声，俘获了艾尼丁喀里的心。舞台前面人如潮涌，林立的人们直盯着台上的演员。舞台下，林基路、陈因素及长者们正在津津有味地看节目。舞台上，三个妇人在打手鼓唱歌。艾尼丁喀里在远处一眼就认出了她们。一个是那个名字叫妮莎罕的女人，她不仅完整地保留了库车民歌的原始风味，而且还会演奏很多乐器。所以，她是人民赋予“妮莎罕乐师”称号的民间艺人。三十七八岁的这个女人，一只手打手鼓，另一只手弹都塔尔琴在唱民歌。妮莎罕悦耳的歌声，让都塔尔琴的心陶醉，让听众感到十分甜美，游弋在乐海之中。库车似乎是为她而存在，她也是为库车而生存。她在人们的聚会中演唱，给聚会带来一次又一次的高潮。她把库车民歌唱得淋漓尽致，不管哪个乐师都无法替代。还有一位是绰号叫“蓝眼睛”的再吐娜罕，她不仅会唱歌，舞跳得也很好。她们像百灵鸟般歌唱，欢快地转换着节奏，金手镯在白嫩的胳膊上闪闪发光，手指在弦与弦之间舞动，赢得了听众热烈的掌声，感觉好像被带到了另一个奇妙的世界。她们唱完了名叫《古丽雅尔罕》的歌之后，又唱了一首名叫《小小百灵》的歌：

恋心让我饱受伤痛，
昼夜难眠，忧心忡忡。
自从看到你的容颜，
我就六神无主，满面愁容。

都说库车太荒凉，
不是荒凉是繁华。
都说我的恋人甜如蜜，
方糖冰糖都算啥。

天高高，天蓝蓝，
日悠悠，月悠悠。
除了你哟心上人，
一生一世无所求。
……

“多好听的歌啊。”艾尼丁喀里听得心醉，不禁小声嘀咕道。他在心里赞许唱歌的妇人后，从人群间好不容易挤到前面。十几个貌美如花的姑娘少妇戴着金银首饰，身穿坎肩、短袄或马甲，花枝招展地在场地中央随歌翩翩起舞。她们的五彩长裙旋转时如花绽放，齐腰的辫子齐刷刷地转动，她们雪白双臂上的金手镯，在空中如鱼儿游动，给人以美的享受。她们一会儿像在苍穹中翱翔的石鸡，一会儿又停在原地舞动眉宇和脖颈儿。

游玩的人们几乎都是天生的舞蹈家，他们不需要刻意地去学习。音乐响起的时候，他们纷纷走到场中央，争相跳起娴熟的舞蹈。他们跳舞不是想炫耀舞蹈功底，而是为了表达自己开心快乐的感觉。他们跳舞的时候，根本想不起来自己的身份。

一个帅气的小伙子在舞者中端花托盘，满场转圈说俏皮话：

“形似形，貌似貌，某人低头静悄悄，好似没钱花的主。”或是：“某个青年不作声，不会是在睡觉吧。”只要他每次说完，就会引得满场的人哄堂大笑。所有的人为了表示尊敬，纷纷往花托盘里扔钱。那个帅气的小伙子就会夸张地说：

“某人给了一千元新币，咱们看看某某巴依有钱还是没钱。”他说着这些话，让人不知不觉地就往托盘里扔钱。

歌曲唱到了高潮，舞者们的手脚动作越来越快，就像是汹涌澎湃的浪花一样多姿多彩。他们弯腰扭脖子跳舞的时候，满场传来“好样的！好样的！”的喝彩声。

一个人把好多纸币粘连起来，塞到另一个小伙子的花帽里。就这样，节日活动已经持续了两个多小时……

林基路和陈因素坐着马车返回县城时，已经是黄昏时分了，果园和田野沐浴在清爽之中。

“我从来没有想过她们唱歌这样好听。虽然我听不懂歌词，但能感觉到歌曲中充满了优美的色彩。现场所有的人，都非常认真地听她们唱歌。我从没有见到过男女老少聚在一起欢度节日的事情，甚至连听都没听说过。”陈因素按捺不住久久不能平静的心说，“我今天晚上肯定睡不着觉，也许会在麦西来甫的高潮中等待黎明。”

“这片富饶美丽的地方，养育了能歌善舞的优秀民族。”林基路被陈因素的话感染了。

装饰一新的枣红马，欢快匀速地行驶在乡间小路上，尽量不让后面的马追上它。艾尼丁喀里骑着马并驾齐驱，哼着一首不知名的曲调，时不时用马鞭抽打坐骑，努力不使自己落在后面。艾尼丁喀里今天参加的游玩和庆典活动，让他感觉特别地高兴。他日常的任务就是：平安地回到县城，把马匹从马车上解下来，给马匹喂一些苜蓿，然后回到哥哥家喝一口嫂子煮的浓茶，他才会解乏。睡觉之前，卷一根莫合烟狠狠地吸上几口，然后舒心地睡一觉。

太阳慢慢地落下山了。五彩的余晖用各种颜色装饰，飘浮在空旷苍穹中的片片云彩，大地的篇章中留下片刻的身影，然后消散而去。不久，四周渐渐地被夜幕笼罩。

林基路一行就要到达县城的时候，正好遇到了漫到路上的水。夜色中的水闪闪发光。艾尼丁喀里狠命地抽打马匹，准备冲过这片水泽之地。

马车在水里艰难地行驶时，发生了一个意外的情况。马车的车轮在斜地滑了一下，差点翻倒在泥浆里。虽然如此，马车里坐的人却滑下马车，摔倒在水里了。突然发生的事情，让艾尼丁喀里感到恐惧，准备迎接即将到来的灾难：恶骂，毒打，甚至牢狱。他不禁倒吸了一口冷气。

不料，林基路赶紧扶起在水里紧抱着库尔班江的陈因素，搀扶着好不容易才走到路边后，望着满脸满身泥巴的陈因素哈哈大笑起来。陈因素看看自己的一副狼狈相，也忍不住笑出了声。

“你没有喝酒吧。”林基路边帮艾尼丁喀里把马车翻正，边笑着问他。

“县长大人，我没喝酒。”艾尼丁喀里不敢直视林基路，低头担心地说。

林基路不仅信任他，而且非常喜欢他，心里明白这是一场意外的事故。林基路为了安慰艾尼丁喀里，说：

“没关系，以后小心点。”说完，又安慰库尔班江说：“哟嘀，小宝贝，你也被惊醒了吗？有爸爸妈妈在，不要害怕。不要哭了，没关系哦。”他一边开玩笑，一边安抚孩子。

一路上谁也没说话。他们来到县城的时候，远近各处连续不断地传来亥时的宣礼声。

林基路首先跳下马车，从陈因素手里接过孩子。陈因素也跳下了马车。

艾尼丁喀里想到自己这回免不了要受处罚，不知道林基路将要说什么，握紧马的缰绳不安地站在旁边。林基路望了他一眼，说：

“你把马拉回圈棚，修理一下马车坏的地方。”说完，他和陈因素慢慢地走向家的方向。

艾尼丁喀里本来担心县长会呵斥他，望着林基路和陈因素远去的背影，心里不禁涌动一种莫名的感觉。

“也许，他们是看在你帮着带库尔班江的情面，所以才没有说过多的话。”艾尼丁喀里说完事情的经过，不停地叹息。

“兄弟，林县长和他老婆说没说关于我的话？”艾尼丁喀里问刚从外面走进屋里的马木提。

“没有。他们说了一些关于马匹的话。”马木提回答道。

“兄弟，我求求你了，如果林县长问起我，你就替我美言几句，就说我是一个好人，好吗？”

“你不必太担心了。林县长是个大度的人，不管他遇到多大的事情都不会生气。”说完之后，马木提讲了一个亲眼看到的事情，“有一天，萨乌提正给林县长理发的时候，不小心把林县长的头发理坏了。林县长看着前面的镜子，对萨乌提只说了一声：‘糟糕，糟糕。’萨乌提对着我的耳朵悄悄地说：‘兄弟，林县长在说啥？’我笑了笑说‘你把他的头发理坏了，所以林县长说不好看’。萨乌提又说：‘就是，头发理得一点也不好看。我是不是做了一件让他不高兴的事情，这太丢人了。’下次，他给林县长的头发理得很好看后，说：‘上次把县长您的头发理坏，真是太丢人了。说实话，那次我的心里特别地害怕。’林县长说：‘我又不是旧社会的县官，你咋这么害怕我。’”

“你忘了上次因为马厩的锁子丢了，没钱买锁子，你去找林县长的事情了吗？”嫂子妮莎罕插嘴说道。

“我怎会忘呢。”艾尼丁喀里边卷莫合烟，边说，“现在想想看，我怎么会对县长说锁子丢掉的事情呢。县长说：‘只不过丢了一个锁子嘛，你不用担心，我给你找一个。’说着，林县长把自家用的青铜锁子给我了。我说，‘林县长，您锁自家门的锁子，我拿去锁马厩怎么能行呢。’林县长说：‘没关系，丢了一个锁子无关紧要，丢了一匹马可不行。’”他沉默了一会儿，继续说道：“我从来没有见过肚量这么大的县官。从今往后，我一定好好地干活。”然后，望着妮莎罕说，“嫂子，你也要照顾好库尔班江，让他们在家务事上没有后顾之忧，他们才能为我们老百姓多做一些好事。虽然他们和我们不是一个民族，但是他们从很远的地方来到这里，为我们操心受累……”艾尼丁喀里按捺不住激动的心情，情绪波动很大。

第二十二章　永恒的纽带

一

太阳虽然落山了，但晚霞依然飘浮在山顶。苍郁的树木和潺潺的河水，以及尚未散尽的霞光融合成迷人的景色。田间禾苗时而随风摇曳，时而泛起红色的光泽……林基路骑着白骏马，走在队伍的最前面，回想在某个村庄进行的民主选举。几个骑马的人紧随其后，一步也不敢懈怠。政府翻译穆哈麦提·阿西木也在队伍当中。

乡村制度实行以后，罢免了乡约和伯克的某些权力，划分出政府管辖的区域，从德高望重而且聪明智慧的人中选举出各村村长。各个区域的区长，由村委会议民主选举产生。

今年农民心里非常踏实。因为，冬天下的雪和苏巴什拦洪大坝的修建，储备了足够水。春季几十万亩地得到了有力的灌溉，降低了旱情。地契核查，减免和调整了一些赋税，给农民更换了盖有县政府印章的土地证，地主不敢随意侵占农民的土地。今年的秋季收成也会增长三分之一，增加了税收。

农民的粮仓有了富裕的粮食，有了储备粮，吃穿不发愁。他们认为，这一切都是林基路的功劳。从县城到乡村，所有人提起他的名字，都赞叹他是库车人民的好县长。

人民的眼睛是雪亮的，一眼就能看出谁好谁坏。

林基路回到家的时候，已经是夜深人静。林基路的家里蒋春茂和陈因素正在聊天，马木提坐在书柜前，让库尔班江躺在腿上，自己仔细地翻阅一份画册。他们在等林基路回来，看到林基路走进家门，都站了起来。此时看起来，蒋春茂似乎很焦急。这几个小时他虽然守口如瓶，没有告诉任何人，不停地望着窗户外面，其实，陈因素早就察觉到了，可她知道党内的规定，不好意思探问究竟。蒋春茂等了这么久，看来这件事非同小可。

林基路在门口拍了拍身上的尘土，用马木提准备好的热水洗了把脸，走过来逗了一下库尔班江。微风徐徐吹来，门口的无花果香气扑鼻。

“我等你很久了。”蒋春茂看见林基路走过来，说。

“不好意思，让你久等了。”林基路说完，走到蒋春茂的对面坐了下来。

“没事儿，现在给你说也来得及。”说完，蒋春茂又说，“你也累了吧，先喝口茶解解乏。”

“我都习惯了。”林基路喝了口茶说。

“选举还顺利吗？”

“还算顺利。”

蒋春茂站了起来，走到敞开的窗户前。窗外一片漆黑，月亮藏到了云层间，甚至看不到一颗星星的踪影。果园里十分寂静，远处传来令人心醉的都塔尔琴声。蒋春茂关上窗户后，转身走了回来。林基路看他的脸色显得非常不安，好像换了一个人似的。他把手放在马木提的肩膀上，温和地说：

“我们自己倒茶喝，你去休息，怎么样？”

马木提是个机灵的孩子，霎时明白了蒋春茂的意思，点头离开了房间。蒋春茂从兜里掏出一张纸，递给林基路说：

“这是电报。”

林基路看了蒋春茂一眼，接过电报，惴惴不安地打开看上面的文字，这是一封省政府的调令。林基路霎时觉得五雷轰顶，两只耳朵嗡嗡作响，变得沉默起来。因为这是一个不祥之兆，所以他精神颓废地不安起来。林基路沉默地坐了很久后，用抖动的手拿起电报，反复读了上面让他速回迪化的简短严命。林基路的心里，对盛世才和他的两面派政策的不信任更加增强。

林基路是个全心全意为人民的人，是个真正的启蒙主义者。他在短短的两年里，得到广大百姓、农工商人员、民族知识分子，甚至宗教人士的信任和尊重。因为林基路的这种性格，以及“出格”的言语行为，引起了盛世才和爪牙们的特别不满和忐忑不安，所以盛世才才会排斥和有想软禁他的想法。因此，盛世才急派密探监视林基路，详细记录下他号召人民的言行，以及人民对林基路的尊重程度等等，直接汇报给迪化的有关部门。

林基路蓦然沉思起来。他很早就知道这种事情终会发生，而且做好了接受现实的心理准备。新疆的上空阴霾遍布，天气瞬息万变，不期而遇的黑云笼罩天山南北，破坏了新疆各族人民安宁的生活，各地的百姓在白色恐怖之中挣扎。各族人民和各个阶层的人员受到了不同程度的伤害。盛世才和爪牙们杜撰出许多冤假错案，无数知识分子被捕入狱，他们的妻儿被发配到荒凉无人之地，兄弟姐妹和亲戚朋友互相不信任，彼此之间没有联系，一年到头都不相互串门。新疆所有的城市和乡村满是特务奸细，不同阶层的各族人民终日惶惶不安，甚至不知道明天会有什么祸事发生在自己身上。社会的稳定被破坏，一部分人中间出现了贪污、诽谤、徇私舞弊、忌妒、传闲话、谎言、不信任等行为，提倡公平公正、尊重事实和说实话被当作是犯罪。这都归咎于军阀盛世才撕破伪善的面具，准备投向蒋介石的怀抱。这是一个非常时期，国内外的局势非常恶劣，德国侵略者发动的战争阴云，笼罩着整个欧洲，苏联的局势岌岌可危，国内的抗日战争也打得非常艰难。日本侵略者和蒋介石及汪精卫联合，多次围剿抗日根据地，准备彻底消灭革命武装力量。在这种情况下，这个善于奉承、机会主义者和墙头草的军阀盛世才变了脸，故意给我党在新疆的干部制造种种困难，并且开始压制他们的工作。这次林基路的调动，就和盛世才在库车的密探告密和国内外局势变动有关。这足以证明，盛世才是想利用这个手段，意图以降调来削弱林基路在库车民众中间的威望，甚至彻底消除。盛世才这样做是经过权衡利弊，精心安排的。他满以为这样一来，既可让林基路锋芒有所收敛，又可以暂时掩盖自己的斑斑劣迹，以及企图改弦易辙的阴谋。

“你念念看，电报里都说些什么？是不是发生了什么事情？”非常惊愕的陈因素说。

“盛世才故伎重演。”林基路把调令用颤抖的手递给陈因素说道，“不过，这次可能增加了新的内容。”

“我看也是。这又是一个危险的信号！”蒋春茂焦虑地说，“看来，盛世才正在策划更大的阴谋。”

“很可能。形势看来要逆转了。”林基路说。

“这个恶魔！”蒋春茂气愤地低吼。

“盛世才不会借这次工作调动的幌子，无缘无故地给别人演戏。说到底，这是一场阴谋。但是，我们无法猜透他的真实目的。”林基路喝了一口已经凉了的茶，继续说道，“不过，统一战线还没有最后破裂，盛世才也没有公开叛变。只要还有一线希望，我们就要坚持继续工作。”

“群众刚刚选出了自己的区长和乡长，我们就要走了，”陈因素望着调令，忧郁地说，“他们以后怎么开展工作呀！”

“这的确是一个很严重的事情。不仅不好开展工作，还可能失去手中的权力。”林基路心如刀绞。然后，他按捺住激动的心情，沉稳地继续说道，“不过，革命总要受到挫折。我们即使失去了权力，也要革命。我相信，他们一定会为争取真正的民主权利而不屈不挠地战斗。”

“动荡的生活，坎坷的道路，教会了我们很多宝贵的经验。”陈因素激动地插了一句嘴。

林基路赞同地点了点头。他们聊了很久后，蒋春茂起身准备告辞。林基路送他到了门外。这个时候，世间万物都沉浸在一种可怕的寂静之中，只有黑夜包裹着他们。

林基路回到家里后，不知该干什么事才好，无精打采地坐在椅子上。他还有许多心愿没有完成，心里总不是滋味。

第二天早晨起床以后，林基路尽情地吸吮清新空气，似乎要把果园的景色牢记在脑海里。马木提走进来打断了林基路的思绪。马木提脚蹬林基路送给他的皮靴，霎时变成了一个帅气的大小伙子。

“你要经常给这两棵圆冠树浇水。”林基路把马木提带到会议室楼梯旁的两棵圆冠树旁，特地嘱咐道。马木提察觉到他的手在微微颤抖，而且声音也变得嘶哑，心里感到十分惊奇。因为，马木提习惯了林基路健谈风趣的性格，可今天却变得情绪特别低落。马木提不知道发生了什么事情。

“由于工作的调动，我们准备回迪化去。”林基路回答了诧异的马木提。马木提是第一个知道林基路要调走的人。

马木提听到这个消息，简直不敢相信自己的耳朵。他以为自己听错了。林基路温情而慈爱的面容，证明了这件事情是真的。马木提犹如五雷轰顶，浑身战栗不止地央求道：

“林县长，我不想离开您，让我陪着您吧。”

林基路虽然听清了马木提的话，但他许久都没有说出一句话。过了一会儿，他慈爱地说：

“这……可能各方面的条件不允许吧。”说完，又安慰马木提道，“为征兵库车县来了人。他们要在阿克苏招收一百二十名新兵，库车县还要招八十多人。街上张贴了告示。你去报名，只要身体状况合格就行。”

马木提听到这个建议，虽然有些动心，但想到自己不能和林基路经常在一起，心里就不舒服。他含着眼泪说：“我实在是不想离开您，不想去考试，想和您一起去。”

林基路整夜辗转反侧睡不着觉，虽然想到会有这种情形，感到很心酸，很为难，他不知道该说什么才好。唉，没有别的办法。他又温和地解释道：

“我也想到过这件事情，可是……”但是，他没能继续说下去。

马木提听到“可是”两个字，就已经明白了他们想带自己一起走，可是没有办法。按照马木提的意愿，根本不想离开林基路。他知道没有别的办法，霎时间感到忧郁孤独。他左思右想，最后决定去参加征兵考试。心想，只要考试合格，就能和林县长在迪化见面了。现在，谁也拦不住他。他的心已经和林基路拴在一起了。

马木提跑向警察局，准备参加征兵考试。

二

傍晚刮起了北风，尘土四处飞扬。狂风呼啸，群魔乱舞般乱窜。时而慌乱得不知该干什么才好，卷起旋风冲撞遇到的任何东西，时而又猛地窜出来，对地面的所有东西发起猛烈进攻，吹翻了商铺前的凉棚，太阳的光芒也逐渐暗淡下来，萧瑟阵阵。狂风穿过人烟稀少的城市街道，敲动人们紧闭的窗户，卷起纸片垃圾，堆积到某人的窗台下面。

阿扎丹的母亲今天做了香喷喷的抓饭。孙子们只要说吃抓饭，他们就会瞪大眼睛，口水直流。抓饭做好以后，他们焦急地等待爷爷回来和饭上桌的时刻。但是，超过了吃饭的时间，饭就没有原来的味道了。

阿扎丹刚从学校回家吃中午饭。她拍掉身上的尘土，回到自己的房间里。由于风力的作用，窗户大开，而且乒乓作响。四面围墙的院子里，狂风肆无忌惮地嬉戏。她跑过去关上窗户后，屋子里显得异常昏暗寂静。

远处传来轰隆隆的雷鸣声，屋子的墙面似乎在颤动，阿扎丹害怕地按住胸口。过了一会儿，她听到父亲玉赛因巴依兴高采烈的声音：

“嗨，你们听说了吗？飞走的幸福鸟又飞回来了。晦气终于离我们远去了！上天保佑，给我们带来灾祸的县长时代过去了。他利用盛督办的《六大政策》，把我们的家乡弄得一塌糊涂……哼，别以为我们没有见过世面。俗话说：‘该走的不会留下。’因为这个地方的主人是我们，所以他们必须滚蛋！”

玉赛因巴依走到院子中央，好像要所有人听到似的，故意大声说话，而且神经质地哈哈大笑。阿扎丹的母亲从厨房跑了出来，就连在棚圈喂牲口的若孜，听到声音赶紧跑过来了，孙子们也不知道发生了什么事情，都跑到院子里奇怪地望着爷爷。

阿扎丹听到玉赛因巴依嘶哑的嗓音，霎时感到晴天霹雳，呆立了很久。她就像一叶无助的孤舟，瘫软地扶住了窗框。阿扎丹浑身不停地战栗，一句话也说不出来，搓着双手，非常难受。

“天哪，爸爸是从哪里听说的这个坏消息？是哪张臭嘴告诉他的？这怎么可能呢？太突然了！就算这件事情是真的，我怎么没有听说呢？学校里也没有说起这件事儿啊？不！爸爸说的全是假的！林县长和陈因素夫人怎么会离开洒下汗水的土地，还有热爱他们的人民呢？库车人民需要解救他们脱离贫困无知，带领他们走向光明的人！我们和他们还要继续并肩作战！”阿扎丹正在想这些问题的时候，听到了母亲喊她的声音。

玉赛因巴依回屋准备吃饭。他走进屋子，脱下大衣交给妻子后，自己坐在了铺着的餐布前。阿扎丹的母亲端来热气腾腾的抓饭肉，托盘里还有一壶茶、馕饼和穆纳格葡萄。

玉赛因巴依今天特别地高兴。阿扎丹的母亲看到丈夫高兴的模样，心里稍微有些安心。很久以来，没有人敢在玉赛因巴依的面前说话了。

“闺女，你听说了吗？”玉赛因巴依吃着饭，喜不自禁地问女儿。

阿扎丹没有吭声。阿扎丹生活在无情的世界，刚看到一丝希望的时候，寒风吹走了心中所有的希冀，眼前只剩下了乱舞的群魔。残酷的现实和无情的世界，像黑夜一样笼罩着她。

阿扎丹帮母亲收拾完餐布之后，玉赛因巴依赶紧净身去清真寺做礼拜。这个时候，狂风也消停了很多。

父亲离开之后，阿扎丹换好衣服，戴上花格头巾赶紧出门，看见每一个院门前围了很多人，脸色慌张地交头接耳，不知道在议论什么事情。阿扎丹没有去学校打听消息，因为她的心里只有阿布都拉。

阿扎丹心怀各种念头，跑步来到阿布都拉家的院门口。她想和阿布都拉诉说心里话，得到一丝安慰，并把心里所有的怒气宣泄出来。

阿扎丹把手伸向熟悉的大门，心情非常激动，而且浑身战栗。为什么呢？因为她曾为了阿布都拉来过很多次这个院子，用她纤细的手抚摸过无数次这个院门。这个院子里所有的东西对于她都很珍贵，所以这是很自然的事情。

阿扎丹慌张地走进大门的时候，阿布都拉和吾普尔老师正阴沉着脸，一声不吭地坐在小土炕上。他们看到阿扎丹之后，都站起身迎接阿扎丹的到来。阿扎丹也温和地行了个礼。随后，阿布都拉请阿扎丹坐了下来。阿扎丹解开头巾坐了下来，羞涩地摸了摸自己乌黑飘逸的长发。她眼睛里噙满了泪水，浑身无意识地抖动。阿布都拉虽然和她相处了很多年，可从来没有见过她这副模样。

“你来得正好。这次，你可能要听说不好的消息。”阿布都拉忧郁地望着阿扎丹说。阿布都拉一边讲事情的经过，一边不经意地看看阿扎丹的表情。阿扎丹红润的脸庞憔悴蜡黄，似乎整个晚上没有睡觉，两只水汪汪的大眼睛黯淡无神，眼圈发黑，布满了睡眠不足的血丝，好像心里非常抑郁似的。

对于林基路心存信心的吾普尔老师、阿布都拉、阿扎丹，以及无数靠自己生活的普通人来讲，没有比这个消息更难以接受得了。整个库车人民，因为有了林基路这样公平公正的靠山，贫困农民、小手工艺者和无依无靠的人，才有了衣食无忧和有些安稳的生活。他率领人民新建了很多学校，让无知中沉睡的人民渐渐觉醒，迈着稳健的脚步走向新生活！他们这样出色的人、许多好事的引路者，忘我地为人民谋福利的人，盛世才为什么容不下他们呢？

“事情既然是这样，咱们坐在这里干什么呢？走，咱们去找林县长。”说完，阿扎丹猛地站了起来。他们走到院门口时，阿扎丹对他们两个人又说，“为了其他人不说闲话，我坐马车先走，咱们在政府大院门口见。”然后用头巾捂住脸，快步走了出去……

三个人走进县政府大院的时候，那莫因遇到他们，露出难看而发黄的牙，阴毒地望着他们嘲笑般龇牙咧嘴。阿布都拉感觉到他的三角眼里，有一股狡猾和令人憎恶的神色，心中燃起了愤怒的火焰。

“你们是去找林基路吗？”那莫因看着阿布都拉阴阴地说，“他会给你们带来霉运。你知道吗？现在你的处境非常危险，你的朋友也一样。其实，我们很早就不满意你们和他在一起。”

“我又没有犯罪，你不必太过于担心。就算你去调查我，在事实面前你无话可说。”阿布都拉自信地说。

“但愿如此。”那莫因瞪着眼睛又威胁道，“你们现在没有了可以依靠的人，等着瞧！”

“我相信真理的力量。陷害和猜疑的阴影，在事实面前终会消失！”阿布都拉义愤填膺地说。

“兄弟，你还年轻，分不清问题的严重性。你要接受我的忠告，如果你继续和他们搅和在一起，后果将会不堪设想啊。”

“错！是你给人民带来厄运，还有什么脸在这里花言巧语。你要知道，智慧和尊严引向哪条路，我就会走哪条路！我不需要你来教我！”阿布都拉硬气地说。

那莫因气呼呼地瞪着阿布都拉，如泥塑般呆立在原地。他望着阿布都拉远去的背影，恶狠狠地说：“哼，等着瞧，麻雀还能飞多远。”

阿布都拉和林基路的关系非常密切，警察局的黑名单里有阿布都拉的名字。那莫因已经记录下了他很多“罪行”。警察局对他的态度是——继续监视这个年轻、傲慢、顽固的“缠头”，想出各种办法拉拢他，尽量让他以后为自己工作。但是，那莫因心里明白，与阿布都拉一样有抱负和志气的青年打交道，一定要小心警觉才行。那莫因没有达到自己的目的。

阿布都拉、吾普尔老师和阿扎丹走过清香的无花果树旁，来到玻璃窗闪闪发亮的房子前。吾普尔老师轻轻地敲了敲门，马木提应声出来迎接了他们。他也显得特别忧郁。

“林县长在家吗?”吾普尔老师问道。

林基路听到客人的声音非常高兴，赶紧从屋里走了出来，和他们一一握手致意：

“朋友们，你们好吗？快请进屋。”

三个人几乎同时走进来，看见蒋春茂和马聚奎也在屋里。他们也很忧郁，情绪低落。

林基路虽然极力想掩藏住不悦的心情，但他们却看到他脸色蜡黄，表露出遭受了很大的屈辱。他双眉紧锁，脸上愁云密布。总之，他的脸上失去了往日坚毅的微笑。

“你从乡下什么时候回来的?”林基路问阿布都拉。

“昨天回来的。我去农村调查，从来没有看到农民们这样高兴过。”阿布都拉说道。但是，他觉得内心深处隐隐作痛。

“劳苦大众从暗无天日中解脱出来，希望成为国家真正的主人。”吾普尔老师非常激动。他说这句话的时候，流露出不舍的心情。

“人生就是这样变幻无常，你们在任何时候都要沉着冷静。我们必须要不怕艰辛，泰然处之地面对生活。”林基路坚定地说。

在场的人没有吱声，静静地听林基路说的每一句话。这时，阿扎丹深情地抓着陈因素的手说：

“我们都听说了，你们不要走，我们不想离开你们。”

“你们刚得到人民的信任，为什么要把你们调走呢?！我们向迪化提出让你们留在库车的请求。”阿布都拉接着阿扎丹的话说。

“他们应该给你们最高的荣誉！这是破坏抗日战争的行为!”吾普尔老师听了朋友们的话，按捺不住自己气愤的心情。

这几个年轻人虽然没有工作经验，但经过磨炼，不仅锻炼了自己，还总结了很多的工作经验。他们在一起的日子里，表露出了火热的激情，因此林基路非常信任他们，而且对他们寄予很高的期望。林基路拍了拍吾普尔老师的肩膀说：

“因为，只有人的力量才是无穷尽的。所以我们走了以后，你们要紧密团结在一起，时刻联系和依靠群众，用强大的力量建设好家乡！这股力量不仅可以移山倒海，而且能够让地主巴依胆战心惊。我们经历无数磨难，好不容易建好了拦洪大坝和库车河大桥，让天山雪水乖乖地按人民的意志，灌溉着广袤的农田。这就是人民的力量。人民只有认识到自己的力量，才能改变自己的命运。所以，他们需要领路人……”

阿布都拉听到林基路要离开库车的消息时，心中布满了阴云，好像金色阳光在飞速行驶在大道上的时候，突然遇到了浓雾一样迷茫。现在听了林基路的话之后，心里霎时感觉亮堂了许多。阿布都拉抬起头，望着林基路炯炯有神的眼睛。他从这双眼睛里看到了对自己的信任、期望和无限的鼓励。他看着这双坚毅沉稳的眼睛，更加明确了自己肩负的责任，坚定了期待美好明天的信心。

“您放心吧，我们不会忘记您的教导。库车县的大地上，您的脚印永远不会消失。我们会跟随您的足迹，不会迷失我们前行的方向。”阿布都拉坚决地说。

“你们在人群中要特别地警惕。”林基路嘱咐道，“时局动荡，小心隔墙有耳，不知道什么时候这些人会咬一口，让你们防不胜防。你们要防备这些卑鄙小人。”

几个年轻人点点头，表示明白了。林基路的谆谆教导，深深地扎根到了他们的心里。

交谈没有像过去一样热烈，在幽默的言语中欢笑进行，却觉得有些冷清和忧郁。朋友们恋恋不舍地相互道别。林基路递给吾普尔老师一张照片，握着他的手说：

“这张照片留给你做个纪念吧。”

吾普尔老师接受了这张珍贵的照片，并且连声致谢。这是抗日宣传队从乡村回来以后，林基路和抗日宣传队在八角亭子前照的照片。

吾普尔老师、阿布都拉和阿扎丹走出屋子的时候，太阳落到城墙后斜洒余晖。虽然落日准备回家，度过这个漫长的夜晚。但是，上午扬起的尘土，仍然像一层薄雾笼罩着它。街道、房屋和匆匆行走的人们，看起来就像抹上了五彩的浓郁色彩一样。

他们把所有的忧愁藏在心里，情绪低落地走在大街上，谁都没有说一句话。他们一边走，一边回想珍贵的记忆，沉浸在感慨的海洋之中。只有阿布都拉吸着烟，想起林基路常说的话：“只有奋斗才能解放人民，才能让他们摆脱压迫。人民解放后，一定能赢得新生活。人民有一天会像凶猛的洪水，冲毁所有阻挡他们的一切。”心中涌起希望和信心。他心想：我们的祖国非常美好，总有一天阳光会普照大地。

阿布都拉的母亲看到儿子回来后，赶紧端上食物。但是，阿布都拉没有胃口。他不想吃饭。阿布都拉忧心地吃了一口饭，又停了下来。母亲望着儿子忧郁的眉心，问：

“孩子，你这是怎么了？”

阿布都拉很难回答母亲提出的问题，心情特别地沉重。他觉得把这个消息告诉母亲，无异于用刀子捅她的心。沉默寡言的母亲只要听到关于林县长的话题，她就会不停地夸赞他。事情到了这个地步，阿布都拉想隐瞒也隐瞒不住。警觉的母亲总会知道这件事情。

“妈妈，出大事了。林县长要走啦。”阿布都拉忧郁地说。

阿布都拉的母亲听到这个消息，惊讶地张大了嘴巴。她的眼睛里露出怀疑的目光，小巧精干的脸上布满了阴云。这个女人和其他穷人一样遭受了命运的磨难，心中的希望一天比一天坚定。现如今，这些希望好像被黑夜吞噬了……

“这是真的吗？”阿布都拉的母亲声音颤抖地问。

“是真的。”阿布都拉带着哭腔回答。

阿布都拉的母亲用手捏着太阳穴，低头又问阿布都拉：

“为什么？因为啥原因要把他调走？”阿布都拉的母亲十分激动，不知该说什么才好。

“林县长调走不是因为他为官清廉，而是因为他被那些嫉妒黑心的人诬陷了。”阿布都拉气愤地涨红了脸。

“林县长是个非常好的人，还有人诬陷他吗？”

“妈妈，这样的人还少吗？！”阿布都拉站起来说道。

三

林基路要从库车县调走的消息，就像晴天霹雳一样响彻在县城的上空。人们为此感到非常惋惜。盛世才派到库车的忠实爪牙、保守的阿訇毛拉和地主巴依，深有含义地龇牙咧嘴。库车县的人民没有想到会是这样的结果。

第二天早上，阿布都拉起床时特别忧郁，好像没有了主心骨似的颓废。昨天整夜泪水一样的蒙蒙雨水，快到天亮的时候才停止了滴答声。乌云像被撕裂了一个大口子，露出了纯净的蔚蓝天空。

城市里的每个街道上，人们蜂拥走向林基路上卡车的地点。他们走过大街小巷，从四面八方涌过来。他们中可以看到含泪的眼睛、被太阳烤黑的皮肤、农民尖瘦的下巴和小手工艺者阴沉的脸庞。他们中还有两年以来在和林基路一起共事的同事，以及在城市的繁华街道、乡村土路、拦洪大坝、大水渠工程、阿克苏－乌鲁木齐公路建设、学校和他演讲的地方遇到的人。他们当中，还有一些虽然没有来得及认识他，但听过人们赞颂他的人。因此，这些人不管和林基路的关系远近，都来为他送行。阿布都拉步履沉重、面色忧郁地走在人群中。他四处张望，很快在人群间找到了吾普尔老师和阿扎丹。阿扎丹的黑眼睛里布满了血丝。阿布都拉虽然在安慰阿扎丹，可自己也控制不住悲愤的心情。因为，他人生中最有意义的时刻，是和林基路一起度过的分分秒秒。所以，他根本不奇怪人们对林基路的不舍之情。他明白，人们自始至终都非常尊敬林基路。他知道林基路一两个小时之后就要走了，心里十分难过。他为林基路难过，也为库车人民难过。因为，他们丢失了自己最珍爱的明珠。

这些天来，人们派代表去县政府大院，请求一定要让林基路留下来，而且近三万人给省政府写了请愿书。他们想：这样也许能把好县长林基路留住。谁知道，他们不仅没能把林基路留下来，盛世才却下了严令，命林基路马上离开库车县。盛世才的的确确是个魔鬼，而林基路是个优秀的共产党员。人们和林基路共同生活，聆听他的教导是非常甜蜜的事情。如今，一切都要重新开始。

人们焦急沉默地等待。吾普尔老师面色阴沉，好像心碎了似的站在人群间。曾几何时，他向往飞越树尖屋顶，飞翔在蔚蓝的新世界。

“他们说话不算数，为什么要把林县长调走？”一位憨厚的农民问旁边的人。

“这个世界上没有公理可言了。”另一位教师模样的人说。

今天，林基路像平时一样稳重。他默默地望着周围的人，脑海里拼命寻找能够安慰他们的话语。他怎么舍得离开在办公室、街道上、学校里和乡村中共同生活、勤劳质朴、热情好客的人民呢！他想说几句话安慰这些难舍难离的人们，可是，喉咙里像堵了个东西一样说不出话来。就算这样，后来说的每一句真情话语和不舍之情，从心里迸出的每一滴泪水中……林基路的心，得到了一丝安慰。

“谢谢你们。”林基路满含热泪。

马木提今天身穿斜纹布军便服、马裤，脚蹬一双崭新的皮靴子，胸口戴着两指宽“新生”字样的红色胸标。他也准备去迪化学习。马木提身上的衣服是陈因素抽空找人为他缝制的。林基路也把自己长久以来舍不得穿，一直珍藏的靴子送给了他。

“哟嗬，你看你，变成了一个大小伙子。”林基路看着马木提的衣着说完，又问，“靴子穿着合不合适？”

“有点挤脚。”马木提说着看了看自己的脚。

“是吗？看样子你的脚比我的脚大一点。”后来，林基路又想起什么事情似的嘱咐道，“你去迪化后请求加入骑兵部队，好好学习。”

马木提这时正控制不住自己的情绪，听到林基路慈爱的话语，眼睛里忍不住流出了激动的泪水。林基路看到他难过的模样，又说了一些安慰他的话。他的言语中透露出对马木提的不舍之情。后来，林基路从兜里拿出一些钱说：

“这些钱路上用。我到迪化一定去找你。”

这个时候，扎依提阿洪气喘吁吁地跑到林基路的身旁。这个来不及拍掉身上的尘土、勤劳善良的老汉刚从乡下赶过来。

“林县长，我没想到您这么快就走了。”扎依提阿洪用袖子擦了擦眼泪，声音颤抖地说，“您为我们操碎了心，受尽了磨难……”他还想说些什么，可没有说出来。

年过半百的这个人，曾经见过许多吃人恶魔般的阴森，似乎没有人比他更厉害似的傲慢的县官。他们刚来的时候，虽然像集市里农民卖的鸡一样瘦弱。可他们为官两年以后，那些当官的人就会满面红润，像只田鼠一样肥胖，马拉轿车后是横行的随从。总而言之，他们搜罗一辈子享受不完的金银珠宝和绫罗绸缎，瘦弱的绵羊变成了凶残的老虎，不顾其他人的死活扬长而去。伯克乡约们还送上厚礼与他们道别。自从林基路来了之后，就像指路明灯一样照亮黑夜，为老百姓敞开了衙门的大门，让生活在水深火热中的库车人民，看到了一丝指引他们的晨曦，感觉到这是改变封建官僚的转折点。

“我们实在想不出别的办法了。再见，祝你们一路顺风。您虽然走了，可您的情谊和我们在一起。我们绝不会忘记您。”扎依提阿洪伤心地说。

扎依提阿洪的心里话让林基路非常激动，两行热泪滚落面颊。他说：

“扎依提大叔，不要难过，我还会回来的。将来，人民当家做主的日子会到来。到那时，我和你一起参加庆祝活动。”说完，他又面向其他送行的人。

“乡亲们，我们虽然离开了你们，但我们不会忘记你们丰收的欢乐，库车河的流水声，以及从新桥上走过的脚步声……”他喘着粗气，觉得胸闷憋气，嗓子眼里像堵着什么似的难受。他强忍悲痛说，“我……我……现在就要走了……你们不要难过，我明白你们的心意。我希望，你们要坚定信念，擦干眼泪抬头挺胸，团结一心建设好美好的家园。库车是个好地方，水土丰美，人们勤劳善良、热情好客。只要大家团结努力，库车肯定会改变旧的面貌！”

人们充满信心地望着这位爱他们的人。

阿扎丹含泪从陈因素的手里接过库尔班江，两眼慈爱又不舍地望着孩子。她强忍着心中的悲痛，没有让泪珠滚落下来。自从她听说最亲爱的人就要离开的消息时，觉得自己浑身无力。阿扎丹难过地说：

“你们一定要再回来呀。库尔班江弟弟，你也要回来，我们会想念你们的！”

“我们一定会再回来的！”陈因素的眼泪像断了线的珍珠一样滚落下来，“放心吧，我们还会回来看望你们……”

这个时候，林基路在一旁紧紧地握住扎依提阿洪粗糙的手说：

“大叔，我们要走了，你要照顾好自己的身体啊。”然后，他又面向其他人说，“我和你们分别只是暂时的，不久的将来我们会回来的，我们会和你们一起迎接边境地区的曙光！……”林基路的眼睛里放射出坚毅而充满信心的目光：“我下次回来看望你们的时候，我希望看到你们用智慧和勤劳的双手，让这片金色的土地变得更加美丽富饶。乡亲们，再见了。”林基路无力再说其他的话，果断转身登上汽车车厢。阿布都拉小心地扶林基路上车。

送行的人们默默地为林基路祈福，希望他和妻子、孩子一路顺风。

汽车发动了，林基路望着坐在身边的陈因素，看见她布满血丝的眼睛里满含热泪。可以肯定地说，陈因素此时比林基路更加舍不得离开。

汽车在人们中间慢慢地向东而行。前来送行的人们挥舞着手和他们告别。无数的学生、各单位职工和城市居民都恋恋不舍地跟在汽车后面。阿扎丹伸着手，好像要把陈因素留下。她向前跑了几步，又似乎被人拽住似的猛地停了下来。阿扎丹的大眼睛里，露出痛苦忧郁的神色。夹道送别的人们满含热泪，就像失去母亲的孩子一样，望着远去的汽车背影追了几步后，恋恋不舍地驻足相送。林基路激动人心的话语，就像远去的车辙一样，深深地留在了他们的心里。

吾普尔老师望着渐渐消失的汽车，对阿布都拉和阿扎丹说：

“林县长虽然在咱们这儿工作的时间不长，但是他崇高的品德，勇敢的精神，稳重文雅的性格，对人和蔼可亲的态度，全心全意为人民的信念，简朴的生活，尊重文教工作的作风，以及关心孤苦无依的人道主义精神，给人们留下了深刻的印象。”

这是全库车县人民的心里话。

“再见，亲爱的林县长！”他们的嘴里默默地念叨这句话，一直到汽车从眼前消失。这次的离别，竟然成了他们的永诀……

（完）

图书在版编目（CIP）数据

那些岁月 / 甫拉提·阿不力米提译. -- 北京：作家出版社，2020. 7（2023.1重印）

（中国少数民族文学发展工程·民译汉专项）

ISBN 978-7-5212-0966-2

Ⅰ. ①那… Ⅱ. ①甫… Ⅲ. ①长篇小说－中国－当代 Ⅳ. ① I247.5

中国版本图书馆CIP数据核字（2020）第075459号

那些岁月

作　　者：阿不力克木·沙比尔

译　　者：甫拉提·阿不力米提

责任编辑：史佳丽　李亚梓

特约编辑：陈　涛　杨玉梅　郑　函

装帧设计：薛　怡

出版发行：作家出版社有限公司

社　　址：北京农展馆南里10号　　**邮　　编**：100125

电话传真：86-10-65067186（发行中心及邮购部）

86-10-65004079（总编室）

E-mail:zuojia@zuojia.net.cn

http://www.zuojiachubanshe.com

印　　刷：中煤（北京）印务有限公司

成品尺寸：152×230

字　　数：302千

印　　张：24.75

版　　次：2020年8月第1版

印　　次：2023年1月第2次印刷

ISBN 978-7-5212-0966-2

定　　价：39.00元